CAY RADEMACHER

VERLORENES VERNÈGUES

CAY RADEMACHER

VERLORENES VERNÈGUES

Ein Provence-Krimi
mit Capitaine Roger Blanc

DUMONT

Puisnay Roy fait son pere mettre a mort,
Apres conflit de mort tres inhonneste:
Escrit trouvé, soubson donra remort,
Quand loup chassé pose sus la conchette.
Michel de Nostre Dame/Nostradamus

Wölfe in der Geisterstadt

Zwischen den Ruinen von Vieux Vernègues war es so still wie in einer Gruft. Capitaine Roger Blanc ging langsam durch das verwüstete Dorf. Er kletterte über den Stumpf einer ginsterüberwucherten Wand und erreichte eine Treppe, die in eine Felsenkammer hinunterführte. Die Stufen waren ausgetreten und manche tückisch glatt, andere waren geborsten, wieder andere hatten Risse. Zu beiden Seiten der Treppe wuchsen junge Eichen. Ihre Stämme waren wie dünne Säulen, ihre Kronen rauschten fünf, sechs Meter über Blanc im eisigen Wind, die winzigen Blätter schimmerten hellgrün. An einigen Ästen hingen noch braunschwarze, eisverkrustete Eicheln. Blanc kamen die beiden Bäume, die sich über die Ruine wölbten, wie das Portal zu einer verbotenen Welt vor.

Vorsichtig stieg er die Treppe hinunter in einen halb eingestürzten Keller. Über ihm spannte sich ein Ziegelgewölbe. Dort klaffte ein Riss, als hätte Gott mit einer Axt hineingeschlagen. Durch die Lücke sickerte die Morgensonne und beleuchtete einen Balken im Mauerwerk, der von Sinterkristallen überzogen war. Die Tür darunter war längst verwittert, auf dem Boden lagen bloß noch Holzreste im grauen Sand. Die Luft schmeckte muffig nach feuchter Erde.

Er wartete, bis sich seine Augen an das Halbdunkel gewöhnt hatten, und blickte sich um. Niemand zu sehen. Keine Geräusche. Er kletterte wieder hinaus und musterte die Umgebung: Überall ragten Ruinen auf, fahlgrau im Morgendämmer, konturlos. Die massigen Ecksteine eines alten Hauses erhoben sich fünf Meter hoch aus einem Schuttfeld. Eine steinerne Wendeltreppe, die nirgendwo mehr hinführte, wurde von Rosmarin- und Thymiansträuchern überwuchert. Unter dem Raureif leuchteten, nur wenige Meter neben ihm, weiße und schwarzgraue Steinfliesen, sie waren wunderbarerweise so sauber, als wären sie erst gestern verlegt worden.

Blanc legte den Kopf in den Nacken. Die Ruinen von Vieux Vernègues standen an der Flanke eines Bergs, der sich einige Meter über ihm zu einem Plateau abflachte. Dort war einst eine Burg errichtet worden. Er blickte hinauf zu ihren Mauern aus Tausenden sorgfältig gesetzten, kopfgroßen Steinen, die erst in unfassbarer Höhe in einer Zinnenreihe endeten. Doch auch diese solide Mauer war an vielen Stellen geborsten – und dahinter war bloß Luft. Kein Turm ragte mehr dort auf, kein Palast, nichts. Nur ein einziger gotischer Bogen krümmte sich wie ein gichtiger Riesenfinger ins Leere. Sein schwarzer Schatten fiel auf Trümmerhaufen, die längst von struppigen Büschen und Brombeeren überwachsen waren.

»Wir sollten hier nicht allzu lange stehenbleiben«, sagte Blancs Kollege Lieutenant Marius Tonon halblaut. Er rieb sich die Hände warm und deutete dann unbehaglich auf den Riss im Gewölbe. »Ein Souvenir vom Erdbeben. Dieser Keller kann jeden Moment einstürzen.«

Blanc nickte und ging weiter bergan. Vieux Vernègues. Eine Stadt wie Dutzende in der Provence: ein Hügel, darauf eine Burg, eine Kirche, ein Rathaus, eine Handvoll ehrwürdiger Häuser. Nur dass Vieux Vernègues eine Stadt der toten Seelen war, eine Geisterstadt, in der Eichen und Feigenbäume Mauerstümpfe aufsprengten, Efeu die Ruinen erstickte und in der bloß noch Füchse und Ratten lebten. Ein Erdbeben hatte sich den Ort geholt. Blanc fühlte sich, als würde er durch die Relikte eines mykenischen Palastes stapfen. Doch diese archaisch anmutenden Bauten waren zu Trümmern zerfallen, als schon Autos durch die Provence fuhren und sogar die ersten Flugzeuge brummten,

als es schon Telefone gab und Strom und Zeitungen und Foto-
apparate.

Erdbeben. Als Capitaine Roger Blanc, der damals den Süden
weder gekannt noch gemocht hatte, vor sieben Monaten in den
Midi versetzt worden war, da hatte er an Hitze und Rosé gedacht, an Lavendel und Oliven, an die Marseiller Mafia. Aber
an Erdbeben? Das waren Katastrophen aus dem Fernsehen.

Und nun schritt er an aufgerissenen Bauten und geborstenen
Türmen vorbei und musste aufpassen, dass er nicht irgendwo
in ein Loch trat und womöglich mehrere Meter tief in einen
halb verschütteten Keller stürzte.

Er hielt inne, damit Marius, der kein großer Freund körper-
licher Aktivitäten war, Luft schnappen konnte. Der Schutt de-
primierte Blanc, daher wandte er den Blick ab und ließ ihn über
ein weites Tal wandern. Der Berg von Vieux Vernègues war fast
vierhundert Meter hoch. Auf einem nahen Hügel badete ein anderes Dorf in der Morgensonne: Lambesc. Ein mittelalterliches
Dorf wie Vieux Vernègues, in der mistralklaren Luft hatte es
den Anschein, als könnte er es mit der ausgestreckten Hand beinahe berühren. Dieses Dorf war ebenfalls alt – jedoch makellos.
Warum bloß? Waren Erdbeben nicht gigantische Katastrophen?
Warum war dann Vieux Vernègues eine Wüstenei, während ein
paar Tausend Meter weiter östlich in Lambesc nicht ein einziger Stein aus einer Fassade gestürzt zu sein schien? Hatten die
Menschen in Lambesc vor Jahrhunderten ihre Häuser erdbebensicher gebaut und die von Vieux Vernègues nicht und waren
dafür bestraft worden? Oder waren Beben wie Tornados, die
willkürlich eine Fläche verwüsteten und die daneben unbescha-
det ließen? Er atmete tief durch. Es duftete nach nassem, satten
Boden, zwischen Vieux Vernègues und Lambesc lagen dunkle
Eichenwälder, fette Weiden und winterkahle Rebstöcke in einem weiten Tal. Dunst stand über den nächsten Hügeln. In
bläulicher Ferne schimmerte der gekrümmte Riesenrücken der

Montagne Sainte-Victoire bei Aix-en-Provence, auf der anderen Seite leuchtete der Étang de Berre und dahinter glänzte vielleicht das Mittelmeer, oder vielleicht war das auch nur seine Einbildung, weil sich so früh am Morgen der Horizont in eine silberne Linie verwandelt hatte.

»Ich komme mir vor wie im Mittelalter«, murmelte Blanc.

»Du bist im 21. Jahrhundert«, brummte Marius, wischte sich den Schweiß von der Stirn und deutete auf das Tal. »Ich kann mich noch daran erinnern, wie die Leute hier vor fünfundzwanzig Jahren auf Demonstrationen *Non au TGV!* skandiert haben. Ich musste als Flic damals für Ordnung sorgen. Aber eigentlich sieht das gar nicht so schlecht aus, oder?« Er deutete auf eine mehr als einen Kilometer lange Brücke aus hellem Beton, die sich wie ein Aquädukt quer durch das Tal unterhalb von Vieux Vernègues spannte. Ihre siebenundzwanzig Stelzen wirkten wie ein gigantischer Zaun, der die weite Senke in zwei Hälften teilte. Ein Schnellzug rauschte in diesem Augenblick über die Brücke, danach ein Grollen und Rumpeln, es donnerte wie bei einem Jet, war aber nach kaum zwanzig Sekunden verweht. Tiefe Stille flutete zurück ins Tal.

Und dann durchzog ein Heulen diese Stille.

Das Heulen eines Wolfes.

Es war Sonntag, der 5. Januar. Der letzte Tag der Weihnachtsferien, des Innehaltens zwischen den Jahren. Zeit der Besinnung. Zeit für die Tochter. Astrid hatte Blanc über die Feiertage besucht, eine junge Frau von zwanzig Jahren, eine Pariserin, die Snapchat und Instagram brauchte wie Blanc Sonne und frische Luft. Zwischen dem schlafenden Baby mit dem noch von der Geburt zerknautschten Gesicht, das er stolz in seinen Armen gewiegt hatte, und dieser weltgewandten jungen Dame lagen zwei neblige Jahrzehnte, in denen er irgendwie kaum mitbekommen hatte, wie Astrid erwachsen geworden war. Doch dann war sie zu ihm gereist, um die kurzen Tage des Jahreswechsels mit ihm zu verbringen. Sie hatten mit Jacques, dem Hund, der Blanc zugelaufen war, lange Spaziergänge unternommen, auf dem Markt von Aix-en-Provence eingekauft und waren über die legendäre halb zerstörte Brücke von Avignon flaniert. Und sie hatten geredet und geredet, die Tage hindurch und auch noch die halben Nächte. Es war, als wollten sie beide aufholen, was sie in den letzten zwanzig Jahren versäumt hatten. Was *ich* versäumt habe, korrigierte sich Blanc in Gedanken, denn *er* hatte es vermasselt.

An diesem Sonntagabend musste Astrid nach Paris zurückfliegen. Blanc hatte Bereitschaftsdienst gehabt und gehofft, dass er mit Marius einige ereignislose Stunden auf der Gendarmerie-Station von Gadet sitzen und schon nachmittags zurückkehren könnte, um noch ein paar letzte Momente mit seiner Tochter zu verbringen.

Doch dann war noch vor dem Morgengrauen ein Notruf eingegangen: Ein Schäfer war nachts in Vieux Vernègues überfallen worden. Von einem Wolf.

»Das ist ein mieser Scherz«, schimpfte Blanc, als er seinen fast zwei Meter langen Leib im eiskalten Mégane der Gendarmerie zusammenfaltete.

»Um fünf Uhr morgens macht niemand einen Scherz«, erwiderte Marius, der sich auf den Beifahrersitz wuchtete und die Rückenlehne so weit zurückdrehte, dass er beinahe lag. »*Putain*, es war bloß eine Frage der Zeit, bis uns die Wölfe auch hier erwischen.«

»*Auch* hier? Wo denn sonst noch?«

»In den Alpen, in der Haute-Provence, sogar im Umland von Aix und Salon – die Biester sind wieder überall.« Sein Kollege schloss schläfrig die Augen und sagte gelangweilt: »Letztens sind zwei Wölfe um Viertel nach neun Uhr morgens einige Hundert Meter neben dem Krankenhaus von Manosque zum

11

Frühstück auf eine Schafweide spaziert. Wölfe haben Schafe und Ziegen mitten in der Camargue getötet, und nahe am Weingut Calissanne ist beinahe eine ganze Herde massakriert worden. Neulich gab es sogar einen Angriff in Berre, direkt neben den Raffinerien.«

Calissanne, Berre, das war so nah bei seiner alten Ölmühle in Sainte-Françoise-la-Vallée, dass er beim Joggen schon gelegentlich bis dorthin gelaufen war, dachte Blanc beunruhigt. Doch dann fand er seine Sorgen lächerlich. »Was haben wir damit zu schaffen? Jeden Morgen höre ich das Geballere der Jäger aus den Wäldern. Sollen die sich doch um die Wölfe kümmern!«

Marius brachte die Energie auf, ein Auge zu öffnen und ihm einen mitleidigen Blick zuzuwerfen. »Du kennst doch die Typen, die morgens in der Bar National in Tarnanzügen vor ihrem Pastis hocken. Die knallen mit Schrotflinten auf gezüchtete Fasane, die in Käfigen gehalten werden, bis man sie zur Jagdsaison freilässt. Und selbst diese tollpatschigen Vögel verfehlen sie meistens. Wenn du solche Kerle auf ein Rudel Wölfe loslässt, dann ergeht es denen nicht besser als den Lämmern von Calissanne.«

»Also ruft man die Gendarmerie.«

»Keine Angst, du musst nicht mit deiner Pistole auf Wolfsjagd gehen. Die Tiere stehen ja unter Naturschutz, also kümmert sich Vater Staat um alles. Wir müssen bloß den Schaden begutachten und ein Protokoll schreiben. Damit geht der Schäfer zur Präfektur und bekommt für jedes gerissene Tier eine Entschädigung. Wenn du mich fragst: Ob der Schäfer sein niedliches Lämmchen nun zum Schlachter trägt oder einem Wolf überlässt, er macht so oder so ein gutes Geschäft.«

»Aber wenn er zum Schlachter geht, müssen wir nicht um fünf Uhr morgens im kalten Streifenwagen hocken.« Blanc blickte aufmerksamer nach draußen. Wölfe. Er schüttelte fassungslos den Kopf. Der Mistral blies, die Luft schmeckte nach Frost, auf dem Asphalt glitzerten Eiskristalle im Scheinwerferlicht. Er ließ die Seitenscheibe trotzdem fingerbreit hinab, damit ihn der kalte Hauch endlich richtig aufweckte. Die Straße war eng und wand sich hinter Salon-de-Provence in Serpentinen hügelan. Der Wald zu beiden Seiten war wie eine riesige Woge aus schwarzer Tinte, eine auf- und absinkende düstere Masse. Aus der Nacht schallte der scharfe, kurze Jagdruf einer Eule. Ein zweiter Raubvogel antwortete. Und nur Sekunden später glaubte Blanc, das verzweifelte Fiepen einer Maus zu vernehmen, ein Laut, der abrupt endete. Tiefe Stille. Er fuhr die Scheibe wieder hoch.

»Wo kommen alle diese Wölfe her?«, fragte er. »Ich dachte, die seien längst ausgestorben.«

»Das sind Emigranten aus Italien. Seit unsere Regierung vor mehr als zwanzig Jahren im Mercantour in den Seealpen den Nationalpark eingerichtet hat, wandern die Tiere wieder ein. Wölfe sind klug. Sie haben begriffen, dass sie hier nicht mehr gejagt werden. Und du weißt selbst, wie herrlich Lammfleisch schmeckt. Also wagen sie sich Jahr für Jahr ein paar Kilometer weiter vor. Irgendwann werden sie durch die Straßen von Marseille streifen.«

»Ich wusste, dass diese Sache auch etwas Gutes hat.«

Die schwarzen Wogen zu beiden Seiten ebbten ab. Die Straße führte noch immer bergauf, doch das Land um sie herum lichtete sich. Im Scheinwerferlicht tauchten lange Reihen kahler Weinstöcke auf. »Ist es noch weit?«, fragte Blanc.

Marius kurbelte die Rücklehne wieder in eine aufrechte Position. »Wir sind gleich da. Vieux Vernègues liegt nur zehn Kilometer hinter Salon im Massif des Costes, aber du denkst, du hast die Provence verlassen. Diese Hügelkette erstreckt sich zwar zwischen Lubéron und Alpilles, ist aber viel weniger bekannt. Keine Hollywoodstars, keine Oligarchen, keine Scheichs. Keine restaurierten Landhäuser, deren Fotos du in Pariser Architekturmagazinen wiederfindest. Traumhaft.«

»Wenn es so schön ist, warum haben es dann die Millionäre noch nicht entdeckt?«

»Nenn es das ›kollektive Unbewusste‹. Vielleicht spüren die Leute instinktiv, dass das Massiv gar nicht so massiv ist und du dem Boden unter deinen Füßen nicht trauen kannst. 1909 hat es in der Provence das letzte große Erdbeben gegeben. In Salon ist ein Burgturm einfach umgekippt, selbst in Avignon haben noch die Wände gewackelt. Aber das Epizentrum lag unter dem Massif des Costes, und das lag auch schon mal im Mittelalter hier und wer weiß wie oft davor schon. Vieux Vernègues sah jedenfalls nach dem Beben aus, als hätte Assad es bombardiert. Die überlebenden Einwohner haben ein neues Vernègues lieber tiefer im Tal wieder aufgebaut, weil die Bergspitze so heftig gebebt hat. Die Ruinen oben haben sie den Füchsen überlassen. *Putain*, in der Provence wird jede miese alte Scheune von irgendeinem reichen Schnösel renoviert, aber da steht ein ganzes mittelalterliches Dorf auf einem malerischen Gipfel, und niemand geht mehr hin. Niemand! Die haben nicht einmal ein Museum aus Vieux Vernègues gemacht wie in Vaison-la-Romaine oben am Mont Ventoux. Vieux Vernègues ist einfach bloß eine Geisterstadt.«

»Der Schäfer, der uns zu Hilfe gerufen hat, scheint mir kein Geist zu sein.«

»Das Gipfelplateau von Vieux Vernègues ist so groß wie fünf oder sechs Fußballfelder. Die normalen Häuser des Dorfes standen am Hang, ganz oben durfte nur der Herr Ritter wohnen. Die Adelsfamilie war übrigens mit dem Marquis de Sade verwandt. Vielleicht hatte Gott einfach irgendwann die Schnauze voll vom perversen Treiben und hat ihnen ein Beben geschickt. Na, jedenfalls steht diese Burg am östlichen Ende des Plateaus. Am nördlichen Ende erhob sich einst eine Windmühle. Du kannst heute noch den Stumpf des Turms sehen. Und zwischen Burg und Mühle erstreckt sich eine Weide: Gras, ein paar Felsen, und zum Rand hin, wo das Plateau in die Tiefe abfällt, wachsen Bäume und Büsche. Die schützen dich vor dem Mistral und sind eine Art natürlicher Zaun, der die Schafe von nächtlichen Irrläufen abhält. Deshalb treiben Hirten im Winter gern ihre Herden dorthin, da ist es grün, geschützt und sicher. Zumindest bis zu dieser Nacht war es dort sicher.«

Sie folgten einer Straße, die immer schmaler und kurviger wurde, bis sie irgendwann vor einer Schranke endete. Blanc stellte den Mégane auf einem nicht asphaltierten Parkplatz daneben ab, der zerfurcht war wie ein schlecht gepflügtes Feld. Kein weiteres Auto stand hier, keine Straßenlaterne glomm. Sie stiegen einen Feldweg hoch, die Lichtstrahlen ihrer Taschenlampen zuckten über Sträucher. Im ersten grauen Dämmerlicht tauchten bald gezackte Gebilde auf, die Blanc im Näherkommen als Ruinen erkannte, die aus Brombeerbüschen aufragten.

»Willkommen in Vieux Vernègues«, brummte Marius.

Im Osten leuchtete der Himmel beinahe durchsichtig weiß, die Bergrücken am Horizont tauchten blau aus der Nacht. Sie schalteten die Lampen aus. Mit Sonnenaufgang wurde der Mistral stärker, der Wind rauschte in den Eichen, im Gesträuch raschelte es, und niemand konnte sagen, ob es die Böen waren oder kleine Tiere, die vor Blanc und Marius flohen.

Und schließlich hörten sie das Heulen.

Es war ein langgezogener, hoher, trauriger Ton, der schier endlose Sekunden durch das Tal hallte, bevor ihn der Mistral schließlich verwehte. Es war, als hätten alle Tiere den Atem angehalten.

»*Merde*«, flüsterte Blanc und holte tief Luft. »So etwas kenne ich nur aus dem Kino.«

»Vielleicht war es ja bloß ein schlecht gelaunter Hund«, sagte Marius.

Blanc erwiderte nichts. Einen Moment lang hatte er einen tiefen, archaischen Schrecken verspürt. War es möglich, dass sich Angst über zahllose Generationen hinweg vererbte? Dass sich die jahrtausendealte Furcht des Menschen vor dem Wolf in die Gene gegraben hatte? Sodass selbst ein Gendarm des 21. Jahrhunderts von derselben Furcht gepackt wurde wie der Jäger, der im Neolithikum durch diese Hügel gestreift war?

Sie lauschten. Nichts. Marius fuchtelte irgendwann mit der Hand durch die Luft, als wollte er einen Gestank vertreiben. »Lass uns weitergehen und diesen verdammten Job erledigen.«

Sie streiften vorsichtig hügelan durch die zerstörte Stadt. Blanc bestand darauf, in Keller hinunterzusteigen und um Mauerreste herumzugehen – er wollte nicht, dass sich irgendwo in den Trümmern ein Wolf verbarg und sie womöglich von hinten angriff. Seine Hand lag auf dem Pistolengriff. Doch er bemerkte kein Tier, nicht einmal einen Fuchs. Endlich standen sie oben. Die gewaltigen Burgmauern boten ihnen einen Moment lang Schutz vor dem Mistral. Im Dämmerlicht sah Blanc eine Eiche, die aus dem gemauerten Ring einer mittelalterlichen Zisterne hinauswuchs, die tief in den Felsen getrieben worden war. Sie stapften durch die Ruinen der Festung, bis der Mistral sie wieder peitschte und sie über das Gipfelplateau blickten: Gras, dazwischen graue Felsgrate, als sei die Wiese eine zerschlissene Decke, die den Bergrücken nur unvollständig bedeckte. Gebüsch zu beiden Seiten und in zweihundert oder dreihundert Metern Entfernung der geköpfte Windmühlenturm, ein stumpfer Zylinder, der Blanc unwillkürlich an die römischen Gräber neben der Via Appia erinnerte, ein Flashback zurück in jene Zeit, als er noch eine gute Ehe geführt und schöne Reisen gemacht hatte. Am südlichen Abhang des Plateaus hatte die Moderne einen Teil dieser archaischen Welt erobert: Blanc sah drei filigrane Metallgestelle mit Radarmuscheln und Antennen, die Konstruktionen waren so hoch wie ein dreistöckiges Haus.

»Ich habe nie herausgefunden, ob diese Antennen zum Flughafen Marseille gehören oder ob hier die Kampfpiloten von der

Base Aérienne in Salon angefunkt werden«, erklärte Marius, der seinem Blick gefolgt war. »Es hat auf jeden Fall was mit Flugzeugen zu tun. Doch was auch immer das für eine Installation ist, sie scheint nicht besonders wichtig zu sein. Sie wird von niemandem bewacht.«

»Also gibt es keinen Sicherheitsmann, den wir als Zeugen befragen können«, folgerte Blanc. »Und es gibt keine Überwachungskameras?«

»Mach dir um Zeugen und Filmaufnahmen keine Sorgen, die Sache klärt sich auch so.« Marius deutete nach vorn.

Am rechten Rand des Plateaus stand ein fast zehn Meter hoher, dicker Stamm, das Holz verdreht wie ein Korkenzieher, schwarz und verwittert, mit roten Streifen, als hätte der Baum geblutet. Doch selbst Blanc konnte erkennen, dass dieser Baum längst tot war, das Skelett eines uralten Olivenbaumes ohne Zweige, ohne Blätter, ohne Früchte. Zu seinen Füßen war ein Lager aufgeschlagen worden: ein grünes Igluzelt, eine als Windschutz aufgespannte Plastikplane, am knotigen Stamm lehnte ein altes grünes Mountainbike mit *Decathlon*-Schriftzug. Vor dem Zelt glomm ein Lagerfeuer in einem Kreis aus Steinen. Eine dünne graue Spirale stieg von dort auf und wurde vom Mistral verweht. Die glimmenden Holzscheite dufteten würzig. Blanc atmete tief ein. Da war aber noch ein anderer Geruch in der Luft.

Blut.

Er sah sich misstrauisch um. Endlich erkannte er zwei Gestalten am hinteren Ende des Plateaus, nahe am Mühlenstumpf. Zwei Männer, dachte er. Und zwischen ihm und den Männern erkannte er seltsam unförmige Gebilde auf der Wiese, mal hier, mal dort, vielleicht ein Dutzend – als hätte man achtlos Bettwäsche in großen Haufen auf den Boden geworfen, Bettwäsche, die einmal weiß gewesen war. Jetzt waren diese Haufen schmutzig-grau.

Und sie waren an manchen Stellen rot, sehr rot.

Als sie näher kamen, versuchte Blanc, so flach wie möglich zu atmen. Die unförmigen Haufen waren die Kadaver von Schafen. Die Tiere waren alle auf dieselbe Art gestorben: ihre Kehlen waren zerrissen, aus den zerfetzten Schlagadern hatte sich Blut über ihre Felle und den Boden ergossen. Es stank nach Eisen und schon ein wenig süßlich nach Verwesung, obwohl die Luft in der Nacht doch eiskalt gewesen war. Blanc zählte drei ausgewachsene Muttertiere und acht Lämmer, mager und klein. Sie trugen dichte Winterwolle, auf ihre Flanken hatte jemand mit roter Sprühfarbe *FL* und jeweils eine zwei- oder dreistellige Zahl gesprüht. Die meisten Schafe wiesen schreckliche Halswunden auf, waren ansonsten aber anscheinend unverletzt. Nur ein ausgewachsenes Tier und zwei Lämmer waren zusätzlich an Bauch und Brust aufgerissen worden, Blut und Reste zerstörter Eingeweide quollen aus diesen Verletzungen. Manche Schafe blickten im Tod hin zum Rand des Plateaus, andere zur Burg oder zum Mühlenstumpf. Erst nach und nach glaubte Blanc, so etwas wie ein Muster zu erkennen: alle Opfer lagen auf jenem Teil der Wiese, der sich leicht absenkte und etwa hundert Meter vom alten Olivenbaum entfernt war. Vom Lager dort aus war diese Senke, zumal bei Dunkelheit, kaum noch auszumachen, vermutete er.

»Kluger Wolf«, murmelte Blanc so leise, dass Marius ihn nicht hörte.

Einer der beiden Schäfer kam nun auf sie zu: verwittertes Gesicht, dichte graue Haare, sehnige, altersfleckige Hände, nicht einmal eins siebzig groß, die Bewegungen so geschmeidig, dass man sofort wusste, dieser Mann hatte sein ganzes Leben draußen verbracht. Blanc schätzte ihn auf Mitte sechzig und vermutete, dass er stärker und schneller war als die meisten Männer Mitte zwanzig. Er hatte einen alten, aber gut eingefetteten Karabiner und eine lederne Jagdtasche um die Schulter geschlungen und trug eine Jeans, grobe Wanderschuhe und ein rot-schwarz kariertes Flanellhemd. Keine Mütze, keine Jacke, keine Handschuhe. Ob der Kerl unter seinem Flanellhemd noch einen Pullover trug? Oder war dem einfach nicht kalt?

»Frédéric Locez«, stellte er sich vor. »Aber nennen Sie mich einfach Fred.« Sein Händedruck war fest, die Innenfläche seiner Rechten so hart und rau wie altes Holz, um seine beinahe schwarzen Augen lag ein Spinnennetz von Fältchen.

Blanc erwiderte den Gruß und stellte Marius und sich vor. »Tut mir leid um Ihre Tiere, Fred«, fuhr er fort. »So etwas habe ich noch nie gesehen. Elf tote Schafe.«

»Zwölf«, korrigierte ihn Locez und wies auf eine Stelle der Wiese, die dunkel glänzte. »Es fehlt noch ein Lamm. Vermutlich hat es sich ein Wolf von dort geholt und mit ins Unterholz gezerrt. Von dem Tier werde ich wohl nichts mehr finden.«

»Sie sind sicher, dass es ein Wolf war?«

»Ein Kaninchen war es jedenfalls nicht.« Locez schüttelte traurig den Kopf. »Haben Sie das Geheul eben nicht gehört? Ich mache Ihnen keinen Vorwurf, *mon Capitaine,* Sie sind ein Städter, das sieht man schon auf hundert Meter. Sie kennen Wölfe nur vom Zoobesuch mit den Kindern. Ich habe in diesem Winter aber schon dreiundzwanzig Merinos an den Wolf verloren. Außerdem habe ich die Wölfe diese Nacht gesehen.«

»Sie haben die Tiere gesehen?«, mischte sich Marius ein.

»Der Mond steht zu drei Vierteln am Himmel. Die Luft ist klar. Wenn sich Ihre Augen erst einmal daran gewöhnt haben, können Sie im Mondlicht sogar Strafzettel schreiben, *mon Lieutenant*«, erwiderte Locez und lachte, trotz allem.

Der zweite Schäfer näherte sich ihnen. Schäferin, korrigierte sich Blanc dann erstaunt. Beinahe die gleichen kurzen grauen Haare, der gleiche kompakte, muskulöse Körper, die gleiche Kluft in Jeans und Flanellhemd wie Fred Locez, doch ohne Zweifel eine Frau.

»*Une femme-homme*«, flüsterte Marius, »nimm dich vor der in Acht.«

Mit ihrer Linken umklammerte sie – wie es Blanc schien: mit eisenhartem Griff – das lederne Halsband eines massigen, weißen Hundes, der ihr bis zur Hüfte reichte. Der Hund grollte die beiden Gendarmen feindselig an.

»Das ist Emir«, erklärte Fred, »unser Hütehund aus den Pyrenäen. Der mag keinen Wolf, und er mag auch keine Fremden. Wie jeder Patou, da kann man nichts machen. Und das ist meine Frau Clotilde.«

Zuerst der Hund, dann die Frau, dachte Blanc, das ist ja mal eine galante Vorstellung. Er schüttelte ihr die Hand – mit weit vorgestrecktem Arm, er wollte dem riesigen Hund nicht zu nahe kommen. Der Patou hatte ein Fell wie ein Eisbär, und wahrscheinlich konnten es auch seine Kiefer mit denen eines Bären aufnehmen.

»Sie habe ich schon mal gesehen«, begrüßte Clotilde Locez Marius, dann blickte sie Blanc in die Augen. »Aber Sie sind ein Neuer.«

»Ich bin vor mehr als einem halben Jahr in die Provence versetzt worden, Madame.«

»Sag ich doch: ein Neuer. Das ist Ihr erster Winter hier. *Eh bien,* jetzt wissen Sie, wie das hier ist. Ich wollte Sie mir nur mal ansehen. Emir sollte Ihre Witterung aufnehmen, dann erkennt er Sie beim nächsten Mal und greift Sie nicht an. Zumindest nicht sofort. So, der Hund und ich kümmern uns mal besser um die Herde. Um die Tiere, die noch leben, meine ich. Fred erklärt Ihnen alles. Ist ja nicht das erste Mal.« Sie spuckte auf den Boden, drehte sich um, ohne eine Antwort abzuwarten, und zog den gewaltigen Hund mit sich. Erst jetzt bemerkte Blanc, dass sich im Schatten des zerstörten Mühlenturms Dutzende Schafe so dicht wie möglich ans Mauerwerk drängten, alle Tiere waren still und rührten sich nicht. Er war nicht traurig, Hund und Herrin davongehen zu sehen, und atmete erleichtert auf.

»*Bon*«, sagte Marius, »dann wollen wir mal.« Er hatte ein rosafarbenes Heft mit Herzen und Ponys auf dem Einband aus seiner alten Lederjacke gezogen. Blanc und Locez blickten ihn verwundert an. »Habe ich beim Aufräumen im alten Kinderzimmer gefunden«, erklärte Marius. »Das war das Hausaufgabenheft meiner Tochter, aber sie hat eigentlich nie etwas hineingeschrieben. Langsam verstehe ich, warum ihre Noten uns nie glücklich gemacht haben.«

Locez starrte auf das rosafarbene Heft. Blanc sah dem Schäfer an, dass er sich nicht ernstgenommen fühlte. »Das hat alles seine Richtigkeit«, versicherte er schnell.

Der Schäfer seufzte. »Clotilde und ich waren im Zelt«, begann er und deutete zum alten Olivenbaum. »Die Tiere standen auf diesem Teil des Plateaus, den hatten sie noch nicht abgeweidet. Emir war bei ihnen. Und wir hatten Lichter aufgestellt.«

»Lichter?«, fragte Blanc.

Locez kramte in seiner Jagdtasche und fischte eine längliche Leuchte aus Plastik heraus, mit einer Spitze unten, um sie in den Boden zu rammen, und einem handgroßen Solarkollektor oben, der die Lampe tagsüber auflud.

»Eine Gartenleuchte aus dem Baumarkt«, sagte Blanc verwundert.

»Ich lebe zwar auf dem Land, aber trotzdem im einundzwanzigsten Jahrhundert, *mon Capitaine*«, erwiderte Locez gleichmütig. »Warum soll ein Schäfer keine Solarzellen nutzen? Ich habe mir hundert Stück im Baumarkt besorgt. Die stelle ich jede Nacht in einem weiten Kreis um meine Herde. Das ist so eine Art Zaun aus Licht. Die Schafe reißen nicht aus. Und kein Räuber greift die Herde an. Dachte ich.« Er stopfte die Lampe wieder in die Tasche.

»Der Wolf hatte keine Angst vor dem Licht?«, fragte Marius.

»Die Wölfe. Es waren mindestens vier. Und, ja, die Biester haben vor gar nichts mehr Angst, schon gar nicht vor meinen Lampen.« Locez deutete auf eine Stelle im Buschwerk am Rande des Plateaus, etwa einhundert Meter vom Zelt entfernt. »Mitten in der Nacht hat Emir wie verrückt angeschlagen. Es war ungefähr ein Uhr. Clotilde und ich sind aufgesprungen und aus dem Zelt gestürzt. Wissen Sie, wir sind schon dreimal von Wölfen angegriffen worden. Aber nicht hier. Hier auf dem Hügel, haben wir gedacht, sind wir sicher. Die Wölfe schleichen sich nicht durch die Ruinen von Vieux Vernègues bis zu uns hinauf. Vieux Vernègues stinkt nach Tod. Erdbeben kann man riechen, wissen Sie? *Eh merde.* Wir sind zu Emir gerannt, ich hatte meinen Karabiner dabei.« Er klopfte auf die Waffe. »Tatsächlich: Da stand ein Wolf am Rand des Gebüschs. Clotilde und ich konnten ihn im Mondlicht deutlich erkennen. Ein erwachsener Rüde, so groß, wie der war! Emir ist nicht auf ihn losgegangen, er hat nur gebellt. Ich habe mein Gewehr entsichert.« Er blickte Blanc an und schüttelte dann in der Erinnerung den Kopf, verwundert und noch immer erschrocken. »Wissen Sie, was ein Schäfer und sein Hund machen, wenn Sie einen Wolf sehen, *mon Capitaine*? Sie stellen sich zwischen das Raubtier und die Herde: vor mir der Wolf, hinter mir die Schafe. Wir schützen die Tiere. Das machen wir immer so, das machen alle, das ist praktisch wie ein Instinkt. *Eh bien*, Emir, Clotilde und ich haben uns also in einer Reihe zwischen die Schafe und diesen Wolf postiert. Er war noch mindestens zwanzig, dreißig Meter entfernt, er ist am Rand des Gebüschs hin- und hergelaufen, aber er ist nicht näher gekommen. Ich habe meinen Karabiner gehoben und angelegt, es war schwierig, im Mondlicht einen Wolf anzuvisieren, der sich so rasch bewegt und dann ...« Locez schüttelte schon wieder den Kopf. Dann drehte sich der Schäfer auf einmal um seine Achse und deutete auf die Büsche am gegenüberliegenden Ende des Plateaus. »Dann sind mindestens drei Wölfe von *dort* herausgebrochen«, vollendete er mit leiser Stimme. »Und danach ging alles so wahnsinnig schnell …« Er schluckte und sammelte sich, bevor er fortfahren konnte. »Es war ein Hinterhalt, *mon Capitaine*! Ein Wolf hat den Hund und uns auf diese Seite des Plateaus gelockt. Der Wolf wusste genau, dass wir uns zwischen ihn und die Schafe stellen würden. Er hat gewartet, bis wir auch wirklich dort waren, wo er uns haben wollte – und dann ist sein Rudel in unserem Rücken von der anderen Seite des Plateaus aus dem Versteck gekommen! Jetzt waren die Schafe zwischen uns und den anderen Wölfen vollkommen schutzlos. Ich konnte nicht einmal schießen, meine eigenen Tiere waren im Weg! Wir sind wie verrückt losgerannt. Doch bis wir auf der anderen Seite des Plateaus waren, war es für zwölf Tiere schon zu spät.«

In Blancs Ohren klang das wie eine Geschichte von Jack London. Wolfsrudel. Nächtlicher Überfall. Hinterhalt. Wir sind doch nicht am Yukon, sagte er sich. Doch die blutbesudelten Schafskadaver bewiesen, dass etwas Schreckliches in dieser Nacht geschehen sein musste. »Allen toten Tieren sind die Kehlen zerbissen worden?«, vergewisserte er sich.

Locez nickte. »So jagen Wölfe: ein Biss in die Kehle.« Er deutete auf einen der drei aufgebrochenen Tierkörper. »Wölfe mögen weder Fell noch Knochen, eigentlich nicht mal Muskelfleisch. Ist ein Tier verendet, arbeiten sie sich so schnell wie möglich durch den Bauch bis zu den Innereien vor. Die verschlingen sie. Sie hatten nicht viel Zeit, bis wir heran waren. Sonst sähen die anderen toten Schafe wohl auch so aus.«

»Dann wollen wir mal«, verkündete Marius. Er zog sein altertümliches Handy aus der Tasche und schoss Fotos von den verendeten Tieren. Zwischen dem Fotografieren zeichnete er eine Art Lageplan des Plateaus in sein Notizheft und trug die Position jedes gerissenen Schafes darin ein.

Blanc sah ihm eine Zeit lang schweigend zu, dann wandte

er sich wieder an Locez: »Fred, werden Sie dafür gut entschädigt?«

»Korrekt«, erwiderte er. »Ich habe im Winter meine Herde auf drei Weiden rund um Vieux Vernègues verteilt, auf dem Plateau hier steht die kleinste. Etwa hundert von den siebenhundertachtzig Merinos, die ich insgesamt habe. Jetzt sind es ein paar weniger.« Er ging bis zu einem Lamm und zeigte mit dem Finger auf die gesprühten Buchstaben und Zahlen an dessen Flanke: *FL 780*. »Das war mein jüngstes Lamm.«

»Sie markieren alle Tiere so?«

»Wir brauchen keine Brandeisen, wir sind ja keine Barbaren. Man darf bloß nach der Schur nicht mit den Zahlen durcheinanderkommen, wenn man die Tiere neu einsprühen muss.« Er lachte kurz, dann wurde er wieder ernst. »Jedes Schaf bringt mir zweihundert Euro – aber nur, wenn es ausgewachsen ist. Für ein Lamm gibt es bloß ein paar Euro. Sehen Sie: Wenn Sie einen Apfelbaum haben und jemand hackt den ab, dann ist das zwar gut und schön, wenn Ihnen der Staat für den Baum eine Entschädigung zahlt. Aber Sie können trotzdem im nächsten Herbst keine Äpfel mehr ernten, und dafür zahlt ihnen niemand eine Entschädigung. Genauso ist das bei einem Schäfer, wenn sich der Wolf die Lämmer holt: Wir können nicht mehr ernten. Selbst Schafe, die einen Wolfsangriff überlebt haben, werden danach unfruchtbar. Der Schock, verstehen Sie?«

Blanc überschlug das rasch im Geist, siebenhundertachtzig Schafe, jedes zu zweihundert Euro … Er musste sich beherrschen, um nicht anerkennend durch die Zähne zu pfeifen. Sieh an, ein armer Schäfer.

Locez schüttelte verärgert den Kopf, er hatte seine Gedanken erraten. »Ich fühle mich beschissen, wenn ich das Geld auf der Präfektur abhole. Ich bin Schäfer, ich ziehe meine Tiere groß. Ich will kein Bittsteller bei irgendeiner Behörde sein! Verdammte Wölfe!«

»Sie haben vorhin gesagt, dass dies nicht der erste Angriff war?«

»Es ist Anfang Januar, und ich habe schon dreiundzwanzig Tiere verloren. Das ganze letzte Jahr waren es nur vierzehn. Und davor keines. Mein Vater hat kein einziges Lamm an einen Wolf verloren, und mein Großvater auch nicht. *Mon Dieu,* wer hätte gedacht, dass die Wölfe zurückkehren?!«

Blanc deutete auf den Karabiner des Schäfers. »Sie können sich doch wehren. Und Sie haben einen Hund.«

Locez fuhr sich durch die Haare. »Deshalb habe ich ja nur ein paar Tiere verloren. Es gibt Kollegen, denen gehen mehr als hundert Schafe im Jahr davon.« Er atmete tief durch. »Wissen Sie, wie groß der Abstand zwischen dem Leithammel und den Nachzüglern ist, wenn Sie eine Herde von fast achthundert Tieren von einer Weide zur anderen treiben?«

Blanc zuckte mit den Achseln. »Hundert Meter?«, riet er.

»Einen Kilometer.« Locez nickte bestätigend. »Ein Kilometer, ein Karabiner, ein Hund – das funktioniert nicht. Sie können nicht überall sein. Und nachts, wenn die Herde eng zusammengetrieben wird, *eh bien,* Sie sehen es ja. Ein paar Kollegen ziehen jede Nacht einen Elektrozaun um die Schafe, aber selbst der hält die Wölfe nicht ab. Wir werden tags und nachts angegriffen, wir haben überhaupt keine Ruhe mehr.«

»Sie könnten sich mehr Hütehunde anschaffen.«

»Ein Rudel Patous ist schlimmer als ein Rudel Wölfe!« Der Schäfer schüttelte entschieden den Kopf. »Patous wollen auch fressen. In den Alpen sind inzwischen in vielen Tälern die Murmeltiere ausgerottet worden, irgendwovon muss sich ein Hund ja ernähren. Außerdem sind es aggressive Tiere. Ein Patou geht auf Wanderer und Radfahrer los, die ihrer Herde zufällig nahe kommen. Und der begnügt sich nicht damit, Ihnen einmal in die Waden zu zwicken, *mon Capitaine.* Wenn der Hund jemanden ins Krankenhaus beißt, dann bin ich dran. Deshalb muss jeder Schäfer jeden Patou auf der Präfektur registrieren lassen, das ist wie ein Waffenschein. Und ich bin doch nicht Schäfer geworden, um Papierkram zu erledigen!«

»Sieht dann wohl so aus, als könnten Sie nichts machen.«

»Selbstverständlich kann man was machen!«, explodierte Locez. »Genau das, was man jahrhundertelang gemacht hat: Wir knallen die Wölfe ab! Diese verrückten Ökos mit ihrem Naturschutz. Der Staat schützt heute die Wölfe und nicht die Menschen, ist das nicht Wahnsinn? Früher war es besser: Kein Wolf, kein Karabiner, kein gerissenes Schaf, und Sie wären auch auf der warmen Gendarmerie-Station geblieben.«

Marius kehrte von seinem Rundgang ums Plateau zurück. Er klappte sein Notizheft zu. »Ich habe alles aufgenommen«, erklärte er, »wir können heim zu *Maman*. Wir schreiben den Rapport, Sie bekommen eine Kopie, Fred. Und nächste Woche haben Sie die Entschädigung vom Staat auf Ihrem Konto.«

Locez schnaubte. »Ich weiß ja, dass Sie nur Ihren Job tun. Aber wenn mich nicht einmal die Gendarmerie schützen kann, dann muss ich das beim nächsten Mal halt selbst erledigen.« Er tippte leicht auf seinen Karabiner, nickte zum Abschied und drehte sich um.

»Lass uns zurückfahren, bevor ich mir die Eier abfriere«, sagte Marius. Er klang ganz zufrieden mit sich.

Blanc sah der davonstapfenden Gestalt hinterher. Lachfalten um die Augen. Hände wie aus Eisen. Immer draußen. Schon Vater und Großvater Schäfer. Aber jetzt hat der Mann ein Dutzend Schafe verloren, und er hat ein Gewehr, und er wird schießen, irgendwann. »Ich will mich noch ein wenig umsehen«, murmelte er.

»Wozu? Die Sache ist eigentlich nicht komplizierter, als wenn ein Besoffener mit dem Auto vor einen Baum knallt. Das ist zwar hässlich, und es fließt Blut, aber niemand muss komplexe Ermittlungen einleiten.«

»Locez hatte vorhin Recht: Ich bin Städter. Was weiß ich schon von Wölfen? Ich will verstehen, was hier letzte Nacht passiert ist.«

»Warum willst du nicht ahnungslos bleiben? Wir haben bloß einmal im Monat Nachtdienst. Sollten die Wölfe tatsächlich noch mal hier aufkreuzen, dann müssen sich andere Kollegen darum kümmern. Mit ein bisschen Glück müssen wir nie wieder nachts durch diese Ruinen stapfen.«

Blanc schüttelte zweifelnd den Kopf. »Da wäre ich mir nicht so sicher«, erwiderte er leise.

Der Mistral war noch stärker geworden, achtzig, hundert Stundenkilometer in den Böen, schätzte Blanc, er hatte inzwischen seine Erfahrung mit diesem Wind gemacht. Und trotzdem hatte er weder an Mütze noch Handschuhe gedacht, als er frühmorgens hastig nach Vieux Vernègues aufgebrochen war. Er klappte den Kragen seiner alten Lederjacke hoch und verkroch sich so tief wie möglich darin. Der Himmel leuchtete inzwischen wie blaue Aquarellfarbe. Am östlichen Horizont hatte der Große Künstler ein wenig Rosa und Orange beigemischt. Eine Fernsicht, als könnte man im Norden den Eiffelturm erkennen. Paris. Familie. Nicht dran denken. Marius fischte schon eine Sonnenbrille aus seiner Manteltasche. An die hatte Blanc auch nicht gedacht. Ich werde vom Blinzeln noch Fältchen kriegen wie dieser Schäfer, dachte er, *eh merde*.

Sie gingen langsam Richtung Burg zurück. Die beiden Mauern, die das Erdbeben nicht umgeworfen hatte, formten ein riesiges V. Der gotische Steinbogen in ihrem Innern wirkte so fragil, als könnte ihn die nächste Mistralböe umblasen, und wahrscheinlich würde der Wind sich auch irgendwann dieses stolze Relikt der Burgherren von Vieux Vernègues holen. Der Mistral rauschte im Ginster, der über den Steinhaufen wucherte, krümmte eine junge Feige, die Zweige tanzten auf und nieder, doch …

Die Zweige bewegten sich gegen die Windrichtung.

»Da ist was«, flüsterte Blanc. Er griff nach seiner SIG Sauer. Marius hatte ebenfalls schon seine Waffe gezogen.

»Das ist kein Wolf«, gab Marius eine Sekunde später leise zurück. »Sondern ein Mensch.«

Blanc entspannte sich – bis er sah, dass sein Kollege trotzdem die Pistole in der Hand behalten hatte. »Möchte wissen, was dieser Typ da zu suchen hat«, zischte Marius.

Sie gingen vorsichtig näher, Blanc bemühte sich, lautlos aufzutreten. Sie waren jetzt mitten in der alten Burg, zu beiden Seiten ragten Schutthügel auf. Endlich war er so nahe, dass er Einzelheiten im Schatten der hohen Mauer erkennen konnte. Was immer das für ein Typ sein mochte, er wirkte nicht gerade gefährlich: vielleicht fünfzig Jahre alt, untersetzt, graue Haare in wirrer Frisur, eine Brille mit Linsen wie zwei Glasbausteine, dünner grauer Bart. Und er trug einen braunen Cordanzug.

»*Mon Dieu*«, flüsterte Blanc und blickte Marius an. »Selbst du würdest so etwas nicht mehr anziehen.«

»Was soll das heißen: ›selbst du‹? Cord hält warm, und braun steht jedem.« Aber auch Marius steckte die Waffe weg.

Blanc beobachtete den Mann, der sie immer noch nicht bemerkt hatte, obwohl sie nun kaum zwei Meter vor ihm standen. Er schien intensiv auf einen Punkt am Himmel zu starren, irgendwo dicht über der Kuppe des nächstgelegenen Hügels. Blanc versuchte, seinem Blick zu folgen, doch da war nichts, nicht einmal eine Wolke. Der Mann hielt ein ziegelsteingroßes Gerät mit einer langen Antenne in der Linken, vielleicht ein Funkgerät oder eine Fernsteuerung oder irgendein Messgerät. Blanc dachte an die Antennen vom Rand des Plateaus. Ob das so eine Art Techniker war?

»*Bonjour!*«, rief er.

Der Mann zuckte zusammen, blinzelte in ihre Richtung, dann hob er die Hand zu einem zögerlichen Gruß. »Haben Sie mich erschreckt! Ist es verboten, dass ich zwischen den Ruinen herumklettere?«, fragte er. »Wollen Sie mich jetzt verhaften?«

»Woher wissen Sie, dass wir Flics sind?«, fragte Blanc verwundert, Marius und er trugen Zivil.

»Von der Burgmauer aus hat man einen Blick auf den Parkplatz. Da steht ein Auto der Gendarmerie. Der Rest ist nicht schwer zu erraten.« Der Mann schüttelte ihnen die Hände. Blanc stellte Marius und sich vor.

»Ich bin Doktor Maurice Fouquart, was kann ich für Sie tun?«, erwiderte der Mann.

»Sie sind Arzt?«

»Ich bin Ufologe.«

Blanc schwieg für einen Moment. Wölfe, die einen Hinterhalt legten. Ein Ufologe in einer Burgruine. Er wünschte, jemand anderes hätte in dieser Nacht Dienst gehabt.

»Ich wusste nicht, dass man in Ufologie promovieren kann«, beendete Marius die Stille gerade noch rechtzeitig, bevor sie peinlich lang werden konnte.

»Ich bin Astrophysiker an der Universität Grenoble. Ich habe mich aber vor einiger Zeit beurlauben lassen, um mich ganz meinen Studien zu widmen.«

»Über Ufos?«

»Bei meinen Forschungen an der Uni bin ich irgendwann zu dem Schluss gelangt, dass es extraterrestrisches Leben gibt. Das ist so sicher wie die kosmische Hintergrundstrahlung.«

»Kosmische Hintergrundstrahlung, selbstverständlich«, sagte Marius.

Fouquarts Augen waren so klar und hellblau wie der Morgenhimmel. Er lächelte. Der ganze Mann war plötzlich voller Energie. »Deshalb bin ich von Grenoble hierhergezogen!«, rief er. »Wissen Sie, wie viele Ufo-Sichtungen aus der Provence gemeldet wurden?« Er wartete nicht ernstlich auf eine Antwort. »Einhundertfünfundsiebzig Phänomene seit 1965! Ufo-Sichtungen oder Kornkreise, manche Fälle sind durch Fotos gut belegt. Alles wird von MUFON France dokumentiert, der französischen Sektion internationaler Ufologen.«

Der glaubt tatsächlich daran, dachte Blanc nicht ohne Bewunderung. Ein Mann, der für seine Überzeugung brannte. Fouquart hatte Charisma, oder vielleicht war es auch nur der Faktor Wahnsinn. »Und Sie haben diese Nacht Ufos gesucht, ausgerechnet in Vieux Vernègues?«, hakte er nach.

Der Astrophysiker nickte eifrig. »Es gab eine Sichtung!«, verkündete er. »In der Nacht vom 24. auf den 25. Dezember ist ein Autofahrer mit seiner Frau und dem gemeinsamen Baby die Route Départementale 15 zwischen Salon und Lambesc entlanggefahren, nur ein paar Kilometer südlich von hier. Der Mann war total nüchtern, ein Luftfahrttechniker, der bei Airbus Helicopters in Marignane arbeitet, ein Experte gewissermaßen. *Eh bien.* Dieser Mann sieht also plötzlich vier orangefarbene Lichter: Leuchtbälle am sternenklaren Himmel, die in gleichem Abstand in Gegenrichtung zu ihm fliegen, sechs, sieben Kilometer von ihm entfernt. Sie nähern sich rasch bis auf etwa einen Kilometer. Der Autofahrer wird nervös, er weiß nicht, was er da vor sich hat, er hält am Randstreifen und schaltet das Warnlicht ein. Und was passiert da? Ein Lichtball schert aus der Formation aus und fliegt zu ihm! Der Mann gerät in Panik und flieht mit dem Wagen. Das einzelne Licht gliedert sich wieder in die Formation ein, die Lichter rasen Richtung Norden weiter und verschwinden.«

Fouquart blickte sie triumphierend an, als wäre ihm soeben ein genialer mathematischer Beweis geglückt.

Doch Blanc dachte nur: Die orangefarbenen Lichter kamen direkt vom Planeten Champagner angeflogen. Heiligabend, Weihnachtsfeier, der Typ hat gut getrunken, auch wenn er das Gegenteil behauptet hatte, was für ein Glück, dass er danach nicht gegen einen Baum gekracht ist mit Frau und Baby an Bord,

mon Dieu. Er ließ sich aber nichts anmerken und nickte bloß.
»Und jetzt halten Sie nach diesen Lichtern Ausschau, Doktor
Fouquart? Sie waren die ganze Nacht auf den Beinen?« Marius
und er beschrieben das Drama, das sich vor wenigen Stunden
auf dem Plateau abgespielt hatte. Der Forscher blickte sie ver-
wundert an. »Wölfe? Also, davon habe ich nichts mitbekommen.
Die Schafe habe ich mal gehört, ja, die haben geblökt. Und ein
Hund hat wie verrückt gebellt. Aber da war ich weiter unten am
Hügel, ich hatte mich unter einem Gewölbe versteckt, damit die
Außerirdischen mich nicht sehen. Ich war in der ganzen Nacht
nicht einmal oben auf dem Plateau. Da hat man freie Sicht, da
wäre ich doch sofort entdeckt worden.«

Blanc warf Marius einen gelinde verzweifelten Blick zu. »Sie
haben also nichts gesehen?«

»Doch, doch, ich habe etwas gesehen. Genau genommen
habe ich es sogar gefilmt«, erwiderte Fouquart eifrig. Er hantierte an dem Kasten mit der Antenne herum. Aus der Burgruine
erklang plötzlich ein hohes Sirren – und dann flog eine schwarze Minidrohne heran, die der Astrophysiker vor seinen Füßen
landen ließ. Sie war kaum größer als die Revell-Modellflugzeu-
ge aus Plastik, die Blanc in seiner Kindheit zusammengeklebt
hatte. »Die Drohne ist klein, aber ich habe eine lichtstarke Kamera montiert«, erklärte er stolz. Dann zeigte er ihnen die Fernsteuerung, in die ein winziger Monitor eingesetzt war. »Ich habe
diese Nacht ein Licht dokumentiert!«, rief er.

Blanc und Marius beugten sich über den Schirm. Man hörte
das Rauschen des Mistrals aus einem winzigen Lautsprecher
des Geräts, sonst keinen Ton. Auf dem Bild war alles schwarz.
Mit viel Fantasie ließ sich vielleicht eine Ruine ausmachen oder
ein Baum, aber vielleicht war die Qualität des kleinen Moni-
tors auch einfach bloß schlecht. Plötzlich war ein stecknadel-
kopfkleines, weißes Licht zu sehen, das von rechts nach links
durch das Bild schwebte und verschwand.

»Das habe ich zufällig aufgenommen, als die Drohne in Höhe der Burg flog. Sie hat nach unten gefilmt, Richtung Straße.«

»Ein Auto?«, warf Marius zweifelnd ein.

»Nein, die Drohne war auf den Bereich jenseits der Schranke gerichtet. Da kommt man nur noch zu Fuß weiter.«

»Also ein nächtlicher Wanderer mit einer Taschenlampe«, vermutete Blanc. »Oder Fred, der Schäfer, der eine seiner Campingleuchten herumträgt.«

Fouquart schüttelte triumphierend den Kopf. »Für einen Fußgänger bewegt sich das Licht viel zu schnell!«

»Ein Motorrad?«, fragte Blanc.

»Haben Sie Motorenlärm auf der Aufnahme gehört? Eben! Das Licht war lautlos, ganz genau wie bei der Sichtung am 24. Dezember! Lautlos und schnell!« Fouquart starrte stolz und beinahe zärtlich auf seine Drohne.

»Waren diese Lichter am Heiligabend nicht orange? Und flogen die nicht hoch am Himmel, statt über einen Wanderweg zu gleiten?«, fragte Marius freundlich.

Fouquart wedelte ungeduldig mit der Rechten. »Das ist unerheblich. Ich werde diese Bilder nachher am Computer vergrößern und analysieren. Wir werden alle noch eine Überraschung erleben.«

»Und sonst haben Sie in dieser Nacht nichts bemerkt, Doktor Fouquart?«

»Reicht das denn nicht, *mon Capitaine*?«

Marius und Blanc ließen den Astrophysiker in der Burg zurück. Fouquart packte die Drohne in einen mit Schaumstoff ausgepolsterten Aluminiumkoffer, den er unter einem Mauerstumpf abgestellt hatte. Blanc stapfte durch die Ruinen hügelabwärts, bis er hoffte, außer Hörweite zu sein. »Ein Spinner«, sagte er halblaut. »Da schleicht ein Wolfsrudel durch die Gegend, und dieser Typ filmt das weiße Licht von Raumschiff Enterprise.«

»*Putain*, der kann von Glück sagen, dass es ihm nicht so ergangen ist wie den Schafen!«, erwiderte Marius.

»Wahrscheinlich hat sein Cordanzug die Wölfe abgeschreckt«, brummte Blanc. »Eins ist sicher: Wenn dieser Herr Professor nicht mal mitbekommt, wie neben ihm ein Massaker verübt wird, dann wird der auch die kleinen grünen Männchen übersehen, selbst wenn sie direkt vor ihm landen.«

»Das müssen diese gruseligen Ruinen sein«, vermutete Marius. »Wahrscheinlich gibt es da irgendeine Aura. Das macht die Wölfe irre und die Menschen auch.«

Sie standen endlich wieder neben dem Streifenwagen. In diesem Augenblick bog ein cremefarbener Einser BMW auf den Parkplatz. Blanc wunderte sich, wie viele Leute sich zu dieser frühen Stunde an dem gottverlassenen Ort einfanden. Eine Frau stieg aus: Anfang fünfzig, mittelgroß, sportliche Figur, dichte, schwarze Haare, ein Pony wie mit dem Skalpell gezogen. Sie trug eine Brille mit schwarzem Kunststoffrahmen, ein Designerstück und sicherlich sehr teuer, doch das Gestell war zu groß für ihre schmalen Züge und ließ sie deshalb unnahbar und streng wirken. Wahrscheinlich war dieser Effekt gewollt, dachte Blanc und sah die Frau unauffällig an. Trotz cremefarbenem BMW und Designerbrille trug sie jedoch eine dunkelgrüne Outdoorjacke und eine Outdoorhose mit vielen Taschen, Trekkingschuhe mit hohem Schaft und Handschuhe aus irgendeinem glänzenden Hightechmaterial. Sie öffnete den winzigen Kofferraum ihres Coupés und holte eine Ledertasche heraus, die aussah wie die Taschen, mit denen Landärzte früher ihre Runden gedreht hatten, nur dass dieses Modell hier größer war. Sie nickte den Gendarmen einen kühlen, desinteressierten Gruß zu und ging zielstrebig Richtung Ruinen.

»Pardon, Madame!«, rief Blanc, einer plötzlichen Eingebung folgend. Er holte sie ein, zückte seinen Ausweis und stellte sich vor. »Sind Sie Tierärztin?« Er fragte sich, woher eine Veterinärin schon so früh von dem Drama auf dem Plateau gehört haben konnte.

»Ich sehe leidenschaftlich gern Krimis im Fernsehen, *mon Capitaine*. Da stellen die Flics gemeinhin klügere Fragen.« Ihre Stimme war autoritär. »Mich hat noch nie zuvor jemand für eine Tierärztin gehalten. Was wollen Sie überhaupt hier?«

»Wir ermitteln bei«, Blanc wog seine Worte ab, »bei einem Unfall. Niemand hat Sie also gerufen? Sie wissen nicht, was sich oben auf dem Plateau ereignet hat?«

Sie schüttelte den Kopf. »Und wenn es kein Erdbeben ist, dann interessiert es mich auch nicht.« Sie reichte ihm und Marius die Hand. »Ich bin Marie-Claire Martin«, stellte sie sich vor. »Ich bin Seismologin.«

»Sie erforschen Erdbeben?«, fragte Marius erstaunt.

»Für mich ist Vieux Vernègues das, was wahrscheinlich ein erschossener Unbekannter für Sie ist, *mon Lieutenant*: ein interessanter Fall«, erwiderte sie spöttisch. »Ich forsche an der Universität hauptsächlich über Schadensabschätzung. Welche Art von Beben wird welche Art von Schaden verursachen. Erdbeben ist nämlich nicht gleich Erdbeben, *Messieurs*. Insofern ist Vieux Vernègues ein gutes Studienobjekt.« Sie deutete hoch zu den Ruinen.

»Während Lambesc unzerstört geblieben ist«, warf Blanc ein. Sonnenlicht badete jetzt das Tal. Die Nachbarstadt sah aus wie die perfekte provenzalische Idylle.

»Interessant, nicht wahr?« Doktor Martin wirkte nun eine Winzigkeit weniger streng, weil sie erkannte, dass sie doch nicht vor zwei Volltrotteln stand. »Das Beben damals ist am 11. Juni 1909 um 21.19 Uhr ausgebrochen, direkt nach einem Regenschauer, überall blieben die Kirchturmuhren stehen. Wir haben die alten Daten an der Universität analysiert: 6,2 auf der Richterskala, das ist stark, aber auch nicht extrem. Aber Sie sehen ja, was aus Vieux Vernègues geworden ist. Ein Wunder, dass es seinerzeit hier nur zwei Tote gegeben hat. Aber insgesamt sind an diesem Abend in der Provence sechsundvierzig Menschen von Trümmern erschlagen worden, es gab zweihundertfünfzig Verletzte, dreitausend Gebäude wurden beschädigt oder zerstört. Die Schäden betrugen mehr als zwei Milliarden Francs. Zwei Milliarden, das klingt heute wie nichts, unsere Politiker geben das an einem Tag aus. Aber damals war das eine enorme Summe. In beiden Weltkriegen zusammen hat es im Midi nicht solche Schäden gegeben wie in diesen etwa siebenundzwanzig Sekunden 1909.«

Doktor Martin forderte sie mit einer Geste auf, ihr zu folgen. Sie ging mit energischen Schritten den Weg hinauf und machte sich nicht die Mühe, sich umzublicken. Eine Frau, die gewohnt ist, dass man ihr gehorcht, dachte Blanc amüsiert. Die Seismologin führte sie bis zu einem eingestürzten Haus, wo sie durch eine Fensterhöhle auf das Tal und auf das neu aufgebaute Vernègues am Fuß des Berges blicken konnten. »Als Vieux Vernègues 1909 zerstört wurde, lebten dort dreihundert Menschen«, fuhr sie fort. »Im neuen Vernègues da unten leben eintausendsiebenhundert Bürger, beinahe eine Versechsfachung! Salon-de-Provence liegt bloß zehn Kilometer entfernt von hier. Damals war das eine verschlafene Kleinstadt mit wenigen Tausend Einwohnern. Heute sind es etwas weniger als fünfzigtausend, dazu Industrie, ein Krankenhaus, Autobahnzufahrten. Und sehen Sie sich diese TGV-Brücke an, einen Kilometer lang und praktisch im Vorgarten von Vernègues! Also, *Messieurs*, wenn die Erde hier wieder bebte, ganz so wie 1909, wie sähen die Schäden wohl diesmal aus?« Doktor Martin blickte sie zufrieden an, als wünschte sie sich, dass sich diese verdammte Erde endlich wieder zu einem Zittern aufraffen möge.

Blanc fragte deshalb aus Höflichkeit: »Wird es denn wieder beben, Madame?«

»Es bebt doch schon!«, antwortete sie. »9. November 2016,

3,9 auf der Richterskala, Epizentrum in fünf Kilometern Tiefe. 27. Februar 2018, 3,5 auf der Richterskala, Epizentrum im Meeresboden nur sechzig Kilometer vor Marseille. Keine Schäden«, setzte sie etwas missmutig hinzu. »Aber eigentlich rumort der Boden hier jeden Tag. Das Beben vor Marseille war das zehnte über Stärke 3,0 in Umgebung der Metropole seit 1962. Zehn in weniger als sechzig Jahren! Es ist nur eine Frage der Zeit, bis ich bei einem Erdbeben in der Provence gewissermaßen live dabei bin. Wir haben in der ganzen Region nur ein einziges festes Seismometer installiert, im Keller des Lycée Georges Duby. Das Gerät ist zwar so empfindlich, dass es zum Beispiel das Erdbeben von Fukushima am anderen Ende der Welt aufgezeichnet hat, aber eine Messstation allein reicht einfach nicht. Also postiere ich für mein Forschungsprojekt mobile Geräte genau über dem alten Epizentrum. Ich habe gestern Abend ein paar neue Messinstrumente zwischen den Ruinen aufgestellt. Heute hole ich mir die Daten ab.« Sie deutete auf ihre Ledertasche.

»Warum stellen Sie Ihre Messinstrumente nachts auf?«, wollte Blanc wissen.

»Wenn ich sie schon tagsüber aufstelle, dann kriegen sie Beine. Wanderer und Jogger können einfach ihre Finger nicht davon lassen; möchte wissen, warum die meine Sachen immer mitnehmen. Man kann ja ein seismologisches Messinstrument schlecht auf dem Flohmarkt verkaufen. Na, jedenfalls kann ich meine Geräte erst dann aufstellen, wenn niemand sonst mehr durch die Landschaft streift. Und ich muss früh wieder da sein, um sie einzusammeln.«

»Doktor Martin«, sagte Blanc liebenswürdig, »wann waren Sie gestern in Vieux Vernègues?«

»Um einundzwanzig Uhr und drei Minuten.«

»Das wissen Sie aber sehr genau.«

»Die Messinstrumente registrieren auch die Uhrzeit, *mon*

Capitaine. Ich habe die Geräte nach und nach zwischen den Ruinen verteilt. Das letzte habe ich um dreiundzwanzig Uhr achtundvierzig aktiviert.«

Blanc erklärte Doktor Martin, was in der Nacht vorgefallen war. Sie schien nicht sonderlich betroffen zu sein. Vielleicht, vermutete Blanc, konnten ein paar gerissene Schafe niemanden erschüttern, der beruflich mit ganz anderen Katastrophen zu tun hatte. »Haben Sie die Schäfer und ihre Herde gestern Nacht bemerkt?«

»Aus der Entfernung. Ich bin bloß für ein paar Wochen hier, bis meine Messreihen abgeschlossen sind. Über Airbnb habe ich mir ein Zimmer im neuen Vernègues besorgt. Da bin ich Fred über den Weg gelaufen. Und was wichtiger ist: Da bin ich seinem Hund über den Weg gelaufen. Diese Erfahrung muss ich nicht wiederholen. Ich habe letzte Nacht einen Apparat in der Burgruine aufgestellt, aber näher bin ich der Herde nicht gekommen. Und ich war so leise und vorsichtig, dass mich der liebe Emir nicht bemerkt hat.«

»Haben Sie, während Sie die Geräte in den Ruinen verteilt haben, Wölfe bemerkt?«

»Würde ich dann noch vor Ihnen stehen, *mon Capitaine?*«

»Haben Sie jemals bei Ihrer Arbeit in Vieux Vernègues Wölfe gesehen?«, hakte Marius nach.

Sie schüttelte den Kopf und blickte ihn milde tadelnd an. »Dann würde ich wohl kaum Nacht für Nacht meine Sachen aufstellen.«

»Wir haben heute ganz früh am Morgen einen Wolf heulen gehört«, sagte Blanc.

»Oder einen Hund«, warf Marius ein.

Doktor Martin zuckte mit den Achseln. »Da war ich vielleicht noch in meinem Zimmer. Oder im Auto. Ich habe jedenfalls nichts gehört.«

Blanc dachte an die flimmernden Bilder auf dem Monitor

der Fernsteuerung des Ufologen. »Sind Sie mit einer Taschenlampe nachts den Weg hoch zu den Ruinen gegangen?«

Die Seismologin schüttelte den Kopf. »Das war nicht nötig. Der Mond war ziemlich hell.«

»Haben Sie denn ein Licht bemerkt?«, fragte Marius.

Sie lachte. »Wölfe, Lichter … Wenn man Sie so hört, muss man denken, letzte Nacht hat es hier einen Krieg gegeben! Nein, tut mir leid, als ich da oben war, war alles ruhig.«

»Aber ist Ihnen denn wenigstens Monsieur Fouquart aufgefallen?« Blanc lächelte sie an. »Ein Mann ungefähr in Ihrem Alter. Er hatte eine Drohne bei sich. Recht auffällige graue Haare und …

»Einstein im Cordanzug. Ja, ich kenne Maurice.«

»Haben Sie ihn letzte Nacht gesehen? Haben Sie einander vielleicht bei«, Blanc zögerte und suchte nach der rechten Formulierung, »bei ihren wissenschaftlichen Arbeiten geholfen? Beim Tragen der Messinstrumente, so etwas in der Art?«

Doktor Martin schnaubte. »Ich kenne Maurice, aber ich habe ihn letzte Nacht nicht gesehen. Und das, was Maurice mit sich herumträgt, würde ich nicht einmal mit Gummihandschuhen anfassen. Meine Vorstellung von Wissenschaft unterscheidet sich doch sehr von seiner Vorstellung. Ich traue nur Zahlen, Fakten, Messwerten. Er aber will in Vieux Vernègues mit seiner lächerlichen Drohne einen Jedi-Ritter filmen. Das ist schierer Hokuspokus. Und jetzt entschuldigen Sie mich bitte, ich muss hoch, um meine Instrumente einzusammeln, bevor hier die ersten Jogger aufkreuzen.«

Blanc blickte ihr nach. »Ich bin sicher, diese Dame registriert ein Zittern im Boden, das keiner von uns spüren würde. Aber von Menschen und Tieren bekommt sie nicht sehr viel mit.«

»Hast du gehört, wie sie über den Ufologen gesprochen hat? Als könnte sie ihm die Augen auskratzen«, bemerkte Marius.

»Doktor Martin hat uns nicht gesagt, an welcher Universität sie forscht«, sagte Blanc. Dann deutete er auf ihren BMW. »Ihr Nummernschild zeigt die 38, Département Isère.«

Marius lächelte. »Hauptstadt Grenoble. Da ist die Universität, an der unser Ufologe in einem früheren Leben mal Astrophysiker war.«

Sie stiegen in den Mégane. Blanc hatte es nun eilig, zurückzukommen. Astrid wartete. »Was hältst du von der Sache?«, fragte er Marius, während er losfuhr.

»Ich halte nichts von der Sache, ich halte mich fest. Auf der Straße liegt noch Eis. Wenn du noch stärker auf die Tube drückst, landen wir im Graben. Und dann holen uns vielleicht die Wölfe.«

»Du glaubst also wirklich, dass es ein ganzes Rudel war? Mit einem Hinterhalt?«, vergewisserte sich Blanc und ging seinem Kollegen zuliebe etwas vom Gas.

»Manchmal reißt ein einsamer Wolf ein Schaf. Aber gleich ein Dutzend?« Marius schüttelte entschieden den Kopf. »Kein einsamer Streuner holt sich so viele Lämmer auf einmal. Und dann denk an den Patou: Der hätte einen einzelnen Angreifer zum Frühstück verspeist. Nein, das war ein Rudel. Aber darum werden sich andere kümmern. Sie haben bei der Präfektur Spezialisten für Wölfe.«

»Doch wie lange wird das dauern, bis jemand auf der Präfektur etwas unternimmt? Die Wölfe machen mir keine Sorgen, sondern die Menschen«, erwiderte Blanc. »Fred ist bewaffnet und wütend. Er will die Sache selbst erledigen, aber ein Schäfer alleine wird garantiert nicht mit einem Rudel fertig. Sollten die Wölfe hier länger jagen, dann wird es noch mehr wütende Leute geben wie ihn. Und sie werden alle Gewehre haben.«

Marius lachte. »Du hast doch nicht etwa Angst, dass sie sich gegenseitig abschießen?«

Blanc nickte ernsthaft. »Doch, ganz genau. Wenn Fred schon letzte Nacht auf den Wolf angelegt und geschossen hätte …«

»… hätte Fouquart eine unheimliche Begegnung der dritten Art mit einer Gewehrkugel gehabt, und Doktor Martin hätte vor Schreck gebebt«, vollendete Marius. »Ich verstehe deine Sorge. Aber Schäfer dürfen seit einigen Jahren bewaffnet sein, eben seit es wieder Wölfe gibt. Wenn wir Locez jetzt prophylaktisch sein Gewehr wegnehmen, damit er nicht versehentlich einen durchgeknallten Ufologen erledigt, dann wird er seine Knarre vom Präfekten persönlich zurückbekommen. Und die einzigen beiden Typen, die dann gewaltigen Ärger haben, sitzen gerade in diesem Auto.«

Blanc starrte auf den Wald, der zu beiden Seiten der Straße wuchs. Obwohl die Sonne inzwischen höher stand, war es dort noch immer dämmrig. Er dachte nach und lenkte den Streifenwagen schweigend durch die Kurven. »Ich frage mich, wo die Wölfe jetzt sind«, murmelte er schließlich. »Ich meine das wörtlich: jetzt in diesem Moment. Ein früher Morgen, die Leute wachen auf, Autos, Busse, Lastwagen sind unterwegs, Züge rollen, der übliche Lärm. Wo versteckt sich das Rudel? Doch nicht zwischen den Ruinen von Vieux Vernègues. Der Ort ist klein, und kein Baum zwischen den Trümmern ist älter als hundert Jahre. Doktor Martin hat gesagt, dass sie ihr letztes seismologisches Instrument um kurz vor Mitternacht aufgestellt hat. Sie will nichts bemerkt haben. Fred hat behauptet, dass er gegen ein Uhr nachts vom Bellen seines Hundes geweckt wurde. Dazwischen liegt also kaum mehr als eine Stunde – eine Stunde, um aus irgendeinem Versteck aufzubrechen, den Hügel hochzuschleichen, die Herde zu umzingeln und dann anzugreifen … Das Wolfsrudel muss sich irgendwo in diesem Wald verstecken, durch den wir gerade fahren. Ganz nah bei Vieux Vernègues. Und ganz nah bei Salon, *mon Dieu*!«

»Die Ferien gehen heute zu Ende«, brummte Marius, der nun auch begriff. »Am Montag gehen die Kinder wieder zur Schule. Morgens ist es noch düster. Wenn die Leute erst einmal mitbekommen haben, dass Wölfe herumstreichen, während die lieben Kleinen fröhlich mit dem Ranzen durch die Dunkelheit gehen, dann haben wir am Dienstag tausend mordlüsterne Hobbyjäger im Wald.«

»Wir werden Ärger bekommen«, stellte Blanc grimmig fest, »ganz egal, was wir auch tun oder nicht tun: Wir werden verdammt noch mal Ärger bekommen.«

Den Rest der Fahrt bis zur Gendarmerie-Station legten sie schweigend zurück. »Ich kümmere mich um den Papierkram mit dem Wolf«, sagte Marius, als sie in Gadet auf den Parkplatz vor dem heruntergekommenen Gebäude ausrollten. »Geh du mal zu deiner Tochter.«

Die groben Steine im Mauerwerk von Blancs alter Ölmühle in Sainte-Françoise-la-Vallée leuchteten gelb im Sonnenschein. Der Mistral rüttelte an den blauen Fensterläden, die er vor einem halben Jahr neu gestrichen hatte. In den Ästen der Platanen vor dem Gebäude hockten zahllose Dohlen, wie schwarze Knospen auf kahlem Holz. Die Vögel krächzten missmutig, waren aber zu träge, um aufzuflattern. Sie hatten sich längst an Blancs alten Espace gewöhnt, in dessen Auspuff der Rost ein Loch hineingefressen hatte, sodass ein Motorenröcheln aus ihm drang wie aus keinem anderen Auto im Ort. Er hatte in Gadet eine Tüte frische Croissants gekauft, sein Wagen duftete verführerisch; zudem erzeugte dieser Geruch in ihm eine Illusion von Wärme – die einzige Illusion von Wärme in einem Minivan, dessen Heizung ausgerechnet im Januar ausgefallen war.

Als Blanc ausstieg, atmete er das würzige Aroma von brennendem Holz ein. Astrid musste schon frische Scheite in die Glut des Ofens gelegt haben. Aus dem Kamin wand sich eine dünne, graue Rauchfahne. Quer vor der Tür lag Jacques, der riesige, struppige Hund, der ihm vor Weihnachten zugelaufen war. Das Tier erhob sich würdevoll, trottete gemächlich auf ihn zu und drückte seinen Kopf gegen Blancs Hand. Ein Haus, in dem dein Kind vor dem warmen Ofen auf dich wartet, und ein Hund, der dich begrüßt: Das sollte immer so sein. Aber in wenigen Stunden musste Astrid zurückfliegen. Immerhin würde sie Jacques nicht nach Paris mitnehmen können, auch wenn sie das wahrscheinlich gern gewollt hätte.

»Wie viele Mörder hast du heute morgen schon verhaftet?«, begrüßte ihn Astrid und küsste ihn auf die Wangen. Sie sah erholt aus.

»Ich habe mich um Wölfe, Außerirdische und Erdbeben gekümmert«, erwiderte er. »Reine Routine.«

Beim Frühstück berichtete er ihr von dem, was vergangene Nacht in Vieux Vernègues geschehen war. Als sie später einen letzten Spaziergang durch die Hügel hinter Sainte-Françoise-la-Vallée unternahmen, ertappte er sich dabei, wie er immer wieder unwillkürlich die Büsche musterte und bei jedem knackenden Ast den Atem anhielt. An manchen Stellen war der Boden umgewühlt worden, die rostbraune Erde leuchtete unter trockenem Rosmarin und unter den verdrehten Zweigen eines alten Stechginsters – die Spuren von Wildschweinen, die nachts nach Nahrung suchten. Eine Rotte lebte irgendwo im Wald zwischen der alten Ölmühle und dem Weingut der Michelettis, Blanc hatte die Tiere sogar manchmal spät am Abend im aufblitzenden Scheinwerferlicht am Straßenrand gesehen, wenn er vom Dienst zurückkam. Und einmal hatte er einen toten Frischling gefunden, der in einen verschlammten Graben gefallen und dort steckengeblieben war. Doch seltsam: vor den Wildschweinen hatte er sich nicht eine Sekunde gefürchtet, obwohl der Keiler, den er gesehen hatte, halb so groß wie sein Auto gewesen zu sein schien. Aber diese Wölfe, von denen er noch nie eine Spur bemerkt hatte, diese Wölfe machten ihn nervös. Er konnte Locez jetzt verstehen. Vor dem Spaziergang hatte er sich unauffällig seine SIG Sauer unter den Gürtel geschoben.

Blanc war deshalb zugleich unglücklich und doch erleichtert, als er Astrid schließlich zum Flughafen von Marignane fuhr. Was auch immer einer jungen Frau in einer Großstadt wie Paris widerfahren konnte – Wölfen würde sie zwischen Champs-Élysées und Eiffelturm nicht begegnen. Und wenn sie das nächste Mal zu ihm kam, dann wäre diese Sache erledigt.

Blanc musste überhaupt viele Sachen erledigen: Astrid regelmäßig sehen. Seinen Sohn Eric wenigstens hin und wieder, denn Blanc hatte den leisen Verdacht, dass er auch deshalb nach Quebec ausgewandert war, um den Atlantischen Ozean zwischen sich und die zerbröselte Ehe seiner Eltern zu bringen. Aveline wiedersehen, wenn sie endlich vom Weihnachtsurlaub bei ihrem Mann aus Paris zurückkehrte. Er hatte seit zwei Wochen nichts von ihr gehört. Er vermisste sie und fragte sich doch gleichzeitig, welche Zukunft ihre Affäre haben könnte.

Blanc blickte seiner Tochter nach, bis sie, fröhlich winkend, hinter der Sicherheitsschleuse des Terminals verschwand. Er blieb, nur zur Sicherheit, so lange im Flughafen, bis die Anzeigetafel tatsächlich den Start ihres Jets verkündet hatte. Er war zwar traurig, dass Astrid wieder fort war, doch zugleich fühlte er sich auch gut, erleichtert, beinahe beschwingt, als er weit nach zweiundzwanzig Uhr über die spärlich befahrene Route Départementale 113 zurückfuhr. Er saß in Jacke und Handschuhen in seinem eiskalten, zugigen Auto, links und rechts zogen sich schäbige Matratzenläden und Fliesengeschäfte an der Ausfallstraße entlang, Astrid sah von ihrem Sitzplatz im Flieger aus wahrscheinlich schon die Lichter von Paris unter sich – er hatte also eigentlich allen Grund, deprimiert zu sein. Doch der Besuch seiner Tochter war noch viel harmonischer verlaufen, als er das gehofft hatte. Blanc war voller Tatendrang. Ein neues Jahr! Er musste so viel anpacken! Da war ein Wolfsrudel, fand er, nicht einmal die schwierigste seiner Aufgaben.

Als er zur Ölmühle einbog, waberten Rauchschleier im Scheinwerferlicht. Einen Moment lang setzte sein Herzschlag aus. Feuer, der Kamin, das Haus brannte … Aber der Qualm hing nur zwischen den Platanen wie leichter Stoff, der sich dort verfangen hatte. Der Mistral blies ihn vom anderen Ufer der Touloubre herüber. Als Blanc aus dem Espace stieg, wurde ihm übel. Der Rauch stank nach Asche, heißem Fett, verbranntem Fleisch, angesengten Haaren – und er stank nach Ziege. Er trat zu dem Mäuerchen, das sein Grundstück vom Bach trennte, und blickte hinüber zum tiefer gelegenen Feld seines Nachbarn am jenseitigen Ufer: Serge Douchy hatte mitten auf der verschlammten Wiese, die ihm als Weide diente, aus Ästen und zerhackten Transportpaletten einen Scheiterhaufen errichtet. Er stand vor den lodernden Flammen, er hatte Blanc nicht einmal bemerkt. Serge hatte eine tote Ziege an den Hufen gepackt und schleuderte sie ins Feuer, in dem bereits ein weiteres totes Tier qualmend brannte. Der Rest der Herde hatte sich an einem Zaun zusammengedrängt, so weit entfernt vom Scheiterhaufen, wie es auf dieser Weide möglich war. Die Ziegen, die sonst die ganze Nacht meckerten, standen stumm und reglos da. Blanc schien es, als starrten sie alle in das Feuer.

Blanc blieb sehr lange am Ufer stehen, so unbeweglich, dass ihn Serge nicht einmal dann sah, als er von dem langsam in sich zusammensinkenden Scheiterhaufen fortging. Blanc dachte an den Schäfer von Vieux Vernègues, der nicht eine Sekunde zögerte, sich mitten in der Nacht zwischen einen Wolf und seine Herde zu stellen. Und dieser andere Schäfer auf der anderen Seite des Baches verbrannte seine verendeten Tiere mitten in der Nacht. Harte Männer, jeder auf seine Art. Seine Gedanken wanderten zu den Wölfen, irgendwo da draußen. Diese Hirten würden gegen die Tiere losziehen, wie man in den Krieg zieht.

Die falsche Seite der Statistik

Am nächsten Morgen parkte Blanc seinen Espace vor der Gendarmerie-Station und stieg gerade aus, als hinter ihm ein rotes Motorrad ausrollte. Die Maschine der Ducati erstarb mit einem Grollen, das heiße Metall der beiden Zylinder klickte leise. Die Fahrerin schüttelte ihre Arme aus, damit der Eisfilm in den Ellenbogenbeugen ihrer Ledermontur brach, dann zog sie den Integralhelm vom Kopf. Darunter trug sie eine schwarze Sturmhaube. Blanc wartete nicht, bis sie auch die noch abgestreift hatte, er ging auf sie zu, schloss sie in die Arme und küsste sie dort, wo unter dem Stoff ihre Wangen sein mussten.

Die Motorradfahrerin rief: »So wie du hat mich noch kein Mann geküsst!«

Sous-Lieutenant Fabienne Souillard war Blancs liebste Kollegin. Er hatte sie und ihre Frau Roxane am Heiligen Abend spontan zu sich eingeladen. Seither hatte er sie nicht mehr gesehen. Fabienne hatte eine Fehlgeburt hinter sich, und sie hatte sich über die Feiertage freigenommen.

»Wie geht es dir?«, fragte er.

Sie nahm die Haube ab und schüttelte ihre langen braunen Haare. Sie war blass, Schatten lagen unter ihren Augen. »Ich habe mich noch nie besser gefühlt«, log sie.

»Du hättest länger Urlaub machen sollen.«

»Ich berste vor Energie.«

»Du weißt doch, wie das ist: nach Weihnachtsessen und Silvesterparty sind selbst die härtesten Kriminellen erschöpft. Wir müssen nicht gerade Verstärkung anfordern. Warum bist du bei diesem Wetter überhaupt mit dem Motorrad gekommen?«

»Roxane braucht heute den Mazda.«

Er hielt ihr die Tür zur Station auf. Sie begrüßten den diensthabenden Brigadier Barressi im Eingangsbereich. Fabienne, die alle Kontakte per Mail, WhatsApp und tausend anderen digitalen Diensten pflegte, hatte rätselhafterweise selbst an normalen Tagen ein volles Postfach, und nach zwei Urlaubswochen sah ihre Ablage hinter dem Platz von Barressi aus wie ein vergessener Altpapiercontainer. Seufzend räumte sie das hölzerne Regal frei. Blancs Fach hingegen war leer, wie meistens.

Sie gingen in das Büro, das sich Blanc und Marius teilten.

»Wow!«, rief Fabienne, nachdem sie die Tür geöffnet hatte.

»Ich fasse es nicht«, stöhnte Blanc.

Marius saß bereits am Schreibtisch – in einem braunen Cordanzug, dessen Hose am Bauch spannte. »Der ist echt warm«, verkündete er zufrieden. Er stand auf und umarmte Fabienne.

»Siebzigerjahre? Wo hast du den aufgetrieben?«, staunte sie.

»In meinem Schrank, wo sonst? Ich musste ihn nur mal durchlüften.«

»Und wie bist du auf die Idee gekommen, so etwas anzuziehen?«

»Marius ist Einstein begegnet«, brummte Blanc. Er berichtete ihr von dem Wolfsangriff und allem, was sie gestern gesehen und gehört hatten.

»In Vieux Vernègues war ich nur ein einziges Mal«, entgegnete Fabienne. »Mit Roxane. Sie malt gerne, hatte letzten Sommer ihre Staffelei mitgenommen und wollte Ruinen zeichnen. Es war warm, freie Sicht bis zur Sainte-Victoire, und doch, irgendwie gespenstisch, dieser Ort. Ich wollte schnell wieder weg. Wir hätten uns beinahe gestritten.« Sie blickte aus dem Fenster.

Blanc räusperte sich. »Der Wolfsangriff ist die einzige Ermittlung, an der wir zur Zeit arbeiten. Genau genommen ist es nicht einmal eine Ermittlung. Wir müssen diese Sache bloß …«, er suchte nach dem richtigen Wort, »im Auge behalten.«

Marius sah ihn nachdenklich an. »Du bist tatsächlich nicht der einzige, der unruhig wird. Ich hatte heute Morgen schon einen Anruf.«

»Von wem?«

»Vom Bürgermeister von Vernègues. Ihn bringt dieser Vorfall um den Schlaf. Und dabei schläft er gerne. Das waren seine Worte. Wenn ich ihn richtig verstanden habe, dann machen ihm schießwütige Typen in seinen Wäldern allerdings keine Sorgen. Sondern die Wölfe. Er möchte noch einmal mit uns sprechen. Zusammen mit dem Vorsitzenden des örtlichen Jagdverbandes. Am besten heute noch. Am allerbesten sofort.«

»Ist doch fantastisch!«, rief Fabienne. »Besser, als wenn uns der Chef zum Streifendienst einteilt.«

»Der Bürgermeister hat darum gebeten, dass wir mit einem zivilen Wagen kommen. Er will die Wolfssache so diskret wie möglich über die Bühne bringen. Das waren auch seine Worte.«

»Wir nehmen meinen Espace«, erwiderte Blanc und wandte sich an Fabienne. »Nimm deine Sturmhaube mit. In meiner Karre ist es ungefähr so kalt wie auf deiner Ducati.«

Fünf Minuten später rollten sie aus Gadet. Sie kamen nur langsam voran. Ein städtischer Arbeiter wurde von einem Kranwagen in die Platanenkronen gehievt, wo er die gewaltigen Lichterketten der Weihnachtsdekoration entfernte. Müllmänner sammelten die kleinen, traurigen Tannenbäume ein, die man zur Festtagsverschönerung mit Kabelbindern an Straßenpoller gefesselt hatte. Blanc lenkte seinen Wagen vorsichtig durch die Gemeinde, bis er die Route Départementale erreichte, wo er Gas gab.

»Ist dieser Bürgermeister ein guter Mann?«, fragte er Marius. Er hatte nicht unbedingt in allen Rathäusern der Umgebung positive Erfahrungen gemacht.

»Man nimmt, was man kriegen kann. Du weißt, wie das Gesetz lautet: Jeder, der Bürgermeister werden will, muss eine Gemeinderatsliste präsentieren, auf der mindestens sieben Frauen und sieben Männer vertreten sind. Vierzehn Freiwillige, finde die mal in einem Kaff wie Vernègues! Pierre-Henri Melleton schafft das irgendwie immer. Er ist ein ehemaliger Beamter, war mal Techniker beim Straßenbauamt in Salon, jedoch längst pensioniert. Er macht den Bürgermeisterjob seit vierzig Jahren, zuerst nebenbei, seitdem er Rentner ist, ist das seine einzige Beschäftigung – und er macht seine Sache nicht schlecht. Es hat jedenfalls noch nie einen Gegenkandidaten gegeben. Zumindest bis jetzt noch nicht, gerüchteweise soll es bei der nächsten Wahl zum ersten Mal eine zweite Liste geben. Vielleicht will er sich deshalb als starker Mann aufspielen.«

Marius griff nach seinem Handy. »Ich kündige uns an«, erklärte er. Er redete eine Zeit lang, bevor er das Gespräch wieder beendete. »Melleton hat einen überraschenden Termin«, sagte er dann. »Wir sollen zuerst bei Jean-Paul Cordillet vorbeischauen. Das ist der Jagdverbandsvorsitzende. Und er ist einer der sieben Männer auf Melletons Liste. Der Bürgermeister wird später dazukommen. Er empfiehlt uns ein Restaurant in seiner Stadt, er lädt uns ein. Der Fall fängt an, mir Spaß zu machen.«

Sie fuhren ins neue Vernègues, eine Kleinstadt, die entschlossen unprovenzalisch aussah: moderne Häuser, breite, gepflegte Straßen, Solarkollektoren auf vielen Dächern. Trotz des klaren Vormittagslichts leuchteten noch die Straßenlaternen – energiesparende LED-Lampen, hypermoderne Designermodelle, die Blanc nicht einmal in Paris gesehen hatte. Melleton war jahrzehntelang Techniker bei einer größeren Stadt gewesen, dachte er, und das Dorf, das er regierte, sah aus wie das Experimentierfeld eines städtischen Technikers: sauber, effizient, modern. Definitiv kein Platz für Wölfe.

Marius lotste sie in eine kleine Straße am Stadtrand. Das letzte Haus dort war groß, von undefinierbarem Alter, die beinahe fensterlosen Außenmauern waren direkt an den Asphalt gesetzt, sodass es nicht einmal Raum für einen schmalen Bürgersteig gab. Der gelbe Putz war, ganz untypisch für diesen sauberen Ort, verwittert, an manchen Stellen feuchtigkeitsschwarz oder abgeblättert. Neben dem Haus gab es eine Art Anbau, der aussah, als wäre er nie fertiggestellt worden. Ein Geviert mit zehn Meter hohen Mauern, Fensterhöhlen gähnten dort, wo vielleicht einmal ein Obergeschoss geplant gewesen war, doch dessen Fußboden fehlte genauso wie das Dach. In der hohen Mauer um das Anwesen stand ein rostschlieriges grünes Eisentor offen und gab die Zufahrt zu einem kiesbestreuten Hof frei. Neben dem Tor prangte ein verwittertes Schild: *Jean-Paul Cordillet – Menuisier.*

Blanc parkte den Espace im Hof neben einem grünen Nissan Patrol, dessen Heckscheibe mit Aufklebern von Wildschweinen, Hirschen und Jagdgewehren zugeklebt war. Im Hof lag eine Mülltonne, die vielleicht der Mistral umgeworfen hatte. Durch eine leere Toröffnung im Anbau spähend, entdeckte er Werkbänke, rostige Eisenschränke und ein monströses Gerät, das er für eine industrielle Tischsäge hielt. Neben dem Gerät war ein Zwinger in den unvollendeten Rohbau hineingestellt worden. Mindestens ein halbes Dutzend gefleckte Jagdhunde standen auf dem Betonboden und blickten durch das Gitter. Keiner bellte – doch Blanc war sich nicht sicher, was die Meute tun würde, wenn sich das verrostete Tor ihres Käfigs plötzlich öffnen würde. Da sich niemand blicken ließ, hupte er.

»In der Tischlerei von Monsieur Cordillet geht es so hektisch zu wie in einer chinesischen Handyfabrik«, spottete Fabienne.

»Es ist Montagmorgen, und wir sind nicht in China«, erklärte Marius gütig.

Die Tür des Haupthauses wurde von einem untersetzten, massigen Mann geöffnet. Erst jetzt fingen die Hunde an zu bellen. Blanc schätzte ihn auf Anfang sechzig, er trug Stiefel und eine Hose in Tarnfarben, als wäre er gerade noch auf der Jagd gewesen, doch sein Oberkörper steckte in einem gesteppten blauen Anorak, der nicht recht zu dem martialischen Outfit passte. Der Mann hatte dichte, graue Haare und ein rundes Gesicht, seine Nase und beide Wangen waren mit einem feinen rot-violetten Netz aus geplatzten Äderchen überzogen, zwischen seinen wulstigen Lippen klemmte eine gelbe Gitanes Maïs, deren Rauch ihm in die Augen stieg, sodass er ständig blinzeln musste. Bevor er das Auto erreicht hatte, nahm er einen Stein vom Boden auf und schleuderte ihn quer durch den Anbau bis zum Zwinger, der unter dem Aufprall erzitterte. Die Hunde waren sofort ruhig.

»Schön, dass Sie endlich da sind«, murmelte er, nahm dann die Zigarette in seine Linke und schüttelte den Männern jovial die Hände. Er küsste Fabienne ungefragt und herzhaft auf beide Wangen, was ihr sichtlich unangenehm war.

»Monsieur Cordillet, nehme ich an?«, fragte Blanc. Er stellte sich und seine Kollegen vor.

»Nennen Sie mich Jean-Paul«, erwiderte der Mann. »Nur Kunden siezen mich, und Sie sind ja nicht gekommen, um sich von mir einen Stuhl machen zu lassen.« Er lachte dröhnend.

Marius wechselte einen raschen Blick mit Blanc, dann zwang er sich sein liebenswürdigstes Lächeln ins Gesicht. »Jean-Paul, lassen Sie uns drinnen reden, sonst frieren mir die Stimmbänder ein.«

»Oder noch was ganz anderes, was, *mon Lieutenant*?!« Cordillet grinste, doch hatte das etwas Gezwungenes.

Der spielt uns den Jovialen nur vor, dachte Blanc. In Wahrheit ist es ihm unangenehm, dass wir hier aufgekreuzt sind. Vielleicht weil wir Flics sind. Oder es ist ihm generell peinlich, wenn jemand diesen heruntergekommenen Hof sieht.

»Pierre-Henri hat mir gesagt, dass ich mich um Sie kümmern soll, bis sein Termin erledigt ist. Und wenn der Bürgermeister ruft, dann folgt ein braver Jägersmann«, fuhr Cordillet fort. »Vor allem, wenn der Bürgermeister das Essen bezahlt. Folgen Sie mir, wir treffen *Monsieur le Maire* gleich im Le Repaire. Es ist nicht weit.« Ohne eine Antwort abzuwarten, ging er Richtung Tor.

Cordillet führte sie zu einem Weg, der zu schmal war, als dass hier ein Auto hätte fahren können, und dann bis zu einer Treppe, deren Stufen in die Flanke des Hügels geschlagen worden waren. Sie stiegen steil bergan. Zu ihrer Rechten glänzten die Steine einer alten Mauer im Morgenlicht, links wuchsen Brombeeren mehr als mannshoch. Darüber wölbten sich die Kronen einiger Micocouliers, sie stiegen wie durch einen grünen Tunnel hinauf. Die Treppe war so schmal, dass sie hintereinander gehen mussten und sich nicht unterhalten konnten. Blanc blickte auf den Rücken des Jägers. Der Mann keuchte schon, beinahe so vernehmlich wie Marius, der das Ende ihres Zuges bildete und etwas zurückgefallen war. Nach ein paar Metern hob Cordillet die Hand. »*Attention!*«, schnaufte er und drückte sich so nah wie möglich an die Mauer.

Aus einem quer durch die Brombeerhecke geschnittenen Weg zu ihrer Linken tauchte ein älterer Bauer auf, der zwei gewaltige Pferde am Zügel führte. Blanc beeilte sich, Platz zu machen. Kaltblüter. Solche Tiere kannte er bislang nur von Fotos. Die Pferde trotteten gleichmütig voran, ihre Hufe klapperten auf den Stufen, sie beachteten die kleine Gruppe nicht. Als die massigen Leiber dicht an Blanc vorbeikamen, atmete er den strengen Duft ihres Fells ein. Aus den Augenwinkeln sah er, wie Fabienne eine Tasche ihrer Lederjacke öffnete, ihr iPhone zückte und begeistert knipste. Dann zögerte sie kurz, schließlich überwand sie sich und streichelte die Flanke des zweiten Kaltblüters. Der schnaubte, doch verlangsamte er nicht einmal seinen Trott. Der Bauer hatte Cordillet mit einem knappen »*Bonjour*« begrüßt, für Blanc, Marius und Fabienne hatte er bloß ein Nicken übrig. Auch er hielt nicht einen Moment lang inne. Vielleicht ist er ein schweigsamer Typ, dachte Blanc, während er den Pferden und ihrem Meister nachsah. Der Mann führte sie bis ans untere Ende der Treppe, bog dort nach rechts ab und öffnete nach wenigen Metern das Gatter zu einer Weide, auf der auch ein Dutzend kahler Obstbäume stand.

Vielleicht schätzt der Bauer Cordillet aber auch nicht besonders.

Sie gingen weiter. Rechts stand ein Tor offen, und Blanc erkannte, dass die Mauer, an der entlang sie die ganze Zeit hochgestiegen waren, einen alten Friedhof umschloss. Er blickte auf ein fast zwei Meter hohes Kreuz aus verrostetem Eisen, daneben ragte eine Art Säule auf, verwittert und rätselhaft. Zwei Zypressen wachten über einer Gruft, wie in einem alten Horrorfilm.

»Die Toten haben eine tolle Aussicht, nicht wahr?«, rief Cordillet aus. Am Friedhofstor war die Treppe breiter geworden; er wartete, bis alle bei ihm waren, und deutete über die Gräber hinweg. Tatsächlich glitzerte in der Ferne zwischen zwei Bergzungen der Étang de Berre, Nebel quoll aus einem Tal, Flugzeuge hatten mit ihren Kondensstreifen ein großes Parallelogramm in den Himmel gezeichnet.

»Die Toten haben zumindest eine bessere Aussicht als Sie unten im Tal«, pflichtete ihm Blanc bei. »Aber vielleicht wird ihre Ruhe hin und wieder durch ein Zittern im Erdboden gestört.«

»Pah!«, machte Cordillet und stampfte mit dem Fuß auf den Boden. »Ich bin einundsechzig Jahre alt und habe mein Leben lang in Vernègues gewohnt. Hier bebt nichts. So ein Erdbeben wie 1909 gibt es in der Provence einmal in tausend Jahren, kein Grund, sich irgendwelche Sorgen zu machen. Wenn hier das nächste Mal der Felsen wackelt, dann liegen wir alle längst auf der anderen Seite dieser Mauer!«

»Sie würden die Stadt oben also wieder aufbauen?«, fragte Marius.

»Ich mache alles mit Holz, Tischlerei und Schreinerei, vom Hocker bis zum Dachstuhl. Also ja, ich würde diese Ruinen lieber heute als morgen wieder aufbauen.«

»Das wäre ein Bombengeschäft für Sie«, stellte Fabienne kühl fest. Ihr war anzuhören, dass sie Cordillet noch immer nicht die Wangenküsse von vorhin verziehen hatte.

»Und wie!« Cordillet schien ihren Unmut nicht mitbekommen zu haben. »Denken Sie an all diese Dachstühle, das waren mal mehr als fünfzig Häuser! Dazu Türen, Fenster, Fensterläden ... Zwei von meinen drei Söhnen sind auch Tischler. Ich könnte denen eine Werkstatt und ein Geschäft für die nächsten hundert Jahre hinterlassen.«

»Bis zum nächsten Beben«, kommentierte Blanc. »Gibt es denn eine reale Chance, dass irgendjemand diese Geisterstadt wieder aufbauen will?«

Cordillet schüttelte missmutig den Kopf. »Das Bauverbot des Präfekten ist fast so alt wie das Erdbeben von 1909. Der Bürgermeister könnte zwar die Aufhebung beantragen, aber Pierre-Henri will nicht. Vierzig Jahre Techniker, der Mann hat nur seine Statik im Kopf. Sonst ist er aber ein guter Bürgermeister«, setzte er hastig hinzu. »Vielleicht überzeuge ich ihn ja irgendwann, wenigstens mit der Kirche Saint-Jacques anzufangen. Heute kann man Gebäude erdbebensicher konstruieren. Wenn man erst einmal das Gotteshaus aufgebaut hat, dann wird das die Leute überzeugen, dass auch die anderen Häuser wieder stabil restauriert werden können.«

Aber wenn ein Wolfsrudel weiter durch die Ruinen streift, dann wird garantiert niemand Vieux Vernègues renovieren wollen, dachte Blanc, nicht einmal ein Gotteshaus. Cordillet blies also sicher nicht nur aus Jagdfieber das Halali. Wenn er die Wölfe beseitigte, würde er zumindest ein Hindernis zum Wiederaufbau der alten Stadt beseitigen. Er verzichtete aber auf eine Entgegnung. Sie hatten die nächsten Stufen erklommen.

Zur Rechten ragte die Kirche auf, die Cordillet erwähnt hatte. Sie sah beklagenswert aus: Die vordere Hälfte des Kirchenschiffs war fort, das hintere Gewölbe und der ehemalige Chor lagen offen im Wind. Sonnenstrahlen drangen wie Scheinwerferlicht durch die spitzbögigen Fensterhöhlen ein. Verwischte Reste von Fresken schimmerten an den Wänden wie Gespenster. Eine rote, leere Nische leuchtete im Chor, in ihr hatte vielleicht einst die Maria gestanden. Neben einem Säulenstumpf, der wahrscheinlich einmal das Taufbecken getragen hatte, leuchtete ein kobaltblauer Strich auf dem Mauerwerk – der rätselhafte Rest irgendeines Kunstwerks und das einzige Element eines Gemäldes, das in einer Farbe gemalt worden war, die den Unbilden der Witterung besser getrotzt hatte als alle anderen Farben. Graffiti im verwitterten Wandputz und rußige Lagerfeuerspuren verrieten, dass die Kirchenruine regelmäßig besucht wurde, wenn auch nicht gerade von Gläubigen.

Sie gelangten endlich auf den Fußweg vom Parkplatz hoch zu den Ruinen, den Blanc und Marius schon gestern früh genommen hatten. Cordillet führte sie jedoch nicht den Berg hinauf, sondern wenige Meter hinunter.

Etwas abseits vom Weg – so weit, dass es Blanc bei seinem gestrigen Besuch im Dunkeln nicht aufgefallen war – stand eine wuchtige Bastide, wie es sie zu Hunderten in der Provence gab. Ein dreigeschossiges, eckiges Haus, dessen Wände aus Natursteinen gemauert waren. Die hölzernen Fensterläden waren in einem ausgewaschenen blauen Ton gestrichen, die gebrannten Dachziegel leuchteten ockerrot. Aus einem Kamin drehte sich eine nach Holzrauch duftende Qualmspirale in den Himmel. Vor dem Haus erstreckte sich eine Terrasse, die von entlaubten Bäumen überwölbt wurde.

»Das Haus ist intakt!«, rief Blanc überrascht.

»*Eh bien,* manche Leute haben halt Glück«, kommentierte Cordillet. »Das war mal eine Werkstatt. Keine Ahnung, was sie damals dort repariert haben, wahrscheinlich Kutschen. Auf jeden Fall ist es das einzige Haus in Vieux Vernègues, das seinerzeit stehengeblieben ist. Niemand weiß, warum. Da kracht die Kirche zusammen und die Burg des Ritters stürzt um wie ein Kartenhaus – aber so eine Kutschenwerkstatt, die hat nicht einmal einen Riss im Mauerwerk.«

Blanc erinnerte sich an das, was Doktor Martin ihnen erzählt hatte: gewaltige Schäden, Dutzende Tote. Und von einem ganzen Dorf bleibt ein einziges Haus einfach so stehen. Er fragte sich, ob das bloß eine Laune der Natur war – ein Felsen bleibt unerschütterlich, während rundherum die Erde bebt? Oder hatte da jemand, vielleicht weil er schwere Maschinen in seiner Werkstatt stehen hatte, bloß besonders solide gebaut?

Sie passierten ein Metallschild mit dem Namen des Restaurants und betraten die Terrasse. Schon hier duftete es nach Gewürzen und Fleisch und warmem Käse. Blanc merkte auf einmal, wie hungrig er war – und nicht allein er. Marius, der bis dahin als Letzter in der Gruppe hochgestiegen war, schob sich an ihm vorbei und öffnete die Eingangstür. Der Innenraum war schmal und warm. Schwarze und weiße Fliesen glänzten auf dem Boden, er sah aus wie ein poliertes Schachbrett. An der Stirnseite prunkte ein großer, alter Kamin, in den jedoch irgendwann jemand einen modernen stählernen Einsatz mit Glasscheibe eingebaut hatte. Hinter dem Fenster loderte orange und rot ein Feuer. Links vom Kamin glänzte das dunkelbraune Holz einer antiken Standuhr. An den Wänden hingen alte Fotos. Blanc trat näher, las die Texte in altmodischer, schwarzer Handschrift auf dem vergilbten Fotopapier: Vieux Vernègues vor und nach dem Erdbeben. Schwarzweißfotos von Burg und Kirche und alten Häusern. Und Fotos der Trümmer, vor denen sich Arbeiter und Gendarmen in Positur gestellt hatten.

»Wie gemütlich«, sagte Marius und rieb zufrieden die Hände. Eine Frau kam aus einem Nebenraum.

»*Salut* Guénaël!«, rief Cordillet und drückte sie an seine fassförmige Brust. »Guénaël Achour ist die Seele vom Le Repaire«, erklärte er gönnerhaft. »Sie zaubert die besten Crêpes südlich von Brest auf die Teller.«

Die Angesprochene lächelte, wie es Blanc vorkam: etwas gezwungen, und wand sich aus der Umarmung. Sie war etwa vierzig Jahre alt, hatte kurze, blonde Haare und blaue Augen – die perfekte Bretonin, die sich irgendwie in die Provence verirrt hatte. »*Monsieur le Maire* hat telefonisch einen Tisch reserviert.« Sie schüttelte spöttisch den Kopf. »Als ob das mitten im Winter notwendig wäre! Ohne Ihren Besuch hätte ich die Küche wahrscheinlich gleich kalt gelassen.« Sie führte sie zu dem Tisch, der dem Kaminfeuer am nächsten stand. »Was darf ich Ihnen bringen, bis Monsieur Melleton kommt?« Guénaël Achour blickte Blanc, Fabienne und Marius fragend an.

Die drei Flics bestellten Espresso, die ihre Gastgeberin wenige Minuten später auf einem Tablett heranbalancierte – zusammen mit einem großzügig gefüllten Glas Pastis. Marius sah das milchige Getränk sehnsüchtig an, dann bemerkte er Blancs aufmerksamen Blick und räusperte sich. »Dann mal hoch die Tassen«, sagte er leichthin.

»*A la votre*«, erwiderte Cordillet. Er kippte seinen Pastis beinahe genauso schnell herunter wie Blanc und seine Kollegen ihre Espressi.

»Ich vermute, dass der Bürgermeister Sie und uns hierhergebeten hat, weil er über die Jagd auf Wölfe diskutieren will«, meinte Blanc.

»Da gibt es nichts zu diskutieren!«

»Wölfe stehen unter Naturschutz.«

»Schäfer leider nicht.« Cordillet lachte höhnisch auf. »Macht aber nichts. Die Bestien sind inzwischen so wild geworden, dass selbst unser Umweltminister ein Einsehen hat. Die Regierung hat einen *plan loup* verabschiedet. Dieser ›Wolfsplan‹ legt fest, wie viele Tiere man jedes Jahr in Frankreich abschießen darf. Ganz legal. Dieses Jahr sind es hundert Wölfe. Wir haben erst Anfang Januar, im ganzen Land hat bislang noch niemand einen Wolf geschossen. Für die erste Jagd des Jahres kriegen wir sicher vierzig, fünfzig oder noch mehr Jäger zusammen. Wir haben also Feuer frei!« Er wandte sich um. »Eh, Guénaël!« Er zeigte auf sein leeres Glas.

»*Feuer frei* klingt mir ein bisschen zu tollkühn«, warf Blanc ein. »Schließlich laufen hier ja nicht nur Wölfe durch die Wälder. Sondern auch Spaziergänger. Jogger. Fahrradfahrer. Und das nicht nur tagsüber. In der letzten Nacht haben wir eine Erdbebenforscherin getroffen, die zwischen den Ruinen Messinstrumente aufgestellt hatte. Und, nun ja, sogar einen Ufologen, der den Himmel beobachtet hat.«

»*Mon Dieu*, dieser Fouquart!«, stöhnte Cordillet. »Der läuft zwischen Vieux Vernègues, Lambesc und Salon über alle Hügel, jede verdammte Nacht kreuzt er irgendwo auf. Der Typ schläft nie. Mit der sirrenden Drohne und der Taschenlampe verscheucht er uns alle Kaninchen und Fasane in zehn Kilometer Umkreis. Der muss aufpassen, dass ihm ein frustrierter Jäger nicht mal eine Ladung Schrot auf den Allerwertesten brennt, dafür müssen wir nicht bis zu einer Wolfsjagd warten!« Cordillet räusperte sich. »War natürlich bloß ein Scherz, *mon Capitaine.*«

»Natürlich«, erwiderte Blanc trocken.

Cordillet kippte den zweiten Pastis hinunter, entschuldigte sich, stand auf und ging auf die Terrasse. Dort zündete er sich eine Gitanes an.

»Ihr werdet sehen«, flüsterte Fabienne. »Der Typ bringt es glatt fertig, ein halbes Dutzend Pastis zu kippen und anschließend mit einem Gewehr und fünfzig Schuss Munition in den Wald zu gehen. Und so einer ist Vorsitzender des Jagdverbandes!«

»Und Gemeinderatsmitglied«, ergänzte Marius.

»Das ist ein Blutbad mit Ansage«, murmelte Blanc. »Jeder ordentliche Gendarm greift schon ein, wenn er auf der Straße einen Sechzehnjährigen mit einem großen Taschenmesser in der Hand sieht. Aber wir müssen tatenlos danebenstehen, wenn ein paar Dutzend angetrunkene, schießwütige Typen mit Gewehren in die Wälder gehen. Stimmt es überhaupt, was Cordillet da behauptet? Dass es für Wölfe eine Abschussquote gibt?«

Fabienne studierte Interneteinträge auf ihrem iPhone. »Der Typ hat tatsächlich recht«, verkündete sie schließlich resigniert. »Den *plan loup* gibt es seit Sommer 2017: dreiundneunzig Seiten Papier, einhundert Todesurteile für Wölfe. *Mon Dieu*, 2017 war Nicolas Hulot noch Umweltminister, ich dachte, das war der grünste Minister, den Frankreich je hatte! Wenn selbst der so etwas erlaubt …«

»… dann können wir unseren Nimrod wohl kaum stoppen«, vollendete Marius und deutete nach draußen, wo Cordillet gerade den Zigarettenstummel austrat und einem Neuankömmling zur Begrüßung die Hand entgegenstreckte. Es war ein hagerer, mittelgroßer Mann von vielleicht siebzig Jahren, lichte, kurzgeschnittene graue Haare, Brille mit dünnem Stahlgestell, grüner Anorak, Jeans, robuste Gesundheitsschuhe. Die beiden kamen herein. »*Monsieur le Maire!*«, stellte Cordillet vor.

Blanc, Marius und Fabienne schüttelten Melleton ebenfalls die Hand.

»Ich freue mich, dass Sie so rasch die Zeit gefunden haben, um von Gadet herüberzukommen.« Der Bürgermeister sprach auf eine seltsame Art unbetont, so als führe er nicht ein Gespräch, sondern lese einen trockenen Rapport vor. Er zog seinen Anorak aus, darunter trug er ein blau-weiß kariertes Hemd, in dessen Brusttasche ein Notizblock und zwei Kugelschreiber steckten. Hinter seinen Ohren klemmten diskrete kleine Hörgeräte. Techniker-Typ, dachte Blanc, der Ingenieur, der für alles eine Lösung findet. Weder flamboyant noch charismatisch, dafür effizient. Er bemerkte allerdings, wie die Restaurantbesitzerin lächelte, als sie mit den Speisekarten an ihren Tisch trat. Die freut sich wirklich, ihn zu sehen, vermutete Blanc. Ein beliebter Bürgermeister.

»Was können Sie empfehlen, *Monsieur le Maire?*« fragte er und deutete auf die Speisekarte.

»Nehmen Sie die ›Crêpe Manon‹ mit Walnüssen und Ziegenkäse, Sie werden es nicht bereuen.«

Da niemand widersprach, sammelte Guénaël Achour die Karten gleich wieder ein. »Sie machen es mir ja einfach. Fünf Crêpes Manon. Dazu Wasser, *Messieurs?*« Sie wandte sich an Cordillet. »Und einen Roten für Sie selbstverständlich.«

»Fred Locez hat mich gestern angerufen, als Sie gerade fort waren«, erklärte der Bürgermeister, nachdem Guénaël Achour in der Küche verschwunden war. »Da oben auf dem Plateau ist die Verbindung immer schlecht, manchmal kommt man auch gar nicht durch, ich habe ihn kaum verstanden. Fred hat diesen Sommer auf den Hochwiesen schon ziemlich viele Tiere verloren. Aber das waren die Alpen, da ist man Wölfe ja schon beinahe wieder gewohnt. Doch in der Provence? Und ausgerechnet in Vernègues?! Jetzt ist auch meine Stadt dran.«

Blanc räusperte sich. »Das klingt, als hätten Sie Angst, wir würden über Vernègues die Quarantäne verhängen. Wir haben aber nur einen Schadensfall aufgenommen, Monsieur Melleton.«

»Aber damit haben Sie meine Gemeinde in die Statistik aufgenommen, *mon Capitaine.*« Der Bürgermeister zog die Mundwinkel nach unten. »Wissen Sie: Ich mag Statistiken. Wirklich. Sie sind so wunderbar klar. Wenn du mit deinen Daten irgendwo in einer Statistik auftauchst, dann weißt du immer genau, ob du zu den Reichen oder Armen zählst, zu den Fortschrittlichen oder Rückständigen, zu den Gewinnern oder Verlierern, zu den Guten – oder zu den Bösen. Nach einer Statistik unseres Umweltministeriums sind im Jahr 2012 in Frankreich in fünfhundert Gemeinden Wölfe gesichtet worden. Letztes Jahr waren es über achthundert. Und dieses Jahr werden wir wohl die tausend überschreiten. Jetzt zählt leider auch Vernègues dazu.«

Fabienne runzelte die Stirn. »Wenn ich Sie richtig verstehe, sehen Sie sich und Ihre Stadt damit auf der falschen Seite der Statistik.«

Melleton nickte. »Arm. Rückständig. Und, *eh bien,* gewissermaßen böse. Wölfe gelten nun einmal als böse.«

»Ich finde Wölfe sexy«, erwiderte Fabienne.

»Sie züchten auch keine Schafe, Mademoiselle.«

Marius machte eine besänftigende Geste. »Sie leben hier ja nicht vom Tourismus, *Monsieur le Maire.* Wer kümmert sich schon um ein paar Vierbeiner, die zwischen diesen Trümmern herumstreichen? Wer kümmert sich um eine Statistik?«

»Ich.« Er seufzte. »Ist Ihnen bewusst, wie viel Papierkram das verursacht? In einer kleinen Stadt wie der unseren stürmen die Leute das Rathaus, um sich zu beschweren, wenn mal eine Nacht lang eine Straßenlaterne ausgefallen ist. Wenn sich erst herumgesprochen hat, dass hier ein Rudel Wölfe durch die Wälder läuft, dann habe ich die Hirten in der Mairie. Und die Bauern. Und die besorgten Eltern unserer Schulkinder. Und die Alten. Und erst unsere Jäger! Die Leute werden mit Knarren, Äxten und Mistgabeln an die Tür hämmern und fordern, dass ich mich an die Spitze einer Treibjagd stelle!«

»Beruhige dich, Pierre-Henri«, besänftigte ihn Cordillet. »Wir sind Profis.«

Melleton blickte ihn an und wirkte einen Moment lang so, als wollte er darauf etwas nicht ganz Höfliches erwidern, doch er schluckte es hinunter. »Auf jeden Fall gibt es jede Menge Ärger«, schloss er.

Guénaël Achour kam wieder und stellte ihnen Teller, eine

Karaffe Wasser und eine kleine Flasche Rotwein auf den Tisch. Blanc betrachtete die Crêpes und war den Wölfen in diesem Augenblick dankbar, dass sie ihn, wenn auch auf Umwegen, bis nach Vieux Vernègues in dieses Restaurant geführt hatten. Auf dem papierdünnen, braunen Teig schimmerte der ganz leicht zerlaufene, warme Ziegenkäse. Die Walnüsse waren hell und groß. Er nahm den ersten Bissen. Die Crêpe schmeckte streng und herb und salzig, sie schmeckte nach Winter, fand er, nach langen Wanderungen in kalten Hügeln, nach Laubfeuern und Frost in der Luft.

»Ich weiß nicht, ob Guénaël da hinten in ihrer Hexenküche irgendetwas Verbotenes in ihre Crêpes mischt«, erklärte der Bürgermeister genüsslich kauend, »aber jedenfalls wird man süchtig danach.« Niemand hatte Lust, vor den dampfenden Tellern über heulende Wölfe und Lämmer mit aufgerissenen Kehlen zu sprechen, also redeten sie über den Mistral, der jetzt schon seit acht Tagen blies, und Marius erklärte, dass er immer eine durch drei teilbare Zahl an Tagen wüten würde, sie also mindestens noch bis morgen unter ihm leiden würden. Danach kamen sie irgendwie auf Olympique Marseille zu sprechen und dann auf Fabiennes Ducati. Melleton, so stellte sich heraus, hatte in seiner Jugend mit einer Moto Guzzi die Provence unsicher gemacht. Er behauptete, dass er seine halb ertaubten Ohren letztlich dem alten italienischen Zweizylinder zu verdanken habe, und riet Fabienne, auf eines der modernen Elektromotorräder umzusteigen.

»Ein Motorrad macht doch nur Spaß, wenn die Nachbarn beim Gasgeben vor Schreck aus dem Bett fallen«, erwiderte sie.

»Lassen Sie sich nicht von einem Flic erwischen«, kommentierte der Bürgermeister. Beide lachten.

Cordillet räusperte sich und brachte das Gespräch schließlich auf die Ruinen von Vieux Vernègues und darauf, wie schön es doch wäre, wenn man sie wieder aufbaute. Doch Melleton schüttelte bloß bedauernd den Kopf. »Meinen Urgroßeltern gehörte ein Haus in Vieux Vernègues«, erklärte er. »Darin haben schon deren Eltern gewohnt und deren Eltern davor. Da denkt man doch, das steht ewig. Und dann wachst du eines Morgens auf, es macht das«, er schnippte mit den Fingern, »und dein Heim ist bloß noch ein Haufen Steine. Nein, mein lieber Jean-Paul, das war zwar alles lange vor meiner Geburt, aber in meiner Familie haben sie das immer und immer wieder erzählt, ich bin praktisch damit groß geworden. Ich habe eine wundervolle Frau, zwei wohlgeratene Töchter, zwei nette Schwiegersöhne und einen treuen Schäferhund. Wir leben alle unter demselben Dach – und ich will nicht, dass uns dieses Dach eines schönen Tages auf den Kopf fällt. Oder dass das irgendeinem meiner Mitbürger zustößt. Deshalb wohnen wir alle in modernen, erdbebensicheren Häusern im Tal und überlassen die Ruinen auf dem Hügel den Gespenstern.«

Blanc schob den leeren Teller von sich und lehnte sich zurück. Er starrte ins Kaminfeuer und fühlte sich herrlich. Aber er wollte nicht mit anhören, wie Cordillet nun den Bürgermeister bearbeitete, um doch noch irgendwann seine Dachstühle in die Ruinen von Vieux Vernègues zu setzen. Er beschloss, dass es nun an der Zeit war, zur Sache zu kommen. »*Merci beaucoup* für dieses köstliche Mahl, Monsieur Melleton. Aber womit haben wir diese Einladung verdient?«

»Ich möchte Sie über die Komplexität des Vorfalls ins Bild setzen, *mon Capitaine*«, erklärte der Bürgermeister. Er schien seine alten Moto-Guzzi- und Erdbeben-Geschichten vergessen zu haben und klang jetzt wieder ganz wie der Techniker. »Am 4. November 1992 ist, nach beinahe zweihundert Jahren, zum ersten Mal wieder ein Wolf in Frankreich gesichtet worden. Das Tier kam von den Abruzzen in den Parc National du Mercantour in den Seealpen. 1992 wurde noch kein Schaf gerissen. Im Jahr 2000 waren es bereits eintausendzweihundert Schafe. Im

Jahr 2018 waren es zwölftausend! *Mon Capitaine,* das Massaker, das Sie gestern auf dem Plateau gesehen haben, findet jährlich tausend Mal statt! Die Beute der Wölfe besteht zu fünf Prozent aus Wildtieren wie Hirschen, zu einem Prozent aus Rindern – und zu vierundneunzig Prozent aus Schafen. Die Wölfe ernähren sich praktisch ausschließlich von den Herden unserer Hirten. Das kann man doch nicht mehr ›natürliche Lebensweise‹ nennen! Und ganz sicher ist das kein Naturschutz!«

»Ich befürchte, das sehen nicht alle Menschen so wie Sie, *Monsieur le Maire*«, warf Fabienne ein. Es war klar, wo bei dem Konflikt zwischen Wolf und Schaf ihre Sympathien lagen.

Melleton bedachte sie mit dem Blick, den Fachleute für Nicht-Fachleute reserviert haben. »Seit fast zwei Jahrhunderten hat es in der Provence keinen einzigen Wolf mehr gegeben. Kein Mensch hier hat diese Tiere vermisst. Und niemand ist gefragt worden, ob er die Wölfe wiederhaben will. Städter, o ja, die finden den Wolf großartig. Ich hatte beim Straßenbauamt in Salon hysterische Bürger im Büro, die beinahe einen Herzinfarkt erlitten hatten, als mal eine fiepende Kanalratte aus einem Gulli gekommen war. Aber ich sage Ihnen: Das sind garantiert dieselben Typen, die sich T-Shirts mit einem Bild vom heulenden Wolf unterm Vollmond anziehen oder sich das Biest gleich auf die Brust tätowieren lassen. Bei uns auf dem Land hingegen, wo Ihnen tatsächlich ein Wolfsrudel über den Weg laufen kann, hier haben die Menschen wieder Angst. Und Angst ist ein ganz mieser Ratgeber.«

»Vor allem in Wahljahren«, ergänzte Marius liebenswürdig.

Melleton schnaufte bloß. »Ich will den Wolf nicht in Vieux Vernègues haben – habe ich mich deutlich ausgedrückt?«

»Ich habe von dem *plan loup* gehört«, erwiderte Blanc versöhnlich. »Sie dürfen also Jagd auf Wölfe machen.«

Der Bürgermeister atmete tief durch, als hätte er einige außerordentlich begriffsstutzige Bürger vor sich. »Diese Jagd wird aber nur unter strengen Auflagen genehmigt, unter *sehr* strengen Auflagen. Der Wolf muss viele Schafe gerissen haben. Der Schäfer muss detailliert nachweisen, dass er alles getan hat, um seine Herde zu schützen. Er muss nachweisen, wie es denn trotzdem möglich war, dass die Raubtiere Schafe reißen konnten. Und wir in der Gemeinde müssen nachweisen, dass der Angriff in der Nähe einer bewohnten Gegend stattgefunden hat.«

Blanc lächelte dünn, weil ihm langsam einiges klar wurde. »Unser Bericht«, murmelte er. »Sie brauchen dafür den Bericht der Gendarmerie.«

Melleton nickte, er schien erleichtert zu sein, dass sie es endlich kapiert hatten. »Ganz genau. Ich wäre Ihnen sehr verbunden, wenn Sie in Ihrem Dokument betonen würden, wie nahe sich dieser Überfall am modernen Vernègues zugetragen hat. Es war gewissermaßen mitten in unserer Stadt. Und doch hat das Wolfsrudel zugeschlagen. Es wäre schön, wenn das in aller Deutlichkeit zum Ausdruck käme.«

Blanc blickte nachdenklich auf die alten Fotos an der Wand. Noch hatten sie ihren Bericht nicht zur Präfektur gesandt. Wenn er ihn im Sinne Melletons dramatisierte, dann würde es vielleicht eine offizielle Wolfsjagd geben. Beließ er ihn hingegen so nüchtern, wie Marius ihn gestern noch heruntergeschrieben hatte, dann … Ja, dann was? Dann würden Melleton und Cordillet und Locez und wer weiß wer noch trotzdem eine Jagd organisieren, nur eben heimlich. Schießen würden sie so oder so, *merde*.

»Ich muss bloß noch ein paar Erkundigungen einziehen«, erwiderte er deshalb ausweichend. Zum einen war das die Wahrheit: Er musste mehr herausfinden, vielleicht würde ihm dann doch noch irgendein Ausweg einfallen. Zum anderen war das ein Trick: Er wollte Zeit gewinnen, vielleicht beruhigten sich dann die Gemüter von allein. Auch wenn er darauf lieber kein Geld wetten wollte.

»He, Guénaël!«, rief Cordillet in diesem Moment durch den Raum. »Du kannst deine Küche doch noch länger warm lassen. Und das gleich für eine doppelte Portion!« Er deutete auf die Terrasse. »Guy kommt«, fuhr er in normalem Tonfall fort.

Blanc sah nach draußen und erblickte einen Koloss von einem Mann, der mit großen Schritten auf das Restaurant zukam und dabei ein Mountainbike über der Schulter trug – ein E-Bike, wie Blanc erstaunt erkannte. Das musste doch, mit Akku und Motor, mindestens zwanzig Kilogramm wiegen, doch der Neuankömmling trug es so lässig über der Schulter wie einen kleinen Rucksack.

»Der Kerl lässt sich wirklich von keinem Wetter abhalten«, kommentierte Melleton lachend. »Guy rast mit seinem Rad bei jeder Jahreszeit über jeden Hügel!«

»Er lässt sich ja auch elektronisch dopen«, erwiderte Fabienne, die den unterarmgroßen Batteriepack am Rahmen des nachtschwarzen Mountainbikes ebenfalls entdeckt hatte. »Das ist jedenfalls ein cooles Gerät. Ich wette, damit fährt er auf den Landstraßen sogar den Autos davon.«

»Wer ist das?«, fragte Marius.

»Guy Gassonet«, erklärte der Bürgermeister. »Er ist unser berühmtester Autor!«

»Und unser einziger«, ergänzte Cordillet.

»Nie gehört«, sagte Blanc.

»Ich glaube nicht, dass in irgendeinem Feuilleton auch nur eine einzige Zeile über Gassonet veröffentlicht worden ist. Guy schreibt eher für ein anderes Publikum«, der Bürgermeister räusperte sich. »*Eh bien:* Guy gilt als Autorität in Bezug auf Nostradamus.«

»Der irre Wahrsager aus Salon?«, fragte Fabienne erstaunt.

»So würde ich das nicht formulieren. Zumindest nicht, wenn Guy gleich neben uns steht. Er hat mehrere Bücher über Nostradamus geschrieben. Für die, die an so etwas glauben, ist Guy eine große Autorität. Er ist gewissermaßen weltberühmt in diesen Zirkeln.«

Blanc lächelte über den respektvollen Ton, in dem der Bürgermeister dies sagte. »Monsieur Melleton«, spottete er milde, »Sie waren vierzig Jahre lang Techniker, Ihre Gemeinde ist die aufgeräumteste Stadt, die ich je gesehen habe – aber Sie reden über einen Nostradamus-Experten, als wäre er Ingenieur in einem Atomkraftwerk.«

Melleton wedelte mit der Hand. »Mon Capitaine, ich bin ein Mann der Zahlen, da haben Sie ganz recht. Und als Mann der Zahlen weiß ich, dass dieser Mann, dessen Namen Sie noch nie gehört haben, fast eine Million Bücher über Nostradamus verkauft hat. Dass er im größten Haus meiner Gemeinde lebt. Und dass er deshalb mehr Grundsteuer in unseren Gemeindesäckel zahlt als jeder andere. Sagen wir so: Ich habe einige Tausend gute Gründe pro Jahr, um Guy respektvoll zu behandeln.«

Der Betreffende trat nun in die Stube und stellte erst dort sein Mountainbike ab. Das Rad mochte ihn vielleicht viel Geld gekostet haben, aber für ein anständiges Schloss hatte es offenbar nicht mehr gereicht. Sein Alter war schwer einzuschätzen, denn das Haupt war schon kahl, sein Gesicht war von einem braunen, wallenden Prophetenbart zugewuchert. Doch seine Haut war zwar sonnenverbrannt, aber noch straff, und er schritt mit federnden Schritten aus. Keine vierzig, schätzte Blanc, und: mindestens zwei Meter groß und hundertdreißig Kilogramm schwer. Kein Wunder, dass er sich von einem Elektromotor anschieben ließ. Gassonet trug teuer aussehende Trekkingschuhe, Jeans und einen dicken, blau-weiß gestreiften bretonischen Wollpullover, dessen Ärmel er hochkrempelte, nachdem er seine Last abgestellt hatte. Seine Unterarme zierten zahlreiche Tattoos. Blanc brauchte einen Moment, bevor er sie entwirrt hatte: Krebs, Löwe, Skorpion, Schütze ... Gassonet hatte sich offenbar alle Tierkreiszeichen in die Haut stechen lassen.

»Setz dich doch zu uns!«, begrüßte ihn Melleton.

Gassonet nickte würdevoll und nahm sich so selbstverständlich einen Stuhl, als hätte er es auch gar nicht anders erwartet, vom Bürgermeister an den Tisch geladen zu werden. Dieser übernahm die Vorstellung. Gassonet strich sich nachdenklich über sein kahles Haupt. »Von Freds Pech habe ich heute Morgen gehört«, sagte er. Sein Bass klang angenehm vertrauenerweckend. Mit dieser Stimme kannst du den Leuten alles erklären, dachte Blanc. Er begann zu ahnen, warum jemand wie Gassonet unter Esoterikgläubigen zu einer Autorität hatte werden können. »Ich war gerade noch bei ihm auf dem Plateau«, fuhr er fort. »Das sieht einfach schrecklich aus.«

»Wahrscheinlich hat Nostradamus dieses Massaker vorausgesehen«, warf Fabienne ein.

Gassonet schenkte ihr das milde Lächeln eines Weisen, der es gewohnt ist, dass sich Barbaren über ihn lustig machen. »Nostradamus hat im 16. Jahrhundert gelebt und seine Weissagungen – er nannte sie *Prophéties* – in verrätselten Vierzeilern niedergeschrieben. Diese *Quatrains* sind sehr schwer zu deuten. Nostradamus selbst hat seinem Sohn gegenüber nur klargemacht, dass seine Prophezeiungen bis ins Jahr 3797 reichen. Aber wann genau wird sich welche Voraussage erfüllen?« Gassonet hob seine gewaltigen Hände und drehte sie mit der Innenfläche nach oben. »Es ist eine Lebensaufgabe, diese Quatrains zu enträtseln.«

»Sie widmen Nostradamus wirklich Ihr ganzes Leben?«, fragte Blanc ungläubig.

»Das kann man so sagen. Ich habe die Schriften des Meisters entdeckt, als ich sechzehn Jahre alt war. Seither hat es mich gepackt.«

»Guy lebt wie ein Mönch, Nostradamus ist sein Gott«, fiel Cordillet ein, mit einer Spur Gehässigkeit in der Stimme.

Gassonet warf dem Jäger einen finsteren Blick zu, doch dann

besann er sich und lächelte dünn. »Ist es nicht erstaunlich, wie viele Menschen des 21. Jahrhunderts sich für die Visionen eines Mannes aus dem 16. Jahrhundert interessieren? *Mon Capitaine*, es gibt, wie soll ich das sagen, gewisse Kreise, die Nostradamus lächerlich machen. Aber ist es nicht allein schon ein Wunder, dass man sich nach einem halben Jahrtausend noch an ihn erinnert? Seien Sie ehrlich: Wer wird sich in fünfhundert Jahren noch an Sie erinnern?« Er blickte Blanc, Marius und Fabienne nacheinander liebenswürdig an.

Dummer Hund, dachte Blanc, aber er musste zugeben, dass Gassonet einen Punkt gemacht hatte.

»Hat Nostradamus denn nun die Wölfe vorausgesagt?«, hakte Fabienne nach.

»Achtes Quatrain in der neunten Prophétie«, erwiderte Gassonet. Dann deklamierte er:

Puisnay Roy fait son pere mettre à mort,
Apres conflit de mort tres inhoneste:
Escrit trouvé, soubson donra remort,
Quand loup chassé pose sus la couchette.

»Ich habe kein Wort kapiert«, gestand Marius.

Gassonet nahm einen tiefen Zug vom Pastis, dem ihn Guénaël inzwischen ungefragt serviert hatte. »Der Meister mischte altes Französisch mit Provenzalisch und Latein. Und manchmal mischte er noch ein Wort Griechisch dazu und vielleicht den einen oder anderen Begriff, den er selbst erfunden hatte, zumindest werden Sie manche Begriffe vergebens in Wörterbüchern suchen. Der Vierzeiler geht ungefähr so:

Der jüngere Sohn, der zum König gemacht wurde,
wird seinen Vater töten lassen,
nach dem Konflikt ein sehr unehrenhafter Tod:

Die Inschrift gefunden, Verdacht wird Reue bringen,
Wenn der gejagte Wolf auf der Liege ruht.

»Ich habe immer noch kein Wort kapiert«, sagte Marius.

»Vielleicht sollten Sie meine Bücher lesen«, erwiderte Gassonet freundlich.

»*D'accord*«, meinte Blanc, »es kommt ein Wolf vor.«

»Ich liebe Wölfe.« Damit erntete Gassonet erstmals einen anerkennenden Blick von Fabienne. »Für mich sind es die Tiere des Nostradamus schlechthin.« Er räusperte sich. »Der Wolf kündigt immer großes Unheil an. Ich glaube«, Gassonet machte eine weitere Kunstpause, »dass uns ein neues Erdbeben droht!« Er blickte triumphierend in die Runde.

Blanc verschluckte sich am Wasser. »Zuerst der Wolf, dann das Beben?«, vergewisserte er sich.

»Das ist die Kernthese meines neuen Buches: Wenn man Nostradamus richtig liest, dann weiß man, dass der Provence schreckliches Unglück droht, vielleicht sogar ganz Frankreich. Mit den Wölfen beginnt es. Dann wird es noch schlimmer und immer schlimmer.«

Fabienne blickte ihn skeptisch an. »Nostradamus spricht nicht von einer Katastrophe, sondern bloß von einem Konflikt.«

»Zwischen Jägern und Wölfen!«, rief Cordillet und hob sein Pastisglas.

»Oder zwischen vernünftigen Naturschützern und ökologischen Fantasten«, brummte der Bürgermeister.

Und Nostradamus beschrieb auch einen unehrenhaften Tod, dachte Blanc, und, *merde*, genau das war die Ursache der diffusen Unruhe, die ihn erfasst hatte, seit er vor noch nicht einmal achtundvierzig Stunden zum ersten Mal von den Wölfen gehört hatte. Vielleicht hatte der alte Sternendeuter aus Salon ja sogar recht.

Melleton und Cordillet wollten »noch auf einen Pastis« mit Gassonet im Le Repaire bleiben. Blanc hatte genug von Prophezeiungen und rätselhaften Wolfsgedichten, von Abschussquoten und Wolfsplänen. Das eine klang ihm genauso absurd wie das andere. Er gab seinen Kollegen ein Zeichen. Sie verabschiedeten sich, dankten dem Bürgermeister für das Essen und stiegen hinunter in die Stadt, zum Espace auf dem Hof des Schreiners.

»Nostradamus!«, stieß Blanc hervor. »Ich erinnere mich, dass der mal populär war, als ich so vierzehn, fünfzehn war. Da war der auf den Bestsellerlisten.«

Fabienne blickte auf ihr iPhone. »Das Netz ist jedenfalls noch immer voll vom alten Wahrsager. Der würde auf Twitter heute mehr Follower haben als Trump.«

»Nostradamus verhilft einem Typen wie Gassonet zu schönen Auflagen«, erklärte Marius. »Was hat der Bürgermeister gesagt? Er ist sein bester Steuerzahler! Wenn ihr mich fragt: Dieser Gassonet ist überhaupt kein Esoteriker, der glaubt genauso wenig an Nostradamus wie ich. Ich meine: Welcher Esoteriker fährt mit einem hippen Elektromountainbike über die Berge? Aber der hat erkannt, was für eine geniale Geschäftsidee das ist. Wahrsagerei statt ehrlicher Arbeit. Da hätte ich mal selbst rechtzeitig drauf kommen sollen.«

»Wenn das wirklich so ist, dann wird Gassonet alles daran setzen, diesen Wolfsangriff bekannt zu machen. Er hat es gerade selbst gesagt: Die Wölfe passen ihm perfekt ins Konzept. Wenn ein Schriftsteller mit einer Millionenauflage erst …«

»Gassonet hat es schon getan«, seufzte Fabienne und tippte auf ihr Handy. »Er hat es in seinem Blog und auf Facebook hinausposaunt: Die Wölfe sind los! Wenn du das liest, dann musst du denken, dass die Menschen in den Straßen von Vernègues bereits von blutgierigen Meuten zerfleischt werden. Und dass hier morgen alle Häuser einstürzen. Dem Typen scheint die

Aussicht auf eine Katastrophe einen perversen Spaß zu machen.«

Sie fuhren durch den Ort. Nur wenige Wagen rollten über die Straßen. Auf den Bürgersteigen war praktisch niemand zu sehen. Nirgendwo im Erdgeschoss der gepflegten Häuser konnte Blanc einen Lebensmittelladen, einen Bar-Tabac oder einen Frisör ausmachen. Das neue Vernègues schien ihm so clean zu sein wie eine technische Zeichnung. Nur mitten im Zentrum gab es eine Baustelle, die Hauptstraße war gesperrt. Sie folgten den Umleitungsschildern durch ein Wohnviertel, das, wenn es überhaupt irgend möglich war, noch stiller war als das Zentrum. Plötzlich stieß Marius Blanc an. »Sieh mal, wer da steht.«

Er deutete auf die einzige Passantin in der Straße, eine etwa dreißigjährige Frau, die gerade einen kleinen Jungen auf den Kindersitz eines alten, roten Fiat Panda 4x4 schnallte, der auf dem Bürgersteig parkte. Sie trug eine Uniform, die auch Blanc sofort wiedererkannte: grobe Schuhe, dunkelgrüne Hose, laubgrünes Hemd mit gelbem Querstreifen, die passende Jacke hatte sie sich nur lose um die Schultern gelegt. Die junge Frau war *technicienne forestière* beim *Office National des Forêts* – eine staatliche Försterin, die durch die Wälder und Garrigues patrouillierte. Im Sommer achteten die Leute vom ONF vor allem darauf, dass kein Feuer ausbrach, und besprachen sich dafür regelmäßig mit den Gendarmen. Den Rest des Jahres über verfolgten sie Wilderer und Kerle, die illegal Holz schlugen oder Müll in die Natur kippten.

Und die Förster kümmerten sich um die Tiere des Waldes.

»Gute Idee.« Blanc trat auf die Bremse. Wenige Augenblicke später stand er neben dem Panda, in dem die junge Frau soeben das höchstens zwei Jahre alte Kind festgeschnallt und dessen Beifahrertür sie zugeklappt hatte. Er zückte seinen Ausweis und stellte sich und seine Kollegen vor. »Hätten Sie einen Augenblick Zeit für uns, Madame?«

Sie verzog missmutig den Mund. Sie war auffallend dünn, hatte halblange, dunkelblonde Haare, eine beeindruckende Hakennase. »Ich bringe meinen Sohn zur Tagesmutter. Dann muss ich in den Wald.«

Marius lächelte liebenswürdig. »Es dauert bloß wenige Minuten, Madame ...«

»... Hulot. Sandy Hulot.«

»Oh, wie der Umweltminister?«

Statt einer Antwort zog sie bloß einen kleinen, schon etwas zerknitterten Pappkarton aus einer Tasche ihrer Uniformjacke und zeigte ihn Marius. Darauf war mit schwarzem Filzschreiber geschrieben: *Nein, ich bin NICHT die Tochter des Ministers!*

»Das ist nicht schlecht!«, rief Fabienne anerkennend.

Sandy Hulot seufzte. »Jeder, wirklich jeder, der mich das erste Mal trifft, spricht mich darauf an: Eine Försterin mit demselben Nachnamen wie der Umweltminister ... Also habe ich diesen Zettel geschrieben. Das schont die Stimmbänder.«

Blanc räusperte sich. »Wir würden gern mit Ihnen über Wölfe sprechen, Madame Hulot.«

»Das hätte ich mir denken können. Ich habe von Freds Unglück gehört. Und dann tauchen in unserem Kaff, in das sich sonst nie ein Flic verirrt, gleich drei Flics auf einmal auf. Jetzt geht die Scheiße los.«

»Ich bin kein Klempner. Mit Scheiße habe ich nichts zu schaffen«, entgegnete Blanc ungehalten.

»Pardon, Sie tun bloß Ihren Job. Sie sind aber doch hier, weil diese Typen jetzt auf die Wölfe ballern wollen, oder?«

»Welche Typen?«, fragte Marius.

»Na, wer schon? Melleton. Und die Jäger. Und Fred selbst natürlich. Der will Rache nehmen.«

»Rache ist vielleicht nicht das richtige Wort«, erwiderte Blanc. »Fred schützt bloß sein Geschäft. Die Wölfe fressen ihm sein

Betriebskapital weg. Der Bürgermeister hat uns eben erklärt, dass ...«

»... Wölfe Schafe fressen, nicht umgekehrt, wer hätte das gedacht«, unterbrach ihn die Försterin sarkastisch. »Er hat Ihnen ein paar Statistiken um die Ohren gehauen, nicht wahr? Melleton ist ganz groß mit Statistiken. Die müssen aber nicht alle stimmen. Drei Viertel aller Beutetiere der Wölfe sind Wildtiere, egal, was Ihnen Melleton erzählt hat.«

»Haben Sie denn in den Wäldern schon einmal einen Wolf gesehen?«, fragte Fabienne.

Sandy Hulot schwieg lange. »Fußspuren im Schlamm, das schon«, gab sie schließlich zu. »Und Kot. Seit etwa zwei Wochen. Es könnte sein, dass ein Rudel in unsere Region eingewandert ist. Wölfe werden in freier Wildbahn acht Jahre alt, vielleicht auch ein bisschen mehr. Jedes Weibchen wirft vier Welpen im Jahr. Wenn das Rudel tatsächlich hier ist, dann werden wir uns wohl daran gewöhnen müssen, schätze ich.«

»Die Schäfer werden sich nicht an den Anblick gewöhnen, den wir vorletzte Nacht hatten, niemals«, gab Marius zu bedenken.

»Erst mal muss man sichergehen, dass es auch wirklich Wölfe waren«, entgegnete die Försterin. »Die Präfektur wird Gewebeproben ans Labor schicken, wo man DNA-Tests macht. Hund und Wolf sind zu neunundneunzig Prozent genetisch identisch, aber eben nicht zu hundert Prozent. Wenn Freds Herde einem Wolf zum Opfer gefallen ist, dann werden wir das bald wissen. Und wenn es ein streunender Hund war, dann auch.«

»Fred behauptet, dass er die Wölfe gesehen hat. Der Mond war hell genug, sagt er«, erklärte Blanc.

»Die Nacht war hell genug, das ist schon wahr.« Sandy Hulot seufzte. »Sehen Sie: Es stimmt ja, die Wolfspopulation Frankreichs wächst jedes Jahr um zwanzig Prozent. Wir haben wieder mehr als fünfhundert Tiere im Land. Biologen haben zweiundsiebzig Rudel gezählt, dazu streunen Einzeltiere herum. In der Provence leben Wölfe vor allem rund um die Sainte-Victoire und am Fuß des Mont Ventoux. Aber das da«, sie deutete mit der Hand Richtung Vieux Vernègues hoch, »das wird sich trotzdem vielleicht kein zweites Mal ereignen. Wölfe laufen bis zu achtzig Kilometer in einer einzigen Nacht. Und ein junger Wolf, der sich ein neues Revier sucht, legt auf seinen Wanderungen mehr als eintausend Kilometer zurück. Klar, es ist möglich, dass sich in den Wäldern um unsere Stadt ein Rudel angesiedelt hat. Aber es ist mindestens ebenso wahrscheinlich, dass die Tiere hier bloß für ein paar Wintertage Rast eingelegt haben und bald weiterziehen werden.«

»Sie meinen, wir sollten einfach abwarten?«, vergewisserte sich Blanc. Das war genau das, was er hören wollte. Zeit gewinnen. Die Gemüter beruhigen. Darauf vertrauen, dass sich das Problem von allein lösen würde. Ganz ohne Schuss.

Sandy Hulot musste seine Gedanken irgendwie erraten haben. Denn zum ersten Mal lächelte sie. »Genau, *mon Capitaine*. Den armen Fred muss man entschädigen, selbstverständlich. Aber niemand muss hier in der Gegend herumballern.« Sie deutete auf ihren Jungen, der langsam im Kindersitz einnickte. »Wenn ich mit Yussuf durch die Wälder gehe, dann habe ich mehr Angst davor, dass ihn ein schießwütiger Jäger irrtümlich trifft, als dass ihn ein Wolf reißt. Das sind doch bloß Schauermärchen. Und jetzt entschuldigen Sie mich bitte. Ich muss nun wirklich zum Kindermädchen, bevor der Kleine so tief eingeschlafen ist, dass ich ihn gleich nur noch unter Heulen wieder wach bekomme.«

Eine Gestalt näherte sich mit großen Schritten auf dem Bürgersteig, als würde sich da jemand beeilen, der spät dran war. Ein Mann in einem braunen Cordanzug. Doktor Maurice Fouquart kam näher, doch plötzlich wurde er langsamer, er hatte die Gendarmen offenbar erkannt. Fouquart straffte sich, ging weiter, hob die Hand zum Gruß.

»Haben Sie die Wölfe schon verhaftet?« Er blickte Blanc und seine Kollegen an, Sandy Hulot ignorierte er. Die Försterin war um ihren Panda herumgegangen und hatte sich hinter das Steuer gesetzt. Sie startete den Motor, setzte den Blinker und brauste davon.

»Wir machen uns ein Bild von der Lage«, erwiderte Blanc, dem durchaus bewusst war, dass dies zweideutig klang.

»Apropos Bild«, erklärte Fouquart aufgeräumt, »Sie sollten sich wirklich noch einmal das Licht ansehen, das ich gestern Nacht gefilmt habe. Irgendwann müssen sich die staatlichen Autoritäten mit Ufo-Sichtungen befassen, ob sie wollen oder nicht.«

»Wir wollen eher nicht«, gestand Marius gut gelaunt, »doch wenn wir müssen, dann wollen wir doch.«

Fouquart nickte irritiert. »Dann, nun ja …« Er wusste nicht recht, was er dazu sagen sollte. Schließlich griff er in eine Jackentasche und fischte eine an den Ecken bereits angestoßene Visitenkarte heraus: *Dr. Maurice Fouquart, Ufologe, Université de Grenoble.* Darunter eine Adresse in Vernègues. »Wenn Sie sich doch mal die Aufnahmen ansehen möchten, dann rufen Sie mich einfach an«, murmelte er und reichte Blanc zum Abschied die Karte.

»Habt Ihr bemerkt, wie Hulot und Fouquart sich gerade krampfhaft ignoriert haben?«, sagte Fabienne, als sie wieder im Espace saßen. »Ich wette, die kennen sich. Aber die wollten nicht, dass wir das mitkriegen.«

»Die Försterin ist jeden Tag im Wald«, erwiderte Blanc und nickte. »Und der Ufologe ist offenbar ebenfalls den ganzen Tag im Unterholz. Es wäre ein Wunder, wenn sich die beiden noch nie begegnet wären.«

»Vielleicht ist Fouquart ja der Vater des kleinen Jungen«, warf Marius grinsend ein.

»Ein kleiner Yussuf mit pechschwarzen Haaren und dunkler Haut? Das sieht mir aber nach ganz anderen Genen aus«, erwiderte Fabienne.

»Möglicherweise sind das bloß zwei Außenseiter, die zusammenhalten«, sagte Blanc. »Praktisch jeder hier hält Fouquart doch für einen Spinner. Und die Hulot mit ihrem Naturschutz wird in Vernègues garantiert nicht zur Ehrenbürgerin gewählt.«

»Trotzdem seltsam, dass die sich vor uns nicht einmal mit einem Kopfnicken begrüßt haben«, sagte Fabienne. »Das würden doch sogar zwei Fremde tun.«

Blanc dachte nach, während er den Espace – für seine Verhältnisse – langsam über die kurvenreiche Straße steuerte. Fouquart störte mit seiner Drohne die Kreise der Jäger. Sandy Hulot störte die Jäger erst recht. *Merde*, ganz egal, was die beiden miteinander haben, ich hätte ihnen raten sollen, sich die nächsten Tage besser nicht allein in die Wälder zu wagen, sagte er sich.

Das nächste Beben

Seit den letzten Dezembertagen blies der Mistral ununterbrochen. Kein Tag mit weniger als sechzig Stundenkilometer, hatte Blanc in *La Provence* gelesen, und dass es zuletzt im Winter 1965 so lange ohne Innehalten gestürmt hatte. Das war für viele Leute ein Grund mehr, sich so selten wie möglich aus dem Haus zu wagen. Commandant Nkoulou hätte die Hälfte seiner Leute nach Guayana versetzen dürfen, und sie hätten immer noch locker die wenigen aktuellen Fälle abarbeiten können.

Vielleicht war es gerade diese Untätigkeit, die Blanc nervös machte. Wie paradox: Obwohl es pausenlos stürmte, war es für ihn wie die Ruhe vor dem Sturm. Da braute sich etwas zusammen.

Brigadier Sylvain, der jüngste Beamte auf der Station und so bartlos, rosig, sanft, dass man sich nicht vorstellen konnte, er würde jemals einen Verbrecher verhaften, klopfte schüchtern an Blancs Bürotür.

»Was mache ich mit den Anrufen, *mon Capitaine*? Wegen dieser …«, er wurde rot, »… Wolfsgeschichte?«

»Wer ruft denn an, Brigadier?«

Sylvain holte einen Zettel aus seiner Tasche und fasste seine Notizen zusammen: »Seit heute Morgen haben zweiundzwanzig Mütter oder Väter angerufen, die sich um ihre Kinder Sorgen machen, dazu zwei Schulleiter, Sachbearbeiter aus den Rathäusern von Salon-de-Provence und Lançon sowie siebzehn Jäger. Dann jemand, der uns sagen wollte, wo wir den Wolf finden werden, weil das angeblich Nostradamus genau vorausgesagt hat. Und zuletzt«, er räusperte sich, »eine Journalistin von

France 3. Sie wollen etwas in den lokalen Abendnachrichten bringen.«

»Diese Journalistin wird doch nicht etwa nach Gadet kommen, um uns zu interviewen?«, fragte Blanc entsetzt.

Sylvain errötete schon wieder. »Ich dachte, es ist besser, ich schicke die Dame zum Rathaus von Vernègues.«

Blanc grinste. »Das haben Sie sehr gut gemacht, Brigadier.« Cleveres Bürschchen. Womöglich würde Sylvain ein herausragender Flic werden, weil ihn alle unterschätzten. »Halten Sie am Telefon die Stellung und machen Sie genau so weiter.«

Statt wie Marius und die meisten anderen Kollegen schon am frühen Nachmittag Schluss zu machen, um wenigstens ein paar der angesammelten Überstunden abzufeiern, setzte sich Blanc in den Espace und fuhr in der Abenddämmerung noch einmal nach Vieux Vernègues. Er wollte sich allein in den Ruinen umsehen. Witterung aufnehmen. Sich vorbereiten auf das, was unweigerlich kommen würde.

Quer über dem Fußweg hoch zur Hügelkuppe lag ein oberschenkeldicker und mindestens vier Meter langer Ast, der am Morgen noch nicht dagewesen war. Grauschwarze Rindenfetzen bedeckten den Weg. Ast und Rinde stammten von einer riesigen toten Eiche links neben dem Weg. Eine Böe musste den Ast abgerissen haben, sein Kernholz war hell und mürbe, und als der Ast brach, war auch ein Teil der Rinde am Stamm explodiert.

Blanc nahm aus den Augenwinkeln eine Bewegung wahr und blickte auf. Über den wolkenlosen Himmel tanzte auf einmal doch eine dunkle Wolke. Ein schwarzes Gebilde, ihm schien es so groß zu sein wie ein Berg, fest und doch nicht fest, ständig in Bewegung, eine Kugel, eine Scheibe, eine Acht, die sich an der Taille zu zwei Bällen teilte, dann wieder zusammenfand, die sich auf ihn zu bewegte … Diese Wolke tanzte gegen den Mistral über den Himmel – Stare. Als die Wolke näher und näher kam, schätzte er sie auf Hunderte, vielleicht Tausende Vögel.

Der Schwarm flog immer dichter heran, senkte sich Richtung Erdboden, für einen absurden Moment überkam Blanc die Furcht, dass sich die Vögel auf ihn stürzen, dass zahllose spitze Schnäbel seinen Körper zerhacken wollten. Du bist nicht bei Hitchcock, sagte er sich, und die Stare kümmerten sich auch tatsächlich nicht um ihn – sie ballten sich dicht über seinem Kopf zu einer gewaltigen Sphäre; er hörte die Luft unter ihren Flügeln rauschen, dann landeten sie wie auf Kommando im Wipfel der Eiche. Dreißig Sekunden später saßen dunkle Wesen auf jedem Ast des alten Baums, der wirkte, als habe er lange nach seinem Tod eine Krone aus schwarzem, fedrigem Laub bekommen.

Er wartete noch einige Zeit, hoffend, dass der Schwarm genauso spektakulär wieder auffliegen würde, doch als nichts geschah, setzte er seinen Weg fort und passierte das Le Repaire, die Terrasse war verlassen. Drinnen leuchtete warmes, gelbes Licht, doch nahm er keine Bewegung hinter den Fenstern wahr. Vermutlich war um diese Zeit niemand im Restaurant, es war noch zu früh zum Abendessen – falls sich an diesem Abend und bei diesem Wetter überhaupt jemand hier hinauftrauen würde. Jenseits des Restaurants stand ein geborstenes Haus am Hang. Ein Eckstück, an dem zwei Wände aufeinandertrafen, hatte das Beben überstanden und ragte noch immer imposant auf, fünfzehn Meter mindestens, schätzte Blanc. Jemand hatte irgendwann eine metallene Verbotstafel auf die Mauern geschraubt: *DANGER – Accès aux ruines interdit.* Die rote und weiße Farbe war verblasst, das Schild schien schon kurz nach dem Beben 1909 angebracht worden zu sein. Vielleicht hatten sich seinerzeit, als die Erinnerung an die Katastrophe noch frisch gewesen war, tatsächlich Menschen an das Verbot gehalten und die Trümmer nicht betreten. Aber wen schreckte das heute noch ab? Die Wölfe sicherlich nicht, dachte Blanc grimmig.

Er hatte es schon beinahe bis zur Burgruine geschafft, als ihm Doktor Marie-Claire Martin entgegenkam. Die Wissenschaftlerin sah erschöpft aus, blass und verfroren. Sie trug ein eimerförmiges, tarnfarbengrün gestrichenes Gerät, aus dessen Oberseite eine Halteöse und zwei Spezialsteckdosen ragten.

Blanc begrüßte sie und deutete auf das Objekt. »Ist das eines Ihrer Messgeräte, die Beine kriegen, wenn Sie nicht darauf aufpassen, Doktor Martin?«

»Ein Seismometer, das selbst schwächste Erdstöße aufzeichnet.« Sie deutete zur Burg. »Ich habe es zwischen den Mauern platziert und mich danebengesetzt. Manchmal muss man ja auch tagsüber Aufzeichnungen machen, *mon Capitaine*. Und was machen Sie zu dieser Stunde zwischen den Trümmern?«

»Sie haben auf Ihrem Beobachtungsposten nicht zufällig Wölfe gesehen?«

»Ich wünschte, es wären Wölfe gewesen. Stattdessen ist mir eine junge Dame aus Aix mit ihrem Handy im Anschlag über den Weg gelaufen. Sie hatte im Internet von den Wölfen gelesen und wollte die Erste sein, die sie auf Instagram postet. Sie sei Influencerin, hat sie mir erklärt. Jedenfalls hat die junge Dame keine feuchte Schnauze gesehen, deshalb wollte sie schließlich *mich* auf Instagram posten. Wahrscheinlich war ich in ihren Augen genauso sexy wie ein Wolf.« Doktor Martin schien ehrlich empört zu sein. Blanc gelang es, seine Gesichtszüge neutral zu halten.

»Ich konnte sie gerade noch davon abhalten«, fuhr die Wissenschaftlerin fort. Sie versuchte sich vergeblich an einem lässigen Lächeln. »Und etwas später hatte ich, wie soll man das ausdrücken? Ich hatte ein Nahtod-Erlebnis mit Emir. Fred und Clotilde haben heute Morgen ihre Herde vom Berg getrieben. Der Patou hat mich entdeckt und wohl mit einem Wolf verwechselt. Oder mein Seismometer mit einer Dose Hundefutter. Ich verdanke meine Gesundheit jedenfalls Fred, der erstaunlich rasch laufen kann, wenn es sein muss. Und der eisenharte Muskeln hat. Ich hätte nicht gedacht, dass ein Mann allein einen wütenden Patou am Halsband packen und zurückzerren kann. Nun ja«, sie atmete tief durch, und Blanc erkannte, dass sie den Schock dieser Begegnung nur mühsam kaschieren konnte, »von nun an bin ich die Herde und ihren schrecklichen Hütehund los, wenn ich meine Instrumente aufstelle. Eigentlich sollte ich den Wölfen dankbar sein, sie sind gewissermaßen meine Verbündeten.«

»Melden Sie sich bitte trotzdem bei der Gendarmerie, wenn Sie einen sehen.«

»Wenn Sie mir versprechen, dass Sie nicht auf den Wolf schießen, sondern auf die Influencerin.«

Blanc verzog die Lippen zu einem schiefen Grinsen. Dann räusperte er sich. »Glauben Sie wirklich, dass uns ein Erdbeben bevorsteht?«

»Glauben Sie wirklich, dass uns *kein* Erdbeben bevorsteht?«, erwiderte Doktor Martin. »Niemand weiß das, das ist ja das Problem. Wissen Sie, *mon Capitaine,* ich bin ein Diplomatenkind. Meine Eltern sind mit mir durch die Welt gereist, seit ich mich erinnern kann. 1976 waren wir in China, ich war noch klein, nicht einmal zehn Jahre alt. Dann kam ein wundervoller Sommertag, meine Eltern hatten irgendeinen Termin, ich war allein mit dem Kindermädchen im Haus und habe geschlafen – und auf einmal ... ›bebte die Erde‹, müsste ich heute als Wissenschaftlerin dazu wohl sagen. Aber so war es nicht. Der Boden unter meinen Füßen rüttelte und donnerte wie eine startende Mondrakete, das wollte überhaupt nicht enden. Ich bin aus dem Bett gefallen, aufgestanden, es hat mich sofort wieder von den Beinen gerissen, mein Kindermädchen war plötzlich nicht mehr da, die Bäume in unserem Garten knickten krachend um.« Sie verstummte, starrte zur aufgerissenen Burgmauer, atmete tief durch. »Nun, heute wissen wir, dass sich 1976 in Tangshan eines der schlimmsten Erdbeben der Menschheitsgeschichte ereignet hat. Hunderttausende sind gestorben, niemand kennt die genaue Zahl. Die Städte sahen schlimmer aus als Hiroshima. Es war unvorstellbar.«

Blanc musste Doktor Martin nicht fragen, ob ihre Eltern zu den Hunderttausenden Toten zählten. »Das tut mir leid.«

»Eine geologische Notwendigkeit«, erwiderte sie und blickte ihn betont kühl an. »Damals jedenfalls habe ich beschlossen, Seismologin zu werden. Ich wollte nie wieder so … so überrascht werden. Ich bin nicht naiv, niemand kann ein Erdbeben verhindern. Aber es voraussagen – das sollten wir doch schon irgendwann schaffen, finden Sie nicht?«

Blanc wusste nicht, welche Antwort sie darauf erwartete. Er nickte bloß.

»Haben Sie die Stare gerade gesehen?«, fragte Doktor Martin. »Tiere spüren es, wenn ein Beben droht. Ob Vögel oder Eidechsen, sie fliehen aus der Region; in den Tropen brechen sogar Waldelefanten und Tiger aus dem Dschungel. Was aber spüren diese Tiere?«

Auch darauf wusste Blanc selbstverständlich keine Antwort. Deshalb sagte er bloß: »Wenn es nach den Staren geht, dann droht uns heute Abend jedenfalls kein Erdbeben – die hocken auf der toten Eiche hinten am Weg.«

Die Forscherin nickte nachdenklich. »Die Tiere hatten über Generationen Zeit, sich an die Landschaft und ihre Tücken anzupassen, vor allem in dieser Region. Hier am Mittelmeerrand schiebt sich die adriatische Platte nordwärts gegen die eurasische Platte. Gesteinsflächen, die jede Vorstellungskraft übersteigen, schwimmen tief unter der Erdoberfläche auf zähflüssigem Magma wie gigantische Schiffe, die von Strömungen unaufhaltsam gegeneinandergedrückt werden, ganz langsam zwar, aber mit einer Energie, die alles übersteigt, was die Menschheit erzeugen könnte. Die beiden Platten werfen die Alpen auf, das Gebirge gleicht einer gigantischen Falte in der Erdkruste, die Jahr um Jahr ein paar Millimeter wächst. Die Platten reiben aneinander, irgendwo verhakt sich Gestein, über Jahrhunderte werden Spannungen aufgebaut, die sich irgendwann entladen – dann bebt die Erde, das ist wie eine zu stark gespannte Feder, die schließlich springt. Nur: Diese Feder springt immer wieder an derselben Stelle.« Die Wissenschaftlerin stampfte mit ihrer Schuhsohle auf den Boden. »Vieux Vernègues wurde im dreizehnten Jahrhundert bereits von einem Erdbeben heimgesucht, dann im zwanzigsten. Werden wieder siebenhundert Jahre bis zur nächsten Katastrophe vergehen? Oder bleibt uns weniger Zeit? Das ist die Frage, die ich mir als Forscherin stelle.«

»Sind Sie pessimistisch?«

»Pessimisten können positiv überrascht werden, Optimisten nicht.«

Blanc fielen die Bemerkungen von Guy Gassonet ein. »Reagieren Wölfe womöglich besonders sensibel auf Anzeichen von Erdbeben? Macht sie das vielleicht aggressiv, und kündigen die Tiere deshalb Erdbeben als Erste an?«

Doktor Martin schnaufte. »Alter Aberglaube, mehr nicht!« Dann klopfte sie auf das Messgerät, ein dumpfer Klang ertönte. »Ein Universitätskollege hat vor einigen Jahren in einer amerikanischen Fachzeitschrift eine Studie darüber publiziert, was wohl geschehen würde, wenn die Provence heute von einem Beben wie dem von 1909 heimgesucht wird. Er hat sich dabei an dem Beben orientiert, das 2009 in Italien Aquila verwüstet hat: Dort gab es enorme Schäden und mehr als dreihundert Tote.«

»Dreihundert Tote«, murmelte Blanc beunruhigt.

Doktor Martin nickte. »Sie hätten viel zu tun, *mon Capitaine*. Wir können niemals alle Häuser vor dem Einsturz bewahren. Aber vielleicht können wir irgendwann wenigstens deren Bewohner so rechtzeitig warnen, dass kein Mensch mehr in einem Haus ist, wenn es einstürzt. Dann wären wir immerhin so klug wie die Tiere. Kein Kind würde seine Eltern mehr verlieren.« Sie klopfte noch einmal auf das Seismometer.

»Andere vertrauen bei ihren Prognosen nicht Messinstrumenten oder fliehenden Vögeln, sondern den rätselhaften Gedichten eines alten Astrologen«, sagte er.

Zu seiner Überraschung reagierte die Wissenschaftlerin darauf weder mit Spott noch mit Verachtung. Sie blickte ihm ernsthaft in die Augen. »Wissen Sie, wie ein Augenzeuge des Bebens von 1909 die Katastrophe später beschrieben hat? Ich habe es mir gemerkt: ›Ich kam aus Saint Cannat zurück, ich hörte dreimal Lärm, wie bei Detonationen, dann ein Grollen. Ich dachte an die schrecklichen Prophezeiungen des Nostradamus.‹ Nostradamus gehört immer noch zum hiesigen Denken dazu. Heute bauen wir eine gewaltige Brücke quer durch dieses Tal, damit ein TGV mit dreihundert Stundenkilometern Richtung Paris rasen kann. Aber wenn wir voraussagen wollen, wie sicher diese Brücke ist, dann sind wir immer noch so klug wie zu Nostradamus' Zeiten. Bislang ist die Voraussage mit meinem Seismometer leider nicht präziser als irgendein Quatrain von Nostradamus: Mein Gerät und dieser alte Astrologe sagen beide, dass irgendwann eine Katastrophe geschehen wird. Aber wann genau?«

Blanc hatte genug gehört, er hatte überhaupt genug für heute. Ihm war jetzt kalt. Er streckte die Hände aus. »Ich helfe Ihnen mit diesem Ding«, bot er an. Er ging an der Seite der Wissenschaftlerin zum Parkplatz hinunter und legte das Messgerät schließlich behutsam im Kofferraum ihres BMW ab. Er fragte sich unwillkürlich, ob eine Frau, die als kleines Mädchen ihre Eltern verloren hatte, wohl selbst eine Familie hatte oder ob die lebenslange Beschäftigung mit Erdbeben ihr einziger Lebensinhalt war. Als er ihr zum Abschied die Hand reichte, bemerkte er allerdings einen hellen Streifen an ihrem Finger, dort wo sie jahrelang einen Ring getragen haben musste.

Als Blanc nach Gadet zurückkehrte, erwartete er, die Station verlassen vorzufinden, bis auf die zwei Beamten des Spätdienstes und seinen Chef Commandant Nkoulou, der eigentlich immer da war. Überrascht stellte er fest, dass auch unter dem Spalt von Fabiennes Bürotür noch Licht schimmerte.

Er trat ein und fand seine Kollegin vor dem Computermonitor, ihre Augen waren gerötet – ob allein vor Müdigkeit, vermochte er nicht zu sagen. »Was machst du denn noch hier?«

»Das könnte ich dich auch fragen.« Sie seufzte.

»Ich war wenigstens an der frischen Luft. An welchem Fall arbeitest du?«

»Ich arbeite am Fall meines Vaters.« Sie tippte auf den Bildschirm. »Sieh es dir ruhig an. So etwas wird dir auch blühen, wenn du deine Eltern noch hast.«

»Die sind längst tot.«

»Tut mir leid, das hatte ich vergessen. Ich bin müde.«

Blanc trat zu Fabienne und sah ihr über die Schulter. Sie hatte nach Websites von Pflegediensten gegoogelt.

»Die Beine meines Vaters werden immer wackeliger, aber sein Schädel wird immer dicker. Der alte Sturkopf will partout nicht, dass irgendein Pfleger zu ihm ins Haus kommt, also muss ich das wohl ohne sein Wissen organisieren.«

»Und deine Mutter?«

»Meine Eltern sind schon lange geschieden. Und mit meiner Mutter kann ich erst recht nicht reden.« Fabienne tippte auf ihren Ehering. »*Maman* hat von einem netten Schwiegersohn geträumt. Stattdessen hat sie eine Schwiegertochter bekommen. Als ich ihr gestanden habe, dass ich auf Frauen stehe, war ich im letzten Jahr auf dem Lycée, kurz vor dem Bac. Sie hat mich rausgeworfen, ich musste zu Papa ziehen.«

»Wir leben im 21. Jahrhundert.«

»Wenn dir jemand erzählt, dass es keine Drachen mehr im 21. Jahrhundert gibt, dann schick ihn mal zu meiner Mutter.«

Fabienne lachte bitter, dann wühlte sie auf dem Schreibtisch herum, bis sie ein Post-it zwischen den Papieren herausfischte. »Der Bürgermeister von Vernègues hat übrigens vor einer Stunde angerufen. Er will dich sprechen. Wenn ich ihn richtig verstanden habe, will er dich einladen.«

»Das letzte Essen war ausgezeichnet. Soll ich versuchen, dich mit auf die Einladungsliste zu setzen? Als Ablenkung?«

»Nein, danke. Melleton lädt dich nicht ins Restaurant ein, sondern zur Jagd. Rate mal, auf welches Tier.«

»*Merde.*« Blanc eilte in sein Büro und schloss die Tür, bevor er Melleton auf dem Handy anrief. Der Bürgermeister hob sofort ab.

»Sie veranstalten eine Treibjagd?«, begann Blanc brüsk. Er war zu wütend für Floskeln. Eine Jagd, jetzt schon, verdammt, das war doch niemals legal. Und ihn dazu auch noch einzuladen! Er fragte sich, ob Melleton ihn provozieren wollte, und falls ja, warum.

»Nein. Zumindest noch nicht. Der Präfekt schickt uns einen staatlich lizensierten Wolfsjäger«, antwortete der Bürgermeister. Er klang erleichtert.

»Staatlich lizensierten Wolfsjäger?« Davon hatte Blanc noch nie gehört.

»Ja, wie früher im Ancien Régime. Ein *Lieutenant de Louveterie.* Einst waren es die Jäger des Königs, jetzt sind es die Jäger des Präsidenten, gewissermaßen.« Melleton lachte zufrieden. »Mit diesen Spezialisten ist es normalerweise wie mit Ärzten: Man muss wochenlang auf einen Termin warten. Aber der Präfekt hatte ein Einsehen mit uns, als ich heute Nachmittag bei ihm war.«

»Sie waren beim Präfekten?!« Blanc fühlte sich hintergangen.

»Ich konnte Ihren Bericht doch nicht mehr abwarten, die Bürger lagen mir den ganzen Tag in den Ohren. Dann hatte ich noch eine Journalistin vom Fernsehen da. Können Sie sich das vorstellen? Die bringen niemals etwas über unsere Stadt. Aber wenn wir einen Wolf hier haben, dann kommen sie mit Übertragungswagen und drei Kameramännern! Deshalb bin ich nach Aix-en-Provence gefahren. Ich hätte trotzdem nicht gedacht, dass wir die Jagd so schnell organisieren können.«

»Das hätte ich auch nicht gedacht«, brummte Blanc. »Was ist das denn für ein Wolfsjäger?«

»Kommen sie heute Abend einfach dazu, *mon Capitaine*. Normalerweise lassen die Wolfsjäger bei ihren Einsätzen niemanden mitgehen. Aber der Präfekt persönlich hat auf der Teilnahme eines Gendarmen bestanden, angesichts des Ernstes der Lage. Wölfe mitten in der Stadt, das Fernsehen, Sie verstehen ... *Eh bien.* Alles weitere erfahren Sie von dem Mann selbst. Sie treffen ihn um zweiundzwanzig Uhr an der Burgruine. Ziehen Sie Ihre dickste Jacke an und nehmen Sie sich eine Thermoskanne Tee mit. Es wird eine lange, kalte Nacht werden.«

Eine lange, kalte Nacht

Manchmal erlahmte der Mistral während der dunklen Stunden, doch nicht in dieser Nacht. Als Blanc seinen Espace auf dem Parkplatz unterhalb von Vieux Vernègues abstellte, zitterte der alte Minivan jedes Mal, wenn ihn eine schwere Böe traf. Als er ausstieg, riss ihm der Wind die Tür beinahe aus der Hand. Draußen übertönte das Rauschen in den Wipfeln jedes andere Geräusch. In so einer Nacht könnte sich ein Wolfsrudel bis auf einen Meter an ihn heranschleichen, und er würde es nicht hören.

Es leuchteten so viele Sterne, dass der Himmel in tiefes Violett getunkt war. Der abnehmende Mond stand dicht über den Gipfeln im Südosten, links und rechts von ihm strahlten zwei kleine Begleiter: Venus und Jupiter, die aus irgendeinem seltenen astronomischen Zufall mit dem Trabanten zusammen durch das Firmament zogen. Der Mond war so hell, dass Blanc sogar einen Schatten warf. Er begriff, dass Fred Locez ihn nicht angelogen hatte: In diesem Licht konnte man einen Wolf sehen, immerhin.

Als er den Weg ein Stück weit gegangen war, bemerkte er, dass die Absperrschranke offen stand. Blanc leuchtete mit seiner Taschenlampe auf das Vorhängeschloss. Es hing unbeschädigt in der Halterung. Niemand hatte sich gewaltsam Zugang verschafft, hier war jemand mit einem Schlüssel gekommen. Der famose Wolfsjäger, vermutete Blanc, denn er hatte auf dem Parkplatz kein weiteres Auto bemerkt; irgendwie musste der Mann schon bis zur Burg hochgefahren sein. Flüchtig fragte er sich, ob das so eine Art Großwildsafari werden würde, mit einem Jäger im getarnten Geländewagen.

Ein dünner Wolkenstreifen wurde vom Mistral vor die halbe Mondscheibe geblasen, kaum mehr als ein Schleier, doch selbst diese Wolke warf einen feinen Schatten, zumindest für ein paar Augenblicke, dann war der Schleier schon wieder verschwunden.

Die Mauern waren wie Scherenschnitte, schwarz und scheinbar dünn wie Papier. Blanc erinnerte sich an die versteckten Kelleröffnungen und kollabierten Gewölbe. Er achtete darauf, auf dem Weg zu bleiben, um sich nicht in einem tückischen Loch ein Bein zu brechen. Er war müde, aber trotzdem war sein Geist klar, seine Sinne waren geschärft. Das ist nicht bloß der Mistral, der mir den Kopf frei bläst, dachte er, das ist auch das Adrenalin. Wolfsjagd. Er hatte seine SIG Sauer im Gürtel. Ich bin irre, sagte er sich, warum mache ich das eigentlich? Doch nun war es zu spät, um noch umzukehren. Er stand unter den wuchtigen Formen der Burgruine und nahm einen großen, dunklen Umriss wahr: Ein schwarzer VW Amarok stand neben der alten Festung, ein monströser Pickup mit grobstolligen Reifen, einer irgendwie gefährlich wirkenden, stählernen Stoßstange vor dem Kühlergrill und einer Pritsche hinter der Fahrerkabine, auf der ein Jäger ein totes Nashorn hätte transportieren können – oder ein ganzes Wolfsrudel.

»Schön, dass Sie pünktlich sind«, hörte Blanc eine gedämpfte Stimme.

Die Fahrertür des Pick-ups wurde geöffnet, das Innenlicht flammte auf und beleuchtete einen jungen, sportlichen Mann: kurze schwarze Haare, hageres Gesicht, der Körper war wahrscheinlich auch dünn, doch war das schwer einzuschätzen, denn er steckte in einer jeweils großzügig wattierten dunkelgrünen Jacke und Hose. Als der Mann ausstieg, stellte Blanc überrascht fest, dass er größer war als er, mindestens zwei Meter. Er schätzte ihn auf Anfang oder Mitte zwanzig. Wen hatte er erwartet? Einen trinkfreudigen Hobby-Waidmann wie Cordillet? Oder einen romantischen Großwildjäger vom Robert-Redford-Typ?

Der Mann da vor ihm wirkte irgendwie militärisch: trainiert, diszipliniert, kühl. Der hätte auch von der Gendarmerie-Schule kommen können. Er schüttelte ihm die Hand und stellte sich vor.

»Gérard Pélestor«, erwiderte der Jäger. »Es freut mich, dass wir zusammen auf Pirsch gehen. Aber ich muss Sie gleich warnen: Meistens passiert gar nichts. Man sitzt rum, stiert in die Nacht, friert und irgendwann geht die Sonne auf und man geht nach Hause. Neun von zehn Nächten sind so.«

»Streifen wir etwa nicht durch den Wald?«, fragte Blanc. Es gelang ihm nicht ganz, die Skepsis aus seiner Stimme zu verbannen.

Pélestor lachte kurz auf, das gelassen-selbstbewusste Lachen eines Profis. »Das würde niemals funktionieren – der Wolf würde uns hören, lange bevor wir ihn bemerken. Unsere einzige Chance sind ein hoch gelegenes Versteck und ein weitreichendes Gewehr. Wenn wir dann noch Glück haben und der Wind unseren Geruch nicht zufällig bis zum Rudel trägt, dann läuft uns vielleicht einer vor die Flinte.«

Blanc blickte zum Mond hinauf. »Selbst bei diesem Licht muss der Wolf aber schon auf zwanzig oder dreißig Meter an uns herankommen.«

»Mir reichen hundertfünfzig Meter.« Pélestor grinste, dann drehte er sich um, griff auf die Rückbank des Amarok und holte eine voluminöse Tasche hervor. Er öffnete sie und reichte Blanc ein Gerät, das wie ein zu groß geratenes Fernglas aussah. »Ein Nachtsichtgerät«, erklärte er, »mit Restlichtverstärker. Damit sehen wir weiter als der Wolf.« Er griff noch einmal auf die Rückbank, hob einen länglichen Koffer aus Hartplastik hoch und klappte ihn auf der Pritsche auf. In einer Schaumstoffumhüllung steckte ein Präzisionsgewehr mit Zielfernrohr, eine dieser bösartigen Tötungsmaschinen, wie sie auch die Scharfschützen von Gendarmerie und Armee benutzten.

Blanc pfiff durch die Zähne. »Damit können Sie in den Krieg ziehen!«

»Das braucht es auch. Kaliber .30-06. Wölfe haben ein dichtes Fell und enorme Muskeln. Auf hundertfünfzig Meter Entfernung würden die Kugeln normaler Gewehre den Wolf bloß leicht verletzten – falls man mit einer normalen Waffe auf diese Distanz überhaupt je einen Wolf trifft.«

»Wie viele Wölfe haben Sie schon getroffen?«

»Zwei. Und ich gehöre seit zwei Jahren zur Truppe. Ich sagte Ihnen ja, dass die meisten Nächte öde sind.«

»Welche Truppe?«

Pélestor deutete auf ein kleines Abzeichen am Oberarm seiner Winterjacke mit den Buchstaben *BNL*. »Wir sind die *Brigade Nationale Loup*. Uns gibt es erst seit 2015. Wir sind fünfzehn Jäger, ein paar von uns sind ehemalige Soldaten oder Förster, die jüngeren wie ich kommen direkt von der Uni. Ich habe Biologie studiert. Die Regierung hat die Brigade aufgestellt, nachdem die Wolfsangriffe so zahlreich geworden sind, dass man sie selbst im Elysée nicht mehr ignorieren konnte.«

»Ich habe noch nie von der BNL gehört.«

»Unsere Zentrale ist in Allemagne-en-Provence, in der Haute-Provence, das gehört nicht zu Ihrem Revier. Und meistens bleiben wir bei unseren Einsätzen dort, oder wir ziehen in die Alpen. Aber wie es aussieht, kommen wir jetzt auch in Ihrem Département häufiger vorbei. Die Präfekten fordern uns immer dann an, wenn es …«, Pélestor wog seine Worte sorgfältig ab, »… beunruhigende Vorkommnisse mit Wölfen gegeben hat. Wir wachen dann einige Nächte in der Nähe der angegriffenen Herden. Manchmal schießen wir einen Wolf. Meistens scheinen die Tiere aber irgendwie zu bemerken, dass wir da sind – dann ziehen sie weiter, und wir warten umsonst.« Er zuckte mit den Achseln. »Wenn das so weitergeht, dann werde ich irgendwann alle Départements Frankreichs kennenlernen, zumindest nachts. Aber hier kenne ich mich zufällig wirklich gut aus – ich komme ursprünglich aus Vernègues. Meine Eltern haben ein Haus hier. Ich hätte nie gedacht, dass ich mal in diesen alten Ruinen einen Einsatz habe. Haben Sie eine Thermoskanne dabei? *Bon,* dann ziehen wir los.«

Sie gingen durch die Burgruine, Blanc leuchtete mit seiner Taschenlampe, der Jäger hatte eine Stirnlampe aufgesetzt, wie sie Jogger trugen, die bei Dunkelheit liefen. Pélestor hatte sich zudem einen Rucksack über die Schulter geworfen und trug das Gewehr, Blanc schleppte das Nachtsichtgerät und in seiner alten blauen Adidas-Sporttasche heißen Tee, Isomatten und Decken. Nach wenigen Schritten erreichten sie die Weide. Hier und dort glitzerte bereits Raureif im Mondlicht, trotzdem glaubte Blanc, unter dem dünnen Eisfilm dunkle Flecken zu erkennen. Und er bildete sich ein, dass immer noch der Gestank des Todes in der Luft hing. »Glauben Sie wirklich, dass die Wölfe ausgerechnet hierher zurückkehren?« Er hatte unwillkürlich angefangen zu flüstern.

»Hier haben bis vor zwei Tagen hundert Schafe geweidet, und seither hat es nicht geregnet«, antwortete der Jäger mit gedämpfter Stimme. »Die Wölfe werden ihren Geruch immer noch wittern. Vielleicht sehen sie nach, ob noch Beute da ist. Es gibt nicht viele Wege bis hier hinauf, die müssen wir im Auge behalten.«

Der Stumpf der Mühle war ein einfacher Zylinder aus gemauerten Steinen, nicht einmal zehn Meter hoch, schätzte Blanc. Aus der Nähe erinnerte ihn das Bauwerk nicht mehr an ein antikes Monument, sondern an eines der von Granaten zernarbten Forts von Verdun, die er vor vielen Jahren einmal mit der Klasse der Gendarmerie-Schule besichtigt hatte. An einer Stelle war eine dunkelrot verrostete Wendeltreppe ans Mauerwerk geschraubt, die unter dem Gewicht ihrer Schritte zitterte, als sie vorsichtig hinaufstiegen. Der Platz oben war irgendwann zu einem Aussichtspunkt umgestaltet worden: Eine hüfthohe Mauer schützte Besucher vor dem Absturz, auf ihr war ein Ring bemalter Kacheln als Orientierungstafel angebracht. Im Schein der Taschenlampe blitze ein gemalter Raubvogel auf.

»Das Licht machen wir jetzt aus«, flüsterte Pélestor. Seine Stirnlampe erlosch. Blanc steckte seine Maglite in den Gürtel. Seine Augen gewöhnten sich nach kurzer Zeit an das graue Mondlicht. Er blickte hinunter auf die karge Weide. Von hier aus erkannte er, dass mehr Büsche und niedrige Bäume dort wuchsen, als er gedacht hatte, das waren so viele Verstecke, dass sich ein ganzes Rudel dort verbergen konnte. Die dünnen Antennenmasten am Rand waren kaum zu erkennen. Die Burg war eine dunkle Masse am anderen Ende des Plateaus; ein schmales, hoch aufragendes Mauerfragment, das in einem halb eingestürzten Fensterbogen endete, wirkte von der Mühle aus wie ein gigantischer Baumstamm.

Blanc ging einmal die Aussichtsplattform ab. Am Horizont waren die Alpilles eher zu ahnen als zu sehen, gezackte Steinwellen, die sich vor die Sterne schoben. Richtung Étang de Berre leuchtete ein weißgelber Lichtdom über einer Raffinerie. Dichter heran, außerhalb der Weide, wuchs die Garrigue bis beinahe an den alten Mühlenturm, kaum erkannte er Buschwerk und Blätter. Wie groß war ein Wolf eigentlich? Wenn die Tiere durch dieses Dickicht streiften, dann würde er sie wahrscheinlich erst sehen, wenn sie am Aufgang der Wendeltreppe standen. Ob Wölfe die Stufen womöglich erklimmen konnten? Er tastete seinen Gürtel ab, bis er die beruhigende Kühle des Pistolengriffs spürte. »Ich wünschte, der Mistral würde aufhören«, sagte Blanc leise, »dann könnten wir wenigstens irgendetwas anderes hören als nur das Rauschen der Böen in den Blättern.«

»Die Wölfe können uns bei Mistral aber auch nicht hören«, erwiderte Pélestor gleichmütig. Er kniete sich hinter die niedrige Mauer und stellte vorsichtig sein Gewehr ab. »Jetzt müssen wir nur noch den Rand der Weide im Auge behalten und warten«, murmelte er und deutete auf das Nachtsichtgerät. »Übernehmen Sie die erste Schicht? Ich löse Sie in zehn Minuten ab, und dann immer so weiter. Das überanstrengt die Augen nicht und hält uns wach.«

Blanc setzte das Spezialfernglas an die Augen und musterte langsam die Umgebung. Nun konnte er jeden Strauch erkennen, nah und scharf, aber in einem seltsamen Licht, das zugleich gelblich und doch irgendwie farblos war, auf jeden Fall irreal und verwirrend. Was er sah, wirkte nicht länger dreidimensional, eher wie eine monochrome Fotografie. Er fürchtete, ein Tier selbst dann zu übersehen, wenn er es genau im Blickfeld hatte.

Blanc hörte, wie Pélestor den Reißverschluss des Rucksacks aufzog. Er setzte das Glas kurz ab und erkannte, dass der Jäger ein Gerät herauszog, das entfernt an eine Videokamera erinnerte.

»Eine Thermokamera«, flüsterte der Jäger. »Nicht so weitreichend wie ein Nachtsichtgerät, aber so empfindlich, dass sie die Körperwärme eines Wolfes auf hundert Meter mitten im Unterholz registrieren kann.« Er scannte mit dem Gerät einmal die Umgebung ab und schüttelte den Kopf. »Hier bewegen sich nicht einmal Fuchs und Hase«, sagte er.

»Vielleicht suchen wir am falschen Ort«, meinte Blanc.

Pélestor grinste. »Warum sind wohl alle anderen Tiere verschwunden? Warten wir einfach ab.«

Um sich die Zeit zu vertreiben und gegen die Müdigkeit anzukämpfen, plauderten sie leise, während sie hin und wieder mit Nachtsichtglas und Thermokamera die Umgebung absuchten. Blanc erfuhr, dass Gérard Pélestor erst dreiundzwanzig Jahre alt war. Er hatte eine Freundin, das Paar plante schon die Hochzeit, sie suchten in Vernègues ein Grundstück für ein Haus. Pélestor war ein begeisterter Sportler, er war als Junge über das Bogenschießen zur Jagd gekommen, er lief Marathon. Der Jäger tippte auf sein linkes Handgelenk, wo er sich ein Gerät umgeschnallt hatte, das Blanc im Zwielicht für eine Hightech-Uhr gehalten hatte.

»Mein Fitbit-Armband«, erklärte Pélestor. »Das sendet alle meine Bewegungen auf einen Server, wo die Positionsdaten zusammengerechnet werden, dazu meine Schlafphasen und mein Puls. So weiß ich immer, wie gut ich in Form bin und wie viele Kilometer ich am Tag geschafft habe. Sind es weniger als zwanzig, bin ich unzufrieden. Und sind es sogar weniger als zehn, dann machen Sie lieber einen großen Bogen um mich.«

»Sie sind süchtig nach Sport?«

»Kann man so sagen.«

»Es gibt schlimmere Arten von Sucht«, sagte Blanc, der selbst nur zu gern durch die Wälder lief.

»Nach Pastis und Rotwein zum Beispiel«, warf Pélestor wie zufällig ein.

Blanc ließ sich nicht täuschen. »Ich habe tatsächlich schon mit Monsieur Cordillet gesprochen, er ist ja hier für die lokalen Jäger zuständig.«

»Und für die Kassen des örtlichen Jagdverbandes.«

Blanc, der in Paris Korruptionsermittler gewesen war, wurde hellhörig. Er dachte unwillkürlich an die heruntergekommene Tischlerei am Ortsrand. »Wollen Sie andeuten, dass sich Cordillet aus der Verbandskasse bedient?«

»Das behauptet hier jeder, aber beweisen kann das keiner. Kein Wunder, er sitzt ja auch im Gemeinderat und hat mächtige Freunde.«

»Wie den Bürgermeister«, riet Blanc.

Pélestor seufzte. »Melleton war wirklich mal gut, früher, meine Eltern haben ihn jedenfalls immer gewählt. Aber vierzig Jahre im Amt, *mon Dieu*! Es wird mal Zeit für was Neues, finden Sie nicht? Zur Abwechslung mal«, er grinste, »ein politisches Erdbeben in Vernègues und kein echtes.«

Blanc blickte den jungen Jäger an seiner Seite an. Plötzlich erkannte er, dass Pélestor es absolut ernst meinte. »Sie würden kandidieren?«, entfuhr es ihm.

Pélestor richtete sich auf und hielt die Thermokamera in die Nacht. Er studierte lange ihre Anzeige, bevor er sich endlich zu einer Antwort entschloss. »Warum nicht? Ich meine, wenn nicht die Jungen Politik machen, dann bleiben die Alten ja für immer ungestört. Sie haben die Ruinen doch selbst gesehen. Malerisch. Die könnte man wieder aufbauen. Meine Freundin und ich«, er lachte schüchtern, »wir wüssten schon, welches Haus wir renovieren würden. Ein altes Haus in der Provence – wo könnten sich Leute wie wir das leisten, wenn nicht in Vieux Vernègues? Vielleicht kandidiere ich nicht zum Bürgermeister, aber vielleicht findet sich ja jemand, der gegen Melleton antritt, und dann werde ich ganz sicher einer der sieben Männer auf der Gemeinderatsliste sein. Irgendwann muss man anfangen, diese Stadt ordentlich durchzulüften.«

»Weiß Monsieur Melleton von Ihren Ambitionen?«

»Er ahnt es. Er wollte vom Präfekten unbedingt einen Jäger der BNL haben, aber er war, sagen wir: nicht ganz glücklich, dass ausgerechnet ich mich gemeldet habe. Deshalb müssen Sie jetzt neben mir frieren.«

»Ich dachte, der Präfekt hat auf die Anwesenheit eines Gendarmen bestanden«, erwiderte Blanc erstaunt.

»Ich habe gehört, dass es ursprünglich Melletons Idee war. Wahrscheinlich will der Bürgermeister nicht, dass ich den Ruhm allein einheimse und bei der Wahl profitiere, wenn ich einen Wolf erlege.«

Blanc dachte nach, während er durch das Nachtsichtgerät starrte. Wenn Melleton und Cordillet einen Wolf töteten, dann könnten sie das politisch nutzen. Würde Pélestor den Wolf erledigen, stärkte das dessen Ambitionen. So oder so: Töten wollten den Wolf alle.

»Wir müssen aufpassen, dass wir nicht versehentlich einen Menschen niederschießen«, warnte Blanc und berichtete von der Erdbebenforscherin und dem Ufologen, die möglicherweise hier umherstreiften.

»Von Doktor Martin habe ich bislang nur gehört«, erwiderte Pélestor, »meine Eltern haben mir erzählt, dass sie Messinstrumente aufstellt. Wenn Sie mich fragen: klassische Verschwendung von Energie und Geld. Entweder bebt hier die Erde erst wieder in tausend Jahren – wen kümmern dann die Messwerte von heute? –, oder es geht tatsächlich morgen schon los, aber ich wette, dann wird diese Wissenschaftlerin genauso überrascht sein wie Sie und ich. Dem Ufologen hingegen bin ich schon ein paar Mal im Wald begegnet.«

»Auch eine Verschwendung von Energie und Geld?«

Pélestor zuckte mit den Achseln. »Wenn ich das richtig sehe, dann verschwendet er nicht das Geld von uns Steuerzahlern, sondern nur sein eigenes.« Er tippte auf sein Fitbit-Armband. »Sie sehen ja, ich mag Gadgets. Wenn ich Ski fahre, habe ich die neueste GoPro am Helm, und ich kaufe mir alle zwei Jahre ein neues Handy. Und, klar, ich habe längst auch schon eine Drohne. Ein nettes Spielzeug, mehr nicht, verglichen mit dem, was dieser Fouquart da in den Himmel schickt. Der Typ wirkt vielleicht ziemlich seltsam, aber der hat früher an Raumsonden mitgebaut! Der hat seine Drohne mit hochauflösenden Kameras, starken Batterien und besonders leisen Rotoren bestückt. Kleine, effiziente Spionagedinger sind das, ich glaube, selbst die Armee hat keine besseren. Ich habe Fouquart mal gefragt, ob er sie mir für eine Nacht wie diese leiht. Stellen Sie sich vor, wir könnten von hier aus eine lautlose Drohne über die Garrigues schweben lassen! Wir könnten ein Wolfsrudel schon auf zweihundert, dreihundert Metern ausmachen! Und eigentlich könnte man so eine Drohne auch bewaffnen und den Wolf dann so ausschalten, wie die Amerikaner das mit Terroristen in Afghanistan machen.«

Blanc warf Pélestor einen skeptischen Blick zu. »Das klingt jetzt nicht sehr waidmännisch.«

Der junge Jäger lachte. »Ich sagte ja: Ich mag Hightech! Aber«, er schüttelte bedauernd den Kopf, »Fouquart rückt sein Schätzchen nicht heraus. Und vom Staat wird die BNL keine Drohne bekommen, Sie wissen ja, wie es um Frankreichs Finanzen steht.«

Danach schwiegen sie. Es gab nicht mehr viel zu erzählen, fand Blanc. Und die Kälte strömte aus den Steinen des Mühlenturms, kroch durch den Schlafsack, in den er sich gehüllt hatte, über seinen Schultern durch Mütze, Jacke, Handschuhe, Pullover, zwei T-Shirts, machte sich in seinem Körper breit wie ein stiller, unangenehmer Gast. Sie reichten die Thermoskanne hin und her, doch sie war irgendwann leer. Wie spät war es? Blanc hatte keine Lust, sein Handy mit klammen Fingern aus der Brusttasche der Jacke zu ziehen und dabei noch mehr Kälte an sich heranzulassen. Außerdem fürchtete er, dass ihn der Anblick der Displayanzeige deprimieren könnte – wahrscheinlich war die Nacht noch nicht so weit fortgeschritten, wie sie sich anfühlte, wahrscheinlich musste er noch viele Stunden hier ausharren, und es war besser, nicht zu genau zu wissen, wie viele es wirklich waren.

Einmal vernahm er ein fernes Grollen. Ein Düsenflugzeug am Himmel, er sah die blinkenden Positionslichter, die wie rhythmisch pulsierende Kometen durchs Firmament zogen. Der Jet flog so hoch, tagsüber hätte er bloß dessen Kondensstreifen erkannt, aber nichts gehört. Nur dank der tiefen Stille dieser Nacht hörte er den Triebwerkslärm selbst noch aus zehn, elf Kilometern Höhe.

Blanc kam es so vor, als verwandelte er sich langsam in ein

Tier. Je tauber seine Hände und Füße wurden, desto mehr Regionen seines Gehirns schienen sich abzuschalten. Er dachte nicht mehr an seine Familie oder an Aveline, nicht mehr an seinen Job und die Ermittlungen, nicht mal mehr an den Mann, der mit einem Gewehr neben ihm auf der Lauer lag, er funktionierte bloß noch, reduzierte sich selbst auf die eine Aufgabe, wach zu bleiben und die Umgebung im Auge zu behalten. Immer wieder hob er das Nachtsichtgerät und ließ den Blick über das Buschwerk schweifen. Nichts. Hinter der gigantischen Pyramide der Sainte-Victoire im Osten glomm schließlich über dem Horizont ein fahler, weißer Streifen auf und breitete sich langsam nach oben aus.

»In einer halben Stunde geht die Sonne auf«, flüsterte Pélestor und streckte sich ächzend. »Ich habe Sie ja gewarnt, dass wir hier nichts …«

Ein Wolf heulte. Dann noch einer.

»*Merde!*« Pélestor hatte nur ganz leise geflucht, dann hob er warnend einen Finger an die Lippen. Vorsichtig hielt er die Wärmekamera über den Mauerrand. Er war wieder hellwach.

Auch Blanc spürte die Kälte nicht mehr. Er hätte jedoch kaum sagen können, aus welcher Richtung das Geheul bis zu ihnen hinüberwehte. Es klang fern, zumindest nicht so, als würde da ein Rudel durch die Ruinen zu ihren Füßen streifen. Er orientierte sich an der Richtung, in die der junge Jäger die Thermokamera hielt, um mit seinem Nachtsichtgerät ebenfalls dorthin zu spähen. Ein Waldstück am Fuß des Berges von Vieux Vernègues, daneben eine Lichtung, auf der Weinreben wuchsen. Nichts. Es war zum Verrücktwerden. Das Geheul verklang. Blanc war es, als würde es noch sekundenlang in seinen Ohren nachhallen. Aber er sah nichts, gar nichts. Er blickte fragend zu Pélestor und deutete auf die Thermokamera. Der Jäger schüttelte bloß den Kopf.

Blanc fummelte sein Handy aus der Tasche, um zu prüfen,

ob von irgendwo ein Notruf bei der Gendarmerie eingegangen war. Nichts. Er brauchte ein paar Augenblicke, bis er verstand, dass er keinen Empfang hatte. Niemand würde ihn erreichen können. Pélestor grinste und holte ein Handfunkgerät aus einer Seitentasche seiner Jacke. »Das funktioniert auch da, wo ein Handy nicht mehr funktioniert. Die Zentrale wird sich melden, wenn es irgendwo Alarm gibt«, flüsterte er.

Sie verbrachten fünf endlose, frustrierende Minuten damit, ins Dämmerlicht zu starren. Langsam schälten sich Konturen aus der Nacht: Baumwipfel, ein Hausdach, der weiße Randstreifen einer kurvenreichen Landstraße. Die Landschaft war in ein fahles Blau getaucht, feine Nebelschleier stiegen von den höchsten Ästen des Waldes auf, dort, wo die ersten Sonnenstrahlen den Raureif verdampfen ließen.

Plötzlich knackte es aus dem Funkgerät so laut, dass Blanc zusammenzuckte. »Gérard?«, hörte er über das statische Rauschen hinweg eine Frauenstimme. »Hörst du mich?«

»Klar und deutlich.« Pélestor hatte sich erhoben und verstaute mit der Rechten die Thermokamera, während er mit der Linken das Funkgerät hielt.

»Wir haben eine Meldung über einen Wolfsangriff auf einen Schäfer«, erklärte die Frau. »Das muss ganz bei dir in der Nähe sein. Château Bas, das …«

»Das kenne ich«, unterbrach er sie. »Das ist unterhalb von Vernègues. Ich habe mindestens zwei Wölfe aus dieser Richtung gehört. Ich bin in ein paar Minuten da.«

»Beeil dich. Wie es aussieht, sind die Wölfe immer noch nahe bei der Herde.«

»Wir …« Ein Gewehrschuss peitschte durch die Dämmerung.

Pélestor meldete sich nicht einmal mehr ab. Er stopfte das Funkgerät in die Tasche, packte seine Sachen und stürzte Richtung Treppe. Blanc folgte ihm dichtauf, die Pistole in der Faust. Sein Blut rauschte in den Ohren. Sie rannten über das Plateau bis zur Burg. Blanc geriet einmal ins Straucheln und fluchte. Bis er den Pick-up im Schatten der Burgmauern erreicht hatte, saß Pélestor schon ungeduldig hinter dem Lenkrad und hatte den Motor gestartet. Der Typ war wirklich schnell.

»Los!«, rief der Jäger und ließ den schweren Diesel aufröhren, während Blanc Mühe hatte, die Beifahrertür hinter sich zu schließen. Sie rasten über den Weg talabwärts, sie hatten nicht einmal Zeit gehabt, sich anzuschnallen. Blanc klammerte sich irgendwo fest, weil der Pick-up in den Schlaglöchern sprang wie ein bockendes Pferd. Er warf Pélestor einen raschen Blick zu. Der wusste ganz genau, hinter welchem Felsvorsprung sich eine scharfe Kurve verbarg, wie schnell er maximal dort hineinfahren konnte, wann er hoch- und wann er wieder runterschalten musste. Der kennt hier jeden Zentimeter, dachte Blanc.

Mit kreischenden Reifen bog der Amarok auf eine breitere Route Départementale ein. In drei-, vierhundert Meter Distanz leuchtete das Fernlicht eines Wagens, sonst war es um diese frühe Stunde hier noch leer. Pélestor gab noch mehr Gas, trat plötzlich auf die Bremse, bog scharf nach links in eine andere Straße ab.

Die D22, erkannte Blanc. Sie fuhren nun durch das Tal, das er von Vieux Vernègues aus gesehen hatte. In der Ferne leuchteten die hellen Formen der TGV-Brücke. Von der Bergkuppe hatte sie wie ein elegantes Aquädukt gewirkt. Erst jetzt wurde ihm klar, wie monströs hoch diese Brücke war: jede Betonsäule wie ein glatt geschliffener weißer Felsen. Links und rechts der Route Départementale war der Erdboden rot, früher Dunst lag über langen Reihen von Weinstöcken. Jenseits davon stiegen die Hügel steil an, dort wuchsen Eichen, Micoucouliers, Stechwacholder. Dort irgendwo mussten sich die Wölfe verbergen.

Pélestor zwang den Pickup auf einen unbefestigten Weg zwischen Weinreben. Im Scheinwerferlicht leuchtete für eine Sekunde ein Schild auf: *Château Bas.* Der Wagen rumpelte und sprang, bis nach vielleicht hundert Metern vor ihnen ein Schloss auftauchte. Kein Licht im Innern, nur eine Laterne vor dem Tor. Blanc erkannte kaum mehr als ein hohes, gepflegtes Herrenhaus, daneben Wirtschaftsgebäude, einen runden Turm, Platanen, einen kiesbestreuten Platz vor einer langen Steinmauer, Weinfässer auf steinernen Sockeln. Was hatte ein Schäfer hier zu suchen?

Pélestor folgte einem immer schmaler werdenden Pfad links entlang der Mauer. Durch einen Riss erhaschte Blanc einen flüchtigen Blick auf den Schlosspark. Zur Linken sah er noch mehr Reben und alte steinerne Weinpressen, die jemand wie Kunstwerke auf den Boden gestellt hatte. Pélestor trat plötzlich scharf auf die Bremse, ließ den Amarok ausrollen, stellte den Motor ab und sprang hinaus, sein Gewehr in der Hand.

Sie erreichten die Rückseite des Schlosses, und hier glänzte tatsächlich eine vom Tau benetzte Wiese an einem Hang. Sie rannten über das Gras auf einen Wald zu, der Boden stieg an, Blanc atmete schwer. Direkt vor dem Wald stand ein Bauwerk, das Blanc im Dämmerlicht zuerst für ein verfallenes Nebengebäude des Schlosses hielt. Hier drängten sich Dutzende Schafe zusammen. Blanc zog im Laufen seine Pistole aus dem Gürtel. Als er näher heran war, erkannte er erstaunt, dass die verängstigten Schafe vor einer baumhohen, von den Zeiten zernagten Säule und einer uralten Mauer standen: der Ruine eines antiken Tempels.

Und vor diesem Tempel hatte jemand ein Zelt aufgeschlagen, das Blanc bereits kannte. »*Merde*«, fluchte er atemlos, »schon wieder Locez!«

Die Frau des Schäfers tauchte in diesem Moment aus dem Wald auf. Clotilde hatte den Karabiner in einer Hand und in der anderen ein Messer mit einer langen Klinge – keine Blutspuren am Stahl, dachte Blanc erleichtert, wenigstens das, doch dann roch er den Pulvergestank der Waffe.

»Ich habe das Biest verfehlt«, begrüßte Clotilde sie, »und seine Spur im Wald verloren. Aber wenigstens habe ich ihm einen Schrecken eingejagt.« Sie deutete auf einen dunklen Flecken am Boden dicht neben dem Tempel. »Diesmal waren es nur der große Rüde und ein junger Wolf. Sie haben sich ein Lamm geholt, dann habe ich schon geschossen.«

»Und Ihr Mann ...«, begann Blanc.

»Fred ist mit dem Rest der Herde in Vernègues.«

»Du hättest mir sagen sollen, dass du einige Schafe hier weiden lässt, Clotilde«, erwiderte Pélestor und schüttelte verärgert den Kopf. »Hätte ich das gewusst, dann hätte ich mich hier auf die Lauer gelegt und mir nicht oben in Vieux Vernègues umsonst die Ohren abgefroren.«

»Ich hatte keine Ahnung, dass ihr Jungs von der BNL so schnell kommt«, verteidigte sich die Schäferin. »Und nicht die Gendarmerie. Auch wenn Sie mit dem Spielzeug in Ihrer Hand wohl kaum einen Wolf erschrecken werden, *mon Capitaine.*«

Blanc steckte die SIG Sauer ein, er hatte gar nicht bemerkt, dass er sie noch immer umklammert hatte. »Monsieur Melleton hat Sie nicht über unseren Einsatz informiert?«, vergewisserte er sich.

Clotilde Locez schüttelte den Kopf. »Der Bürgermeister dachte wahrscheinlich, dass wir die Schafe erst mal im Stall lassen ... Aber ich habe im Stall gar nicht Platz für so viele Tiere. Also ist Fred mit dem Hund und dem größeren Teil der Herde in Vernègues geblieben. Und ich habe mir nur ein paar Dutzend Merinos genommen. Die Wiese zwischen dem Château Bas und dem Wald liegt ganz versteckt, habe ich mir gedacht. Das Schloss ist zwar den Winter über unbewohnt, aber hier lagern so viele Hektoliter Wein, damit könnten Sie das Mittelmeer füllen. *Mon Dieu,* selbst Sie und ich können den Geruch nach Alkohol bis hierher riechen. Das muss den Geruch der Schafe überdecken; besser kann man sich doch eigentlich nicht tarnen! Und trotzdem hat uns der Wolf gefunden.« Wütend kickte sie einen Stein bis gegen das Mauerwerk des alten Tempels.

»Sie können das Messer jetzt wegstecken«, sagte Blanc betont ruhig.

»Als ob Sie mich schützen könnten!« Die Schäferin steckte die Waffe jedoch gehorsam in ihren Gürtel.

»Es ist der Geruch, der dich verraten hat, Clotilde«, erklärte Pélestor. »Der Wolf hat dich wiedererkannt. Der merkt sich jeden Geruch. Er kennt dich jetzt, und er weiß, was er sich holen kann.«

»Dann werde ich die Biester nie wieder los«, sagte sie und wurde blass vor Zorn. »Das ist alles die Schuld der Naturschützer! Alles Lüge!«

»Lüge?«, fragte Blanc. »Was soll das für eine Lüge sein?«

»Man will uns weismachen, dass die Wölfe wild sind und dass sie aus Italien hierhergekommen sind. Aber das stimmt nicht.« Clotilde schüttelte den Kopf, dann beugte sie sich vor und sprach vertraulicher, so als hätte sie plötzlich Angst, dass jemand sie belauschen würde. »Die Wölfe kommen aus Osteuropa!« Sie nickte, als sie Blancs verblüfftes Gesicht sah. Pélestor verdrehte bloß die Augen. »Aus Rumänien«, fuhr sie unbeirrt fort. »Da wurden sie in Zoos gehalten, unter wer weiß welchen Bedingungen. Und dort haben ein paar Naturschützer sie gekauft und nach Frankreich geschmuggelt, um sie freizulassen!« Sie beugte sich noch näher. Blanc roch Knoblauch in ihrem Atem und den Gestank nach Schafen in ihrer Kleidung. »Aber wer weiß, was die Wölfe da im Osten gefressen haben«, flüsterte sie. »Noch machen sie sich über unsere Schafe her. Aber bald schon …« Sie trat einen Schritt zurück und sah aus, als bereute sie auf einmal, dieses Geheimnis ausgeplaudert zu haben.

Pélestor lächelte und schüttelte den Kopf. Es war klar, dass er Clotilde schon sehr lange kannte und das offenbar nicht zum ersten Mal hörte. »Niemand schmuggelt Wölfe quer durch Europa«, versicherte er der Schäferin, »die sind von ganz alleine wieder zu uns gekommen. Sie jagen Wildtiere – Mufflons, Bergziegen, Hirsche. Aber wenn sie die nicht finden, dann gehen sie eben in die Täler. Sie werden seit Jahrzehnten nicht mehr gejagt, das wissen die Tiere! Das ist wie mit den Füchsen – die sind auch wiedergekommen. Wenn die Wölfe erst einmal gelernt haben, dass sie sich wieder vor den Jägern fürchten müssen, dann lassen sie auch die Herden bald in Frieden.« Pélestor tippte zur Bestätigung auf sein Präzisionsgewehr.

»Der Schuss gerade kam aber nicht aus deiner Knarre, sondern aus meiner«, brummte Clotilde Locez verdrießlich.

Inzwischen stand die Sonne so hoch, dass weiches, gelbes Licht über Schloss und Tempelruine lag wie eine leuchtende Decke. Im Château Bas regte sich nichts. Der Hang mit der Wiese lag so geschützt, dass selbst die Mistralböen nur selten bis hierher gelangten. Es wurde warm, und Blanc war dankbar dafür. Er öffnete seine Jacke und streckte sich. Zusammen mit Pélestor ging er einmal um die Ruine herum, während die Schäferin bei ihrer Herde blieb. Die Tiere standen dicht gedrängt zusammen, still und reglos, als stünden sie unter Schock.

Der Tempel erinnerte Blanc unwillkürlich an ein ausgeweidetes Tier. Das sind die Wölfe, ermahnte er sich dann, die machen mich verrückt. Tatsächlich stand von dem antiken Heiligtum noch eine Säule, ein mindestens zehn Meter hohes Monument, die kannelierten Seiten schartig, oben ein prachtvolles Kapitell, das allerdings nichts anderes mehr trug als den blauen Himmel. Dahinter sah Blanc Reste der Seitenmauern und der Rückseite. Kein Dach, kein Innenraum, die ganze Mitte war einfach fort. Im Innern wuchsen verkrüppelte Bäume, auf dem Boden glänzte eine feuchtigkeitssatte Wiese. Die Ruine sah verdammt noch mal wirklich so aus, als sei sie ausgeweidet worden.

»Das war mal ein Tempel der Diana«, erklärte Pélestor, »ein Quellheiligtum.« Er deutete auf eine sumpfige Stelle in der Ruine. »Da kam schon im Altertum Wasser aus dem Boden. Und ohne dieses Wasser hätten die Römer hier keinen Wein anbauen können. Das war ihre Art, sich erkenntlich zu zeigen.«

»Diana? War das nicht auch die Göttin der Jagd?«, fragte Blanc.

»Wie passend, nicht wahr?« Pélestor lächelte. »Der Tempel sah mal so aus wie die Maison Carrée in Nîmes. Waren Sie schon mal da?«

Blanc schüttelte bloß den Kopf.

»*Eh bien.* Nur, dass sie in Nîmes keine Kirche an den Tempel angebaut haben.« Er deutete auf eine winzige und doch wuchtige, beinahe fensterlose Kapelle an der linken Seitenwand des Tempels. »Die romanische Kapelle Saint-Cézaire von 1054. Ich musste in der Schule darüber mal ein Referat halten. Seltsam, da paukst du tausend Formeln und Vokabeln und die vergisst du alle wieder, aber so etwas behältst du dein Leben lang im Gedächtnis.« Sie gingen um das niedrige Bauwerk herum. Die wenigen Fenster waren so schmal, dass kaum ein Kinderarm hätte hindurchgreifen können. Auch dicht über dem Boden befanden sich Fenster, vielleicht war dort eine Krypta; sie konnten nicht in die Kapelle, die massige Tür aus Eichenbohlen war verschlossen. Alle diese Fenster wirkten auf Blanc wie Schießscharten. Pélestor hatte offenbar ähnliche Gedanken. »Hätten wir das gewusst«, sagte er und deutete auf die Kapelle, »dann hätten wir uns dort postiert. Es wäre wärmer gewesen als auf dieser verdammten Mühle. Und mit ein wenig Glück wäre uns der Wolf direkt vor das Gewehr gelaufen.«

Glück, ja … Blanc verzichtete auf eine Erwiderung. Er inspizierte den Blutfleck auf dem Boden, es befanden sich sogar Spritzer auf der Wand der Kapelle. Ziemlich viel Blut. Schafwolle auf der Wiese und in einem Ginsterstrauch. Ein fingerlanges Stück Muskelfleisch, um das die ersten schwarzen Fliegen kreisten. Selbst ein Laie wie er erkannte Abdrücke im feuchten Erdboden. *Mon Dieu,* wie groß so eine Wolfspfote war! Sie folgten Fuß- und Schleifspuren und einer dünnen Linie von Blutstropfen bis in den Wald. Es dauerte nicht einmal zwei Minuten, bis sie das gerissene Lamm hinter einem Strauch gefunden hatten. Zumindest das, was von dem Lamm noch übrig war.

Pélestor griff zum Funkgerät. »Wir holen einen Spezialisten und lassen ein paar Proben nehmen«, erklärte er Blanc. »Im Fleisch des Opfers finden sich immer Speichel des Raubtieres oder winzige Fellreste. Ein DNA-Test, und wir wissen endgültig, ob es sich um einen Wolf oder nur einen verwilderten Hund handelt.«

»Reichen dazu nicht die Pfotenabdrücke?«, wunderte sich Blanc.

Pélestor seufzte. »Mir reicht das. Aber den Behörden nicht. Die wollen die Bestätigung nicht von einem Jäger, sondern von einem Labor. Klingt wissenschaftlicher.«

Während er mit der Zentrale der BNL sprach, wanderten sie zurück zu der Schäferin. Clotilde lud gerade eine neue Patrone in den Karabiner. »Tagsüber kommt garantiert kein Wolf hierher«, versicherte Blanc.

»Sie kennen sich ja aus.« Sie schnaubte. »Nichts gegen dich, Gerárd, und auch nichts gegen Sie, *mon Capitaine* … Aber ich werde mich jetzt selbst wehren. Ab jetzt werde ich schießen und *dann* erst nachsehen, was da um meine Herde geschlichen ist!«

Das war genau das, was Blanc nicht hören wollte. »Es könnte sein, dass das Menschen sind, Madame. Sogar nachts.«

»Nachts hat niemand was im Wald zu suchen. Ich weiß genau, wen sie meinen, *mon Capitaine.* Aber wenn Sie mich fragen: Der Dame tut es vielleicht mal ganz gut, wenn ihr eine Kugel um die Ohren fliegt!«

»Das solltest du einem Flic besser nicht sagen«, warf Pélestor ein. Er lächelte aber, als nähme er Clotilde nicht sonderlich ernst.

»Warum wollen Sie ausgerechnet Doktor Martin mit einer Kugel erschrecken?«, fragte Blanc hingegen misstrauisch.

Clotilde blickte ihn ein paar Sekunden lang verblüfft an. »Die Erdbebenforscherin mit ihren Blechkisten? Gegen die habe ich doch gar nichts. Ich meine die Försterin!«

»Madame Hulot?« Blanc war nicht wirklich überrascht.

»Die tut so, als gehört ihr der Wald! Die schützt die Wölfe! Und die Füchse und Wildschweine und sogar Bisamratten unten am Bach. *Mon Dieu,* jedes Mal, wenn die Jagdsaison beginnt, macht die uns die Hölle heiß. Sie hätte Fred und mir beinahe schon mal den Karabiner weggenommen. Und Jean-Paul hat sie schon verklagt!«

»Monsieur Cordillet? Den Vorsitzenden des Jagdverbandes?«

»Ausgerechnet dem wollte sie den Jagdschein entziehen lassen! *D'accord,* Jean-Paul trinkt zu viel Zielwasser, das weiß jeder, aber der hat mir noch kein Lamm getötet. Aber die Wölfe, die mir Dutzende Tiere reißen, die will diese Hulot schützen. Nur weil sie eine grüne Uniform trägt! Soll sie sich doch erst mal um ihren Araberjungen kümmern, statt uns den Wölfen auszuliefern! Ich sage Ihnen: Leute wie diese Hulot sind genau diejenigen, die nach Rumänien gehen und …«

»Madame Locez!«, unterbrach Blanc sie scharf. »Sandy Hulot ist Beamtin, es ist ihr Job, durch den Wald zu gehen und Tiere zu schützen, dafür wird sie vom Staat bezahlt. Sie werden nicht auf sie anlegen, selbst wenn alle Wölfe Frankreichs durch diesen verdammten Wald streifen! Haben wir uns verstanden?«

Clotilde musterte ihn, zum ersten Mal mit so etwas wie Anerkennung im Blick. »Und ich habe schon geglaubt, dass Sie einer von den Weichen sind, *mon Capitaine.*« Sie nickte. »*D'accord,* machen Sie sich mal keine Sorgen; ich kann einen Wolf von einer Försterin unterscheiden.«

Blanc bemerkte, dass die Schäferin keineswegs versprach, *nicht* auf Sandy Hulot zu schießen. Doch er verzichtete auf eine

Erwiderung, weil in diesem Augenblick zwei Autos mit quiet-schenden Reifen hinter dem Pick-up zum Stehen kamen: ein Mégane der Gendarmerie und ein verbeulter, weißer Clio. Aus dem Streifenwagen wuchtete Marius seinen massigen Körper. Aus dem Clio stürzte Bürgermeister Melleton hervor, deutlich schneller als Blancs Kollege.

»Was geht hier vor?« Er blickte Clotilde fragend an; er würdigte Blanc und Pélestor keines Blickes.

»Zwei Wölfe, ein totes Merino, ich komme nachher auf die Mairie und fülle den Entschädigungsantrag aus«, erwiderte Clotilde lakonisch. Entweder, dachte Blanc, hatte die Ankunft des Bürgermeisters ihr die Gelassenheit zurückgegeben, oder, ganz im Gegenteil, Clotilde Locez konnte Melleton so wenig leiden, dass sie kein überflüssiges Wort an ihn verschwendete.

Marius trat auf ihn zu und nahm ihn beiseite. »Tut mir leid«, flüsterte er. »Die Zentrale der BNL hat uns alarmiert, ich habe mich beeilt. Unterwegs habe ich diesen bescheuerten Clio ein-geholt, aber ich konnte nirgendwo überholen, und der Fahrer hat mich trotz Blaulicht nicht vorbeigelassen. Jetzt weiß ich, wa-rum. Monsieur Wichtig kommt sich wichtiger vor als die Gen-darmerie. Ich würde ihm am liebsten ein Strafmandat verpas-sen, aber ich glaube, angesichts der Umstände wäre das eine Provokation.«

Blanc nickte. Ihr Chef würde Schnappatmung kriegen, wenn er in *La Provence* lesen müsste, dass zwei seiner Gendarmen den Bürgermeister von Vernègues unnachsichtiger verfolgten als einen mordenden Wolf. »Wer hat Melleton informiert?«, fragte er stattdessen halblaut.

Marius zuckte mit den Achseln. »Clotilde? Die BNL? Wir waren es jedenfalls nicht.«

Melleton redete eine Zeit lang leise auf die Schäferin ein, dann baute er sich vor Pélestor auf. »Und du hast nichts gese-hen, Gerárd«, sagte er. Das hätte eine Feststellung sein können, doch so, wie der Bürgermeister das sagte, klang es wie ein Vorwurf.

»Wir haben an der falschen Stelle Posten bezogen. Leider hat mir niemand gesagt, dass Clotildes Herde diese Nacht hinter dem Château Bas weidet, *Monsieur le Maire*«, erwiderte der Jäger.

Dito, dachte Blanc, eine Feststellung wie ein Vorwurf. Und der Bürgermeister duzte Pélestor, während dieser den Älteren siezte.

Melleton warf Clotilde einen finsteren Blick zu. Es war klar, dass er ebenfalls nichts von ihrem nächtlichen Ausflug gewusst hatte. »Wir werden unsere Aktionen in Zukunft besser koordinieren«, versprach er grimmig. »Auch wenn das wohl noch schwieriger wird: Ich hatte gestern nämlich noch eine Besucherin im Rathaus. Mademoiselle Hulot hat über die Wolfsjagd im Allgemeinen und die BNL im Besonderen einige sehr unschöne Dinge behauptet. Sie hat verlangt, dass wir alles abblasen. Als ich ihr gesagt habe, was ich von diesem Vorschlag halte, hat sie mir gedroht, zum Präfekten zu gehen. Und sie will mit Journalisten reden. Am Ende stehen wir als Mörder am Pranger und nicht die Wölfe!«

Clotilde spuckte auf den Boden. Pélestor zuckte mit den Achseln. »Und wenn schon? In Paris werden sie über tote Wölfe Tränen vergießen, aber nicht hier, wo ein Wolf durch deinen Garten streifen könnte.«

Melleton musterte ihn verdrießlich. »Sei mir nicht böse, Gérard, wir werden mehr Jäger brauchen, nicht nur dich. Gestern hatte ich gehofft, ein Profi von der BNL reicht, aber, *eh bien,* du hast ja nicht einmal geschossen. Ich werde im Gemeinderat eine Abschussprämie aus dem Fonds für Sonderprojekte beantragen. Tausend Euro für jeden Wolf. Das ist wohl angemessen.«

Das ist Wahnsinn, dachte Blanc. Eine Skalpprämie für jedes Fell, fast so wie im Wilden Westen. Spätestens in zwei Tagen würden alle Waffennarren der Provence durch die Wälder der Umgebung streifen. »Wir werden uns«, Blanc sagte das so ruhig und technokratisch wie möglich, »strikt an die Vorschriften halten, *Monsieur le Maire*. Ich kenne kein Gesetz, das eine Abschussprämie für Wölfe erlaubt.«

»Und ich kenne kein Gesetz, das diese Prämie verbietet«, erwiderte Melleton sarkastisch.

»Wenn Sie diese Prämie ausrufen und sich daraufhin schießwütige Jäger gegenseitig töten, dann werde ich Sie verhaften«, erklärte Blanc. Es war ein Bluff, er wusste nicht einmal, mit welcher Begründung er eine so spektakuläre Verhaftung durchsetzen könnte. Aber gerade wenn Blanc bluffte, strahlte er eine eisige Gelassenheit aus.

Melleton starrte ihn etliche Sekunden lang schweigend an. »Für diese Drohung ziehe ich Sie zur Verantwortung, *mon Capitaine*«, brachte er schließlich heraus, bevor er sich umdrehte und davonstapfte.

»Du hast in deinem Leben schon klügere Sätze gesagt«, kommentierte Marius, als der Clio so heftig beschleunigte, dass Steine und Dreck von den Reifen spritzten.

»Ich schätze, Sie müssen die Wölfe jetzt eigenhändig töten«, meinte Clotilde. »Aber Sie haben recht: So eine Prämie hätte bloß Fremde nach Vernègues gelockt, und am Ende knallt mir jemand von denen ein Schaf ab, weil er das mit einem Wolf verwechselt.«

»So ist das immer«, sagte Pélestor seufzend, »machen Sie sich nichts daraus, *mon Capitaine*. Die Leute rufen uns von der BNL und erwarten Wunderdinge von uns. Doch schon nach einer ergebnislosen Nacht werden sie zornig, da kann man nichts machen. Den Leuten fehlt einfach die Geduld für die Jagd. Die bestellen bei uns einen toten Wolf, wie sie sich eine DVD bei Amazon bestellen, mit Lieferung am nächsten Tag und bitte ohne Lieferkosten. Wir kriegen die Wölfe schon noch.«

Es war inzwischen so warm geworden, dass Blanc seine Jacke auszog. Das Licht war weich, als meinte es die Sonne gut mit ihnen. Die Fenster des Château Bas spiegelten die Strahlen. Sie standen am Fuß der antiken Säule. Der Hang war hier hoch genug, dass sie über die Umfassungsmauer des Anwesens hinweg bis zum Schloss und seinem Garten sehen konnten: geharkte Kieswege, sauber geschnittene Buchsbaumhecken, Springbrunnenbecken, ein Park, der sich Versailles zum Vorbild genommen hatte, wenn auch in bescheideneren Dimensionen. Der blaue Himmel war glasklar, die Kieswege waren so hell, dass sie beinahe schon blendeten, Tau glitzerte in Hecken und Blumenrabatten. Das hätte auch ein Maimorgen sein können, dachte Blanc, wenn die Springbrunnen nicht noch trocken und die Trauerweiden und Nussbäume im Park kahl gewesen wären. Aber eine vorwitzige Fliege brummte schon durch die Luft, als glaubte sie nicht mehr an den Winter.

Marius trat neben Blanc und deutete mit der Kinnspitze auf das Château Bas. »Das Schloss gehört angeblich einem berühmten Schriftsteller, den niemand kennt, weil er sich nie dort blicken lässt. Hier arbeitet in der Saison nur ein Verwalter. Was meinst du? Stephen King? Das würde irgendwie passen, findest Du nicht?«

»Nette Hütte«, kommentierte Blanc nur. Seit er mit seiner ehemaligen Ölmühle am eigenen Leib erfahren hatte, dass in alten Häusern auf dem Land ständig etwas kaputtging, betrachtete er große Anwesen mit deutlich weniger Sehnsucht als noch zu seiner Pariser Zeit. »Gehört der Tempel zum Weingut, oder ist das öffentliches Land?«

»Die Ruine gehört zum Anwesen des Château Bas, ist also privater Grund. Der Besitzer lässt aber Besucher auf das Gelände, du stellst deinen Wagen einfach vor dem Schloss ab. Eine noble Geste, aber so viele Touristen verirren sich ja nicht hierher.« Wölfe auf dem Landgut von Stephen King, dachte Blanc beunruhigt, *Horrorwolf beim Horrorautor,* das war noch eine Schlagzeile mehr, die er unbedingt verhindern musste. »Tun Sie mir und sich selbst einen Gefallen und sprechen Sie mit keinem Journalisten über diese Wolfsattacke«, bat er Clotilde.

Die lachte. »Ich mag Zeitungen. Die stopfe ich mir im Winter unters Hemd, das hält warm. Aber mit Journalisten geht das nicht. Machen Sie sich keine Sorgen, ich rede bestimmt nicht freiwillig mit einem Schreiberling. Letzten Sommer, als wir in den Alpen unsere ersten Merinos verloren haben, habe ich mal einem Reporter versucht zu erklären, woher die Wölfe eigentlich kommen.«

»Die Rumäniengeschichte?«, warf Blanc ein.

»Genau. Der Typ hat mich nur ausgelacht.«

»Raten Sie auch Fred ab, mit der Presse zu reden«, sagte Marius und deutete auf den baumbeschatteten Weg, den Pélestor und Blanc mit dem Pick-up entlanggerumpelt waren. Der Schäfer radelte dort auf seinem alten Mountainbike heran. Als er näher kam, sahen sie, dass sein Gesicht rot war vor Anstrengung und dass er in die Pedalen trat, als wollte er die Tour de France gewinnen.

»Ich habe den Rest der Herde auf die Weide von François getrieben und bin so schnell wie möglich gekommen!«, keuchte er in Richtung seiner Frau, während er vom Mountainbike sprang.

»Ich zeige dir das Lamm, Fred«, sagte Pélestor. Er führte Locez zu dem toten Tier im Unterholz, die anderen folgten ihnen.

Der Schäfer starrte eine Weile auf den blutigen Kadaver, dann seufzte er. »Ich hole einen Spaten und grabe es ein, bevor zu viele Fliegen kommen«, erklärte er leise.

»Es tut mir leid, Fred«, sagte Blanc.

»Ich weiß Ihre Bemühungen zu schätzen, *mon Capitaine.* Ich habe gehört, dass Sie zusammen mit Gérard draußen waren. Das macht nicht jeder Flic.«

»Hätten wir gewusst, dass …«, begann Pélestor, doch Locez unterbrach ihn mit einer müden Geste.

»Wir haben uns gestern erst im letzten Augenblick dazu entschieden, die Tiere zum Château Bas zu treiben, wir hatten einfach keine Zeit mehr, irgendwo anzurufen.« Fred drehte sich um. »Ich hole den Spaten«, verkündete er.

»Warten Sie noch ein bisschen«, erwiderte Marius. »Ich habe Doktor Thezan angerufen«, fuhr er fort. »Sie wird die Proben nehmen und zur DNA-Analyse geben.«

Blanc zog erstaunt eine Augenbraue in die Höhe. »Ich dachte, unsere Rechtsmedizinerin interessiert sich nur für menschliche Leichen.«

»Sie klang am Telefon auch deutlich weniger begeistert, als wenn ich ihr einen Mord gemeldet hätte. Aber die wenigen Biologen, die auf Wolfsangriffe spezialisiert sind, arbeiten alle in den Alpen. Bis wir einen von denen hergeholt haben, haben Füchse und Ratten das gefressen, was vom Lamm noch übrig ist.«

Blanc blinzelte in die Sonne. Langsam verschwand das Adrenalin aus seinem Körper. Er fühlte sich müde und erschlagen und hätte gern noch einen Schluck heißen Tee getrunken, doch die Thermoskanne war leer. Pélestor schlenderte zu seinem Pickup und kam mit einer grünen Decke aus irgendeinem Hightech-Material wieder. Er suchte sich einen Flecken Wiese, wo die Sonne den Tau bereits hatte verdampfen lassen, breitete die Decke aus, legte sich hin – und war dreißig Sekunden später eingeschlafen. Blanc beneidete ihn darum, er würde im Beisein mehrerer Leute niemals die Ruhe finden, einfach einzunicken. Um sich abzulenken, betrachtete er die antike Tempelsäule. An manchen Stellen in zwei, drei Meter Höhe klafften Spalten, als hätte dort jemand mit einer Flex den Stein angesägt. Das Kapitell war verwittert, doch sah man selbst nach zwei Jahrtausenden noch, wie sorgfältig es aus einem Block herausgemeißelt worden war, Blüten und Ranken aus grauem Stein. Was war aus den anderen

Säulen geworden? Er fragte sich, ob dieser kleine, versteckte Tempel schon in der späten Antike geplündert worden war, als das Imperium im Ansturm der Barbaren unterging. Oder ob er womöglich erst vor wenigen Jahrzehnten eingestürzt war – in jenem Beben, das auch Vieux Vernègues in Trümmer gelegt hatte.

Heiseres Brabbeln aus einem löchrigen Auspuff riss ihn aus seinen Gedanken. Unwillkürlich lächelte er, als er den vom Rost angegriffenen, weißen Jeep Cherokee sah, der, eine Staubfahne hinter sich herziehend, in forschem Tempo die schlagloch-gespickte Allee neben dem Schloss entlangbrauste.

Eine Minute später bot ihm Doktor Fontaine Thezan die Wange zum Begrüßungskuss. Sie war Mitte dreißig, hatte sich eine übergroße Sonnenbrille in ihre braunen Haare geschoben, um ihren schlanken Leib flatterte ein weiter brauner Mantel, wie ihn die Revolverhelden aus *Spiel mir das Lied vom Tod* getragen hatten. Sie hielt eine Arzttasche in der linken Hand, in der rechten eine Mentholzigarette. »Ihr Kollege Lieutenant Tonon«, sie nickte ihm zu, »sagte mir, dass Sie unter die Waidmänner gegangen sind, *mon Capitaine*. Sie überraschen mich immer wieder.«

»Ich mich auch.« Blanc räusperte sich. »Ich weiß, dass Sie für diesen Job«, er suchte nach dem richtigen Wort, »überqualifiziert sind, Doktor Thezan. Aber wen hätten wir sonst fragen sollen? Wir stehen unter einem gewissen Zeitdruck.«

»Zeit ist offenbar nicht das Einzige, das Sie drückt, *mon Capitaine*. Ich sehe hier mindestens zwei Gewehre.« Die Rechtsmedizinerin schüttelte Clotilde und Fred die Hand, dann auch Pélestor, der von dem ankommenden Jeep geweckt worden war und sich höflich vorstellte.

»Und heute Morgen hatte ich das zum Frühstück«, fuhr Fontaine Thezan fort und holte die aktuelle Ausgabe von *La Provence* aus ihrem Arztkoffer. Die Schlagzeile quer über Seite eins lautete: »Wölfe in Vernègues!« Darunter das Foto eines zähnefletschenden Wolfes, so groß, als könnte er direkt aus der Zeitung heraus den Leser anspringen. »Ihr Anruf hat mich also nicht wirklich überrascht«, sagte die Ärztin.

»Ich zeige Ihnen das Lamm«, meinte der Jäger.

Fontaine Thezan trat ihre Zigarette auf dem Boden aus, hob die Kippe jedoch auf und stopfte sie in eine Tasche ihres Mantels. Während sie Pélestor folgte, holte sie ein Paar blaue Gummihandschuhe aus ihrer Tasche, die sie sich überstreifte. Blanc ging in einigem Abstand hinter ihr her; er kannte Fontaine Thezan inzwischen gut genug, um zu wissen, dass sie sich zuerst ungestört umsehen wollte. Die Ärztin erreichte das gerissene Tier, das sie gelassen betrachtete und langsam umrundete. Mit ein paar leisen Worten schickte sie Pélestor fort.

Der Jäger gesellte sich zu Blanc. Schweigend beobachteten sie, wie die Rechtsmedizinerin sich einige Notizen machte und das Lamm mit ihrem Handy fotografierte. Dann kniete sie sich vor das Tier und fing an, die Wunde zu betasten.

Irgendwann richtete sie sich auf, streifte die Handschuhe ab und ging zu ihnen. »Ein Caniden-Biss, ohne Zweifel«, erklärte sie. »Solche Wunden finden Sie auch bei Menschen, die von Hunden angefallen wurden. Aber erst die DNA-Probe im Labor wird uns verraten, ob das hier ein Wolf war, ein Hund oder ein Hybrid.«

»Hybrid?«, fragte Blanc.

»Ein Mischling«, warf Pélestor ein. »Hunde werden niemals in ein Wolfsrudel aufgenommen. Aber einzelne männliche Wölfe werden manchmal aus Rudeln ausgestoßen. Sie wandern dann Hunderte Kilometer. Wenn sie unterwegs auf eine läufige Hündin treffen, kommt ein Bastard dabei heraus: wilder als ein Hund, nicht wild genug für einen Wolf.«

»Ich habe graue Fellhaare sichergestellt, die garantiert nicht vom Lamm stammen«, erklärte Fontaine Thezan und zündete sich eine neue Zigarette an. »Ideal, um das Genom zu identifizieren. Bei Canis lupus lupus und Canis lupus familiaris stimmt die DNA-Sequenz zu neunundneunzig Prozent überein. Aber das eine Prozent reicht, um den Wolf vom Hund zu unterscheiden und um Mischlinge aus beiden Arten zu identifizieren. Das funktioniert im Prinzip genauso wie ein Vaterschaftstest. Wenn das Labor mit der Probe fertig ist, dann haben Sie ein Profil von Ihrem Mörder, *mon Capitaine*.«

»Letztes Jahr haben die Laboratorien oben in den Alpen in einer Reihenuntersuchung mal mehr als zweihundert Fellproben analysiert«, sagte Pélestor. »Über die Hälfte stammte von Wölfen, alle hatten Ahnen, die ursprünglich aus Italien stammten, das lässt sich nämlich auch nachweisen. So viel zu diesen Schauermärchen von eingeschmuggelten Killer-Wölfen aus osteuropäischen Zoos.«

»Gab es auch Spuren von Hybriden?«, wollte Blanc wissen.

»Zwei, wenn ich mich richtig erinnere. Das wird in Zukunft zunehmen, je mehr Wölfe wir haben. Die Leute ahnen noch gar nicht, was auf sie zukommt, die haben jetzt bloß Angst vorm wilden Wolf in der Nacht. Doch wenn du einen lieben Golden Retriever zu Hause hast und die Hündin trächtig wird, du weißt nicht von wem – dann kann es passieren, dass du ein paar Wochen später ein kleines Wolfsrudel im Körbchen liegen hast.«

»Wenn ich ein Schaf in der Provence wäre, würde ich mir langsam Gedanken um einen evolutionären Sprung machen«, kommentierte die Rechtsmedizinerin. »Schärfere Sinne, schnellere Beine, ein besserer Fluchtinstinkt. Sonst ergeht es den Schafen so wie den Dodos im Indischen Ozean.«

»Mögen Sie Tiere, Doktor?«, fragte Blanc.

Fontaine Thezan schenkte ihm ein kühles Lächeln. »Ich mag Maden und Fliegen in Leichen. Sie verraten einem Rechtsmediziner so viele Details. Ich schicke Ihnen meinen Bericht, *mon Capitaine*. Das Labor wird der Gendarmerie die Rechnung senden: dreihundert Euro, genauso teuer wie ein Vaterschafts-test.« Damit drehte sie sich um und ging zu ihrem Jeep zurück.

»Das meint sie nicht ernst, oder?«, flüsterte Pélestor, nach-dem die Ärztin einige Schritte entfernt war. »Das mit den Flie-gen und Maden, meine ich.«

»Da wäre ich nicht so sicher«, murmelte Blanc.

Marius, der Doktor Thezan nur begrenzt mochte und Lei-chenbeschauungen noch weniger, war mit Clotilde und Fred am Tempel geblieben. Er wartete, bis der Jeep nicht mehr zu sehen war, dann trat er auf Blanc zu und beugte sich zu ihm. »Tut mir leid, dass du dich immer noch nicht aufs Ohr hauen kannst. Fabienne hat sich gerade gemeldet: Wir sollen sie in Vernègues treffen. Es gibt Ärger.«

Zwei Köpfe und ein Graffito

Blanc verabschiedete sich von Pélestor und dem Schäferpaar. Er stieg zu Marius in den Streifenwagen und seufzte. »Was hat Fabienne gemeldet?«

»Madame Hulot hat die Gendarmerie gerufen, mehr hat sie nicht verraten. Wir sollen uns die Sache selbst ansehen.«

Marius lenkte den Wagen zurück auf die Route Départementale 22. Es war inzwischen nach neun Uhr, auf der Landstraße fuhr hin und wieder ein Auto, manchmal ein Lieferwagen an ihnen vorbei. Über die Brücke rauschte ein TGV. Am Himmel kreuzten sich die Kondensstreifen zweier Flugzeuge. So soll das sein, dachte Blanc, das ist das einundzwanzigste Jahrhundert. Tötende Wölfe sollte es hier nicht mehr geben, nur noch Märchen von Wölfen, letzte Relikte einer untergegangenen Zeit, so wie die vernarbte Säule hinter dem Château Bas das letzte Relikt einer untergegangenen Zeit war. Ein Bauer rumpelte mit einem verbeulten roten Traktor, der auffallend schmale und hohe Reifen hatte, zwischen den Reihen der Weinstöcke entlang, im Vorüberfahren war nicht auszumachen, ob er irgendetwas versprühte oder schnitt oder umpflügte, jedenfalls wirbelte er eine kleine, rötliche Staubfahne auf, die rasch im Mistral verwehte. Sie überholten einen Rennradfahrer, mühsam, denn er war fast genauso schnell wie sie; Marius war ein behutsamer Chauffeur. Der Mann steckte in einer glänzenden gelb-violetten Kluft, sein Kopf war von einem Helm geschützt, der direkt aus einem Computerspiel zu stammen schien. Ob der Bauer noch sicher war? Der Radfahrer? Blanc fragte sich, ob man solche Tätigkeiten verbieten konnte, weil irgendwo ein Wolfsrudel herumstrich. Absurd, es würde einen Aufstand geben. Und eigentlich war es auch absurd, sich solche Sorgen zu machen. Es war doch kaum etwas passiert, ein paar tote Schafe, *mon Dieu*, verendete nicht andauernd irgendein Vieh? Aber die archaische Angst vor dem Wolf saß auch bei ihm in den tiefsten Regionen seines Gehirns und war stärker als die Vernunft.

Marius bog auf die kurvenreiche Straße ein, die sich den Hügel von Vernègues hochwand. Eines der ersten Gebäude in der Kleinstadt war von einem zwei Meter hohen Maschendrahtzaun umgeben, auf der Hauswand dahinter leuchteten riesige bunte Blumenbilder. Ein Kindergarten. Am Stadtrand. Dahinter bloß ein paar Felder, dann der Wald …

Sie erreichten ein Wohnviertel, durch das sich eine schmale Einbahnstraße in U-Form zog. Blanc erkannte sie wieder: die Umleitung an der Baustelle, die sie beim letzten Mal schon genommen hatten. Bescheidene, moderne Häuser zu beiden Seiten, hohe Grundstücksmauern, motorbetriebene Garagentore, auf das Straßenpflaster gezeichnete Parkbuchten, Bäume in betonumfassten Stellflächen, so frisch gepflanzt, dass die städtischen Gärtner die hölzernen Stützpfosten an den Stämmchen noch nicht entfernt hatten. Einbruch, dachte Blanc sofort, das war das typische Viertel für einen Einbruch, alles ruhig, kein Durchgangsverkehr, kein Fußgänger, diskrete Nachbarn, hier konnte man in aller Ruhe ein Haus ausräumen. Oder vielleicht ein Familiendrama, Streit und Mord im Wohnzimmer, und draußen hört niemand ein Geräusch. In einer Bucht am Straßenrand parkte die Ducati vor dem alten Fiat Panda 4x4, Fabienne und Sandy Hulot standen daneben und blickten auf ein Haus, offenbar war es das der Försterin. Sie war in Uniform, Mittwochmorgen, wahrscheinlich hätte sie längst im Dienst sein müssen. Die beiden jungen Frauen hatten ihre Handys gezückt und machten Bilder von dem Einfamilienhaus.

Blut und Wildschweinköpfe.

»*Putain*«, fluchte Marius und trat auf die Bremse.

Eine Pforte öffnete sich zum Weg durch den Vorgarten von Sandy Hulots kleinem Haus. Diese Pforte war ziemlich neu, sie war aus grün lackiertem Stahlblech zwischen zwei aus Ziegeln gemauerten, etwa anderthalb Meter hohen Pfeilern. Auf jeden Pfeiler hatte jemand einen abgeschnittenen Eberkopf gelegt. Die Augen in den Schädeln waren geschlossen, die Mäuler in den Schnauzen waren verzogen, sodass es wirkte, als lächelten die Wildschweine noch im Tod, was obszön aussah. Das schwarze Fell der Köpfe war mit Blut verklumpt, Blut war auch an den Pfosten bis auf das Pflaster des Gartenweges hinuntergelaufen, wo es zu einem schwarzroten Fleck eingetrocknet war. Fliegen umschwirrten die Köpfe, aus denen süßlicher Verwesungsgestank aufstieg.

Blanc und Marius begrüßten Fabienne und Sandy Hulot – die, wie Blanc fand, angesichts dieser bestialischen Attacke auf ihr Heim noch relativ gefasst wirkte. »Ich habe die abgeschnittenen Köpfe beim Frühstücken vom Esszimmerfenster aus entdeckt«, erklärte sie. »Zum Glück sind sie Yussuf nicht aufgefallen. Ich habe mir eine Ausrede einfallen lassen und ihn durch die Garage nach draußen zum Auto geführt. Er ist jetzt bei der Tagesmutter. Das hier«, sie deutete auf die Köpfe, »muss er nicht sehen. Ich mache das gleich weg, sobald Sie mit Ihrer Arbeit fertig sind.«

»Wir werden Ihnen dabei helfen«, versicherte Marius, obwohl er blass war und man unschwer erraten konnte, dass er sich nicht um diesen Job riss.

»Ich habe wahrscheinlich mehr tote Tiere beseitigt als Sie, *mon Lieutenant*. Das geht schon«, versicherte die Försterin.

»Madame Hulot hat uns gegen sieben Uhr dreißig angerufen und den Vorfall gemeldet«, sagte Fabienne. »Ich habe ihre Anzeige aufgenommen. Eine Anzeige gegen unbekannt.« Blanc hörte die Wut in ihrer Stimme. Im Augenblick war sie zwar ruhig und professionell, wären sie jedoch allein unter Kollegen auf der Gendarmerie-Station, sie würde jetzt laut fluchen und den Typen, der das getan hatte, unter die Guillotine wünschen, damit man danach seinen Kopf auf irgendeinen Pfeiler spießen konnte. Er legte ihr für einen Moment beruhigend die rechte Hand auf den Arm.

»Sehen wir uns das genauer an«, sagte er. Dann wandte er sich an Marius. »Schick eine Meldung an die Zentrale: Wir brauchen noch sechs Leute: zwei, die sich in Vernègues umhören und die Leute befragen. Vielleicht hat irgendjemand letzte Nacht zufällig etwas gesehen. Die Wildschweinköpfe muss jemand im Auto hierher transportiert haben oder in einer großen Sporttasche oder einem Müllsack, auf jeden Fall muss das auffällig gewesen sein. Dann brauche ich zwei Beamte im Rathaus. Vernègues hat garantiert Überwachungskameras an den größeren Straßen. Möglicherweise ist auf den Aufnahmen etwas zu erkennen. Und außerdem zwei Beamte, um zu verhindern, dass sich hier Neugierige versammeln.«

»Die brauchen Sie nicht abzukommandieren«, meinte Sandy Hulot. »Diese Straße ist toter als die Wildschweine auf meinem Tor. Hier rotten sich garantiert keine Schaulustigen zusammen.«

»Ich fordere trotzdem sechs Kollegen an«, erwiderte Marius und ging zurück zum Streifenwagen.

Blanc besah sich mit Fabienne und der Försterin die Eberköpfe aus der Nähe. »Die Tiere sind gestern getötet worden«, erklärte Sandy Hulot. »Sie riechen schon nach Verwesung, aber noch nicht stark. Und das Blut war noch nicht geronnen; sonst wäre das nicht so eine große Sauerei geworden.«

Gestern, sagte sich Blanc. Während er mit Pélestor auf dem alten Mühlenturm hockte und Ausschau nach einem Wolf hielt? Hätten sie dann nicht die Schüsse gehört? Also waren die Eber vermutlich vor zweiundzwanzig Uhr getötet worden, als Pélestor und er noch nicht Posten bezogen hatten.

Fabienne deutete auf den blutigen und gezackten Halsansatz. »Die Köpfe sind nicht sauber abgetrennt worden«, flüsterte sie. »Das war keine Axt oder Säge. Das sieht aus, als hätte da jemand mit dem Messer rumgeschnitten.«

Blanc starrte lange auf die schrecklichen Wunden. So etwas hatte er jetzt schon häufiger gesehen. »Kein Messer«, erwiderte er finster. »Sondern Zähne. Das sind Bisswunden.«

»Caniden vermutlich«, bestätigte Sandy Hulot. Auch sie verlor langsam ihre Gelassenheit. Ihre Augen blitzten vor Zorn. »Das Arschloch, das diese Botschaft hinterlassen hat, war ziemlich deutlich, finden Sie nicht auch, *mon Capitaine*? Bei uns tauchen Wölfe auf, die Leute wollen die Wölfe abknallen, ich bin dagegen – und schon liegt bei mir so ein Gruß vor der Haustür.«

»Ein Wolf hat die Köpfe abgebissen?!«, rief Fabienne und verzog angewidert den Mund.

»Wahrscheinlich eher ein Hund«, erklärte Sandy Hulot. »Und vielleicht hat er die Köpfe gar nicht abgebissen. Womöglich sind sie doch mit Axt oder Säge abgetrennt worden – und danach hat sich ein Jagdhund darüber hergemacht.« Sie atmete tief durch. »Vermutlich hat der Typ, der das getan hat, auch noch gehofft, dass mein kleiner Sohn diese blutige Scheiße sieht!«

Blanc dachte nach. Selbstverständlich konnte das irgendein Nachbar getan haben. Es kam immer wieder vor, dass Nachbarschaftsstreitigkeiten zu den absurdesten und mörderischsten Taten eskalierten. Dann dachte er an den »Araberjungen«, von dem Clotilde Locez gesprochen hatte: Vielleicht hatte ein Rassist etwas gegen das Kind und seine Mutter? Aber Sandy Hulot schien keinen ihrer Nachbarn zu verdächtigen, es gab zumindest niemanden, den sie spontan beschuldigte. Die Kollegen würden später die Nachbarn befragen, doch Blanc glaubte schon jetzt nicht mehr, dass dabei viel herauskommen würde. Also vielleicht wirklich ein Jäger … Er blickte der Försterin ins

Gesicht. »Haben Sie irgendeine Idee, wer dafür verantwortlich sein könnte?«

Sie zuckte mit den Achseln. »Die Hälfte der Männer in dieser Stadt sind entweder Jäger oder Hirten oder beides. Suchen Sie sich einen aus. Ich lebe seit drei Jahren in Vernègues und habe den Leuten immer klar gesagt, dass ich gegen die Jagd bin. Gegen jede Jagd, nicht nur die auf Wölfe.«

»Wildschweine sind keine Kaninchen oder Fasane«, gab Blanc zu bedenken. »Die meisten Jäger, denen ich beim Joggen über den Weg laufe, schießen mit Schrot auf kleine Tiere. Die könnten keine zwei Eber in einer Nacht erlegen, selbst wenn sie wollten.«

Sandy Hulot nickte verärgert. »Für Wildschweine brauchen Sie ein großkalibriges Gewehr. Und viel Geduld. Und Sie müssen sich im Wald auskennen. Sie müssen eine ruhige Hand und ein gutes Auge haben, denn man kommt selten näher als ein paar Dutzend Meter an ein Wildschwein heran. Das hier«, sie deutete auf die Köpfe, »war ein Profi.« Sie lachte bitter. Aus der Brusttasche ihrer Uniform erklangen plötzlich die ersten Riffs von *Smoke on the Water*. Sie zog ihr Handy heraus und drückte den Anruf achtlos weg, dann schaltete sie den Apparat stumm.

Blanc zog währenddessen Stift und Notizblock aus der Jacke. »Das sollte die Zahl der Verdächtigen deutlich reduzieren«, sagte er schließlich. »Welcher Mitbürger jagt schon Wildschweine?« Er wartete, dass sie ihm welche nannte.

Sie hob die Hände. »Soll ich Ihnen Namen nennen? Cordillet? Oder gar den Bürgermeister? Beide sind Jäger und haben diesen Winter auch schon eine Treibjagd auf Wildschweine mitgemacht. Ebenso wie ein halbes Dutzend weitere Männer aus der Stadt. Aber ob einer von denen mir zwei abgeschnittene Köpfe vors Haus legt?«

»*D'accord*«, erwiderte Blanc enttäuscht und steckte seinen

Notizblock wieder weg. »Madame Hulot, Sie brauchen sich nicht um die Köpfe zu kümmern. Meine Kollegen werden sie mitnehmen und ins Labor schicken. Vielleicht findet die Spurensicherung einen Hinweis. Einen Fingerabdruck, eine DNA-Anhaftung, irgendetwas.«

»Die Jungs können sich das hier auch noch ansehen!«, rief Marius. Er war vom Streifenwagen zurückgekommen und hatte plötzlich ein paar Meter neben der Gartenpforte angehalten. Er deutete auf ein Stück der gelb verputzten Garagenmauer von Sandy Hulots Haus. Als sie näher kamen, erkannte Blanc ein Graffito: rote Sprühfarbe, reichlich verwischt, die Schrift schief. Kein Sprayer, dachte er, niemand, der so etwas ständig macht. Obwohl die Worte eindeutig mit Sprühfarbe aufgetragen worden waren, hatte da jemand so hastig oder ungeschickt gearbeitet, dass an manchen Stellen dicke Farbtropfen quer durch die Buchstaben gelaufen waren, an anderen Stellen hingegen waren die Zeichen kaum zu erkennen.

»*Putain*, kannst du das entziffern?«, fragte Marius. Es waren vier Zeilen, doch das ganze Graffito war kaum größer als zwei Blatt Zeichenpapier – viel zu klein, um es deutlich lesen zu können.

Blanc beugte sich dicht über den Spruch. Er atmete noch den ganz leichten Chemikaliengeruch der Farbe ein. »Das hat jemand auch letzte Nacht gesprüht«, vermutete er. Er konnte jedoch nur einzelne Worte identifizieren: so etwas wie *gardaire* in der ersten Zeile, *champ* in der zweiten, *cage* in der dritten – und in der vierten *mourir*, »sterben«. Einige Worte waren falsch geschrieben: *duelle* für »Duell«, statt *duel*, *luy* für »er«, statt *lui*. Andere waren so falsch, dass er ihren Sinn nicht verstand: *bellique*, was mochte das sein? Den Rest konnte er gar nicht entziffern. »Eines ist wohl sicher«, sagte er, »das waren keine Kids, die einfach einen Tag an einer Wand hinterlassen haben.«

»Aber Leute, die ihren Nachbarn Sprüche an die Hauswände sprühen, tun das in der Regel groß und vulgär«, wunderte sich Marius. »Jeder soll deine Beschimpfung lesen, das ist doch der Sinn solcher Graffiti, oder nicht? Ich erinnere mich an den Sommer 2017: Da sind ein paar Kollegen zum Haus von Christophe Castaner gerufen worden. Der Herr Innenminister war damals allerdings bloß Bürgermeister von Forcalquier; wirklich nicht der Posten, bei dem du dir viele Feinde machen kannst, sollte man denken. Die Sprüche an seinem Haus waren riesengroß und strotzten vor Rechtschreibfehlern. Zum Teil waren die einfach nur blöd. *Un nul,* stand da zum Beispiel. Zum Teil aber auch bizarr: *Castaner on va te vacciner nous aussi, fais gaffe.* – ›Castaner, wir werden dich auch impfen, pass auf.‹ Das war, nachdem sich der Bürgermeister irgendwo dafür ausgesprochen hatte, dass man Kinder impfen sollte, kannst du das glauben? *Eh bien,* auf jeden Fall sind solche Sprüche nicht zu übersehen: groß und doof. Aber hier? Der Text ist doch schon beinahe versteckt. Und niemand kapiert ihn. Warum macht man so etwas?«

»Wurden die Typen verhaftet, die Castaners Haus angesprüht haben?«, fragte Sandy Hulot.

»Nie«, erwiderte Marius.

»Selbst, nachdem er Innenminister geworden war? Da haben doch sicher viele Flics an diesem Fall gearbeitet?«

Marius hob entschuldigend die Hände. »Wahrscheinlich kann man gerade die dümmsten Sprüche am schwersten zuordnen. Es gibt einfach zu viele Leute, die blöde Sprüche drauf haben.«

»Dann wird das hier ja einfacher«, brummte Blanc. »Es kann in Vernègues nicht allzu viele Leute geben, die so etwas machen.«

Die Försterin lachte, trotz allem. »Sie wollen nach jemandem fahnden, der mit einem großkalibrigen Gewehr Wildschweine tötet und zugleich mit einer Sprühdose rätselhafte Sprüche auf die Wände schmiert? Seien Sie mir nicht böse, *mon Capitaine,* aber in ganz Vernègues werden Sie niemanden finden, auf den so eine Kombination zutrifft.«

»Man ist immer wieder überrascht, wen man findet, wenn man sucht, Madame«, erwiderte Blanc leicht ungehalten. Er deutete auf die blutbesudelte Klingel am rechten Torpfeiler. »Sie haben kein Namensschild an der Tür. Wer das getan hat, wusste, dass Sie hier wohnen – in einer stillen Einbahnstraße, die man zur Zeit nur über eine Baustellenumleitung erreichen kann. Da kennt sich jemand besser aus, als Ihnen lieb ist.«

»Apropos stille Einbahnstraße – da kommt jemand«, sagte Fabienne.

Blanc drehte sich überrascht um, er hatte nichts gehört. Ein auffallend weiß und grün lackierter Smart rollte lautlos über den Asphalt und stoppte schließlich hinter dem Streifenwagen.

»Ein Elektroauto«, kommentierte Fabienne. »Irgendwie cool, so eine Karre.«

»Cooler als ihr Fahrer«, brummte Marius.

Maurice Fouquart stieg aus. Wieder schien er sich aus dem Fundus der Siebzigerjahre bedient zu haben, doch diesmal ahmte er mit Jeans, speckiger Lederjacke und großer Pilotensonnenbrille eher Steve McQueen nach, allerdings einen Steve McQueen, dessen Frisur unter einer defekten Trockenhaube einen Stromstoß bekommen haben musste. Der Ufologe begrüßte alle drei Gendarmen höflich per Handschlag, Sandy Hulot küsste er diesmal auf die Wangen. Die beiden schienen sich abgesprochen zu haben, ihre Bekanntschaft vor den Flics nicht länger zu verheimlichen. »Ich habe mir Sorgen gemacht, weil du nicht gekommen bist«, begann er. »Und da dachte ich …« Er stockte, als er endlich zu bemerken schien, wie das Gartentor aussah. Er schob seine Sonnenbrille in die wirren Haare, um genauer hinschauen zu können, erstaunlicherweise eher neugierig als schockiert. »Was ist passiert?«, fragte er. »Warum sind Sie hier, Doktor Fouquart?«, fragte Blanc.

»Sandy und ich waren verabredet. Oben im Wald. Als sie nicht kam und auf meinen Anruf nicht reagierte, bin ich hergekommen.«

»Sie kennen sich schon lange?«

Fouquart und Sandy Hulot wechselten einen raschen Blick. Verlegen. Die junge Försterin wurde sogar kurz rot. Die kennen sich nicht bloß, die sind ein Paar, vermutete Blanc.

»Wir haben uns vor einigen Wochen in Vieux Vernègues getroffen«, erklärte Sandy Hulot schließlich zögernd. »Seit einiger Zeit stellt hier jemand Kaninchenfallen auf, das ist illegal. An dem Tag hatte ich schon einige gefunden und eingesammelt, als mir plötzlich eine Drohne buchstäblich vom Himmel in die Hände fiel.«

»Sie hätte beinahe Sandys Kopf getroffen, ich bin untröstlich«, ergänzte Fouquart schuldbewusst. »Ich habe die Drohne damals gerade ausprobiert, nachdem ich einige Modifikationen vorgenommen hatte. Plötzlich war der Kontakt abgerissen, und sie ist unkontrolliert abgestürzt. *Eh bien,* Glück im Unglück nennt man so etwas wohl.« Er lächelte die junge Frau schüchtern an.

»Ich wollte Maurice heute Vormittag den Höhenweg Richtung Cazan zeigen«, fuhr Sandy Hulot fort. »Da steht ein Hochsitz des Office National des Forêts, wir beobachten von der versteckten Plattform aus hin und wieder Vögel. Auf dem Hochsitz hätte er seine Drohne gut starten können. Und man hat einen weiten Blick auf Vernègues und das Tal. Außerdem wäre Maurice dort«, sie zögerte, »ungestört gewesen.«

»Wer sollte Sie denn sonst stören, Doktor Fouquart?«, fragte Marius freundlich.

»Na, wer wohl? Jäger!« Fouquart lachte, vielleicht ein bisschen zu laut. »Die mögen es nicht, wenn ich durch ihr Revier kreuze. Als würde meine Drohne ihnen die Kaninchen verjagen!«

»Sie sind bedroht worden?«, wollte Fabienne wissen.

»Nein«, fuhr die Försterin rasch dazwischen, bevor Fouquart antworten konnte. »Aber es gehört zu meinem Job, im Wald die Konflikte mit den Jägern zu entschärfen. Ständig gibt es mit denen Ärger, die bedrohen Wanderer, Jogger, Radfahrer. Wenn es mich nicht gäbe, dann würden die auf alles ballern, was sich bewegt. Na ja, auf dem Hochsitz ist Maurice einigermaßen sicher, gleichzeitig können sich die Jäger nicht mehr beschweren, dass er ihnen das Wild verscheucht. Die Tiere bemerken ihn da nämlich auch nicht.«

Ob das der wahre Grund ist?, wunderte sich Blanc. Oder will Sandy Hulot, die energische Wolfsschützerin, nicht vielmehr einen Mann, der ihr möglicherweise nahesteht, unauffällig vor dem Angriff einer hungrigen Meute schützen? Doch weil es ihr peinlich wäre, in aller Öffentlichkeit zuzugeben, dass Wölfe gefährlich sind, erzählt sie stattdessen die Geschichte von den bedrohlichen Jägern. Als wäre man ausgerechnet auf einem Hochsitz vor Jägern sicher! Angesichts der abgehackten Eberköpfe vor ihrem Haus verzichtete er allerdings darauf, energisch nachzufragen. Er nahm sich aber vor, Fouquart noch einmal zu verhören, später, allein.

Sandy Hulot, der die Richtung, die das Gespräch einschlug, sichtlich unangenehm war, fasste Fouquart am Ellenbogen und führte ihn zu ihrer Garagenwand. »Da gibt es noch etwas, das ich dir zeigen möchte«, sagte sie und deutete auf das Graffito.

Der Ufologe ging in die Knie, nahm die Sonnenbrille ab, stopfte sie in die Brusttasche seiner Jacke und holte von dort eine altmodische Lesebrille mit halben Gläsern heraus, die er auf der Nasenspitze balancierte. Zum ersten Mal wirkte er wie der seriöse Professor an einer seriösen Universität, der er noch vor einigen Jahren gewesen war. Und zu Blancs grenzenlosem Erstaunen las er den Text fast ohne Stocken vor.

»Le gardaire vieux le lou betoun jeune surmontera,
En champ bellique par singulier duelle:
Dans cage d'or les yeux luy crèvera,
Deux classes une, puis mourir, mort cruelle.«

Fouquart erhob sich mit einem leisen Ächzen, faltete die Lesebrille zusammen und sah sich um, zufrieden mit den verblüfften Gesichtern, die ihn umringten. »Als junger Student konnte ich mich lange nicht entscheiden: Astronomie oder Altertumskunde. Da habe ich beides studiert. Wer antike Inschriften entziffern kann, der kann alles entziffern.«

Blanc räusperte sich. In diese stille Straße verirrte sich niemand – bis auf Fouquart. Dieses Graffito konnte niemand entziffern – nur Fouquart las die vier Zeilen ohne Probleme. Seltsame Zufälle. »Wie schön, dass Sie den Text entziffert haben, Doktor Fouquart«, sagte er höflich. »Aber können Sie ihn auch verstehen? Seien Sie mir nicht böse: Das hört sich an wie altertümliches Französisch, aber dann doch irgendwie nicht wie Französisch. Ich verstehe den Sinn einzelner Worte, aber der ganze Text ist mir komplett rätselhaft. Ist das eine Art Gedicht?«

Der Ufologe hob bedauernd die Hände. »Tut mir leid, *mon Capitaine,* da bin ich genauso ratlos wie Sie. Liest sich eher so, als wäre es ein Rätsel. Man könnte fast denken«, er lachte, weil er das selbst offenbar nicht ganz ernst nahm, »dass es sich um einen Quatrain handelt, eine von diesen Weissagungen, die der gute alte Scharlatan Nostradamus zum Besten gegeben hat.«

Am Grab des Meisters

Sie mussten bis Mittag in Vernègues bleiben. Zwei Kriminaltechniker kamen aus Salon-de-Provence und packten die abgeschnittenen Wildschweinköpfe in große Plastiktaschen. Sie suchten Fingerabdrücke und fanden Dutzende unterschiedliche an der Gartenpforte, was niemanden klüger machen würde. Denn die konnten ebenso vom Täter stammen wie vom Briefträger oder irgendeinem Nachbarn. Die Männer in den weißen Overalls schabten schließlich auch noch eine Probe der Graffito-Schrift von der Wand, um die Farbe im Labor zu analysieren. Zwei Beamte sicherten währenddessen Kopien der Videoaufzeichnungen in der Mairie, doch ein Angestellter machte ihnen wenig Hoffnung: Ausgerechnet die Kamera an der Kreuzung, die zu Sandy Hulots Wohnstraße führte, war wegen der Bauarbeiten außer Betrieb. Die Kollegen, die sich bei den Nachbarn umhörten, standen meist vor verschlossenen Türen, denn Mittwochvormittags waren die meisten bei der Arbeit oder in der Schule. Die wenigen, die zu Hause waren, hatten nichts gesehen. Und die Försterin hatte recht: Es kamen keine Schaulustigen, die man hätte zurückhalten müssen, höchstens bewegten sich hinter dem einen oder anderen Fenster mal die Gardinen. Als die Gendarmen endlich gingen, machten sich Fouquart und sie daran, die Blutspuren und das Graffito mit einem Kärcher wegzuspritzen.

Blanc schwankte vor Müdigkeit, doch er wusste, dass es zwecklos war, nach Sainte-Françoise-la-Vallée zurückzukehren, um ein paar Stunden Schlaf nachzuholen; er war viel zu verwirrt, um Ruhe zu finden. Also begleitete er seine Kollegen.

In Gadet war die Weihnachtsdekoration verschwunden. Der Mistral zauberte böse, kleine Wirbelwinde auf die Hauptstraße des Städtchens, die sich um die Kirche und deren altersschiefe Nachbarhäuser wand. Alle drei Cafés hatten Stühle aufs Trottoir gestellt, doch nur vor dem Le National saßen einige dick vermummte Raucher, die zu ihrer Gauloises einen Espresso oder Rosé tranken. Zwei Alte lasen in einer Ausgabe von *La Provence*, die sie origamiartig gefaltet hatten, damit der Wind das Zeitungspapier nicht zerriss. Trotzdem erkannte Blanc im Vorbeigehen das Foto des Wolfes. Neben dem trockenen Steinbecken des einzigen Brunnens standen die Wagen der drei tapferen Händler, die auch im Winter zum Markttag nach Gadet kamen: ein ewig gut gelaunter Käseverkäufer, ein mürrischer junger Mann, der eingelegte Oliven und Pasteten anbot, und die Fischfrau, die in kniehohen weißen Gummistiefeln und einem arktisblauen Anorak herumlief, als sei sie gerade erst von Bord des Trawlers gestiegen. Einige Bewohner des modernen Altenheims am Rand von Gadet waren mit ihren Körben und Einkaufstrolleys gekommen – Blanc fragte sich, ob sie einkauften, weil sie wirklich etwas brauchten, oder ob sie nicht eher aus Mitleid mit den Händlern kamen, damit die nicht ganz umsonst froren.

Er führte seine Kollegen ins Le Soleil an der Touloubre. Die Platanen am Bach hatten zwar längst ihr Laub verloren, doch ihre Kronen waren so mächtig, dass selbst die kahlen Äste zur Mittagszeit ein dichtes Schattenmuster auf den Asphalt vor dem Restaurant warfen. Weil Feuchtigkeit aus der Touloubre stieg und die Sonne nicht bis hierhin vordrang, lag Eis auf der Begrenzungsmauer am Ufer.

Das Gewölbe im Innern des Restaurants war klamm, doch wenigstens duftete es schon nach Essen. Marius rieb sich behaglich über den Bauch. »Ich nehme die Lammkoteletts mit Reis«, sagte er zur Kellnerin, ohne auch nur einmal in die Speisekarte gesehen zu haben.

»Lamm?!« Blanc blickte seinen Freund bei dem Gedanken an die toten Schafe entgeistert an.

»Mensch und Wolf sind deshalb Freunde geworden, weil sie dasselbe fressen.«

Fabienne seufzte und klappte die Speisekarte zusammen. »Für mich bitte die Veggie-Pizza«, sagte sie.

»Die Lämmer werden auch nicht wieder lebendig, nur weil du dich selbst bestrafst«, meinte Marius.

Blanc studierte die Speisekarte und lächelte auf einmal sardonisch. »Ich nehme den Wildschweinbraten in Rotweinsoße.«

»Manchmal seid ihr echt zum Kotzen!«, rief Fabienne in nur halb gespielter Verzweiflung.

»Der Eber ist ganz frisch«, verteidigte sich die Kellnerin. »Mein Mann hat das Tier gestern geschossen.«

»Nicht zufällig in Vernègues?«, fragte Blanc.

»Nein, hinten im Wald bei Caillouteaux. Wir haben diesen Winter mehr Wildschweine als je zuvor. Eine echte Plage. Wenn Sie einen Eber essen, dann tun sie etwas Gutes, *mon Capitaine*. Ich bringe Ihnen eine extra große Portion, Sie sehen aus, als könnten Sie das vertragen.«

»Wenn ihr beim Zersäbeln eures Fleisches eine einzige dumme Bemerkung über irgendwelche Vierbeiner macht, dann setze ich mich an einen anderen Tisch«, drohte Fabienne, nachdem die Kellnerin gegangen war. »Mehr Wildschweine als je zuvor ...«, murmelte Blanc. »Ob die Wildschweine die Wölfe anlocken?«

»Jetzt redest du doch von Tieren!«, rief Fabienne.

»Ich rede von unserem Fall. Und das nur, solange das Essen noch nicht auf dem Tisch steht«, beschwichtigte Blanc sie.

»Ist das nicht verrückt?«, warf Marius ein. »Statt nach Mördern oder Vergewaltigern zu fahnden, geben wir uns mit Wölfen und Wildschweinen ab. Wir sind doch keine Förster.«

»Aber wir müssen verhindern, dass die Leute hysterisch werden«, erklärte Blanc. »Vielleicht ist es das, was wir der Öffentlichkeit sagen müssen: Die Wildschweine sind eine Plage, die Wölfe holen sich jetzt ein paar Tiere. Die Wölfe werden dann satt, die Bauern müssen nicht mehr fürchten, dass ihre Pflanzen von Ebern zerfressen werden, und die Hirten müssen nicht mehr fürchten, dass ihre Lämmer von Wölfen gerissen werden. Alle sind zufrieden. Keine Schießerei im Wald.«

»Und keine unappetitlichen Drohungen gegen eine junge Försterin mehr«, ergänzte Marius.

Fabienne schüttelte sich. »Wenn wir den Typen verhaften, der das getan hat, dann binde ich ihn an meine Ducati und schleife ihn durch die ganze Stadt!«

»Ich wette, das war jemand, der wusste, dass die Überwachungskamera an der Zufahrt zur Einbahnstraße außer Betrieb ist«, warf Marius ein. »Wahrscheinlich ist er nachts mit dem Auto gekommen. Die Straßenlaternen sind nämlich wegen der Arbeiten ebenfalls abgeklemmt worden. Die Häuser lagen im Dunkeln. Vermutlich hat er seinen Wagen so geparkt, dass die Scheinwerfer Sandy Hulots Haus angestrahlt haben. So hat er gesehen, wo er die Köpfe ablegen muss. Und er hatte genug Licht, um sein bescheuertes Graffito zu sprühen.«

»Wenn es überhaupt derselbe Täter gewesen ist«, gab Blanc zu bedenken, »was mir zwar wahrscheinlich zu sein scheint, wir aber nicht beweisen können.«

»Das Ganze ist auf jeden Fall schnell gegangen«, ergänzte Fabienne. »Wie schwer ist so ein Eberkopf? Er wird sich nicht beide gleichzeitig unter die Arme geklemmt haben, sondern ist zweimal zwischen dem Auto und der Pforte hin- und hergegangen. Dann das Graffito und …«

»Zuerst das Graffito«, sagte Blanc. »Wenn du erst einmal die blutigen Köpfe deponiert hast, dann haust du so schnell wie möglich ab.«

»*D'accord*. Zuerst der Spruch. Dann die Köpfe. Wie lange?«

Fabienne blickte fragend in die Runde. »Eine Minute? Zwei? Drei? Höchstens drei, oder? Drei Minuten in einer Januarnacht bei Mistral – kein Mensch hat das bemerkt.«

»Der Unbekannte will die Försterin einschüchtern«, sagte Blanc. »Er tötet zwei Wildschweine, köpft sie – und lässt dann zuerst einen Hund daran herumbeißen. Warum? Weil er genau weiß, dass Sandy Hulot Bissspuren erkennt. Und was auch immer er mit diesem seltsamen Graffito sagen will: Das ist kein Spruch, den du spontan hinschmierst. Das muss der Täter sich zuvor ausgedacht haben. Wir suchen also jemanden, der diesen Anschlag sorgfältig geplant hat.«

»Der hat das inszeniert wie ein Bühnenbild«, brummte Marius. »Ich würde mich übrigens auch gerne mal mit diesem Kerl allein in einer Zelle unterhalten.«

»Vielleicht ist ja schon länger jemand wütend auf Sandy Hulot. Und es war nur Zufall, dass das ausgerechnet so kurz nach dem Wolfsangriff passiert ist«, vermutete Fabienne.

»Mal angenommen, dieser Text stammt wirklich von Nostradamus«, sagte Blanc. »Der Nostradamus-Autor Guy Gassonet hat den Wahrsager sofort mit den Wölfen verknüpft. Und selbst diese nüchterne Erdbebenforscherin hat Nostradamus erwähnt. Wir haben also einen Nostradamus-Spruch und Eberköpfe mit Bisswunden – *das* wäre kein Zufall. Diese Aktion ist irgendwie eine Antwort auf den Angriff der Wölfe oben in Vieux Vernègues. Fast so, als ob jemand die Försterin dafür verantwortlich macht.«

»Glaubst du Fouquarts Geschichte?«, fragte Marius. »Ein durchgeknallter Ufologe, der früher auch noch Altertumswissenschaften studiert hat und deshalb problemlos einen Text lesen kann, den drei Flics nicht kapieren?«

»Ich habe Fouquart überprüft«, erklärte Fabienne und tippte auf ihr iPhone. »Es stimmt: Er hat Astronomie und Altertumswissenschaften studiert. Mit Promotionen in beiden Fächern.

Seltsamer Vogel. Möchte wissen, was Sandy Hulot an dem findet.«

»Du glaubst auch, dass die beiden was miteinander haben?«, fragte Blanc.

»Außenseiter halten zusammen«, erklärte Marius. »Sandy Hulot ist eine alleinerziehende Mutter mit einem Jungen, dessen Vater nicht unbedingt ein reinblütiger Franzose ist – und das in diesem aufgeräumten Dorf, wo alles seine Ordnung hat. Und Maurice Fouquart ist der Spinner mit der Drohne. Beide gehen mit ihren Ausflügen im Wald außerdem einer ganzen Menge Leute auf die Nerven. *Alors,* da haben sich zwei zusammengetan, die sonst keine Freunde haben.«

Fabienne blickte auf. »Da kommt unser Essen«, verkündete sie. »Für die nächste Stunde gilt: Kein Wort mehr über tote Tiere!«

Später auf der Station bearbeitete Blanc das Telefon, bis er endlich Guy Gassonet auf dessen Handy erreichte. Er wollte dem Nostradamus-Experten nicht zu viel verraten und gab nur preis, dass er gern einen Vierzeiler »überprüfen« würde. Persönlich.

»Ich muss nur noch etwas in meinem Wochenendhaus erledigen, *mon Capitaine*«, erwiderte Gassonet, der klang, als wäre er geschmeichelt, dass ein Gendarm um seine Expertise bat. »Sagen wir sechzehn Uhr? In Salon? Dann bin ich zurück in der Stadt.« Er machte eine kleine Pause. »Was halten Sie davon, wenn wir uns in der Kirche Saint-Laurent treffen?«

»Warum ausgerechnet dort?«

»Dort ruht der Meister. Ich zeige Ihnen Nostradamus' Grab.«

Sechzehn Uhr, dachte Blanc, das war in zweieinhalb Stunden. Marius war in Fabiennes Büro, die beiden studierten die Videoaufzeichnungen der Überwachungskameras von Vernègues. Brigadier Sylvain kümmerte sich um die immer zahlreicher werdenden Anrufe besorgter Bürger. Er war inzwischen so routiniert wie ein Telefonseelsorger. Blanc faltete seine Lederjacke zu einer Art Kissen auf seinem Schreibtisch zusammen, legte den Kopf darauf und war Sekunden später eingeschlafen. Er hatte eine innere Uhr, die ihn nie im Stich ließ. Um Viertel vor vier wurde er wach. Er war noch immer müde, aber wenigstens fühlte er sich nicht mehr wie durchgeprügelt. Er nahm seinen Espace und brauste nach Salon.

Saint-Laurent war eine große Kirche, doch sie stand in der Stadt so deplatziert wie ein Koffer, den sein Besitzer vergessen hatte. Ihr Turm überragte ein verschlafenes Viertel nahe dem Zentrum: kleine Häuser aus dem neunzehnten Jahrhundert, ein paar Gassen, ein winziger Park mit einer frisch vergoldeten Marienstatue in der Mitte, kein Mensch auf den Straßen. Blanc fand einen Parkplatz in der Nähe; er stieg einige Treppenstufen hoch, das Gotteshaus stand auf einer Anhöhe. Das gotische Kirchenschiff war wuchtig, der Turm wuchs mitten aus dem Dach bis in eine Höhe hinauf, zu der die Tauben nicht mehr flatterten. Das Bauwerk musste vor kurzem renoviert worden sein: Die Steine leuchteten warm und gelb im Nachmittagslicht, kein Schmutz, kein Ruß von Abgasen, selbst die Fugen zwischen den Steinblöcken waren noch so sauber, als sei gerade erst der Mörtel eingepasst worden. Die Säulen am Portal waren so weiß wie die Unschuld. Und doch kam ihm die Kirche schroff und abweisend vor. Blanc brauchte einen Augenblick, bis er den Grund dafür benennen konnte: winzige Fenster. Zwischen den steinernen gotischen Stützbögen waren nur einige schmale, hohe Fenster ins Mauerwerk eingesetzt worden, so als ob der Architekt bloß widerwillig Sonnenlicht in seine Kirche lassen wollte.

Nachdem Blanc durch das Portal eingetreten war, brauchte er denn auch einige Zeit, bis sich seine Augen an das Dämmerlicht im hallenartigen Innern gewöhnt hatten. Er blickte sich um und bemerkte nur zwei ältere Frauen auf einer Kirchenbank, die vielleicht beteten, vielleicht ruhten sie sich auch bloß aus. Er schlenderte an den Pfeilern entlang tiefer ins Kirchenschiff hinein. Kaum Bilder, Statuen, sonstiger Schmuck, Saint-Laurent wirkte innen so asketisch wie außen.

Am Grab des Nostradamus wäre Blanc schließlich beinahe vorbeigelaufen. Er hatte ein Denkmal erwartet, eine Gruft mit Statue und pompöser Inschrift, irgendetwas, das auf den berühmten Toten hingewiesen hätte. Stattdessen war in einer Seitenkapelle, die der Muttergottes geweiht war, bloß eine vom Alter polierte Steinplatte in eine Wand eingemauert worden: RELIQUIAE MICHAELIS NOSTRADAMI IN HOC SACELLUM, las Blanc, dann gab er es auf, die lange lateinische Inschrift weiter zu entziffern. Er musterte erneut das Kirchenschiff, aber Gassonet hatte sich offenbar verspätet. Er würde vor der Kirche auf ihn warten, Saint-Laurent war ihm zu düster, und aus irgendeinem Grund jagte ihm das Grab des Nostradamus Schauder über den Rücken.

Kaum war er aus dem Portal getreten, sah er Gassonet auf seinem E-Bike heranrasen, lautlos und schnell, sein Bart flatterte im Mistral um seine Wangen. Er schwang sich am Fuß der Treppe vom Rad, nahm es auf die Schulter und kam zu Blanc hoch.

»Bitte entschuldigen Sie meine Verspätung«, keuchte Gassonet, dessen Gesicht rot glänzte. »Ich musste von meinem Landhaus bis hierher fahren, und bei diesem Wind ist das, als würden sie einen Dauerlauf durch knietiefes Wasser machen, selbst wenn ein elektrischer Motor schiebt. Gehen wir hinein?«

»Sie wollen mit dem Mountainbike in die Kirche?«

»Jesus hat in seiner Bergpredigt nicht gegen Mountainbikefahrer gesprochen.«

Blanc drückte die hölzerne Tür auf und ließ Gassonet vorangehen. Der stellte sein Rad nahe am Eingang ab und lehnte es gegen das Weihwasserbecken. Eine der beiden älteren Damen auf der Bank drehte sich zu ihm um. Blanc hätte erwartet, dass sie missbilligend zu ihnen hinüberstarren würde, doch sie lächelte und deutete mit einem Nicken einen Gruß an, den Gassonet erwiderte. »Wir sind oft die einzigen Besucher von Saint-Laurent«, erklärte er, nachdem er Blancs Blick bemerkt hatte. »Madame Isnard hat ihren Stammplatz auf der Bank, ich erweise dem alten Meister meine Reverenz.«

»Das Grab habe ich schon gefunden«, erwiderte Blanc.

»Beeindruckend, nicht wahr?«

»*Eh bien* ...« Blanc wollte den Experten nicht mit seiner despektierlichen Einschätzung provozieren.

Gassonet lachte, während sie zur Kapelle gingen. »Sie kennen die Geschichten nicht, die sich die Leute erzählen! Eine Legende besagt, dass Nostradamus sich, als er sein Ende nahen fühlte, lebendig begraben ließ. Er nahm eine Lampe, Papier, Schreibfedern, Tinte und Bücher mit für diese letzte Reise.« Gassonet schüttelte den Kopf. »Während der Französischen Revolution wurde sein Grab geplündert. Man hat Nostradamus' Gebeine aus dem Sarg geklaubt, aber kein Buch oder Tintenfass gefunden. Ein Revolutionär aus Marseille soll dann bei der Plünderung den Schädel genommen und daraus Wein getrunken haben. Sie sehen: Eine Legende gebiert die nächste.«

»Glücklicherweise sind die Zeiten von Aberglauben und makaberen Ritualen vorbei.«

Gassonet musterte Blanc amüsiert. »Glauben Sie das wirklich? Wissen Sie nicht, dass die katholische Kirche heute noch offiziell Exorzisten beschäftigt? Père Gabriel Picard d'Estelan ist der Exorzist der Diözese Avignon. Er hat neulich im Beisein des Bischofs in der Kirche von Bollène eine Teufelsaustreibung zelebriert, mit heulenden und tanzenden Gläubigen und dem vollen Programm.«

»Ich gehe eher selten zur Messe«, gab Blanc zu.

»Sie sollten hin und wieder einen Sonntagmorgen dafür opfern, *mon Capitaine*. Sie wären erstaunt, was die Leute alles so glauben – vor allem jetzt, da die Wölfe wiederkommen.«

»Deshalb bin ich ja auch hier.« Blanc deutete auf die Steinplatte in der Wand. »Was muss ich über Nostradamus wissen?«

»*Eh bien*«, Gassonet strich sich über seinen Bart, »wenn ich ein guter Geschäftsmann wäre, dann würde ich jetzt antworten: ›Lesen Sie einfach meine Bücher!‹ Aber lassen Sie es mich so formulieren: Es gibt den historischen Nostradamus – den Mann, der in Salon-de-Provence gelebt und gewirkt hat, ein Mann des 16. Jahrhunderts, von dem Dokumente erhalten sind, die Historiker studieren können. Da sind Sie in der Welt der Fakten und der Wissenschaft. Und es gibt den visionären Nostradamus – den Mann, der Prophezeiungen verfasst hat. Da befinden Sie sich in der Welt der Rätsel und des Glaubens.« Er atmete tief durch. »Zuerst der einfache Teil: die Wissenschaft. Michel de Nostredame war Apotheker und Arzt in Salon, er wurde 1503 in eine ursprünglich jüdische Familie hineingeboren. Der Großvater hat bei der Taufe den Nachnamen ›Notre Dame‹ angenommen, weil er entweder in einer Kirche Notre-Dame oder am Heiligentag getauft wurde. *Nostredame* wäre die französische Version des lateinischen *Nostra Domina*, ›unsere Herrin‹. Unser Mann hier«, er deutete auf die Grabplatte, »nennt sich jedoch *Nostra Damus*, was im Lateinischen wörtlich bedeutet: *Wir geben die Dinge, die die Unseren sind* oder *Wir geben die Allheilmittel*. Warum änderte er seinen Namen? Keiner weiß es.«

»Marketing«, vermutete Blanc. »Der Mann war clever. Er hat geahnt, dass dieser Name seinen Prophezeiungen mehr Gewicht verleihen würde.«

»Möglich. Aber lange Jahre hat er offenbar nicht einmal im Traum an irgendwelche Vorhersagen gedacht. Nostradamus studierte Medizin in Avignon, brach das Studium jedoch ab, als dort die Pest wütete. Er verlor seine erste Ehefrau und zwei Kinder an die Seuche.

1535 wurde er – warum genau ist unklar – vor den Inquisitor von Toulouse geladen, er floh und reiste mal hier, mal dort durch Frankreich. Erst 1547 ließ er sich endgültig in Salon nieder, heiratete eine reiche Witwe, bekam mit ihr sechs Kinder und konnte mit ihrem Vermögen seine Schriften und Studien finanzieren. Das Haus, in dem er wohnte, ist heute ein Museum. Halb Salon war schon mal da. Die Leute verehren ihn, er ist der einzige Promi der Stadt. 1566 ist er dort gestorben. Das ist, wenn Sie so wollen, der wissenschaftliche Teil dieses Lebens.«

Gassonet dozierte ernsthaft und doch leidenschaftlich. Für den ist Nostradamus tatsächlich ein Held, erkannte Blanc, der schreibt seine Bestseller nicht bloß aus Kalkül, der glaubt wirklich an den Mann und seine Prophezeiungen. Ein Mönch und sein Gott, hatte Cordillet gespottet, aber womöglich hatte er ins Schwarze getroffen. Blanc fragte sich, ob Gassonet an Frauen oder überhaupt an irgendwem interessiert war, der nichts mit Nostradamus zu tun hatte. Und er fragte sich, ob es eine Frau gab, die sich auf diesen verschrobenen Gelehrten einlassen würde.

»Nostradamus lebte seit drei Jahren in Salon«, fuhr Gassonet fort, »als er zum ersten Mal einen *Almanach* publizierte. So nannte er das Buch, in dem unter anderem seine ersten Prophezeiungen erschienen. Diese Vorhersagen verfasste er in *Quatrains*, vierzeiligen Gedichten. Mit ihnen wurde er noch zu Lebzeiten bekannt. Zwei Jahre vor seinem Tod reiste Catherine de Médicis, die ebenso mächtige wie gefürchtete Königinmutter, nach Salon, um den berühmten Weisen zu sprechen. Der Besuch von Catherine de Médicis bei Nostradamus wird noch heute jeden Sommer in einer Art Karneval nachgespielt, es ist der berühmteste Besuch, den diese Stadt je hatte. Catherine de Médicis war eine sehr kluge Frau. Doch selbst sie«, Gassonet lächelte fein, »dürfte die Quatrains kaum verstanden haben.

Das ist nämlich das Problem: Nostradamus hat sie so stark verrätselt, dass man sie nur schwer deuten kann. Seit Jahrhunderten versuchen Gelehrte, ihren Sinn zu erkennen. In gewisser Weise bin ich einer der Nachfolger von Catherine de Médicis: Ich pilgere nach Salon zum Weisen und versuche, seine Worte zu verstehen, bevor uns die Katastrophen ereilen.«

Blanc nickte. »Ich nehme an, Sie kennen alle Quatrains, die Nostradamus verfasst hat?«

»Es sind neunhundertzweiundvierzig«, erwiderte Gassonet. »Ich habe sie nie nacheinander deklamiert, aber ich denke, ja, ich kenne sie alle auswendig.«

»Gehört dieser Quatrain dazu?« Blanc holte sein altes Nokia hervor und wischte über den Bildschirm, bis das Foto aufleuchtete, das er von dem Graffito vor Sandy Hulots Haus gemacht hatte. Er zeigte es dem Experten:

Le gardaire vieux le lou betoun jeune surmontera,
En champ bellique par singulier duelle:
Dans cage d'or les yeux luy crèvera,
Deux classes une, puis mourir, mort cruelle.

Gassonet starrte verblüfft auf das Display, dann blickte er auf. »Wo haben Sie das denn fotografiert?«

»Das ist«, Blanc wog seine Worte sorgfältig ab, »vorerst noch vertraulich. Sie erkennen den Text also wieder?«

»Gewissermaßen. Haben Sie etwas zum Schreiben dabei?«

Blanc reichte ihm seinen Notizblock und einen alten Kugelschreiber.

Gassonet warf vier Zeilen auf das Papier. Seine Handschrift war geschwungen und altmodisch, groß und klar. Blanc blickte ihm beim Schreiben über die Schulter. Selbstverständlich war es schwer, eine Schrift, die jemand mit Kugelschreiber auf einen Block warf, mit einem an die Wand gesprühten Graffito zu vergleichen, aber Blanc war sich trotzdem ziemlich sicher, dass es nicht dieselbe Handschrift war. Er las:

Le lyon jeune le vieux surmontera,
En champ bellique par singulier duelle:
Dans cage d'or les yeux luy crèvera,
Deux classes une, puis mourir, mort cruelle.

»Das ist das Original«, erklärte Gassonet. »Es handelt sich um einen der berühmtesten Quatrains überhaupt. Nostradamus hat ihn 1555 verfasst und sagte damit den Tod König Heinrichs II. 1559 voraus. Der Monarch bestritt damals ein Turnier. Beim Duell mit dem Grafen Montgomery brach dessen Lanze und drang über dem rechten Auge in den Kopf des Königs.«

»Und das steht in diesen Zeilen? Wenn das so ist, warum hat Heinrich II. dieses Turnier nicht einfach abgesagt? Und wo doch Nostradamus so berühmt war, dass sogar die Königinmutter ihn beehrte?«

»Nun«, erwiderte Gassonet, »das ist ja gerade das Schwierige bei Nostradamus: Sie erkennen eine Prophezeiung oft erst, *nachdem* sie sich erfüllt hat, nicht davor. Wenn Sie dieses Quatrain in modernes Französisch übersetzen, dann haben Sie ungefähr folgenden Text.« Er beugte sich wieder über den Block und schrieb:

Der junge Löwe wird den alten besiegen,
Auf dem Schlachtfeld in einem einzigen Duell:
Im goldenen Käfig wird er ihm die Augen ausstechen,
Zwei Armeen einig, dann wird er einen grausamen
  Tod sterben.

»Sie sehen«, fuhr Gassonet fort, »alter Löwe, Duell, Augen ausstechen, grausamer Tod – das passt schon, irgendwie. Man sagt
außerdem, dass Heinrich II. bei dem Turnier einen goldenen
Helm trug – der goldene Käfig, von dem Nostradamus spricht.
Aber hätte der König das alles rechtzeitig aus diesen Zeilen
erkennen können? Wohl kaum. Deshalb gibt es bis heute Leute
wie mich, die des Meisters Worte zu deuten versuchen. *Bevor*
sich die Prophezeiung erfüllt.«

»Eines ist sicher: Es ist kein König, dem diese Prophezeiung
gilt«, erwiderte Blanc und deutete auf das Foto in seinem Handy.

»Und es ist auch kein Quatrain des Meisters, sondern eine
plumpe Fälschung. Oder – darf ich das so sagen? –, beinahe
ein Sakrileg.« Gassonet deutete auf die Worte der ersten Verse.
»Allerdings kennt sich da jemand aus, zumindest im Provenzal,
der alten Sprache des Midi. *Gardaire* ist eine, wenn auch unge-
wöhnliche, Bezeichnung für *gardien*, also ›Wächter‹ oder ›Verwalter‹, *lou betoun* bedeutet ›Wölfling, junger Wolf‹. Also lautet
die erste Zeile hier: ›Der alte Wächter wird den jungen Wolf besiegen.‹ Interessant, dass so etwas gerade nach dem Wolfsangriff in Vieux Vernègues auftaucht.«

»Interessant, ja …«, murmelte Blanc. Junger Wolf, alter
Wächter, Duell, grausamer Tod. Er fühlte sich wie in einem jener Alpträume, in denen man ganz genau weiß, dass gleich
etwas Schreckliches geschehen wird, aber hilflos dabeistehen
muss. »Wer könnte so etwas geschrieben haben?«

Der Experte hob die Schultern. »Jeder, der sich mit der Geschichte unserer Region auskennt. Wie gesagt: Nostradamus
war eine bedeutende Persönlichkeit des sechzehnten Jahrhunderts und Salons berühmtester Bürger. Und von allen seinen
Quatrains ist dieser wohl der bekannteste. Sie müssen also gar
nicht an seine Prophezeiungen glauben, um das zu kennen, es
reicht vollkommen, dass Sie historisch interessiert oder auch

bloß ein Lokalpatriot sind. Ich würde sogar sagen: Das wurde von jemandem geschrieben, der nicht an die Prophezeiungen glaubt. Denn wer Nostradamus verehrt, würde so eine dreiste Verfälschung niemals wagen.«

Blanc fragte sich, ob mit dem *gardaire vieux* vielleicht Bürgermeister Melleton gemeint sein könnte – er war schon alt, und war ein Bürgermeister nicht so etwas wie ein Verwalter? Oder eher jemand wie Cordillet? Waren Jäger nicht irgendwie Wächter? Und bezog sich der *lou betoun* tatsächlich auf einen Wolf? Oder war damit vielmehr Sandy Hulot gemeint, die jung war und den ganzen Tag durch die Wälder ging? War das alles ganz anders gemeint? Nostradamus würde dieses Rätsel gefallen, sagte sich Blanc, aber mir gefällt es ganz und gar nicht, *merde*.

Sie gingen Richtung Ausgang. Gassonet schulterte sein Mountainbike und trat hinaus, Blanc folgte ihm. Irgendetwas war anders. Blanc sah sich um. Wolken. Wolken am Himmel, nicht viele, bloß ein Band dicht über dem Horizont, wie ein langer Streifen schmutziggrauer Stoff, der vor die untergehende Sonne gespannt worden war. Die Sonne beleuchtete die Wolken von hinten, ihre zerfaserten Ränder schimmerten rot, gelb und orange. Endlich begriff Blanc – Wolken, das bedeutete: kein Mistral. Tatsächlich war der Wind in der halben Stunde, die sie in Saint-Laurent verbracht hatten, eingeschlafen, als hätte man ein gigantisches Ventil zugedreht. Der ewige Lärm der Böen in der Stadt, das Rascheln von herumtanzendem alten Laub, klappernde Fensterläden, Blechverkleidungen, Straßenschilder, Dachschindeln, das alles war verstummt. Himmlische Ruhe. Die Luft war plötzlich weich, obwohl es schon früher Abend war, fühlte sie sich bereits wärmer an.

»Das vereinfacht mir die Rückfahrt!«, rief Gassonet erleichtert. »Météo France hatte das Ende des Mistrals erst für morgen früh vorhergesagt. Ausnahmsweise freut mich diese ungenaue Prognose.«

»Zumindest äußern sich Meteorologen nicht so rätselhaft wie Ihr Sterndeuter«, sagte Blanc.

»Nostradamus hat sich niemals als Astrologe bezeichnet, wussten Sie das?« Gassonet lächelte. »Er nannte sich stets *Astrophil* – ›Sternenfreund‹.«

»Nette Berufsbezeichnung. Das werde ich Monsieur Fouquart vorschlagen, es klingt seriöser als ›Ufologe‹.«

Gassonet schnaubte. »Dieser Kerl mit seiner Drohne. Der starrt die ganze Nacht in die Sterne, ohne sie wirklich zu sehen. Wenn Sie einen Scharlatan kennenlernen wollen, *mon Capitaine,* dann vergessen Sie Nostradamus – sehen Sie sich lieber Fouquart an!« Damit schwang er sich aufs Rad und stob winkend davon.

Blanc fuhr zurück nach Gadet, doch dann kam ihm ein Idee, und er fuhr durch den Ort hindurch. Nach Caillouteaux. Er wusste noch immer nicht, ob Aveline schon aus Paris zurückgekehrt war oder nicht. Keine SMS von ihr. Er wagte nicht, ihr eine Nachricht zu schicken oder gar anzurufen, denn wenn sie mit ihrem Mann zusammen war, dann konnte es vorkommen, dass der beim Klingeln ihr Handy nahm. Und der Staatssekretär war der Letzte, den Blanc auf Avelines Handy erreichen wollte. Er hielt es auch für besser, nicht unangemeldet bei ihr an der Haustür zu klingeln.

Als er den Espace im Zentrum parkte, verglich er Caillouteaux unwillkürlich mit Vernègues. Hier herrschte derselbe, etwas sterile Geist von Wohlstand, Ordnung, Sauberkeit und Ruhe – nur war Caillouteaux besser geschminkt. Das Städtchen war bei dem Erdbeben von 1909 offenbar kaum beschädigt worden. Die mittelalterlichen Häuser waren renoviert; nur wer genauer hinsah, erkannte an den Außenwänden die Plastikboxen der Internetglasfaserkabel, dreifach isolierte PVC-Fenster in fünfhundert Jahre alten steinernen Fensterrahmen, diskrete

Überwachungskameras an den Ecken windschiefer Dächer. Der einzige moderne Bau im Zentrum war die Mediathek, ganz Glas und Naturstein, deren Errichtung vor einigen Monaten zwei Menschenleben gekostet hatte, was Blanc als Flic wusste, man diesem Gebäude aber selbstverständlich nicht ansah. Als einziges anderes Zeichen des 21. Jahrhunderts war an einer Querstraße eine grün lackierte Ladestation für Elektroautos dazugekommen. Niemand parkte dort. Caillouteaux würde Monsieur Melleton gefallen, dachte Blanc, es wirkte so effizient und technisch, trotz der alten Mauern. Kein Cafébetreiber stellte mit Tischchen und Stühlen die Trottoirs zu. Niemand blockierte mit einem falsch abgestellten Wagen eine Einfahrt. Es war überhaupt niemand zu sehen.

Ein lauter Donnerschlag ließ ihn zusammenzucken. Caillouteaux lag auf der Kuppe eines gut hundert Meter hohen Hügels. Im Tal zu seinen Füßen reichten Olivenhaine, Felder und Wälder bis nach Lançon und Salon, er konnte sogar den wuchtigen Burgturm im Zentrum der kaum zehn Kilometer entfernten Stadt erkennen. Genau durch eben dieses Tal rasten zwei schwarze Pfeile. *Rafales* – Kampfjets von der nahen Basis in Istres. Die Schallwellen waren so laut, dass Blancs Ohren dröhnten, dann kehrte die Stille zurück, die dunklen Schatten waren fort. Blanc wusste, dass diese Flugzeuge Atombomben tragen konnten. Atombomben … *Mon Dieu,* und in den Wäldern hundert Meter unter den Flügeln dieser Jets streiften Wölfe herum und Wahnsinnige, die Eber köpften und Nostradamus zitierten.

Er ging durch eine Gasse bis zum einzigen nicht hundertprozentig renovierten Haus von Caillouteaux und schlug sachte mit einem bronzenen Klopfer gegen die Tür. Gérard Paulmier öffnete ihm. Er war Mitte sechzig, schlank, den grauen Haaren hätte die Hand eines Friseurs mal wieder gutgetan; er trug einen Wollpullover vollkommen undefinierbarer Farbe, eine dunkelgraue Jogginghose und hatte grüne Gummiclogs an den

147

Füßen – die bequeme Kluft des Rentners, der nicht viel auf sein Äußeres gab. Er nahm die Pfeife aus dem Mund. »Kommen Sie herein, *mon Capitaine*. Ich habe schon gehört, dass Sie unter die Wolfsjäger gegangen sind.«

Paulmier war vierzig Jahre lang Journalist bei *La Provence* gewesen und schrieb auch nach der Pensionierung weiter Lokalartikel für das Blatt. Niemand war besser informiert als er. Und Blanc kannte niemanden, der mehr über die offizielle Geschichte und die nicht ganz so offiziellen Geschichten der Region wusste. Er ließ sich im winzigen Salon auf Paulmiers legendär bequemes Sofa fallen und sagte nicht Nein, als ihm sein Gastgeber einen Earl Grey anbot.

»Von den abgesäbelten Wildschweinköpfen habe ich auch schon gehört«, erwiderte Paulmier, nachdem Blanc ihm davon erzählt hatte. »Das bringen wir morgen auf den Titel. Die Geschichte durfte ich aber leider nicht machen, ein Kollege war schneller. Er hat mir jedoch gesteckt, dass Sie da waren.«

»Irgendeiner muss da ja ermitteln, und es gibt sonst gerade wenig zu tun«, sagte Blanc vorsichtig. »Wie es aussieht, sind ein paar Bürger von Vernègues zur Zeit«, er zögerte, »etwas nervös.«

Der alte Journalist lachte. »Das wäre ich auch, wenn man mir meine Liebsten zerfleischen würde.«

»Es waren nicht die Liebsten, es waren ein paar Schafe.«

»Es gibt Typen, die werden schon zu Mördern, wenn man ihnen einen Kratzer ins Auto fährt.«

Blanc hob die Hände, als gäbe er sich geschlagen. »Sie haben recht. Ich befürchte ebenfalls, dass die Sache eskaliert. Die Leute werden bewaffnet in die Wälder gehen. Und wenn erst einmal geschossen wird, wer weiß, was dann noch geschieht.«

»Sie befürchten einen Jagdunfall?«

»Oder etwas, das so aussieht wie ein Unfall.«

Paulmier schlürfte laut und genüsslich seinen Tee. Einen winzigen Moment lang war Blanc neidisch. Rentner sein, sich gehen lassen, alles scheißegal. Dann nahm er sich wieder zusammen. »Jagdunfälle sind sicher schon unter normalen Umständen nicht selten, oder? Ich meine: selbst ohne hysterische Wolfsjäger?«

»Schwer einzuschätzen«, antwortete Paulmier, »und es war für uns Journalisten immer schwer, darüber zu schreiben. In jedem Kaff gibt es einen Jagdverband. Die Waidmänner sind besser organisiert als jede Partei oder Gewerkschaft oder sogar die Kirche. Mit denen legt sich niemand gerne an. Letztes Jahr gab es angeblich etwas mehr als hundert Unfälle, sechzehn Tote, die meisten davon Jäger, die sich gegenseitig abknallen, aber hin und wieder trifft es auch einen Jogger oder Wanderer. Aber …«

»Aber was?«, ermunterte ihn Blanc, als der Alte nicht weiterreden wollte. Der Tee war wirklich vorzüglich. Das Sofa unfassbar bequem. Er musste aufpassen, dass er hier nicht gleich einschlief.

»*Eh bien*«, fuhr Paulmier fort, »das Erste, was Jäger nach einem Unfall tun, ist: Spuren verwischen. Das scheinen die irgendwie in der Ausbildung zu lernen. Ich erinnere mich, dass ich einmal nach Poulx fahren musste, unsere Korrespondentin da hatte sich zufällig am Tag zuvor das Bein gebrochen und konnte nicht. Na, jedenfalls war das halbe Dorf hysterisch. Ein Paar war mit seinem Hund spazieren gegangen, sechzehn Uhr am Nachmittag, was gibt es Harmloseres? Ein Schuss fällt, der Mann sinkt schwer verletzt mit einer grauenhaften Wunde zu Boden – und aus dem Wald tauchen fünf Jäger auf und suchen erst einmal nach der Patronenhülse, um sie verschwinden zu lassen, anschließend verstecken sie ihre Gewehre, während das Opfer blutet und blutet. Bei der Vernehmung haben sie dann gelogen wie Dealer aus Marseille. Am Ende sind nur zwei der fünf Männer überhaupt verurteilt worden.

Zehn Monate auf Bewährung. Die gingen frei aus dem Gericht. Und raten Sie, was die am nächsten Tag gemacht haben. Waidmanns Heil, genau.«

»Kennen Sie Monsieur Cordillet aus Vernègues? Den Vorsitzenden des dortigen Jagdverbandes? War der auch schon einmal in einen Jagdunfall verwickelt?«

Paulmier lachte. »Der gute Jean-Paul! Der ist nur deshalb Vorsitzender des Jagdverbandes, weil er ...«, der alte Journalist rieb Daumen und Zeigefinger gegeneinander.

»Er ist korrupt?«, fragte Blanc. Das hörte er nun schon zum zweiten Mal. Langsam wurde er wieder wach.

»Na ja ... Haben Sie mal seine Tischlerei gesehen?«

»Einmal, ja.«

»Einmal, genau. Zweimal geht da nie jemand hin. Jean-Paul hat nicht gerade viele Kunden. Wenn du sieben oder acht Pastis am Tag trinkst, kannst du keine zwei Bretter mehr gerade zusammennageln. Also greift Cordillet mit der linken Hand in die Kasse des Jagdverbandes und legt mit der rechten das Geld in die Kasse seiner Tischlerei. Das weiß die ganze Stadt.«

»Auch Bürgermeister Melleton?«

»Wenn der ihn nicht decken würde, wäre Cordillet längst abgelöst worden.«

»Warum schützt ihn der Bürgermeister?«

»Weil Jäger Wähler sind. Lässt Melleton Cordillet ins Messer laufen, stimmen vielleicht bei der nächsten Kommunalwahl ein paar Jäger für eine andere Liste. Und in einem Kaff wie Vernègues reichen wenige Unzufriedene manchmal aus, um Mehrheiten zu kippen.«

»Hatte Cordillet einen Jagdunfall?«

»Offiziell nicht. Die Anklage wurde fallengelassen. Das ist so zwei oder drei Jahre her, ich erinnere mich nicht mehr genau. Das war bei einer Wildschweinjagd.«

»Wildschweinjagd?!« Blanc war jetzt richtig munter.

»Ja. Treiber versuchen, die Tiere zu den Jägern hin zu scheuchen. Die Jäger stehen versteckt im Wald, sie bilden eine Art Kette, zwischen jedem sind zehn, zwanzig, dreißig Meter Abstand. So war es auch an diesem Tag. Plötzlich fällt ein Schuss, einer der Treiber kollabiert, schwer verletzt kommt er ins Krankenhaus. Dort sagt er jedoch überraschenderweise aus, dass er sich beim Hantieren mit der eigenen Waffe versehentlich selbst verletzt hat, obwohl er als Treiber sein Gewehr geschultert hatte. Es kam dann aber doch zu einer Untersuchung. Irgendwie war der Verdacht aufgekommen, dass der Schuss eigentlich aus Cordillets Waffe stammte. Doch der präsentierte ein Jagdgewehr, aus dem noch nie ein Schuss abgefeuert worden war, das haben die Experten der Gendarmerie bestätigt. Und alle Mitjäger haben zu Cordillets Gunsten ausgesagt, auch der Bürgermeister war dabei. Später, als das Verfahren ohne juristische Folgen für irgendwen eingestellt worden ist, bekam der Verletzte seltsamerweise eine schöne Beamtenstelle in der Gemeindeverwaltung von Vernègues.«

»Der Bürgermeister deckt seinen Kumpanen Cordillet, indem er dessen Opfer entschädigt?«, hakte Blanc fassungslos nach. »Eine Beamtenstelle als Schweigegeld?«

»Leicht verdientes Geld, wenn man mal von den Schmerzen absieht. Und Melleton hat wieder einen dankbaren Wähler mehr.«

»Wenn alle Jäger und sogar das Opfer selbst von Anfang an dichtgehalten haben, wie konnte es dann überhaupt zu einer Ermittlung kommen?«, fragte Blanc.

»Die Jäger wurden angezeigt. Von der Försterin.«

»Von Sandy Hulot?!«

»Sie war an dem Tag ebenfalls im Wald. Sie hat später ausgesagt, dass sie gesehen hat, wie Cordillet auf ein Wildschwein angelegt und abgedrückt hat. Aber er hatte nicht gut genug gezielt.«

»Wussten Cordillet und der Bürgermeister, dass Madame Hulots Anzeige die Ermittlungen ausgelöst hat?«

»Ich bitte Sie, *mon Capitaine*! Vernègues ist noch kleiner als Caillouteaux! Da weiß jeder wirklich alles über jeden.«

Es waren nur dreieinhalb Kilometer bis zur alten Ölmühle in Sainte-Françoise-la-Vallée. Blanc ließ den Espace den Berg ins Tal hinunterrollen. Er hatte es nicht eilig, nach Hause zu kommen. Die Sonne war untergegangen, die Luft schmeckte nach Frost. Im Osten schimmerte der Himmel über dem Horizont noch violett, sonst war er schon schwarz. Wolken verschleierten die Sterne. Als Kind war Blanc im Winter gern durch die Wälder in dem nördlichen Département gestreift, in dem er groß geworden war: Er hatte sich dann immer gefühlt wie im Traum, als würde er auf einem dicken Teppich durch eine unendlich große Halle gehen. Mit jedem Schritt war er auf weiches, regenschweres Laub getreten, die Baumkronen hoch über seinem Kopf waren kahl gewesen und hatten weißes Sonnenlicht durchgelassen. Im Midi jedoch blieben die Wälder auch im Januar grün und dunkel: Eichen, Oliven, Pinien, Kiefern, Zypressen trugen weiter ihr Kleid, und nur die wenigen Micocouliers und Akazien, deren Äste wie Skeletthände über die vollen Kronen der anderen Bäume ragten, verrieten die kalte Jahreszeit. Das ideale Versteck. Selbst die wenigen Häuser, die zwischen Caillouteaux und Sainte-Françoise-la-Vallée in den Hang hineingebaut worden waren, blieben unsichtbar. Ein Briefkasten neben dem Straßengraben, ein ungepflasterter Feldweg, das war oft der einzige Hinweis auf eine Villa nur ein paar Dutzend Meter neben der Route Départementale. Wenn selbst ganze Bauwerke in diesem Wald verschwanden, dann würde man ein Wolfsrudel hier erst recht nie zu Gesicht bekommen. Ob die Tiere schon bis hierher gelaufen waren? Blanc ließ das Seitenfenster hinunter, die kalte Luft traf ihn wie ein Schlag, er stellte den Wagen am

Straßenrand ab und lauschte. Nichts. Nicht einmal Wind in den Baumkronen, kein Eulenruf, kein Rascheln. Aber auch kein Geheul, immerhin. Er bildete sich ein, dass alle Wesen des Waldes den Atem angehalten hatten, um ihn zu beobachten. Den Eindringling. Sobald er das Auto wieder anließ, würde der Wald kollektiv ausatmen, würden die Geräusche der Nacht zurückfluten. Er fuhr das Fenster hoch und startete den Motor.

In Sainte-Françoise-la-Vallée leuchteten die Fenster im Haus von Serge und Ange Douchy, Blancs Nachbarn, was ungewöhnlich war, denn der Ziegenbauer war normalerweise zu geizig, um in mehr als einem Zimmer gleichzeitig die Birnen brennen zu lassen. Und Blancs Hund Jacques hatte sich nicht, wie bislang oft, vor die Tür der alten Ölmühle gelegt, sondern saß am Rand des Mäuerchens zur Touloubre. Irgendetwas musste bei Serge vorgehen, das die Aufmerksamkeit des Tieres erregt hatte. Jacques stemmte seinen mächtigen Leib in die Höhe, als er den röchelnden Espace hörte, und kam gemächlich auf den Wagen zu, um Blanc zu begrüßen. Er wedelte jedoch nicht mit dem Schwanz, sondern knurrte grollend – vielleicht der einzige Laut, den er hervorbringen konnte, Blanc hatte ihn jedenfalls noch nie bellen oder winseln gehört.

Blanc strich über den gewaltigen Kopf. »Was ist drüben los?«, flüsterte er. Er ließ sich vom Hund bis an den Rand der kleinen Mauer führen. Nichts. Das Haus jenseits des Bachs blieb erleuchtet, doch er sah hinter keinem Fenster den Umriss einer Gestalt, bemerkte niemanden auf dem Grundstück des Bauern. Ein Hauch von Asche und verbranntem Fell lag allerdings noch in der Luft, und Blanc bildete sich ein, dass sich aus dem niedergebrannten Scheiterhaufen eine dünne Rauchfahne kräuselte, oder war das vielleicht bloß ein Streich seiner überreizten Sinne? Ob ein Wolf drüben bei Serge war und gerade über die Ziegen herfiel? Er mochte die stinkende Herde seines Nachbarn nicht und wäre versucht gewesen, jeden Wolf, der sich dort gütlich tat, anzufeuern. Doch selbst die Ziegen schienen sich in dieser Nacht nicht zu rühren.

»Komm«, sagte Blanc schließlich zu Jacques. Ihn fröstelte. »Lass uns was essen.« Drinnen legte er Scheite in den alten, gusseisernen Ofen auf die noch vom Morgen glühende Asche, versorgte dann den Hund und hantierte schließlich in seiner Küche herum. Neu. Poliertes Pinienholz. Ein Traum für jeden Hobbykoch. Vielleicht würde er ein Hobbykoch werden, in hundert Jahren, wenn er mal pensioniert war. Jetzt aber suchte er in den Schränken nach einer Packung Spaghetti, von der er beinahe sicher war, dass er sie noch nicht verbraucht hatte. Plötzlich hielt er inne: Zwei Lichtkegel erleuchteten die Platanen der Zufahrt.

Ein Auto rollte bis vor das Haus.

Er erkannte den alten roten Volvo 940 Kombi wieder und musste unwillkürlich lächeln: Paulette Aybalen.

Seine Nachbarin küsste ihn zur Begrüßung auf die Wangen und stellte einen großen Weidenkorb auf den Tisch. »Baguettes, Wein, Saucisson, Käse«, sagte sie und zog das Küchentuch fort, das über den Korb gebreitet war. »Ich wollte mich bei dir zum Essen einladen, aber ich weiß ja, in welchem beklagenswerten Zustand dein Kühlschrank immer ist.«

Plötzlich war die alte Ölmühle warm und hell und fühlte sich an wie ein richtiges Haus. Blanc freute sich – er freute sich so sehr, dass er lieber nicht darüber nachdenken wollte, was das bedeutete. Sein Leben war schon kompliziert genug. Zugleich alarmierte ihn Paulettes unangekündigter Besuch aber auch. Er wusste, dass sich ihr Exmann gelegentlich in Sainte-Françoise-la-Vallée herumtrieb und sie und ihre beiden Töchter bedrohte. Blanc hatte ihn schon einmal verhaftet – und sich dabei mit ihm geprügelt –, doch dieser Exmann war außerdem Anwalt und konnte sich die besten Kollegen leisten. Solange er Paulette nicht umbrachte, würde Blanc ihn niemals hinter Gitter bringen. Ob er der Grund dafür war, dass sie plötzlich in seiner Küche stand?

»Alles in Ordnung?«, fragte er und rückte ihr einen Stuhl zurecht. Er wollte das möglichst beiläufig fragen, doch er hörte selbst die Besorgnis in seiner Stimme.

Paulette schüttelte ihre langen schwarzen Haare und ließ sich seufzend auf den Stuhl sinken. »Ich brauche jetzt erst mal einen Wein«, erwiderte sie. »Einen Flaschenöffner hast du doch?«

Blanc entkorkte den roten Bernard und goss ihr und sich ein. Der Wein funkelte rot im Glas. »Agathe ist ausgezogen.« Paulette ließ den Wein kreisen und starrte auf das Glas. »Sie hat seit Anfang des Monats ein Zimmer in einer Wohngemeinschaft in Aix. Und seit dieser Woche ist Audrey wieder in Luynes. Die Mädchen sind also … erst einmal versorgt«, sagte sie und lächelte bitter.

Blanc nickte. Agathe war zwanzig und studierte Jura in Aix-en-Provence, Audrey war siebzehn und besuchte die vorletzte Klasse im Internat des internationalen Lycées von Luynes. Paulettes Exmann forderte, die beiden, wie er das nannte, »zu sich zu holen« – was Paulette um jeden Preis verhindern wollte. »Ich bin gerade eben erst nach Hause gekommen«, sagte er. »Ich habe in Sainte-Françoise-la-Vallée niemanden gesehen, der da nicht hingehörte.«

Ein Richter hatte dem Exmann verboten, sich Paulette und den Mädchen auf weniger als zwei Kilometer zu nähern, immerhin das. Seine Nachbarin atmete tief durch. »Ja, ich habe auch niemanden gesehen.« Sie reichte ihm das Glas zum Nachfüllen. »Aber vor ungefähr einer halben Stunde hat das Telefon geklingelt. Ich habe abgehoben. Niemand hat etwas gesagt. Ich habe nichts gehört. Aber ich habe *gespürt*, dass da jemand am anderen Ende der Leitung war. Ich bin dann um das Haus gegangen und habe auch den Pferdestall kontrolliert. Da war niemand.«

»Du hättest bei uns auf der Station anrufen sollen«, rief Blanc. »Der Typ hat dich schon einmal angegriffen. Es ist viel zu gefährlich, dass du …«

Paulette griff in die Tasche ihrer Jeans und zog ein Klappmesser hervor. In den hölzernen Griff war das Wort »*Corsica*« eingebrannt. Die Klinge war ziemlich groß, und sie sah sehr gut geschliffen aus. »Ich passe auf mich auf«, erklärte sie nur, dann steckte sie das Messer wieder weg.

Blanc sagte nichts mehr und stand auf, um Teller und Besteck aus den Schränken zu holen.

»Als ich draußen war«, fuhr sie fort, »habe ich die Lichter bei Serge bemerkt.«

»Über die habe ich mich auch gewundert. Hast du ihn gesehen?«

Paulette schüttelte den Kopf. »Nein. Aber gehört. Nicht ihn – seine Frau. Ange hat geheult. Wie ein Wolf. Schrecklich.«

Ange Douchy hatte die klarsten blauen Augen, die Blanc jemals gesehen hatte. Doch damit sah sie die Welt dunkler als andere Menschen. Viele Nächte lief sie, begleitet nur von einer Ziege, kilometerweit durch die Wälder, keiner wusste, warum. Im Sommer ging sie manchmal sogar barfuß, und selbst jetzt war sie so leicht bekleidet, dass Blanc sich fragte, wie Ange es schaffte, nicht zu erfrieren. Manchmal schrie sie, und niemand kannte den Grund dafür. Serge war es nicht, der ihr Gewalt antat; man hörte nur manchmal seine raue Stimme, wie er versuchte, sie zu beruhigen, aber es gelang ihm nie.

»Ange hat geschrien, Serge hat irgendwas gesagt, was ich nicht verstehen konnte, du kennst das ja«, fuhr Paulette fort. »Aber diesmal war das, *eh bien,* besonders schrecklich. Ich weiß nicht, warum. Ich glaube, Ange hat damit im Haus angefangen. Deshalb die Lichter. Dann ist sie nach draußen gestürzt, Serge ist hinterher. Na ja. Wahrscheinlich irren sie jetzt irgendwo im Wald herum.« Sie zwang sich zu einem Lächeln. »Die

Mädchen fort, dieser seltsame Anruf, schließlich Anges Geheul – ich hatte einfach keine Lust, heute Abend allein im Haus zu sitzen.«

»Jetzt essen wir erst einmal«, erwiderte Blanc.

Beim Essen erzählte Blanc ihr von den Wölfen in Vieux Vernègues und von Nostradamus, von Ufologen und Erdbebenforscherinnen – er redete und redete, um Paulette abzulenken. Die abgeschnittenen Eberköpfe am Haus von Sandy Hulot ließ er jedoch aus.

»Ich war über Weihnachten bei Freunden in den Alpen«, erwiderte Paulette nachdenklich. »Es sind Bauern in Seyne-les-Alpes, sie haben Milchvieh und dachten deshalb, dass ihnen die Wölfe nichts tun. Aber sie haben dann doch ein Kalb verloren. Der sechzehnjährige Sohn war draußen, um die Herde zu bewachen, und plötzlich hat ihn ein Wolfsrudel umzingelt. Er hat später gesagt, es seien neun Tiere gewesen oder vielleicht sogar zwölf. Er fürchtete schon um sein Leben und rief um Hilfe. Zwei Brüder hörten ihn, kamen angerannt, und da sind die Wölfe verschwunden. Die Lokalzeitung hat darüber berichtet, und seither traut sich der arme Junge erst recht nicht mehr aus dem Haus. Der wird auf Facebook und überall im Netz beschimpft, das kannst du dir nicht vorstellen: Lügner, Angeber, Tiermörder, Säufer, Wahnsinniger, solche Sachen. Das meiste anonym, klar. Das liest sich, als würde halb Frankreich jubeln, wenn der Junge unter die Guillotine käme. Und das nur, weil er gesagt hat, dass er sich von Wölfen bedroht gefühlt hat.«

»Diese Tiere haben etwas an sich, was du nicht rational erklären kannst«, meinte Blanc. »Du sagst das Wort ›Wolf‹, und die eine Hälfte der Leute schnappt sich ihr Gewehr, um jeden Wolf zu erschießen, der sich in den Wald wagt. Und die andere Hälfte schnappt sich auch ihr Gewehr, und zwar um jeden Menschen zu erschießen, der sich in den Wald wagt. Blanke Hysterie.«

»Wir haben …«, weiter kam Paulette nicht.

Ein langes Heulen kam von draußen.

Das Heulen war hoch und klagend und klang gequält. Und es klang sehr, sehr nah.

Jacques war aufgesprungen, hatte den Kopf gehoben und knurrte. Blancs Herzschlag setzte einen Moment lang aus. Er atmete nicht mehr. Dann tastete er nach seiner SIG Sauer, die im Gürtel steckte. Paulette legte ihm rasch die Hand auf seinen Arm.

»Das ist kein Wolf.« Sie flüsterte unwillkürlich. »Das ist Ange.«

Wieder wehte das Heulen bis zu ihnen herüber, schwächer jetzt. Blanc trat ans Fenster, öffnete es und spähte vorsichtig hinaus. Nun hörte er auch den Bass von Serge. Beruhigende Worte oder verzweifelte, Blanc mochte es nicht entscheiden. Wieder heulte Ange, sie klang wie ein Werwolf. Danach Serge. Ein Licht ging im Bauernhaus aus. Geheul und Worte, und nach und nach erloschen die Lampen. Als das Haus am anderen Ufer der Touloubre in Dunkelheit versank, war endlich alles still.

Blanc atmete tief durch und schloss das Fenster wieder. Er blickte Paulette an. Seine Nachbarin hatte die sonnengebräunte Haut einer Frau, die ihr ganzes Leben draußen verbrachte. Doch jetzt war sie blass.

»Meine Tochter war bis Sonntag hier«, sagte er. »Das Gästezimmer ist immer noch eingerichtet. Was hältst du davon, wenn du hier schläfst?«

Alte Spuren, neue Spuren

Blanc schlief wie ein Stein. Erst gegen acht Uhr weckten ihn Sonnenstrahlen. Das Licht erschien ihm seltsam weiß, und die Welt war seltsam still. Er sprang auf und blickte aus dem Fenster: Schnee. Der Kies seiner Zufahrt war unter einer dicken Schicht Watte verschwunden, die weiten Äste der Platanen sahen aus wie obenrum eingegipst. Er hatte nicht gedacht, dass in der Provence überhaupt so viel Schnee fallen könnte. Er öffnete das Fenster. Null Grad, schätzte er, gerade kalt genug, dass es nicht taute. Er griff in den weißen Teppich, der sich über Nacht auf seine Fensterbank gelegt hatte. Der Schnee war nass und schwer. Die Touloubre ein olivgrünes Band in einer weißen Welt. In den spitzen Blättern des Bambus an ihren Ufern glitzerte Eis, Raureif lag über den Brombeeren, die aus der Befestigungsmauer wucherten. Doch der Bach selbst war nicht erstarrt, nicht einmal ein Eisfilm lag auf dem Wasser. Das Haus von Ange und Serge war dunkel. Normalerweise qualmte es um diese Zeit schon aus dem Kamin, weil Serge stets sehr früh den Ofen anwarf, er war seine einzige Heizung. Und weil er sich das Holz im Wald zusammensuchte, war es oft noch so feucht, dass aus seinem Kamin bitter riechende, graublaue Wolken quollen. Jetzt bewegte sich dort gar nichts. Ob er nachsehen sollte? Doch genau in dem Augenblick ging drüben ein Licht an. Blanc erinnerte sich an eines der vielen Gerüchte, das sich die Leute über Ange zuraunten, dass sie nämlich Gedanken lesen konnte. Ob Ange irgendwo hinter einem Fenster stand und ahnte, dass Blanc ihr Haus beobachtete?

Er ging in die Küche hinunter und brühte Espresso auf.

»Deine Kaffeemühle macht beinahe so viel Lärm wie Ange, wenn sie schreit.« Paulette war hinter ihn in den Raum getreten, ohne dass er sie gehört hatte.

»Habe ich dich geweckt? Tut mir leid.«

»Muss es nicht, im Gegenteil: gut, dass du mich aufgescheucht hast. Ich sollte mich eigentlich längst um die Pferde kümmern.«

»Hast du gut geschlafen?«

»Ich müsste in meinem Tagebuch nachsehen, wann ich das letzte Mal eine so erholsame Nacht hatte.«

Sie setzten sich an den Tisch, beide ein wenig verlegen. Absurd, sagte sich Blanc, wir haben ja nichts Verbotenes getan. Er lächelte und deutete nach draußen. »Du willst heute doch nicht etwa ausreiten?« Seine Nachbarin ritt gern mit ihren Camargue-Pferden durch die Wälder. Sie saß dann ohne Sattel auf ihrem Hengst Felix und führte die anderen beiden Tiere an einem Strick hinter sich her. Manchmal war sie stundenlang unterwegs.

»Ein bisschen Schnee macht den Pferden nichts aus. Und mir erst recht nicht.«

»Irgendwo da draußen lauert ein Wolfsrudel.« Blanc fiel plötzlich eine Filmszene ein, an die er Jahrzehnte nicht mehr gedacht hatte: Er war noch ein Junge gewesen, nachmittags, ein kalter Tag, er hockte vor dem Fernseher seiner Großmutter. Er sah einen Abenteuerfilm in Schwarzweiß, eine junge Frau in der Wildnis, Alaska im Winter, die Wälder tief verschneit, und dann heulten irgendwo Wölfe …

Paulette bedachte ihn mit einem milde spöttischen Blick. »Ich mag Wölfe.«

Blanc war nicht hundertprozentig überzeugt. Doch dann hatte er eine Idee. »Ich kann heute Morgen nicht mit Jacques raus«, sagte er. »Gleich kommt Fuligni vorbei, wir wollen uns einen Schaden am Haus ansehen. Ich kann die Verabredung nicht absagen, du weißt, dass du eher einen Termin beim Herzchirurgen bekommst als bei einem Handwerker. Danach muss ich zur

Station. *Alors,* wenn du Jacques beim Ausreiten mitnehmen könntest, dann würdest du mir einen großen Gefallen tun. Und ihm auch. Keine Sorge, der hält auch eine lange Tour durch. Und später schickst du ihn einfach zurück. Oder du lässt ihn bei dir, und ich hole ihn heute Abend ab.«

Paulette musterte ihn. »Capitaine Roger Blanc, du solltest wenigstens so ehrlich sein und zugeben, dass du mir deinen Riesenhund andrehst, damit er mich beschützen soll.«

»Das wäre ein willkommener Nebeneffekt«, gab er zu.

Sie stand auf und küsste ihn auf die Wange. »*D'accord.* Ich gehe jetzt und nehme deinen Hund mit. Obwohl ich glaube, dass du derjenige bist, der sich vor Wölfen in Acht nehmen sollte, nicht ich.« Sie schenkte ihm ein Lächeln und verschwand.

Blanc musste nicht lange auf Fuligni warten. Der junge Bauunternehmer rumpelte mit seinem verbeulten weißen Lastwagen durch die Platanen-Allee und kam schleudernd vor der Ölmühle zum Stehen. Ziemlich heruntergefahrene Reifen, dachte Blanc, lebensgefährlich bei diesem Wetter. Aber er wusste, dass es sinnlos war, Fuligni zu ermahnen. Er trug niemals einen Helm auf der Baustelle, sicherte sich auch bei Mistral auf dem höchsten Dach nicht mit einem Seil, trug weder Mund- noch Ohrenschutz, wenn er mit der Flex Steine schnitt, schnallte sich im Lastwagen niemals an. Warum sollte sich jemand, der so viele Schutzengel hatte, um ein paar fehlende Millimeter Reifenprofil Sorgen machen?

Blanc, der nach zahllosen Reparaturen an seiner Ölmühle ziemlich abgebrannt war, hatte sich eigentlich geschworen, Fuligni mindestens ein Jahr lang aus dem Weg zu gehen. Doch seine Tochter hatte ihm das Versprechen abgerungen, den Bauunternehmer anzurufen. Durch die Nordfassade des alten Hauses zog sich, fast vom Dachfirst bis fast hinunter zum Boden, ein etwa fingerbreiter Riss. Die Mauer war aus gelben, grob behauenen Steinen gefügt, jeder Stein in anderer Form und Größe.

Deshalb verliefen die mit Mörtel gefüllten Fugen zwischen den Steinen nicht in einem regelmäßigen Muster wie bei einer Ziegelwand, sondern in wilden Zickzacklinien. Und in einer dieser Zickzacklinien hatte sich der Riss aufgetan. Er ging nicht ganz durch die mehr als einen halben Meter dicke Wand, es fehlten bloß die ersten Zentimeter Mörtel. Da kein Licht hindurchschimmerte, kein Lufthauch hindurchkam und der Riss so wirkte, als sei er beinahe so alt wie die Ölmühle selbst, hatte Blanc sich nie um ihn gekümmert.

Doch Astrid hatte in den Fernsehnachrichten die Berichte von den beiden heruntergekommenen Mietshäusern in Marseille gesehen: Rue Aubagne, Risse im Mauerwerk, und eines Novembermorgens gegen neun Uhr krachten die zwei mehrstöckigen alten Kästen zusammen wie Kartenhäuser – nur dass es eben keine Spielkarten waren, die da kollabierten, sondern Dutzende Tonnen Steine, Mörtel und Balken. Acht Tote. »Du musst den Riss flicken«, hatte Astrid gedrängt, »sonst verwandelt sich deine Ölmühle eines Morgens in einen Grabhügel. Ihr im Süden achtet einfach nicht auf eure Häuser.«

Ihr im Süden … Pariser Arroganz. Blanc hatte an den Riss, der nicht tief, und an sein Konto, das zu leicht war, gedacht, doch dann sah er die Besorgnis in den Augen seiner Tochter, und er wollte nicht, dass sie sich um ihn Sorgen machte.

Also war Fuligni nun hier und betrachtete den Schaden. »Ich habe mich schon gewundert, warum Sie den nicht längst geflickt haben«, sagte der Bauunternehmer zufrieden. Fuligni war kaum dreißig Jahre alt, schlank und muskulös, aber schon kahl. Ein fröhlicher Intellektueller, der durch irgendeinen Zufall lieber mit Steinen als mit Büchern hantierte.

»Der Riss sieht harmlos aus«, verteidigte sich Blanc.

»Das ist er auch – bis zum nächsten Beben.«

»Beben?«

»Erdbeben.« Fuligni deutete auf die Mauer. »Solche Risse

gibt es in vielen alten Häusern. Ein Souvenir von dem Beben 1909.«

»Von dem Erdbeben? Hier bei mir?!« Blanc war fassungslos. »Vieux Vernègues ist mehr als zwanzig Kilometer von hier entfernt und …«

»Genau. Deshalb ist da ja auch alles eingestürzt, und Sie haben bloß einen Riss in der Fassade.« Fuligni bedachte ihn mit einem nachsichtigen Lächeln. Er wirkte wie ein Arzt, der einem Patienten eine unangenehme Diagnose mitteilt und durch seine Mimik hinzufügt: selbst schuld. »Die ganze Region gilt offiziell als *zone sismique*, wussten Sie das nicht? Seit 2011 müssen alle Neubauten erdbebensicher ausgeführt werden. Aber diese alten Kästen, *eh bien,* um die kümmert sich niemand.«

Vor Blancs geistigem Auge tauchten riesige Baumaschinen auf, die gigantische Eisenklammern in das Mauerwerk der Ölmühle rammten. Sein Haus würde dann Erdbeben, Tsunamis und Atomkriegen trotzen. Nur leider würde er nicht länger darin wohnen, sondern pleite unter einer Brücke schlafen. »Meine Tochter glaubt …«, begann er.

»Die Tochter aus Paris, nicht wahr?« Fuligni lachte, als würde das alles erklären. »Wissen Sie, was? Ich komme in den nächsten Tagen mit einem Sack Mörtel und fülle den Riss auf. Wenn Ihre Tochter das nächste Mal zu Besuch kommt, sieht die Mauer aus wie neu.«

»Aber damit ist das Haus doch nicht stabiler als jetzt?«

»Hoffen wir einfach, dass in den nächsten hundert Jahren die Erde nicht wackelt.«

Blanc betrachtete lange den Riss, dann die abgefahrenen Reifen von Fulignis Lastwagen. Warum sollten immer nur die anderen Schutzengel haben? »*D'accord*«, erklärte er, »schminken Sie mein Haus wieder schön.«

Zehn Minuten darauf steuerte Blanc seinen Espace vorsichtig über die Route Départementale. Er hätte auch durch Alaska fahren können. Nicht nur, weil das Gestrüpp der Garrigues unter Schneewehen verschwunden war und selbst die eisverkrusteten Pinien wie Gewächse aus der Tundra wirkten, sondern auch, weil es so einsam war wie jenseits des Polarkreises. Bei Schnee fiel die Provence offenbar kollektiv in Starre. Kinder gingen nicht zur Schule, ihre Eltern nicht zur Arbeit, Postboten fuhren nicht die Briefkästen ab, und nur Wahnsinnige wie Fuligni oder Blanc schlidderten mit lächerlich unzureichenden Autos über Straßen, die niemand räumte, weil es im ganzen Département weder einen Schneepflug noch eine Schneeschaufel gab.

Rechts voraus erkannte Blanc plötzlich eine grauschwarze Masse im Unterholz: ein gewaltiger Eber. Das Wildschwein glotzte ihn aus kleinen, dunklen Augen an – und trabte dann in aller Ruhe mitten auf den Asphalt. »*Merde!*«, rief Blanc. Wenn er jetzt auf die Bremse trat, würde er in den Graben rutschen. Bremste er nicht, würde er in den Eber krachen, und vermutlich war das Tier solider als sein altersschwacher Minivan. Zwanzig Meter. Zehn Meter. Blanc hupte. Trat doch behutsam auf das Bremspedal. Hupte wieder. Und im letzten Moment machte der Eber einen Satz, schnell wie ein Blitz, unfassbar bei seinem massigen Körper, dann war er auch schon jenseits des gegenüberliegenden Grabens im Wald verschwunden. Nur seine Spuren im Schnee verrieten noch, dass Blanc sich das nicht eingebildet hatte.

»Du siehst blass aus«, begrüßte ihn Marius auf der Gendarmerie-Station.

»Ich habe langsam die Schnauze voll vom Großwild der Provence.« Blanc behielt seine Lederjacke vorerst noch an. Sein Kollege hatte von zu Hause einen alten Elektroradiator auf Rollen mitgebracht, der wirkungsvoller war als die reversible Klimaanlage, die auf der Station auch als Heizung dienen sollte.

Trotzdem würde es noch mindestens eine Stunde dauern, bis in ihrem Büro erträgliche Temperaturen herrschten. Vor der Station waren sämtliche Streifenwagen geparkt, die Méganes lagen unter dem Schnee wie unter weißen Fellen. Kein Flic hatte Lust, ohne besonderen Anlass eine Runde zu drehen. Und Notrufe gingen auch nicht ein. Schnee bedeutete Frieden.

Fabienne kam herein. Sie hatte eine Thermoskanne Tee dabei und schenkte ihnen ein. »Wie hast du es bis hierher geschafft?«, fragte Blanc beim Gedanken an ihre Ducati.

»Roxane hat mich gefahren.« Fabienne verzog das Gesicht. »Im Auto war es allerdings genauso kalt wie draußen.«

»Keine Heizung?«, fragte Marius. »Kenne ich. Heizung ist bei meinem Fiat auch nicht vorgesehen.«

»Das war symbolisch gemeint. Roxane ist sauer auf mich. Sie will, dass wir es sofort wieder versuchen mit einem Kind. Ich möchte aber lieber abwarten. *Eh bien*«, sie blickte Blanc an und versuchte sich an einem Lächeln, »lasst uns lieber über angenehmere Dinge plaudern. Zum Beispiel abgetrennte Wildschweinköpfe.« Sie holte eine zusammengefaltete Zeitung aus ihrer Tasche und breitete die Titelseite auf dem Schreibtisch aus: »Drama in Vernègues!« Darunter eine Art Collage, die einen gewaltigen Eber zeigte und im Hintergrund die Pfosten von Sandy Hulots Tor – die Köpfe waren schon entfernt worden, doch man konnte noch deutlich die Blutspuren auf dem Putz erkennen. »Manchmal ertappe ich mich bei dem Wunsch, in Marseille würden sich endlich wieder ein paar Dealer gegenseitig totschießen. Dann verschwinden unsere Fälle wenigstens aus den Schlagzeilen.«

Blanc räusperte sich. »Die Analyse der Gerichtsmedizinerin ist noch nicht da«, begann er. »Aber wahrscheinlich meldet sich Doktor Thezan nachher. Brauchbare Videoaufnahmen von den Kameras aus Vernègues haben wir nicht.«

»Dass ausgerechnet die Kamera an der Kreuzung zu Hulots

Wohnstraße abgestellt ist, konnte übrigens die ganze Stadt wissen«, fiel Marius ein. »Das hat der Bürgermeister nämlich per Aushang in der Mairie bekanntgegeben. Frag mich nicht, warum, aber da wird am Schwarzen Brett auch über abgestellte Straßenlaternen informiert oder einen Altglascontainer, der gewechselt werden muss und deshalb mal zwei Tage nicht an seinem Platz steht. Der Typ hält seine Bürger auf dem Laufenden, das muss man schon sagen.«

»Vielleicht bin ich paranoid«, sagte Fabienne, »aber denkt ihr nicht auch, dass Melleton damit die Arschlöcher geradezu einlädt, sich an Sandy Hulots Haus auszutoben? Nach dem Motto: ›Ihr könnt der Frau gefahrlos etwas antun, es filmt euch garantiert niemand dabei.‹«

»Offiziell ist das bloß eine Bekanntmachung der Stadtverwaltung«, brummte Blanc. »Ein Service für die Bürger, damit die immer genau wissen, wofür man gerade ihre Steuergelder ausgibt. Passt perfekt zu so einem überkorrekten Typen wie Melleton. Außerdem müsste er seine Mitbürger gar nicht auffordern, auf die Försterin loszugehen – er selbst hat ja durchaus ein Motiv, ihr persönlich einen Denkzettel zu verpassen.« Er erzählte ihnen, was er von dem Journalisten Paulmier erfahren hatte.

»Die Treibjagd mit dem Unfall … jetzt fällt es mir auch wieder ein«, sagte Marius. »Melleton war dabei.«

»Und sein Kumpel Cordillet hat damals also geschossen«, ergänzte Fabienne. »Cordillet hat garantiert schon öfter Wildschweine abgeknallt. Und denkt an die heruntergekommene Tischlerei, da stand eine riesige Säge in der Hausruine. Der braucht einen toten Eber nur auf diese Säge zu legen und …« Sie schüttelte sich.

»Wir sollten nicht voreilig sein«, gab Marius zu bedenken. »Sandy Hulot ist alleinerziehende Mutter, der Vater des Jungen ist Araber. Das reicht schon, um einige Leute zu provozieren. Vielleicht redet die halbe Stadt schlecht über die Frau. Und

Schweineköpfe passen irgendwie auch, wenn du jemanden für moralisch verkommen hältst, oder?«

»Und das Graffito?«, meinte Blanc zweifelnd. »Wenn das ein Rassist getan hätte, der hätte doch irgendetwas Vulgäres an die Wand geschmiert. Aber solche Pseudo-Nostradamus-Verse? Und mit einem Hinweis auf einen Wolf? Das hat nichts mit dem alten Jagdunfall und auch nichts mit ihrem Kind zu tun, sondern mit den Wölfen und damit, dass Sandy Hulot gegen die Jagd ist.«

»Interessant übrigens, dass niemand von uns den Spruch entziffern konnte, und dann kommt Fouquart zufällig des Weges und liest uns die Zeilen einfach so vor«, sagte Marius. »Vielleicht ist der Typ ein Psychopath? Vielleicht hat er sich nur mit Sandy Hulot eingelassen, um sie noch besser fertigmachen zu können? Psychoterror und so? Ich meine, welcher normale Mensch läuft nachts mit einer Drohne durch den Wald, um Außerirdische zu filmen?«

»Doktor Martin hält auch nicht viel von ihm«, ergänzte Fabienne. »Und die waren immerhin früher Kollegen an der Universität. Sie muss Fouquart also ganz gut kennen.«

»D'accord«, sagte Blanc. »Ich nehme mir Fouquart noch einmal vor. Was können wir sonst noch tun, solange Doktor Thezans Gutachten noch nicht da ist?«

»Ich war gestern im Internet«, erklärte Marius.

Fabienne gab einen spöttischen Pfiff von sich. »Das klingt so wie: ›Ich war gestern in Paris.‹ Ein Ort, wo du nur selten bist.«

Marius bedachte sie mit einem buddhahaften Lächeln und hackte dann auf der Computertastatur herum. »Seht euch das einfach an.«

Blanc und Fabienne traten hinter ihn und blickten auf eine Facebook-Seite: *Loups – n'obligez pas les maires à faire ça.* »Wölfe – zwingt die Bürgermeister nicht dazu.« Darunter Dutzende Fotos von mehr oder weniger gesetzten Herren, die alle die blau-weiß-rote Schärpe um die Brust geschlungen hatten, das Zeichen der Bürgermeisterwürde. Und jeder dieser Männer trug ein Jagdgewehr.

»Ich fasse es nicht«, murmelte Blanc.

»Aus den Alpen, der Provence, den Pyrenäen, Linke, Rechte, Parteilose, das ist eine ganz große Koalition«, erklärte Marius. »Alle sind Bürgermeister von kleinen Provinzstädten. Sie haben die Aktion gestern ins Leben gerufen.«

»Was steht da noch?«, fragte Fabienne.

»Nicht viel. Nur das: ›Es ist höchste Zeit, damit niemand gezwungen wird, sich durch Wilderei und Illegalität zu helfen.‹«

»Illegalität! Wer ist hier illegal?! Das ist gewissermaßen ein offener Aufruf zur Revolte«, rief Blanc, »und das von unseren Bürgermeistern. Wenn ihr nicht schießt, dann schießen wir, und scheiß auf die Gesetze!«

»Ich vermute, unter Deeskalation versteht man etwas anderes«, erklärte Marius. Er scrollte nach unten. Fotos, Fotos, Fotos, das mussten fünfzig, hundert oder noch mehr sein.

»Na?!«, rief Marius.

»Das war doch klar«, stöhnte Fabienne.

Melleton hatte sich vor einer Ruine von Vieux Vernègues ablichten lassen, in Anzug und Schärpe. Die meisten anderen Bürgermeister sahen aus wie joviale Bauern, leicht übergewichtige Männer mit geröteten Gesichtern in Lederjacken und Stiefeln, denen man sofort ansah, dass sie eine Kuh melken oder einen Weidezaun reparieren konnten. Melleton stach heraus. Er wirkte, als sei er direkt aus dem Büro gekommen – was wahrscheinlich auch stimmte, dachte Blanc –, und er hatte feine Lederschuhe an, die ihn auf dem Land nicht viel weiter tragen würden als bis zu seinem Fototermin. Aber er war der einzige Bürgermeister, der auf sein Jagdgewehr auch noch ein Präzisionszielfernrohr geschraubt hatte.

»Seine Knarre sieht aus wie die vom American Sniper«, sagte Fabienne und schüttelte den Kopf.

»Ich habe Melleton gegoogelt«, verkündete Marius stolz. »Seine Dienstzeit ist zwar schon lange her – aber er war tatsächlich mal Scharfschütze in der Armee. Wahrscheinlich kann der Kerl mit seinem Gewehr besser umgehen als die anderen Witzbolde in dieser Fotogalerie.«

»Was machen wir damit?«, wollte Fabienne wissen und nickte mit dem Kinn in Richtung Monitor. »Ich könnte mich bei Facebook beschweren, vielleicht löschen die das.«

»Nein.« Blanc dachte nach. »Was die machen, ist hart an der Grenze der Legalität. Aber sie befinden sich noch auf der richtigen Seite. Jeder Mensch, der einen Jagdschein hat, kann sich mit seinem Gewehr ablichten lassen, dagegen gibt es kein Gesetz. Und sie schreiben ja nicht ausdrücklich, dass sie schießen werden. Sie deuten es bloß an. Sie würden sich einen Anwalt nehmen, und bis du dann ein Verbot durchgesetzt hast, falls du es überhaupt durchsetzen kannst, sind Monate vergangen.«

»Und denk mal an unseren Chef«, seufzte Marius. »Nkoulou bekommt eine Herzattacke, wenn er erfährt, dass sich drei von seinen Flics mit allen Bürgermeistern Südfrankreichs gleichzeitig angelegt haben.«

In diesem Moment läutete Blancs Telefon. Doktor Thezan war am Apparat. »Wollen Sie sich die Ergebnisse hier bei mir ansehen, oder soll ich Ihnen meinen Bericht mailen?«

»Ich will es sehen«, antwortete Blanc. »Ich beeile mich.«

»Lassen Sie sich Zeit, *mon Capitaine*. Sonst landen Sie in einem anderen Zustand, als Sie sich das gedacht haben, bei mir in der Gerichtsmedizin.«

»Wollt ihr mit?«, fragte Blanc, nachdem er aufgelegt hatte.

Marius verzog das Gesicht. »Bei Blut und Leichen kommt mir der Kaffee wieder hoch. Selbst wenn es nur zwei Tierköpfe sind.«

Fabienne griff nach ihrer Jacke. »Ich weiß, dass einer unserer Streifenwagen Winterreifen aufgezogen hat«, erklärte sie.

Salon-de-Provence war eine Stadt von fünfzigtausend Einwohnern und wurde morgens und abends von Staus erstickt, als hätte sie fünfhunderttausend. Heute jedoch war alles still und weiß. Sie hatten die Straßen für sich allein. Fabienne hatte recht gehabt: Blanc steuerte einen Mégane, der sich beinahe normal fuhr. Ohne zu schleudern, kurvten sie durch eine Kette großer Kreisverkehre am Ortseingang und bogen auf eine Umgehungsstraße ab, die im Bogen auf eine Anhöhe hinaufführte. Von oben blickten sie für einen Moment über die weißen Dächer, Salon sah aus wie ein überzuckertes, mitten im Wogenrauschen erstarrtes Meer. Aus seinem Zentrum ragte das Château de l'Empéri wie eine Klippe aus dem Eis: braune Steinmauern, Schießscharten, ein eckiger, zinnengespickter Turm. Die Burg hatte den Kriegen des letzten halben Jahrtausends getrotzt. Aber beim Erdbeben war, wie Marius erzählt hatte, einer dieser wuchtigen Türme eingestürzt. Blanc ging vom Gas und steuerte den Wagen jenseits der Kuppe wieder hinunter. Das Krankenhaus lag in einer Senke, umbaut von Hochhausriegeln. Die Sonne stand noch so niedrig, dass ihre Strahlen nicht bis zur Straße drangen. Es war noch kälter hier, wie in einer Schlucht, und trotz der geschlossenen Seitenscheiben hörten sie, wie der Schnee unter den Reifen knirschte.

Behutsam lenkte Blanc den Mégane in das Parkhaus des Krankenhauses. Normalerweise gab es hier nie einen Platz, doch heute konnte er bis zu den gläsernen Zugangstüren zum Eingangsbereich vorfahren.

In der Lobby blinkte eine defekte Neonröhre: Blitz, Dunkelheit, Blitz, Dunkelheit. Die war doch schon kaputt, als ich vor Wochen das letzte Mal hier war, dachte Blanc. Im Krankenhaus schienen sie Menschen zu reparieren, aber ihre eigene Ausrüstung nicht unbedingt. Er ging zu einer Schwester am Empfang und meldete sich und Fabienne an. Die junge Frau im weißen Kittel musste dreimal nachfragen, bis sie ihre Namen richtig verstanden hatte. Sie war blass und hatte Ringe unter den Augen.

»Geht es Ihnen gut?«, fragte Fabienne besorgt.

Die Schwester brachte ein resigniertes Lächeln zustande. »Ich hatte Nachtdienst. Meine Schicht ist seit zwei Stunden zu Ende. Aber meine Kollegin hat angerufen: Auf der Route Départementale steht ein Lastwagen quer, nichts geht mehr, sie kommt weder vor noch zurück. Die meisten Ärzte und Schwestern sind noch vom Nachtdienst hier, weil die vom Frühdienst irgendwo steckengeblieben sind. Wenn ich Ihnen einen Tipp geben darf: Vermeiden Sie es, heute operiert zu werden.«

»Wir wollen zur Gerichtsmedizin.«

»Oh. Doktor Thezan ist natürlich da.« Die Schwester klang, als könnte sie sich nicht entscheiden, ob sie die Medizinerin eher bewundern oder fürchten sollte.

»Doktor Thezan fährt einen Jeep«, bestätigte Blanc freundlich. »Sie ist auch meistens vor der Gendarmerie am Tatort.«

»Moment noch!«, rief die Schwester, als sie schon gehen wollten. Sie beugte sich über die Theke, um die Stimme zu senken, obwohl die Lobby leer war. »Ich habe gehört, bei Doktor Thezan auf dem Seziertisch liegen Tiere, die von Wölfen gerissen wurden.«

Blanc seufzte. Es nützte nichts, Gerüchte zu ignorieren. »Ja, ein paar Schäfer haben Probleme mit Wölfen. Zumindest vermuten wir das. Und eine Mitbürgerin hat Probleme mit Wildschweinen. Deshalb hilft uns die Gerichtsmedizinerin. Reine Routine.«

»Ich hoffe, dass man hier nicht auch bald Menschen mit solchen Verletzungen einliefern muss.«

»Wir haben die Lage unter Kontrolle«, versicherte Fabienne, und es gelang ihr tatsächlich, zuversichtlich zu lächeln.

Die Gerichtsmedizinerin empfing sie an der Seite einer stählernen Liege, auf der die beiden Wildschweinköpfe lagen. Daneben erkannte Blanc die Überreste von zwei Lämmern. Doktor Thezan rauchte eine Mentholzigarette, ihr Geruch vermischte sich mit den Ausdünstungen der Kadaver. Blanc kam der Verdacht, dass Marius vorhin die klügere Entscheidung getroffen hatte. Auch Fabienne war ungefähr so blass geworden wie die Krankenschwester am Empfang.

Fontaine Thezan schien nichts zu bemerken. Sie wirkte ausgeschlafen und zufrieden mit sich. »Dieses Lamm«, sie deutete mit der qualmenden Zigarette auf einen Haufen Fell und Knochen und eine schrecklich zerbissene Kehle, »stammt aus der Herde, die Fred Locez oben in Vieux Vernègues geweidet hat. Das andere Tier ist das, was Sie bei seiner Frau am Château Bas im Unterholz gefunden haben. Die Befunde sind eindeutig: Tod durch Canidenbiss. Die DNA-Spur beweist, dass es sich in beiden Fällen um einen Wolf gehandelt hat. Allerdings um zwei unterschiedliche Tiere.«

»Locez' Geschichte, dass es sich um ein Rudel handelt, stimmt also«, stieß Blanc hervor. Er bemühte sich, möglichst flach zu atmen. »Wir haben es nicht nur mit einem Wolf zu tun.«

»Sie haben es mit einem ganzen Zoo zu tun, *mon Capitaine*«, fuhr Fontaine Thezan fort und zeigte nun auf die Wildschweinköpfe. »Sehen Sie sich die Wunden am Hals an.«

»Muss das sein?«, fragte Fabienne.

Die Gerichtsmedizinerin lächelte nachsichtig. »Die Köpfe sind sauber vom Rumpf getrennt worden. Sie könnten es an den Halswirbeln sehen, wenn Sie die Sache näher betrachten würden. Vermutlich mit einer Säge, nicht mit einer Axt. Erst danach hat sich ein Canide an der Wunde zu schaffen gemacht und das Fleisch dabei so zugerichtet – aber die DNA beweist, dass es Canis lupus familiaris war.«

»Ein Hund«, murmelte Blanc.

»Ein Dackel war es vermutlich nicht«, sagte Fabienne. »Können Sie die Art bestimmen?«

Fontaine Thezan schüttelte den Kopf. »Leider nein, das gibt die DNA nicht her. Aber die Bissspuren zeigen, dass es ein großer Hund gewesen sein muss.«

»Jemand hat die Wildschweine geköpft und dann einen Hund daran nagen lassen, damit es aussieht wie von einem Wolf«, vermutete Blanc.

»Der letzte Teil ist bloß eine unbewiesene Schlussfolgerung, aber der Rest stimmt«, erwiderte die Gerichtsmedizinerin.

»Erinnerst du dich an die Meute auf dem verkommenen Hof von Cordillet?«, fragte Fabienne. »Jagdhunde, mindestens sechs, wenn ich mich richtig erinnere. Ich habe schon größere Hunde gesehen. Aber die von Cordillet waren irgendwie«, sie suchte nach dem richtigen Wort, »unheimlich«, vollendete sie. »Ich weiß nicht, ob Sie die schon als ›groß‹ bezeichnen würden, Doktor Thezan, aber sie waren auf jeden Fall aggressiv.«

»Ich habe nur die DNA-Spur eines Hundes sicherstellen können«, sagte die Gerichtsmedizinerin und zündete sich eine neue Zigarette an.

Blanc dachte an Emir, Locez' riesigen Hund. Clotilde Locez hatte mit einem Teil der Herde beim Château Bas übernachtet – ohne den Hund. Also war Emir vermutlich mit Fred Locez und dem Rest der Schafe in Vernègues gewesen, vielleicht nur ein paar hundert Meter Luftlinie von Sandy Hulots Haus entfernt. Der Schäfer hatte eine Waffe, mit der er Wildschweine töten könnte; er wusste vermutlich auch, wie man große Tiere auseinandernahm. Andererseits: Hätte ein Schäfer, der seine Herde nachts vor Wölfen schützte, noch Zeit für eine solche Tat? Er dachte an seinen eigenen Hund Jacques. Wie viele Leute rund um Vernègues mochten wohl noch solche großen Hunde halten? Dutzende? Hunderte? Und Fabienne hatte recht: Cordillets Hunde wirkten auf ihn zwar nur mittelgroß, wahrscheinlich gingen sie ihm nicht einmal bis zum Knie. Aber ihre Kiefer schienen ihm überdurchschnittlich ausgeprägt gewesen zu sein. Dann fiel Blanc noch etwas ein: Melleton – der hatte einen Schäferhund, das hatte er selbst gesagt.

»Wir können schlecht jedem Köter von Vernègues ein Wattestäbchen zwischen die Lefzen schieben, um eine DNA-Probe zu nehmen«, sagte Marius, nachdem sie wieder in der Gendarmerie-Station zusammensaßen. Das Büro war inzwischen überhitzt. Der alte Radiator dünstete einen trockenen Gestank nach Staub und altem Teppich aus. Blanc lüftete, scheiß auf den Schnee.

»Wir könnten mit Melletons Schäferhund und Cordillets Meute anfangen«, schlug Fabienne vor.

»Beim Bürgermeister und bei einem seiner Gemeinderatsmitglieder?« Blanc schüttelte den Kopf. »Für einen DNA-Test, selbst bei einem Haustier, brauchen wir die Genehmigung eines Richters. Aber kein Richter Frankreichs wird das genehmigen. Wir haben kein einziges Indiz, das auf Melleton oder Cordillet hindeuten würde, nur unser Bauchgefühl.«

»Gab es denn keine menschlichen Anhaftungen an den Wildschweinköpfen?«, fragte Marius. »Da muss schließlich jemand mit einer Säge hantiert haben.«

»Nein«, erklärte Fabienne seufzend. »Doktor Thezan vermutet, dass der Täter Gummihandschuhe benutzt hat. Der hat offenbar genug Fernsehkrimis gesehen.«

»Was machen wir nun?«, fragte Blanc ratlos.

»Ich bin in meinem Büro und rufe Roxane an, damit unsere Ehe nicht in die Eiszeit rutscht«, verkündete Fabienne. »Und wenn mir meine Frau nicht den Kopf abreißt, telefoniere ich danach hundert Pflegedienste in der Provence ab, um wenigstens einen zu finden, der wahnsinnig genug ist, meinen starrköpfigen Vater aufzunehmen. Ihr dürft gerne klopfen, wenn es etwas wirklich Wichtiges gibt.« Sie hob die Hand zum Gruß und verließ den Raum.

Marius blickte ihr nach. »Ehe ist scheiße. Alt werden ist scheiße«, murmelte er. »Meine Katze ist letzte Nacht gestorben.«

»Tut mir leid«, sagte Blanc verlegen.

»Es war eine Erlösung.«

Blanc nickte. Marius' Katze hatte einen Hirntumor gehabt und war zuletzt mehr oder weniger desorientiert durchs Haus geirrt, obwohl sein Kollege ein kleines Vermögen für Tierärzte ausgegeben hatte. Marius war schon seit einer Ewigkeit geschieden, seine Kinder sprachen nicht mehr mit ihm. Von nun an würde er ganz allein in seinem kleinen Haus in Saint-César leben müssen. Hoffentlich würde er nach dem Tod seiner letzten Mitbewohnerin nicht wieder Trost bei Pastis und Rosé suchen. Blanc ging zum Fenster und schloss es wieder. Dabei fiel sein Blick auf den Parkplatz. Der Schnee war wie eine weiße Decke. Noch immer hatte sich so gut wie niemand bewegt. Nur die Reifenspuren ihres Méganes waren zwei schwarze Rillen, wie dunkle Pythons auf einem gemachten Bett. Heute würde es keine Wolfsjagd geben. Heute würde niemand in den Wald gehen.

Außer einem einzigen Wahnsinnigen.

»Du kannst nach Hause fahren und deine Katze begraben«, sagte er zu Marius. »Ich halte hier die Stellung. Ich habe etwas zu erledigen.«

Unheimliche Begegnung der dritten Art

»Monsieur Fouquart?«, rief Blanc durchs Telefon. Die Verbindung war schlecht. »Bei diesem Schnee fällt alles auf – vor allem, wenn es von einem anderen Stern kommt. Machen Sie sich diese Nacht auf die Suche?«

Fouquart lachte. »Habe ich Sie mit dem Ufo-Virus infiziert, *mon Capitaine*? Ich bin schon im Wald. Es ist herrlich. So still. So weiß. Nichts wird mir entgehen.«

»Ich möchte dabei sein, wenn Sie auf die Pirsch gehen.«

Der Ufologe zögerte. »Sie interessieren sich jetzt tatsächlich für Aliens?«

»Ich interessiere mich mehr für irdisches Leben«, gab Blanc zu. »Sie scheinen bei Ihren Streifzügen mehr Menschen und Tieren zu begegnen, als Sie ahnen. Während Sie den Himmel absuchen, blicke ich mich auf der Erde um.«

»Sandy ermahnt mich auch die ganze Zeit, aufzupassen. Na gut«, er seufzte, »es wird Sandy beruhigen, wenn ich diese Nacht unter Polizeischutz stehe. Ich bin noch eine Stunde im Wald, dann kehre ich um. Ich habe ein Häuschen in Vernègues gemietet. Ich esse dort etwas, wärme mich auf, tausche ein paar Geräte aus, Tag- gegen Nachtsichtfernglas und so etwas. Und ich muss die Batterien der Drohne aufladen. Dann bin ich bereit für die Nachtexkursion. Holen Sie mich doch in drei Stunden ab.« Er gab ihm die Adresse durch und legte auf.

Blanc fuhr durch Dämmerlicht nach Hause. Die Luft schmeckte nach Frost. Tagsüber musste sich der Asphalt der Route Départementale auf knapp über null Grad aufgeheizt haben, doch nun

fiel die Temperatur wieder unter den Gefrierpunkt. Die Schneedecke war von den wenigen Autos, die an diesem Tag dort entlanggefahren waren, nicht aufgerissen, sondern bloß zusammen-
gedrückt worden. Nun verwandelte sie sich in Eis. Blanc spürte
es im Lenkrad. Mit zwei Fingern konnte er es einschlagen, so
leicht drehten sich die Reifen – doch sein Espace fuhr einfach
geradeaus weiter. Er musste ihn äußerst behutsam über die Straße lenken. Er hielt nach Wildschweinen Ausschau, die sich seit-
lich im Unterholz verborgen haben könnten, und auch nach
anderen großen Tieren. Doch im Wald rührte sich nichts.

Als er endlich in Sainte-Françoise-la-Vallée angekommen war,
stellte er seinen Wagen unter den Platanen ab und schlidderte
über den rutschigen Schnee bis zu Paulettes Haus und klopfte
an die Tür.

»Hat Jacques gut auf dich aufgepasst?«

»Er hat gut auf das Feuer aufgepasst.« Sie führte ihn hinein
und deutete auf einen schwarzen, gusseisernen Ofen, in dem
Flammen loderten. Der riesige Hund hatte sich davor zusam-
mengerollt. Als er bemerkte, dass Blanc da war, um ihn abzu-
holen, bedachte er ihn mit einem leidenden Blick. »Der will hier
nicht fort«, sagte Blanc.

»Ihr könnt zum Abendessen bleiben, du und dein Hund.«

Er dachte einen langen Augenblick darüber nach, die Einladung anzunehmen, doch schließlich schüttelte er den Kopf. »Ich
muss noch einmal raus«, erklärte er und lächelte entschuldigend. »Aber Jacques würde deine Gastfreundschaft gerne genießen.«

»Verstehe.« Paulette rang sich ebenfalls ein Lächeln ab.

»Ein anderes Mal gerne«, erklärte Blanc.

»Klar.« Sie streichelte den Kopf des riesigen Hundes. »Ich fan-
ge an, mich an Jacques zu gewöhnen.« Sie begleitete ihn bis zur
Tür. Als Paulette sie öffnete, fröstelte sie unwillkürlich. »Eisig«,
flüsterte sie. »Musst du wirklich da hinaus? Wegen der Wölfe?«

Blanc erklärte ihr, was er vorhatte. »Ich glaube kaum, dass mich Aliens in ihrem Raumschiff entführen werden. Aber Fouquart registriert mit seiner Kameradrohne wahrscheinlich viel mehr, als er das selbst weiß. Ich will herausfinden, was er da eigentlich genau im Wald macht und wessen Wege er kreuzt. Die von Wölfen? Von Jägern? Von Hirten? Und ist Fouquart wirklich nur ein harmloser Spinner? Vielleicht ist Fouquart ja wirklich bloß ein Exzentriker. Aber womöglich spielt er auch ein falsches Spiel mit uns. Nach ein paar Stunden mit ihm im Wald diese Nacht werde ich ihn besser einschätzen können.«

Paulette betrachtete ihn nachdenklich. »Vielleicht solltest du doch besser Jacques mitnehmen …«

Ihre Sorge rührte Blanc, und er küsste sie auf die Wange. »Ich passe gut auf mich auf«, versprach er.

»Da ist noch etwas«, sagte sie. »Als ich heute mit den Pferden und Jacques draußen war, bin ich Serge über den Weg gelaufen. Seine Frau war nirgendwo zu sehen oder zu hören. Er hat seine Ziegen in den Wald geführt. Es war das erste Mal, dass ich Serge mit einem Karabiner bei seiner Herde gesehen habe. Ich glaube nicht, dass er schon zurück ist.«

Blanc nickte. Er hatte verstanden: Die Gerüchte gingen um. Wer jetzt noch in den Wald ging, der tat das nur mit der Waffe in der Faust.

Es waren deutlich mehr als die drei Stunden verstrichen, bis Blanc sich bei Fouquart eingefunden hatte. Im Schnee war Blanc noch langsamer vorangekommen als gedacht. Den Anstieg durch den Wald bis hinauf ins moderne Vernègues hatte er schließlich nur im ersten Gang bewältigt. Die Navigations-App seines alten Handys lotste ihn in eine kleine Wohnstraße am Ortseingang bis vor ein zweigeschossiges, schmuckloses modernes Reihenhaus. Die Anzeige im Armaturenbrett zeigte schon nach zweiundzwanzig Uhr, als Blanc den Motor des Espaces abstellte. Niemand war auf dem Bürgersteig zu sehen, kein anderes Auto rollte durch die Straße – doch zwei Wagen parkten vor dem Eingang des Reihenhauses. Wagen, die er bereits ein paar Mal gesehen hatte.

Sandy Hulots alter Panda.

Und der weiße Clio von Bürgermeister Melleton.

Blanc blieb sitzen. Die Innenbeleuchtung seines Minivans war erloschen. Ein paar Augenblicke lang tickte noch der heiße Motor, dann war er in der frostigen Luft so weit abgekühlt, dass er keine Geräusche mehr von sich gab. Blanc beobachtete die Straße und das Haus. Im Erdgeschoss drang Licht aus einem vorhanglosen Fenster. Er sah in eine kleine Küche hinein. Am Esstisch saßen Fouquart, Sandy Hulot und Melleton. Der Bürgermeister schien die meiste Zeit zu reden, doch er saß mit dem Rücken zum Fenster, sodass Blanc sein Gesicht nicht erkennen konnte. Der Ufologe hatte den Platz ihm gegenüber eingenommen. Er sagte selten etwas, doch auf seinen Zügen lag ein ironisches Lächeln, so als würde er sich das, was sein Gast vortrug, aus Höflichkeit anhören, ohne es aber ganz ernst zu nehmen. Sandy Hulot, die Blanc ihr Profil zuwandte, machte die ganze Zeit den Mund nicht einmal auf, aber ihre Hände hatte sie auf den Tisch gelegt und zu Fäusten geballt.

Blanc harrte mindestens zwanzig Minuten aus. Die Kälte kroch ins Auto, dann in seine Knochen. Endlich erhob sich Melleton. Sandy Hulot blieb sitzen, sie blickte dem Bürgermeister nicht einmal nach. Fouquart begleitete ihn bis zur Tür, verabschiedete ihn aber nicht mit Handschlag, sondern bloß mit einem angedeuteten Nicken, dann schlug er seinem Gast die Tür praktisch vor der Nase zu. Melleton blieb noch einige Sekunden vor dem Haus stehen, so, als ob er noch etwas sagen oder tun wollte, doch dann straffte er sich und schritt zu seinem Auto. Dabei trat er in den Lichtkegel einer Straßenlaterne, und Blanc erkannte, dass sein Gesicht zornesrot war. Melleton setzte sich in den Clio und gab so viel Gas, dass der Kleinwagen Schnee bis in die Mitte der Straße hochwirbelte. Erst beim Davonfahren sah Blanc, dass auf der Hutablage von Melletons Auto ein Jagdgewehr mit Zielfernrohr lag.

Sandy Hulot verließ das Haus ein paar Minuten später, Arm in Arm mit Fouquart. Er begleitete sie bis zu ihrem Panda und hielt ihr die Fahrertür auf. Die Försterin war schon halb eingestiegen, als sie sich spontan noch einmal umdrehte und Fouquart in ihre Arme schloss. Sie küssten sich leidenschaftlich. Dann fuhr sie davon, in die entgegengesetzte Richtung von Melleton; der Bürgermeister war Richtung Stadtzentrum verschwunden, Sandy Hulot fuhr bis zur Kreuzung, die auf die Route Départementale führte. Dort verschluckte der Wald die roten Rücklichter des kleinen Autos.

»Zum Glück ist es nicht so schlimm, dass ich mich verspätet habe. Sie hatten ja noch Besuch«, begrüßte Blanc Fouquart kurz darauf an der Tür.

Fouquart wurde rot wie ein Schuljunge. »Die Sache mit Sandy und mir ist noch nicht«, er suchte nach dem richtigen Wort, »so weit erprobt, dass wir sie offiziell machen wollen«, erklärte er.

Erproben, offiziell machen, klingt wie das Resultat eines wissenschaftlichen Experiments, dachte Blanc. Er fragte sich, welche magische Kraft die junge, selbstbewusste und sicherlich weltgewandte Försterin mit diesem schrägen Vogel verband. Aber er war ganz sicher der Letzte, der sich über seltsame Affären äußern sollte. »Ihre Beziehung zu Madame Hulot ist allein Ihre Angelegenheit«, versicherte er. »Allerdings scheint Ihr Verhältnis zu ihr deutlich herzlicher zu sein als zum Bürgermeister.«

»Melleton ist ein fantasieloser, vertrockneter Angsthase«, verkündete Fouquart und führte Blanc hinein.

»Weil er nicht an Ufos glaubt?«

»Weil er nicht an das freie Wort glaubt.« Fouquart drehte sich im Flur um und musterte Blanc. Dann kramte er auf einer

Kommode herum und reichte ihm einen Zettel. Blanc überflog die in Französisch und Englisch verfassten Zeilen: Es war die Einladung zu einem internationalen Ufologenkongress, der im nächsten Sommer stattfinden sollte, in den Ruinen von Vieux Vernègues. Die Veranstaltung nannte sich *CERE*, »*Le camp d'été de la recherche extraterrestre«,* »Sommercamp extraterrestrischer Forschung«. Organisator war der Mann, der neben ihm im Flur stand.

»Die meisten Einladungen sind selbstverständlich längst per Mail rausgegangen«, erklärte Fouquart und deutete auf ein winziges Loch am oberen Rand des Zettels. »Diesen Flyer habe ich nur ans Schwarze Brett der Mairie gehängt, um meine Mitbürger zu informieren. Melleton hat ihn abends gesehen, als er aus seinem Büro kam. Jetzt habe ich den Zettel wieder. Ich erspare Ihnen die Worte, mit denen er die Rückgabe kommentiert hat.«

»Wollten Sie denn Subventionen von der Stadt haben?«

»Nein. Melleton hat mir gesagt, dass er Vieux Vernègues, das ist jetzt ein Zitat, ›nicht zu einem zweiten Les Baux‹ machen will. Keine Touristenmassen. Kein Spektakel. Wir bleiben hier unter uns. Das ist natürlich Unsinn. In Wirklichkeit hat Melleton Angst, dass man sich in der Presse über uns Ufologen lustig macht und dass dieser Spott irgendwie auf sein verschnarchtes Dorf abfärbt. Wenn der IS hier ein Terrortrainingscamp einrichten würde, dann könnte er nicht aufgeregter sein.«

»Kann der Bürgermeister Ihr Camp denn verhindern?«

»Er meint: ja. Ich bin anderer Meinung. Das da oben ist seit dem Erdbeben gewissermaßen herrenloses Land. Wenn Fred seine Schafe dorthin treiben darf, dann darf ich mich wohl auch mit ein paar Kollegen da treffen.«

»Weiß Melleton, dass Sie Ihr Camp trotz seines Protests abhalten wollen?«

»Hier, nehmen Sie das«, erwiderte Fouquart daraufhin bloß

und reichte ihm den Aluminiumkoffer mit der Drohne. Er selbst packte Taschenlampen, ein winzig klein zusammengefaltetes Igluzelt, Decken, eine Olympus-Kamera und andere Dinge in eine große Sporttasche.

»Hat der Bürgermeister mit Madame Hulot auch über den Angriff auf ihr Haus geredet?«, wechselte Blanc das Thema. »Hat er sich für den Vandalismus entschuldigt, städtische Hilfe angeboten, so etwas?«

Fouquart lachte bitter auf. »Er hat Sandy angeboten, dass die Männer der Stadtreinigung ihr dabei helfen könnten, das Blut vom Tor zu entfernen. Melleton macht sich mehr Sorgen um die Ästhetik dieses Kaffs als um das Leben seiner Mitbürger.«

»Nehmen wir Ihren Wagen oder meinen?«, fragte Blanc und nahm sich vor, bei passender Gelegenheit Melleton noch einmal anzuhören.

»Ich habe vergessen, meinen Smart aufzuladen.«

»Dann nehmen wir meinen Wagen.«

Fouquart schloss die Haustür sorgfältig ab, betrachtete den Espace und bedachte Blanc mit jenem Blick, mit dem er vorhin auch den Bürgermeister zur Weißglut getrieben hatte. »Vermutlich sind wir zu Fuß schneller als mit Ihrem Auto, *mon Capitaine*. Wir suchen uns ein Versteck in der Nähe.«

Blanc seufzte. »Wo wollen Sie denn hin?«

Fouquart deutete nach oben. »Nach Vieux Vernègues. Auf der Weide liegt Schnee, also gibt es diese Nacht keine Schafe, keinen Schäfer und keinen Hund. Wir sind ganz ungestört.«

»Fred geht mit seiner Herde sowieso nicht mehr hoch. Aber Doktor Martin könnte mit ihren seismologischen Instrumenten dort sein.«

»Marie-Claire und der Schnee sind nicht die allerbesten Freunde. Nicht dass Marie-Claire überhaupt viele Freunde hätte. Jedenfalls glaube ich nicht, dass sie diese Nacht durch die

Ruinen streift. Und falls doch, wird sie einen weiten Bogen um uns machen.«

»Sie kennen Doktor Martin gut?«

Fouquart zögerte. »Wir waren etliche Jahre Kollegen an der Universität Grenoble. Verschiedene Fachrichtungen selbstverständlich, aber dieselbe Fakultät. Sie verstehen: Gremien, Kommissionen, da lernt man sich schon ziemlich gut kennen.«

»Doktor Martin hat mir gegenüber angedeutet, dass sie Ihre Hinwendung zu neuen Studien nicht gerade schätzt.«

Fouquart lachte. »Marie-Claire deutet nie etwas an, sie macht ihre Meinung mit dem Vorschlaghammer deutlich! Sie hält mich für einen Spinner. Wie Sie auch, geben Sie es ruhig zu. Das macht mir nichts aus. Jeder große Wissenschaftler, der revolutionäre neue Erkenntnisse gewonnen hat, ist anfangs von seinen Mitmenschen ausgelacht worden. Galilei. Newton. Das ist ganz normal.«

Galilei, Newton … Blanc fragte sich, ob das noch Selbstvertrauen oder schon Größenwahn war. Fouquart hatte ihn inzwischen bis zu jener Treppe entlang der Friedhofsmauer geführt, die sie schon einmal nach Vieux Vernègues hochgestiegen waren. Der Schnee war größtenteils von der Mauerkrone gewischt worden, er sah noch Spuren von Händen und Handschuhen. Auf den Grüften und Grabsteinen klebten aufgeplatzte weiße Schneeblumen. Offenbar hatten Kinder die Gräber mit Schneebällen bombardiert. Irgendwie fand Blanc es beruhigend, festzustellen, dass sich in dieser aufgeräumten Kleinstadt wenigstens Halbwüchsige ihre Streiche nicht austreiben ließen. Die Brombeeren zur anderen Treppenseite wurden von einer dichten, schweren weißen Decke niedergedrückt. Sie erreichten die verlassene Kirche. Schnee auf gotischem Mauerwerk, Blanc musste unwillkürlich an ein Bild von Caspar David Friedrich denken. Seine Exfrau Geneviève hatte schon zu Studentenzeiten eine Reproduktion in Postkartengröße unter ihre gläserne

Schreibtischplatte geklemmt. Blanc hatte nie verstanden, was seine Frau an diesem düsteren Bild so romantisch fand. Doch jetzt, als er vor der Kirchenruine von Vieux Vernègues stand, spürte er einen Schauder, als würde dieses Monument nicht ganz zu dieser Welt gehören, als wäre es irgendwie eine Art Tor in eine andere Welt. Eine Welt, in der man Nostradamus enträtselte, Wölfe fürchtete oder eben nach intelligenten Wesen von anderen Sternen suchte.

Fouquart führte ihn bis in die Ruinen des Chors. Bläuliches Licht sickerte durch die gotischen Fensteröffnungen, der rote Wandputz in der leeren Nische leuchtete ungewöhnlich kräftig. In den Kirchentrümmern waren sie immerhin ein wenig vor der Kälte geschützt. Der Wissenschaftler stellte das Zelt auf – es war eine jener ultraleichten Konstruktionen, die sich mit einem Wurf binnen Sekundenbruchteilen allein entfalteten, die man aber als Ungeübter auch nach Stunden nicht wieder zusammengefaltet hatte. Fouquart holte danach aus der Tasche einen Klappspaten hervor und drückte ihn Blanc in die Hand. »Bitte räumen Sie im Kirchenschiff Schnee weg. Ein Quadrat mit einem Meter Kantenlänge reicht aus.«

»Warum?«

»Als Start- und Landeplatz für meine Drohne.« Fouquart öffnete den Aluminiumkasten.

Wenn Aveline ihn jetzt sehen würde, dachte Blanc, während er mit dem kleinen Spaten den Schnee in der Kirchenruine wegkratzte, würde ihr garantiert eine spöttische Bemerkung über die Lippen kommen: ein Capitaine der Gendarmerie, der nachts einen Mini-Flughafen für eine Mini-Drohne präpariert, um Aliens zu jagen. Andererseits: Zumindest seine Kinder fänden das cool. Endlich tat er mal was bei seinem Job, mit dem er Astrid und Eric am Telefon zum Lachen bringen könnte.

Fouquart setzte das kleine, schwarze Fluggerät auf die vom Schnee befreite Fläche und startete die acht winzigen Rotoren.

Dann griff er zur Fernsteuerung. Sirrend erhob sich das Fluggerät, schwebte bis über die Mauerkrone der Ruine und war nach wenigen Sekunden in der Dunkelheit verschwunden.

»Sehen Sie!«, flüsterte Fouquart. Seine Augen leuchteten wie die eines Kindes.

Blanc trat hinter ihn und sah ihm über die Schulter auf die Fernsteuerung. »Unglaublich«, murmelte er.

Diesmal waren die Bilder auf dem Monitor viel klarer als bei dem Film mit dem Lichtpunkt, den ihm der Ufologe das letzte Mal gezeigt hatte. Vielleicht war es der Mond, der heute heller schien, oder der Schnee, der das Licht reflektierte, vielleicht war auch einfach bloß mehr zu sehen, weil die Drohne tiefer flog. Er erkannte sich und Fouquart im Innern der Kirchenruine und sah unwillkürlich hoch: Die Drohne filmte ihn, aber er konnte sie weder sehen noch hören. Fouquart betätigte eine Art Joystick am Gerät. Die Drohne flog nun in einem großen Bogen um den Hügel von Vieux Vernègues: Die Mauern der zertrümmerten Häuser formten abstrakte dunkle Muster in der weißen Schneelandschaft. Die Bäume waren dicht eingeschneit und von oben nur zu erkennen, weil sie im Mondlicht Schatten warfen. Die Burgmauern bildeten ein großes »V«, wie in den weißen Boden gestanzt, der Schatten unterhalb der Festung war allerdings so dicht, dass ihn nicht einmal die hochauflösende Kamera durchdrang. Die Weide von Locez kam ins Bild: weiß und irgendwie weich wirkend, wie ein riesiges Betttuch. Der tote Olivenbaum trug keine Schneelast, vielleicht hatte eine Windböe alle Flocken von den kahlen Ästen geweht. Er sah aus wie eine große, abstrakte Skulptur.

Dann ließ Fouquart die Drohne in eine schwindelerregende Kurve fliegen. Plötzlich fiel der Hang ab ins Nichts. Das Gerät flog nun hoch über das Tal unterhalb von Vieux Vernègues. Weinreben waren lange, braune Rillen im großen Weiß. Die Route Départementale wand sich als dunkles Band durch die

Einöde, an vielen Stellen war der Schnee von Reifen verdreckt, mancherorts lag der Asphalt frei und glänzte raureifüberzogen im fahlen Licht. Nirgendwo bewegte sich ein Auto. Im Wald waren die Nadelbäume – Pinien und Fichten – schwarze Tupfer in der Watte, denn auf ihnen lag weniger Schnee als auf den Eichen. Blanc erkannte Striche und Muster und Halbkreise aus gelbem Licht: Château Bas von oben. Im Schloss musste doch noch jemand wach sein. Blanc erinnerte sich daran, dass das Schloss eigentlich für den Winter abgesperrt war, vielleicht war da ein Nachtwächter unterwegs. Die Drohne flog so hoch, dass einmal, als Fouquart sie in Schräglage brachte, ihre Kamera das Viadukt der Eisenbahn erfasste, beinahe auf gleicher Höhe. Wie groß diese Brücke ist, staunte Blanc, und wie nahe der Ufologe ihr kam. War das nicht verboten, eine Drohne so nahe an öffentliche Einrichtungen zu steuern? Er sagte nichts. Die Schnellzüge, die den ganzen Tag herübergerauscht waren, hatten die Schienen freigeweht. Der Stahl leuchtete im Mondlicht, vier silberne Linien in der Nacht. Die gewaltigen Bögen aus weißem Beton wirkten aus der Nähe weniger makellos, man erkannte Risse und abblätternde Farbe. Blanc musste an das Erdbeben von 1909 denken und fragte sich, ob moderner Beton solider war als eine mittelalterliche Burgmauer.

Fouquart ließ die Drohne schließlich große Schleifen zwischen Vieux Vernègues und dem TGV-Viadukt fliegen, es war wie eine Patrouille. Bei der Gendarmerie bestand Hightech aus Computern, die sie Drogendealern abgenommen hatten, und Renault Méganes ohne Winterreifen. Was könnten Flics mit solchen Drohnen alles tun! Unsichtbare Augen am Himmel – Blanc dachte an Drogenhändler in Hochhausschluchten, die man bei der Tat filmen, an vermisste Personen, die man effektiver suchen, an fliehende Verbrecher, die man verfolgen könnte. Stattdessen wurde dieses technische Wunderwerk eingesetzt, um kleine grüne Männchen aufzuspüren.

»Warum haben Sie Ihre Stelle an der Universität aufgegeben, Doktor Fouquart?«, fragte Blanc nach einiger Zeit. »Sie waren doch sicherlich ein anerkannter Forscher und auch Beamter, wenn ich mich nicht irre.«

Fouquart spitzte bloß die Lippen und machte »pfft«, als bedeutete ihm das alles nichts. Er starrte weiter auf den Monitor.

»Glauben Sie denn wirklich, dass Sie irgendwann Erfolg haben werden?«, ließ Blanc nicht locker.

Jetzt sah ihn der Ufologe doch an und lächelte milde. »Warum ist auf der Erde Leben entstanden, *mon Capitaine*?«

Blanc starrte ihn einen Moment lang sprachlos an. »Ich bin Gendarm; über die Entstehung von Leben muss ich nicht nachdenken. Ich denke nach, wenn Leben endet«, erwiderte er schließlich.

Fouquart schüttelte angesichts von so viel Ahnungslosigkeit den Kopf. »Sagen wir es ganz simpel: Auf der Erde gab es sehr viele chemische Stoffe. Und sehr viel Energie. Und sehr viel Zeit. *Voilà*, irgendwann kamen die richtigen Elemente zum richtigen Zeitpunkt und mit dem richtigen Energieeinfluss zusammen, und schon war Leben da. Es war quasi unausweichlich. Da oben«, er deutete in den Himmel, »gibt es noch viel mehr chemische Stoffe, viel mehr Energie und viel mehr Zeit. Es ist überhaupt keine Frage, *ob* es Leben gibt, sondern nur: *wo* dieses Leben überall schon entstanden ist. Und, lassen Sie es mich so formulieren: *wie* dieses Leben aussieht.« Der Ufologe schien für einen Augenblick das Steuergerät in seinen Händen vergessen zu haben. Hoffentlich fliegt die Drohne auch von allein, dachte Blanc. »Leben kann selbstverständlich alle möglichen Formen haben«, fuhr Fouquart fort. »Aber ich vermute, wenn es ein bestimmtes Niveau hat – sagen wir: jegliches Niveau vom Einzeller über die Dinosaurier bis hin zu intelligenten Wesen am Beginn der Industrialisierung –, also dann werden wir dieses Leben von der Erde aus niemals entdecken. Denn ein solches, nennen wir es ›primitives Leben‹, ist irgendwo im All verborgen und viel zu weit entfernt, als dass wir es je identifizieren könnten. Aber angenommen, fremdes Leben ist zivilisatorisch schon viel höher entwickelt als wir Menschen …« Er lächelte verschmitzt. »Ich stelle mir das so vor, dass wir vielleicht beobachtet werden, so wie meine Kollegen von der Biologie Tiere beobachten. Diese Kollegen verstecken sich in Afrika im Unterstand, fotografieren mit Kameras Antilopen – ohne, dass diese das auch nur bemerken.«

»Aber Sie sind eine Antilope mit Drohne«, verstand Blanc. »Sie wollen mit Ihrem Wunderding die Alien-Forscher aufspüren, die uns aus ihrem versteckten Unterstand studieren.«

»Sehen Sie, es ist gar nicht so verrückt, was ich mache.«

Blanc legte den Kopf in den Nacken und sah nach oben. Zahllose Sterne flimmerten in der frostkalten Nacht. Tausende? Hunderttausende? Millionen? Und wenn er selbst schon Fouquarts Drohne, die nur wenige Meter über ihnen geschwebt hatte, nicht bemerkte, würde er dann ganz andere Geräte und Sensoren bemerken, die möglicherweise von irgendwo da oben auf ihn gerichtet waren? Plötzlich schauderte er, und nicht allein wegen der Kälte.

»Hier, halten Sie«, sagte Fouquart und drückte ihm die Fernsteuerung in die Hand.

»Was soll ich tun?«, fragte Blanc mit einem Anflug von Panik. Er sah sich schon, wie er die Drohne durch seine Ungeschicklichkeit irgendwo in die Dunkelheit stürzen ließ.

»Gar nichts. Ich habe ein paar Flugrouten programmiert, die die Drohne selbstständig abfliegt. Schauen Sie bloß auf den Monitor und alarmieren Sie mich, wenn etwas Ungewöhnliches auftaucht.«

Der Ufologe öffnete die Sporttasche und holte eine Olympus Spiegelreflexkamera heraus, an der ein großes, lichtstarkes Objektiv angeschraubt war. Dann faltete er ein Stativ auseinander.

»Man kann ja nie wissen, ob unsere Freunde nicht sogar so nahe kommen, dass ich sie ablichten kann. Ich stelle die Kamera ein paar Meter entfernt auf. Sie hat eine Fernsteuerung. Beunruhigen Sie sich nicht: Ich werde zuerst zu Testzwecken ein paar Fotos von unserem Lager machen, um zu sehen, ob der Apparat richtig aufnimmt.« Damit erhob sich Fouquart mit Kamera und Stativ. Aus den Augenwinkeln sah Blanc, wie er seine Konstruktion in einem Gebüsch versteckte. Zuerst richtete er das große Objektiv auf das Zelt. Blanc fühlte sich unwohl – als wäre die Linse in Wirklichkeit eine Waffe, die in seine Richtung zielte. Der Ufologe schoss einige Fotos, blickte auf den Monitor am Kameragehäuse, nickte dann zufrieden und drehte den Apparat so, dass das Objektiv auf die Ruinen von Vieux Vernègues oberhalb der Kirchenruine wies.

Blanc konzentrierte sich wieder ganz auf den Monitor. Es war kalt, aber seine Hände schwitzten. Er wollte selbstverständlich nicht nach Zeichen von Aliens Ausschau halten, er hatte keine Ahnung, was das denn überhaupt für Zeichen sein sollten. Er hielt sich lieber an handfeste Hinweise: Vielleicht würde er Wölfe im Schnee entdecken. Die Kamera der Drohne zeigte zwar stets nur einen kleinen Ausschnitt der Umgebung, und was sich unterhalb der schneebedeckten Baumkronen abspielte, konnte man gar nicht erkennen. Aber vielleicht hatte er ja einfach Glück und sah irgendwann einen geschmeidigen, dunklen Schatten auf dem hellen Grund einer Wiese oder zwischen den Weinreben.

Er zuckte erschrocken zusammen, als er tatsächlich eine Bewegung wahrnahm. Schwarze, irgendwie kompakt wirkende Flecken im Schnee, drei, vier, fünf, sie bewegten sich erstaunlich schnell … Er wollte schon den Ufologen rufen, um ihn zu fragen, ob die Aufnahmen automatisch aufgezeichnet wurden, als er erkannte, dass er gar keine Wölfe auf dem Schirm hatte. Er sah einer Rotte Wildschweine zu, die durchs Unterholz strich. Die Drohne hatte die Tiere einige Sekunden lang im Sichtfeld, dann flog sie weiter. Kein Wildschwein war panisch geflohen. Selbst diese feinsinnigen, nervösen Tiere hatten die Drohne nicht bemerkt.

»Hier leben zwar keine Antilopen, aber Sie könnten Ihre Filmaufnahmen trotzdem an die Fachkollegen von der Biologie weitergeben«, sagte Blanc, nachdem Fouquart zu ihm zurückgekehrt war. Er hatte unwillkürlich angefangen zu flüstern, während er von der Wildschweinrotte erzählte.

Der Ufologe zuckte bloß mit den Achseln. »Diese Aufnahmen lösche ich am nächsten Tag wieder, das kostet bloß Speicherplatz. Wer interessiert sich schon für einen Eber mit seinen Säuen?«

»Jäger interessieren sich dafür. Haben Sie auch schon hin und wieder Waidmänner von oben gefilmt? Ohne, dass die das merken?«

»Selbstverständlich. Langweilige Aufnahmen. Die wichtigste Jagdtechnik scheint darin zu bestehen, im Wald auf einem Stamm zu hocken und Weinflaschen zu leeren. Ich habe Glück, dass diese Typen nichts sehen und nichts hören. Würden die meine Drohne entdecken, würden sie sie mit einer Ladung Schrot vom Himmel schießen.«

»Monsieur Cordillet behauptet, dass Sie mit Ihrem Hightechgerät die Tiere vertreiben.«

Fouquart schnaufte. »Sie haben ja gerade selbst gesehen, wie die Wildschweine reagieren: gar nicht. Ich vertreibe niemanden. Aber für Männer wie Cordillet ist der Wald ihr Privateigentum. Die würden am liebsten alle Menschen davonjagen, damit sie ungestört saufen und schießen können. In dieser Reihenfolge. Die wollen nicht, dass jemand sie dabei filmt.«

»Löschen Sie die Filmaufnahmen von den Jägern auch?«, fragte Blanc und bemühte sich, das möglichst leichthin zu sagen. »Oder behalten Sie solche Aufnahmen? Haben Sie die schon mal jemandem gezeigt?«

»Ich habe Sandy mal ein Filmchen gezeigt, aber dann gelöscht. Sie warnt mich immer davor, Cordillet nachts über den Weg zu laufen. Aber mit meinem kleinen Spielzeug bemerke ich ihn viel früher als er mich. Mir passiert nichts und … Da!«, rief er plötzlich und entriss Blanc die Fernsteuerung. Hektisch manipulierte er den Joystick.

Blanc brauchte ein paar Augenblicke, bis er einen kleinen roten Lichtpunkt dicht über den Baumwipfeln nahe beim Château Bas erkannte. »Das ist bloß ein Flugzeug, das in Marignane landet«, vermutete er. »Der Flughafen ist irgendwo da in der Richtung.«

Fouquart antwortete nicht. Er hatte sich hingesetzt, balancierte die Fernsteuerung auf seinen Knien, steuerte mit der Rechten und flog mit der Linken über einige kleine Pfeiltasten, mit denen er das Kamerabild größer und heller machte. Es blieb für Blanc immer noch ein winziges rotes Licht, das langsam hinter den Bäumen versank.

»Das werde ich morgen analysieren«, verkündete Fouquart und atmete tief durch, nachdem das Phänomen hinter dem Horizont versunken war. »Vielleicht haben Sie recht, *mon Capitaine*. Es ist manchmal erstaunlich, was man am Computer aus solchen Aufnahmen herausholen kann. Vielleicht werde ich morgen einen gewöhnlichen Airbus der Air France erkennen. Aber möglicherweise wird da auch etwas ganz anderes sichtbar …« Er lächelte zufrieden.

»Wenn es ein Komet ist, sagen Sie Monsieur Gassonet Bescheid. Vielleicht hat Nostradamus was dazu geschrieben.«

»Sie dürfen über mich spotten, *mon Capitaine*, aber Sie dürfen mich nicht beleidigen! Was ich mache, ist Wissenschaft. Nostradamus ist Hokuspokus. Meine Drohne hat auch diesen Gassonet schon häufiger auf nächtlichen Streifzügen gefilmt, ohne dass unser Ober-Astrologe das bemerkt hätte.«

»Gassonet läuft nachts im Wald herum?«

»Ich habe keine Ahnung, was er da macht. Wahrscheinlich bereitet er irgendwelche Tricks vor, um sein leichtgläubiges Publikum zu beeindrucken. Versteckt irgendetwas und behauptet später, dank einer Prophezeiung von Nostradamus habe er das entdeckt, so etwas. Das würde ich ihm zutrauen. Ich weiß, dass Gassonet mich nicht ausstehen kann. Ich glaube, er hat Angst, dass ich bei den Leuten populär werde. Gassonet fürchtet, dass Leute, die sich für Außerirdische interessieren, sich nicht länger für Nostradamus erwärmen.«

»Das ist durchaus möglich«, erwiderte Blanc. »Aliens sind attraktiver als Astrologen.« Er war sicher, dass Fouquart die Ironie nicht bemerkte.

»Die Menschen sind unfassbar leicht hereinzulegen«, erwiderte der Ufologe ernsthaft. »Wussten Sie, dass es die Theorie gibt, dass Nostradamus nur deshalb so verrätselt schrieb, weil er Legastheniker war? Bei uns an der Uni gab es mal einen unfreiwillig makaberen Scherz: Der kanadische Student Neil Marshall wollte 1997 die Nostradamus-Jünger verspotten, indem er selbst einen sinnlosen Quatrain dichtete und im Internet veröffentlichte. Das Internet war damals noch ziemlich neu, eher eine Sache von Wissenschaftlern und Nerds. Marshall wollte zeigen, wie leicht man derartigen Unsinn fabrizieren kann. Ich erinnere mich gut daran, wir haben diese Zeilen in Grenoble nämlich auch in unsere Unizeitschrift gesetzt:

In der Stadt Gottes wird es einen großen Donner geben
Zwei Brüder, vom Chaos entzweit, während die Festung
*   aushält*
Der große Anführer wird stürzen
Der dritte große Krieg wird beginnen, wenn diese große
*   Stadt brennt*

Leider ging die Sache nach hinten los: Vier Jahre später stürzten in New York die Twin Towers ein. Da war Marshalls kleiner Vers schon tausendmal kopiert worden, nur ohne seinen Namen. Seit 2001 wird dieses Gedicht als echter Nostradamus unablässig in den sozialen Netzwerken und auf Verschwörungsblogs verbreitet, als ›Beweis‹ dafür, dass der alte Scharlatan auch 9/11 vorausgesagt hat!«

»Nun, immerhin hat Neil Marshall offenbar den Terroranschlag vom 11. September richtig vorausgesagt«, entgegnete Blanc. »Vielleicht sollte sich Marshall einen lateinischen Namen zulegen und weitere Quatrains schreiben.«

»Manchmal habe ich den Eindruck, dass Sie mich nicht ernst nehmen, *mon Capitaine.*«

»Würde ich dann hier mit Ihnen in dieser kalten Nacht ausharren, Doktor Fouquart?« Blanc lächelte liebenswürdig.

Und er verbrachte in der Tat eine kalte Nacht mit Fouquart. Der Ufologe hatte mehrere Wechselakkus mitgenommen. Seine Drohne blieb deshalb nahezu ununterbrochen in der Luft. Blancs Augen ermüdeten beim Anblick weiter Schneeflächen und dunkler Ruinen. Er sah kein Tier mehr, keinen Jäger, nahm überhaupt keine Bewegung mehr wahr. Es war, als wäre die Welt in Kälte erstarrt. Fouquart jedoch war unermüdlich. Immer mal wieder glaubte er, irgendwo ein Licht zu bemerken, ließ sein Fluggerät dorthin gleiten oder sprang zu seiner Olympus, um hochauflösende Fotos zu schießen. Blanc vermutete resigniert, dass er jede verdammte Linienmaschine, die im Großraum Marseille herumflog, mit seinen Aufnahmen festhielt. Dutzende Boeings beim Starten und Landen in einer kalten Januarnacht. Er musste wirklich verrückt sein, bei so etwas mitzumachen. Irgendwann gab er die Hoffnung auf, noch einen Wolf zu sehen.

Es dämmerte, als Fouquart endlich die Drohne auf das improvisierte Landefeld aufsetzen ließ und die Motoren ausstellte.

»Sie haben mir Glück gebracht, *mon Capitaine*. So viele Aufnahmen in einer Nacht habe ich selten im Kasten.«

»Ich könnte einen Kaffee vertragen«, erwiderte Blanc müde. »Oder zwei.«

»Sie stehen nur fünf Minuten von einem wundervollen Cappuccino entfernt. Guénaël Achour vom Le Repaire ist Sandys beste Freundin in Vernègues. Eigentlich die einzige Freundin. Sandy war diese Nacht auch auf Patrouille. Die beiden Frauen treffen sich meistens frühmorgens im Restaurant zu einem wirklich guten Kaffee, bevor Sandy zu ihrem schlafenden Yussuf zurückkehrt und Guénaël zum Markt aufbricht. Was halten Sie davon, wenn wir den Frauen Gesellschaft leisten?«

Sie packten die Sachen zusammen. Blanc streckte seine starren Glieder. Als sie den Weg entlanggingen, sah er von weitem schon das Licht im Restaurant. Sie fanden die beiden Frauen an einem Tisch neben dem Kamin, in dem ein Feuer loderte. Es war wundervoll warm in dem Raum. Sandy Hulot trug die Uniform des ONF und sah erschöpft aus. Sie erhob sich, lächelte etwas verlegen und bot nach kurzem Zögern Fouquart die Wange zum Kuss. Doch der umarmte sie und küsste sie auf den Mund – seine Art, ihr zu zeigen, dass dieser Gendarm in ihr Geheimnis eingeweiht war. Und die Betreiberin des Restaurants war offenbar auch längst im Bilde, dachte Blanc.

»Sie sehen aus, als könnten Sie eine Badewanne Cappuccino vertragen«, sagte Guénaël Achour und verschwand Richtung Küche. Sekunden später hörten sie, wie dort eine Kaffeemaschine röhrte.

»War alles ruhig im Wald?«, wollte Blanc von Sandy Hulot wissen. Kurz fragte er sich, wo genau die junge Försterin gewesen war, dass er sie die ganze Nacht nicht einmal mit der Drohne gesehen hatte.

Sie lachte. »Nachts ist es im Wald alles andere als ruhig. Ich habe Wildschweine gesehen, Füchse, ein Eulenpaar, einige Kaninchen, sogar den verwilderten Ziegenbock, der seit mehr als einem Jahr durchs Unterholz streift und sich von keinem Bauern mehr einfangen lässt. Aber niemanden, der da nicht hingehört.«

»Keinen Wolf?«

»Nicht einmal eine Fährte im Schnee.«

»Wo waren Sie?«

»Auf dem Hochsitz am Weg Richtung Cazan. Maurice wollte mit Ihnen unbedingt in die Kirchenruine. Also habe ich halt auf dem Hochsitz mein Lager aufgeschlagen, damit ich Ihnen nicht in die Quere komme.«

»Die Drohne hat Sie nicht entdeckt.«

»Der Hochsitz steht genau unter der Krone einer alten Eiche. Bei diesem Schnee haben mich nicht einmal die Eulen bemerkt, obwohl sie dicht über mein Versteck geflogen sind.«

Guénaël Achour kam mit zwei dampfenden Kaffeeschüsseln zurück. Blanc sog den Duft ein und schloss für einen Moment dankbar die Augen. Feuer im Kamin. Ein heißer Cappuccino. So einfach konnte man die Welt schöner machen.

Fouquart schlürfte seinen Kaffee mit deutlich weniger Hingabe. Er hatte die Olympus hervorgeholt und betrachtete auf dem kleinen Monitor an der Rückseite der Kamera die Fotos, die er in der Nacht geschossen hatte.

»Das ist doch unmöglich«, flüsterte er auf einmal.

Blanc erwartete, dass ihm der Ufologe wieder einmal ein verschwommenes Foto von einem Licht präsentieren würde. Doch dann sah er, dass Fouquart blass geworden war.

Der Ufologe drückte auf die Pfeiltasten neben dem Monitor, bis er ein bestimmtes Foto auf dem Schirm hatte. Seine Hand zitterte, als er ihm die Olympus reichte. »Ich glaube, wir hatten ziemlich viel Glück, *mon Capitaine*«, stammelte er.

Blanc starrte auf den Monitor. Sandy Hulot und Guénaël Achour kamen neugierig zu ihm und blickten ihm über die Schulter. Es war eines der Testbilder, die Fouquart gleich zu Beginn der Nacht geschossen hatte: das Igluzelt im aufgerissenen Kirchenchor; Fouquart hatte eine Taschenlampe auf einen Stein gestellt, deren Lichtkegel die Szene in fahles Licht tauchte. Blanc stand vor dem Zelt, er hielt die Fernsteuerung der Drohne in den Händen und blickte darauf, sein Körper wurde vom Licht nur zur Hälfte angestrahlt. Am linken Rand des Fotos war eine Ecke des freigekratzten Start- und Landefelds zu erkennen, den rechten Rand des Fotos füllte, soweit der Taschenlampenstrahl reichte, ein schneebestäubter Brombeerbusch aus. Ein schwaches Licht schien von irgendwoher zu leuchten und …

»Das glaube ich nicht«, flüsterte Blanc. Er blickte Fouquart an. »Wie kann ich das hier vergrößern?«

»Drücken Sie auf die obere Pfeiltaste«, erklärte der Ufologe. Er war noch immer blass.

Der Brombeerbusch. Schnee. Augen. Ein Augenpaar im Brombeerbusch, die Augen leuchteten schwefelgelb. Sie waren höchstens zwei Meter von Blanc entfernt, der auf die Fernsteuerung starrte und nicht einmal ahnte, dass er aus der Dunkelheit heraus gemustert wurde.

Blanc musste sich beherrschen, damit die Olympus in seinen Händen nicht zitterte. »Das sind die Augen eines Tieres, nicht wahr?«

»Ein Wolf«, erwiderte Fouquart tonlos. »Wir hatten diese Nacht einen Wolf in dem Strauch direkt neben unserem Lager.«

Blanc atmete tief durch. Er dachte daran, wie er in die Sterne geblickt hatte und auf den Monitor der Drohne, wie er Wälder und Weinstöcke und das Schloss und die Brücke aus luftiger Höhe beobachtet hatte. Wie er sich mit Fouquart über fremdes Leben und Gassonet und Nostradamus unterhalten hatte. Und dabei hatte die ganze Zeit ein Wolf in seinem Nacken gelauert.

»Wolfsaugen, die nachts im Dunkeln leuchten, das ist doch Unsinn!«, rief Sandy Hulot. Sie rief das sehr laut, aber es klang nicht sehr überzeugend.

»Kein Unsinn, sondern Physik«, erwiderte der Ufologe, dem langsam die Farbe ins Gesicht zurückkehrte. Er nahm einen tiefen Schluck des inzwischen nur noch lauwarmen Cappuccinos. »Die Iris von nachtaktiven Tieren ist weit geöffnet. Fällt Licht darauf, wie hier von der Taschenlampe, wird es vom Auge reflektiert. Wenn das kein Wolf war, was soll es sonst für ein Tier gewesen sein?«

Sandy Hulot antwortete nicht.

»Aber wenn es ein Wolf war – warum hat er Sie beide dann nicht gefressen?«, fragte Guénaël Achour. Sie rang nervös die Hände, merkte, was sie tat, und fing an, die Tassen zusammenzuräumen.

»Er war nur neugierig«, erklärte die Försterin schließlich seufzend. »Also schön, ich gebe zu, das war ein Wolf. Wahrscheinlich wollte er nur sehen, was da vor sich ging. Wölfe greifen keine Menschen an. Vermutlich hat er eine Zeit lang in seinem Versteck ausgeharrt und ist dann wieder verschwunden, als er überzeugt war, dass diese beiden Menschen harmlos sind.« Jetzt brachte sie doch wenigstens ein schwaches Lächeln zustande. »Ich hätte nicht gedacht, dass die Wölfe noch einmal nach Vieux Vernègues zurückkehren würden. Und auch nicht, dass sie Menschen so nahe kommen. Kein Wunder, dass ich auf meinem Hochsitz nichts bemerkt habe. Das Rudel war in den Ruinen.«

Blanc dachte nach. Wie gut, dass der Kaffee inzwischen seine Wirkung tat. Er würde mit Pélestor darüber reden und mit den Kollegen der Gendarmerie. Irgendwie musste man die Wölfe aus der Nähe des modernen Vernègues vertreiben. Von den LED-beleuchteten Straßen und Reihenhäusern waren es, schätzte er, nicht einmal zweihundert Meter bis zur Kirchenruine. Aber er würde nicht sofort mit dem Bürgermeister sprechen oder gar mit Cordillet. Keine Hysterie. »Wir sollten das nicht an die große Glocke hängen«, sagte er und blickte dabei nacheinander Fouquart und Guénaël Achour an. Dass die Försterin eine derartige Wolfsgeschichte nicht verbreiten würde, verstand sich von selbst.

Guénaël Achour nickte. »Auf mich können Sie sich verlassen. Wenn sich herumspricht, dass eine Meute direkt neben dem Le Repaire sein Revier hat, kann ich den Laden dichtmachen. Wer isst schon Crêpes, wenn dabei hungrige Wölfe durchs Fenster starren?«

»Monsieur Fouquart?«, fragte Blanc nach. Der Ufologe hatte nicht reagiert. Er betrachtete das Monitorbild und war erneut blass geworden.

Fouquart blickte auf. Er hatte tatsächlich Angst. »Oh, ja, gut, gut«, murmelte er. »Kein Wort zu niemandem. Das da«, er tippte auf die Kamera, »glaubt mir sowieso keiner.«

Eine erstaunliche Aussage für einen Mann, der ohne das geringste Zögern verwischte Lichter als Ufo-Sichtungen pries, dachte Blanc. Immerhin waren die beiden Augen im Brombeerstrauch klarer zu erkennen als alles, was Fouquart ihm sonst so präsentiert hatte. Doch die Hauptsache war, dass der Mann schwieg.

»Wollen Sie die Sache geheimhalten?«, fragte Sandy Hulot, und Hoffnung schwang in ihrer Stimme mit.

»Leider nein«, erwiderte Blanc. »Ich bin Gendarm, ich kann den Wolf nicht einfach ignorieren. Und schon gar nicht, weil ich selbst auf dem Bild zu sehen bin. Wenn dieses Foto doch irgendwie bekannt wird, dann wird sich jeder fragen, warum ich darauf nicht reagiert habe.«

»Sie werden mit Pélestor reden«, riet die Försterin. Sie war nun wütend. »Sie wissen so gut wie ich, dass Pélestor der einzige ist, der einen Wolf tatsächlich erlegen könnte. Und er wird es tun, wenn Sie ihm dieses Foto zeigen. *Mon Dieu,* Pélestor wird wissen, wo genau er sich auf die Lauer legen muss. Er versteckt sich hinter der Friedhofsmauer bei der Kirche, bis ihm der Wolf vor die Gewehrmündung läuft!«

»Haben Sie eine bessere Idee, Madame? Irgendwie müssen die Wölfe verschwinden. In Vernègues leben Menschen.«

Sie lehnte sich weit zurück und blickte an die Decke. »Geben Sie mir ein, zwei Tage Zeit, bevor Sie Pélestor alarmieren«, bat Sandy Hulot. »Ich überlege mir, wie man die Wölfe von hier vertreibt, ohne ihnen das Fell über die Ohren zu ziehen. Und ohne, dass Melleton und Cordillet erfahren, dass die Tiere noch immer in ihrer friedlichen Stadt herumstreunen.«

Blanc dachte lange nach. »Gut«, erwiderte er schließlich. »Sie bekommen Ihre Galgenfrist.«

Zehn Minuten später war es Zeit zum Aufbruch. Guénaël Achour löschte das Licht und schloss die Tür des Le Repaire zweifach ab. Blanc trat auf die Terrasse. Schnee lag auf den Tischen. Der Himmel war im Osten weiß, im Zenit leuchteten noch Sterne. Kein Laut drang aus dem Wald, keine Bewegung war zwischen den Ruinen wahrzunehmen. Er suchte das Dickicht nach einem gelb leuchtenden Augenpaar ab, aber er bemerkte nichts, selbstverständlich nicht. Als Blanc als Letzter der kleinen Gruppe von der Terrasse auf den Weg trat, der hinunter nach Vernègues führte, glaubte er einen Moment, ein Zittern im Boden zu spüren. Ein Erdbeben, das jetzt auch noch! Doch die anderen gingen weiter, als wäre nichts gewesen.

Wahrscheinlich war Blanc einfach nur müde.

Der Tote in der Burg

Die Nächte mit Pélestor und Fouquart steckten Blanc in den Knochen. Den Freitag hielt er sich im Büro mühsam wach und war dankbar, dass noch ein paar Flocken Schnee fielen und deswegen im Département sonst nicht allzu viel los war. Nkolou hielt es für notwendig, die Kollegen zu einer Besprechung zusammenzurufen, um, wie er das nannte, »einige Sprachregelungen« zu verkünden. Denn inzwischen beschwerten sich die ersten Beamten, dass sie selbst in ihrer Freizeit von Nachbarn oder Vereinskameraden mit ängstlichen Nachforschungen bedrängt würden, vor allem seit am vergangenen Abend eine Reportage bei *France 3* im Fernsehen gelaufen war. Der Commandant gab vor: Kein Problem, alles unter Kontrolle, Wölfe stehen unter Naturschutz, wir kümmern uns um die Schäfer und nie, nie, niemals wird ein Wolf einen Menschen angreifen.

Blanc musste nicht ein einziges Mal für einen Einsatz die Gendarmerie-Station verlassen. Er hatte Zeit, Fabienne und Marius von dem Ausflug mit dem Ufologen zu erzählen. Fouquart hatte ihm noch gesagt, dass er die SD-Karte aus der Kamera auf seinen Computer kopieren würde. Blanc bereute es, an jenem Morgen keine eigene Kopie des Fotos gemacht zu haben – seine beiden Kollegen wollten ihm die Geschichte mit den leuchtenden Wolfsaugen einfach nicht glauben. Marius hielt das für irgendeine optische Täuschung. Und Fabienne war sicher, dass Fouquart selbst die Augen in die Datei hineinkopiert hatte, um sich über Blanc lustig zu machen.

Abends nahm ihn vor der Tür seiner alten Ölmühle in Sainte-Françoise-la-Vallée Jacques in Empfang. Der Hund schien genauso müde zu sein wie Blanc, wahrscheinlich hatten ihn die langen Touren mit Paulettes Pferden erschöpft. Blanc hatte sich auf der Rückfahrt von Gadet in der Boulangerie die letzten beiden Stücke Pizza gekauft, die er nun mit Jacques teilte, während er auf das Feuer im Kamin blickte. Der Hund rollte sich zusammen und schlief ein. Blanc betrachtete ihn neidisch. Er sehnte sich nach Schlaf, doch fürchtete er ihn auch. Er hatte Angst, von Wölfen zu träumen. Irgendetwas machte ihn unruhig. Ist doch eigentlich gar nichts passiert, versuchte er sich einzureden, ein paar tote Schafe, das ist streng genommen nicht mal ein Fall für die Gendarmerie. Und Nkoulou hatte doch recht: Wölfe sind ganz normale Tiere, und die hat es schon immer gegeben, oder nicht? Die abgetrennten Wildschweinköpfe am Haus von Sandy Hulot waren zwar eine niederträchtige Tat, doch, *mon Dieu,* er hatte in seiner langen Karriere schon ganz andere Verbrechen aufklären müssen. Und trotzdem nagte in ihm das Gefühl, irgendetwas Entscheidendes übersehen zu haben. Den Wolf neben seiner Schulter, war es das? Oder noch etwas ganz anderes?

Er grübelte so lange, bis er irgendwann erstaunt feststellte, dass das Feuer niedergebrannt war. Und er war jetzt so erschöpft, dass er nicht mehr die Kraft aufbrachte, die Treppe hoch bis ins Schlafzimmer zu steigen. Morgen war Samstag, kein Dienst, er konnte sich wenigstens einmal gehenlassen. Also legte er bloß seine Füße hoch und schlief angekleidet auf dem alten Sofa im Wohnzimmer ein.

Das Handy.

Blancs erster Gedanke war ein Fluch: Er hatte vergessen, den Wecker seines Nokias auszustellen, und es hatte ihn an einem Samstagmorgen um sechs Uhr geweckt wie an jedem anderen verdammten Wochentag. Dann sickerte die Erkenntnis in seinen benebelten Geist, dass er nicht das Wecksignal hörte. Die ersten

Riffs aus *Sweet Home Alabama*. Ein Anruf. Schlaftrunken tastete er nach dem Gerät und richtete sich auf. Schmerzen im Leib. Dunkelheit. Ein kalter Ofen. *Merde,* er konnte höchstens zwei, drei Stunden geschlafen haben, es war noch mitten in der Nacht.

»*Mon Capitaine?*« Brigadier Barressi. Er klang erleichtert, seinen Vorgesetzten endlich am anderen Ende der Verbindung zu haben.

»Was gibt es, Brigadier?«

»Die Wölfe haben wieder zugeschlagen.«

Blanc schloss resigniert die Augen. »Danke für diese Information. Ich kümmere mich darum, wenn es hell wird. Schicken Sie erst einmal jemanden vom Nachtdienst vorbei. Er soll die toten Schafe zählen.«

»Es gibt kein totes Schaf, *mon Capitaine* … es gibt einen toten Menschen …«

Blanc war schlagartig wach. »Ein Wolf hat einen Menschen getötet?!«

»Das haben die Beamten über Funk gemeldet, die als Erste zum Opfer gerufen wurden. Eine Försterin hat den Toten auf ihrem Patrouillengang gefunden.«

»Madame Hulot?«

»Wie der Minister, ja. Die Dame hat den Kollegen gesagt, dass es sich um einen Wolf handeln muss. Wir rufen von überall her Verstärkung herbei, um die Ruinen zu durchsuchen.«

»Die Ruinen? Das Opfer wurde in Vieux Vernègues gefunden?«

»Genau da, wo Sie und Lieutenant Tonon neulich waren. Neben der Weide.«

»Ich komme. Weiß man schon, wer der Tote ist?«

Blanc konnte hören, wie Barressi in Papieren wühlte, bevor er endlich antwortete: »Ein gewisser Doktor Maurice Fouquart.«

Es dauerte eine Dreiviertelstunde, bis Blanc neben den Burgmauern von Vieux Vernègues stand. Fouquart lag ungefähr dort, wo Marius und er ihn in der Nacht des Wolfsangriffs auf Locez' Herde überrascht hatten: im Gebüsch unter dem einsamen gotischen Bogen im Innern der Burgruine. Er trug seinen altmodischen Cordanzug, darunter einen grauen Rollkragenpullover, genauso altmodische Wanderschuhe aus Leder und Stoffhandschuhe. Er lag auf dem Rücken mit weit aufgerissenen Augen, als wollte er noch im Tod hoch zu den Sternen blicken. Seine Kehle war schrecklich zugerichtet. Cordanzug und Rollkragenpullover waren am Hals zerfetzt, unter dem Stoff war gezacktes, rot und schwarz gefärbtes Fleisch sichtbar; dort wo einmal sein Kehlkopf gewesen war, gähnte ein Loch. Blut hatte seinen Oberkörper bedeckt und sich als rotes Laken zu beiden Seiten des Körpers weit über den Schnee gebreitet.

Blanc starrte auf die Leiche, und sein Magen zog sich zusammen. Professionell bleiben, ermahnte er sich, du musst professionell bleiben. Das war bei den Opfern von Verbrechen nie leicht, aber es war fast unmöglich, wenn man den Toten zu Lebzeiten gekannt hatte. Er hatte Fouquart irgendwie gerngehabt, vielleicht gerade, weil er so skurril war. Und, *merde,* konnte es einen harmloseren Menschen geben als diesen exzentrischen Einstein? Warum musste gerade er sterben?

Es waren schon einige Beamte am Tatort, zwei suchten die Umgebung mit Taschenlampen ab, einer brachte einen mobilen Scheinwerfer, der in diesem Moment aufflammte und die Szenerie in grelles Licht tauchte. Fünf nervöse junge Gendarmen hatten sich mit Maschinenpistolen im Gelände verteilt und blickten sich pausenlos um.

Blanc schoss mit seinem Handy einige Fotos vom Tatort. Die hatten nicht gerade professionelle Qualität, doch die Beamten würden unweigerlich den Schnee noch mehr zertrampeln als jetzt schon. Wer wusste schon, wann die Kollegen von der Spurensicherung bis hierher durchkamen, ihr Wagen mit der Ausrüstung hatte sicherlich auch keine Winterreifen. Auf den paar Quadratmetern zwischen Mauer und Büschen war der Schnee schon fast überall plattgedrückt worden, gut möglich, dass Fouquart selbst im Lauf der Nacht hier Dutzende Male hin- und hergelaufen war, um sich warm zu halten. Blanc konnte jedenfalls keinen einzigen klaren Schuhabdruck mehr identifizieren – doch er fand eine Fährte, die aus einem etwa fünf Meter hinter der Leiche wachsenden Gesträuch bis zum Toten führte. Und es waren Abdrücke, die er schon einmal gesehen hatte. Ihm kam in den Sinn, was Locez ihm in der Nacht des Massakers erklärt hatte: Wölfe töten durch Biss in den Hals, dann arbeiten sie sich möglichst schnell bis zum Körperinnern vor, um die Eingeweide zu verschlingen. Er beugte sich über Fouquarts Leiche: Unmengen Blut, das ja, aber Brustkorb und Bauch schienen unverletzt zu sein. Blanc untersuchte die ganze Leiche, soweit das möglich war, ohne sie zu berühren. Erst die Kriminaltechniker oder die Gerichtsmedizinerin könnten sie gründlich untersuchen – je nachdem, wer es zuerst bis nach Vieux Vernègues schaffte. Keine weiteren Bisswunden am Körper. Selbst Fouquarts Hände wiesen nicht einmal Kratzer auf. Der hat sich nicht gewehrt, dachte Blanc. Der Wolf musste ihn überrascht und sofort niedergeworfen haben. Er stellte sich die kalte Nacht in den Ruinen vor, ein Schatten, ein fürchterlicher Stoß, ein grauenhafter Schmerz und in der letzten Sekunde, bevor das Bewusstsein erlosch, die Erkenntnis, dass man starb und wie man starb …

Blanc atmete tief durch und richtete sich auf. Er winkte einen der Gendarmen heran. »Das Opfer war gewönlich mit einer Drohne im Wald. Haben Sie das Fluggerät gefunden?« Womöglich, dachte Blanc schaudernd, hatte Fouquart sein eigenes Ende von oben gefilmt.

Der junge Beamte salutierte. »*Mon Capitaine,* ein paar Zentimeter neben der Leiche haben wir eine Fernsteuerung sichergestellt.« Er reichte ihm das Gerät, das bereits in einem versiegelten, durchsichtigen Plastikbeutel steckte.

»Sehr gut, Brigadier«, erwiderte Blanc. »Sie müssen aber nicht vor mir salutieren, wir sind nicht auf dem Exerzierplatz. Die Drohne selbst haben Sie noch nicht gefunden?«

Der Gendarm zuckte zusammen, weil er schon wieder salutieren wollte, sich aber im letzten Augenblick beherrschte. »Wir könnten das Plateau absuchen«, schlug er vor.

Blanc nickte. »Tun Sie das.« Er hatte allerdings keine große Hoffnung. Die Drohne konnte irgendwo in diesem weiten Tal zwischen Vieux Vernègues und der TGV-Brücke abgestürzt sein. Sie mochte jetzt in irgendeiner Erdspalte zwischen Ruinen verborgen sein oder unter einem halben Meter Schnee oder in einem Gebüsch oder Baumwipfel. Bei Tagesanbruch würden sie das Tal mit einer Hundertschaft absuchen, aber selbst das war keine Garantie, dass sie die Drohne jemals fanden. Die Filmaufnahmen waren in niedriger optischer Qualität auch auf der SD-Karte der Fernsteuerung gespeichert, doch wenn die Drohne zum Zeitpunkt des Angriffs weit entfernt ihre Kreise geflogen war, dann würden ihnen die Aufnahmen nicht weiterhelfen.

»Das Opfer hat sicherlich auch irgendwo eine Kamera auf einem Stativ aufgestellt. Der Apparat war ferngesteuert, doch die Steuerung hatte keine große Reichweite. Die Kamera müsste hier ganz in der Nähe sein.«

»Wir haben nichts gefunden, *mon Capitaine.*«

»Und eine Sporttasche?«

»Die schon.« Der Brigadier brachte die Tasche, die Blanc als die wiedererkannte, die Fouquart auch auf ihrem gemeinsamen Ausflug dabeigehabt hatte. Sie war zu groß, um sie in einen Plastikbeutel zu stopfen. Blanc zog sich Gummihandschuhe über und öffnete die Tasche vorsichtig. Er fand eine Thermoskanne, eine Decke, Wechselakkus für die Drohne, aber keine Spur von Kamera und Stativ.

Blanc blickte sich um und versuchte, so zu denken, wie Fouquart gedacht hatte. Wo würde er die Olympus positionieren? In der Nähe der Burgruine, aber so, dass keine Mauer und kein hoher Strauch den Funkkontakt zwischen Fernbedienung und Apparat störte. Fouquart wollte Lichter am Himmel fotografieren, also durften auch keine hohen Objekte vor der Linse stehen. Die Burg erhob sich auf dem höchsten Punkt des Plateaus. Die Wiese, auf der Locez seine Schafe hatte weiden lassen, erstreckte sich ein paar Meter darunter. Wenn Fouquart die Kamera am Rand der Ruine oberhalb der Weide positionierte, dann stand sie nahe genug für die Fernbedienung, und im Sichtfeld des Objektivs gab es nichts, was störte.

Blanc trat aus dem Lichtkegel des mobilen Scheinwerfers und zog seine Maglite aus dem Gürtel. Er ließ den Strahl der Taschenlampe langsam über die Ruine und die Büsche gleiten, während er in einem großen Halbkreis den Rand der alten Burg abging. Es dauerte nicht lange, bis er auf eine Stelle stieß, an der der Schnee niedergetrampelt war, die Fläche war kaum einen Quadratmeter groß. Eine kaum sichtbare Spur führte von dort zum Fundort der Leiche. Fouquart, vermutete Blanc, war von seinem Quartier einmal bis hierher gegangen, um die Kamera auf das Stativ zu stellen.

Nur: Es gab hier keine Kamera und kein Stativ mehr.

Blanc ging in die Knie und leuchtete über den Schnee. Die Sohlenspuren waren auch hier so verwischt, dass er kein Muster erkennen konnte. Doch er entdeckte drei kleine, kreisrunde Einbuchtungen, alle im selben Abstand zueinander, wie die Eckpunkte eines gleichschenkligen Dreiecks. Hier musste das Stativ gestanden haben. Blanc richtete sich auf und leuchtete zur Sicherheit in die Büsche neben der Stelle, vielleicht hatte ja ein Windstoß Kamera und Stativ umgeworfen. Er fand nichts und wollte die Maglite schon ausknipsen, als er im Schnee nahe dem Gesträuch dann doch noch etwas entdeckte.

Den Abdruck einer Wolfspfote.

Blanc dachte an den Morgen im Le Repaire, als Fouquart die Fotos der Olympus durchsah und darüber den Cappuccino vergaß. Der Ufologe hatte Angst gehabt, es war das einzige Mal, dass Blanc diesen unerschütterlich selbstbewussten Forscher furchtsam gesehen hatte. Was hatte Fouquart auf diesen Bildern so unruhig gemacht? Die Wolfsaugen? Wusste er, dass seine Freundin Sandy Hulot unrecht gehabt hatte und Wölfe *doch* Menschen angriffen? Aber wenn Fouquart das gewusst hatte: Warum war er dann wieder hinausgegangen, fast an denselben Ort und auch noch allein? Oder waren es gar nicht die leuchtenden Augen, die ihn verängstigt hatten? Aber was dann? Blanc musste sich diese Bilder unbedingt noch einmal ansehen.

Er kehrte zur Leiche zurück. Es waren weitere Beamte eingetroffen, doch noch keiner der Kollegen aus Gadet und niemand von der Spurensicherung. »Wo ist Madame Hulot, die Försterin?«, fragte er einen Uniformierten.

Der wies auf den Feldweg unterhalb der Ruinen. »Wir haben sie erst mal in einen Streifenwagen auf dem Parkplatz gebracht. Wir mussten sie mehr oder weniger tragen. Die Frau war am Ende. Ist ja auch kein Wunder«, setzte der junge Gendarm hinzu. Während des ganzen Gesprächs ruhte seine Rechte auf dem Pistolenhalfter, ständig blickte er von Blanc weg und musterte die dunklen Ruinen.

»Schießen Sie bloß nicht auf alles, was sich bewegt, Brigadier«, sagte Blanc, bevor er sich auf den Weg machte. Er fand Sandy Hulot auf dem Beifahrersitz eines Méganes, dessen Motor lief, damit es im Innern warm blieb. Sie trug ihre dick gesteppte Uniformjacke, ihr Gesicht war ganz fahl. Blanc setzte sich auf den Fahrersitz. Er hatte sich vor seinem Aufbruch noch die Zeit genommen, eine Thermoskanne Tee aufzubrühen. Er schraubte den Deckel ab und reichte ihn der jungen Frau. Der Duft von Earl Grey erfüllte den muffigen Streifenwagen. Sie versuchte zu lächeln, doch brachte sie bloß eine klägliche Grimasse zustande. Ihre Hände zitterten so stark, dass Blanc sie schließlich umfasste und ihr dabei half, den Becher zum Mund zu führen.

»Als Yussufs Vater mir gesagt hat, dass er mich für eine andere verlässt, war das der schlimmste Tag meines Lebens«, flüsterte sie unvermittelt. »Ich dachte, schlimmer kann es nicht mehr kommen … Ich habe mich geirrt.«

»Es ist schrecklich«, erwiderte Blanc. »Es tut mir sehr leid. Ich würde Ihnen das hier jetzt wirklich gern ersparen, aber darf ich Sie vielleicht dennoch bitten, mir alles genau zu schildern. Wir können diese Befragung selbstverständlich jederzeit abbrechen und erst dann fortführen, wenn Sie sich dazu in der Lage fühlen.«

Sie nickte. »Fragen Sie. Ich glaube, es ist besser, wenn ich alles sofort rauslasse.«

»Wann haben Sie Monsieur Fouquart gefunden?«

Sandy Hulot zuckte mit den Achseln. »Das weiß ich nicht. Ich wusste, dass Maurice diese Nacht sein Lager in der Burgruine aufschlagen wollte. Also bin ich auf meinem Patrouillengang irgendwann da vorbeigekommen und …« Sie blickte aus der Seitenscheibe in die Nacht. Tränen liefen ihr über die Wangen. Schließlich atmete sie tief durch und trank einen weiteren Schluck Tee, diesmal ohne Blancs Hilfe. »Ich glaube, ich habe einen Notruf abgesetzt, direkt nachdem ich Maurice gefunden hatte. Dabei wusste ich sofort, dass man ihm nicht mehr helfen konnte.«

Blanc holte seinen Notizblock hervor. Er hatte sich bereits bei den Kollegen erkundigt, der Anruf der Försterin war um kurz nach halb drei Uhr nachts eingegangen. »Haben Sie …«, er wog seine Worte sorgfältig ab, »… etwas Ungewöhnliches bemerkt?«

Sie blickte ihn müde an. »Sie meinen, ob ich einen Wolf gesehen habe?«

»Haben Sie?«

»Nein.« Sie schloss die Augen. »Die Spuren im Schnee habe ich bemerkt, nachdem ich Maurice gefunden hatte. Aber davor? Ich habe im Wald keinen Wolf gesehen. Das ist ein Alptraum«, murmelte sie. Als sie fortfuhr, hielt sie ihre Augen weiter geschlossen. »In Frankreich ist das letzte Mal im 19. Jahrhundert ein Mensch von einem Wolf gerissen worden. Das war damals ein ausgehungertes Tier. Aber dieser Angriff auf Maurice ...« Sie schüttelte den Kopf. »Das ist vollkommen unerklärlich. Wölfe tun so etwas nicht!«

Blanc räusperte sich und dachte an die schreckliche Halswunde des Toten. »Könnte Monsieur Fouquart einen Wolf versehentlich provoziert haben? Vielleicht mit seiner Drohne? Oder er hatte etwas zu essen dabei, das ein Tier angelockt hat? Oder er hat eine falsche Bewegung gemacht, ein falsches Geräusch von sich gegeben?« Warum hatte das Tier sie in der vorangegangenen Nacht nicht einmal belästigt? Und diesmal hatte es getötet? Was war jetzt anders gewesen?

Sandy Hulot wandte sich Blanc zu. »Seit ich in diesem Auto sitze, stelle ich mir auch diese Fragen. Mir ist schwindelig, mein Gehirn ist wie Brei, und Sie haben ja gesehen, was mit meinen Händen los ist. Und trotzdem frage ich mich die ganze Zeit: Wie war das möglich? Was hat Maurice bloß getan?« Sie hob in einer hilflosen Geste die Hände. »Ich finde keine Antwort darauf.«

»Hatte Monsieur Fouquart seine Kamera dabei?«

Sie blickte ihn einen Moment lang verwirrt an. »Ja, selbstverständlich hatte er die Olympus mit, wie immer. Warum?«

»Wir können die Kamera nicht finden.« Er erzählte ihr von den Spuren im Schnee.

Danach blieb es sehr lange still im Wagen. Blanc ließ der jungen Försterin Zeit, diese Informationen zu verarbeiten. »Die tödliche Bisswunde stammt ohne Zweifel von einem Wolf«, meinte sie schließlich resigniert.

»Oder von einem großen Hund«, warf Blanc ein. »Das wird die Gerichtsmedizinerin feststellen. Doch auf jeden Fall fehlt die Kamera. Und ich glaube nicht, dass Wölfe sich dafür interessieren. Menschen aber schon.«

»Wollen Sie andeuten, dass sich jemand mit einem großen Hund angeschlichen hat, um die Kamera zu stehlen, während der Hund über Maurice hergefallen ist? Was könnte das für ein Hund sein? Das klingt doch genauso unwahrscheinlich wie ein Wolfsangriff.«

»Ich deute gar nichts an, Madame Hulot. Irgendjemand hat Olympus und Stativ mitgenommen. Ein Tier wird es wohl kaum gewesen sein.«

Plötzlich bewegte sich Sandy Hulot unfassbar schnell, viel zu schnell, als dass Blanc hätte reagieren können. Sie stieß die Beifahrertür auf, sprang aus dem Streifenwagen, lief einige Schritte durch den Schnee und übergab sich dann an einem Busch. Blanc folgte ihr, reichte ihr ein Papiertaschentuch, dann führte er sie behutsam zurück zum Wagen.

»Zuerst diese Wildschweinköpfe. Und nun das«, murmelte die Försterin.

»Für mich ist der Tod von Monsieur Fouquart kein Wildunfall, Madame«, sagte Blanc. »Für mich ist das ein Verbrechen. Wie auch immer Fouquart getötet wurde – es war ein Mensch, der die Kamera gestohlen hat. Jemand, der zumindest gesehen haben muss, was passiert ist.«

»Das glaubt Ihnen niemand, so wie die Dinge liegen.«

»Ich bin es gewohnt, dass mir zunächst niemand glaubt. Meistens ändert sich das dann im Laufe der Ermittlungen.« Blanc lächelte dünn. »Monsieur Fouquart sagte mir, dass er mit seiner Drohne immer zufällig alles Mögliche gefilmt hat. Unter anderem auch Jäger, die sich im Wald betrinken und danach in ihrem Suff herumschießen.«

Sie hob müde die Hände. »Oh ja, ich erinnere mich. Er hat

mir ein Video gezeigt, wir haben es sogar auf mein Tablet über-spielt, damit wir die Bilder vergrößern können. Aber Maurice hat solche Aufnahmen danach gelöscht. Er interessierte sich nur für seine Lichter und die Außerirdischen.« Sie blickte ihn ernst an. »Glauben Sie wirklich, dass es ein Jäger gewesen sein könn-te, der mit seinem Hund so etwas Schreckliches tun würde?«

Blanc ignorierte ihre Frage. »Wer war der Jäger auf dem Film?«

Sie zuckte mit den Achseln. »Das waren Nachtaufnahmen, die Drohne flog ziemlich hoch. Der Jäger hatte eine Kappe auf, so eine gefütterte Kappe mit Schirm, die gegen die Kälte schützt. Sie hat sein Gesicht verborgen. Man konnte erkennen, wie er den Wein in einem tiefen Zug direkt aus der Flasche trank. Da-nach hat er die Flasche auf einen Baumstumpf gestellt, ist einige Meter davongestapft und hat angefangen, mit seinem Gewehr darauf zu schießen. Es waren nur wenige Meter, aber die Fla-sche ist heil geblieben, zumindest so lange, wie die Drohne ge-filmt hat.«

»War dieser Jäger ein großer Mann oder ein kleiner? Dick oder dünn? War er …«

»*Mon Capitaine,* bei einer Aufnahme von oben, noch dazu nachts, erkennt man nicht viel. Und ich habe den Film auch nur einmal angesehen. Ein Mann mit Kappe eben – Sie haben auch eine Baseballcap auf, das könnten theoretisch auch Sie gewesen sein.«

Er räusperte sich. »Wer wusste noch von diesen Aufnahmen? Hat Monsieur Fouquart sie vielleicht nicht nur Ihnen gezeigt?«

Sie schüttelte den Kopf. »Das glaube ich nicht. Wir haben sie zusammen angesehen, danach hat Maurice sie gelöscht. Das Video ist wahrscheinlich noch irgendwo auf meinem Tablet ge-speichert. Na ja, und in der Cloud, das ist ja so üblich bei Vi-deos und Fotos, dass die in der Cloud gespeichert werden. Aber mein Tablet habe ich immer dabei, das hat mir niemand auch nur für ein paar Minuten entwendet. Und in der Cloud wird wohl kein Jäger den Film gesehen haben.« Sie zog die Mundwinkel verächtlich nach unten. »Unsere Flintenmänner sind nicht gerade Computernerds.«

»*Merci beaucoup*, Madame Hulot«, sagte Blanc. »Sie haben mir sehr geholfen. Ich schicke einen Brigadier zu Ihnen, der Sie nach Hause fährt.« Er schüttelte ihr die Hand und stieg aus. Blanc dachte an den jungen Jäger Pélestor, der ein Fitbit-Armband trug und sich alle zwei Jahre das neueste Handy leistete. Und an Bürgermeister Melleton, der vierzig Jahre lang Techniker gewesen war und auf einer Facebook-Seite posierte, auf der man den Wölfen den Tod androhte. Sandy Hulot unterschätzt die Computerkenntnisse mancher Jäger, sagte er sich.

Zehn Minuten später erreichten Marius und Fabienne direkt nacheinander den Tatort. Es war inzwischen kurz nach vier, der Mond war untergegangen, und nur der dieselbetriebene Scheinwerfer tauchte den grausam zugerichteten Toten in bläuliches, leicht flackerndes Licht. Wie ein alter Horrorfilm, fuhr es Blanc durch den Kopf. Er nickte Marius zu, der erstaunlich frisch und ausgeschlafen wirkte. Tut ihm gut, trocken zu sein, dachte Blanc. Fabienne hingegen hatte dunkle Ringe unter den Augen, sie schwankte vor Müdigkeit. Ungefähr der Zustand, in dem Blanc zu seiner Pariser Zeit bei den Tatorten aufgekreuzt war – kurz bevor seine Ehe und seine Karriere in die Brüche gegangen waren. Ich werde mal in aller Ruhe mit Fabienne reden müssen, nahm er sich vor. Wenn dieser Alptraum hier vorbei ist.

Er berichtete ihnen das, was er bislang über den Fall wusste, und erzählte außerdem, wie sich Fouquart und der Bürgermeister abends im Haus des Ufologen heftig gestritten hatten.

Marius hörte schweigend zu und ging dann zum Toten hinüber. Er besah ihn lange und schüttelte dann den Kopf. »Eines ist sicher«, verkündete er, »das war kein Mensch. Fouquart ist einigen Leuten auf die Nerven gegangen. Aber ich kann nicht erkennen, was das mit seinem Tod zu tun haben sollte. Ein Wolf bleibt ein Wolf.«

»Und wenn es kein Wolf war?«, entgegnete Blanc. »Wenn es ein großer Hund gewesen ist? Ein abgerichteter Hund? Jemand schleicht sich an Fouquarts Lager an und lässt seinen Hund auf den Ufologen los. Alle sollen denken, dass es ein Wolf getan hat – aber in Wahrheit war es Mord.«

»Durchgedrehte Kampfhunde töten schon mal Menschen«, erwiderte Marius skeptisch. »Aber ein abgerichteter Killerhund, der nachts durch die Einöde schleicht und auf Kommando jemandem die Kehle zerbeißt? So einen Fall hat es noch nie gegeben.«

»Und wer soll der Mörder sein? Was ist das Motiv?«, fragte Fabienne. Sie klang ebenfalls nicht überzeugt.

»Zum Beispiel hätte Cordillet ein gutes Motiv. Jeder weiß oder ahnt zumindest, dass er in die Kasse des Jagdverbands greift. Vielleicht ist er der betrunkene Jäger auf dem Drohnenfilm? Zumindest trinkt er viel, was auch jedermann weiß. Sandy Hulot möchte Cordillet schon lange loswerden. Wenn sie Anzeige erstattet und dabei Fouquarts Film vorlegt, dann ist Cordillet erledigt: Man würde ihm die Jagdlizenz entziehen. Ohne Lizenz kein Vorsitz im Jagdverband, ohne Jagdverband kein Griff mehr in die Vereinskasse, ohne Vereinskasse ist auch seine Schreinerei pleite. Also will Cordillet Hulot einschüchtern, indem er ihr die Wildschweinköpfe vor das Haus legt und dieses lächerliche Graffito an die Wand sprüht. Doch als die sich nicht einschüchtern lässt, tötet er ihren Freund mit einem seiner Jagdhunde, die er bei sich im Zwinger hält.«

»Du solltest mal wieder ausschlafen«, brummte Marius. »Nicht einmal Sandy Hulot hat Cordillet auf dem Film erkannt, warum sollte der sich also davor fürchten? Und wie sollte Cordillet überhaupt von der Existenz dieses Films erfahren haben?

Hat er Sandy Hulots Tablet gestohlen? Traust du einem versoffenen Typen wie ihm einen Hack der Daten irgendeiner Cloud zu? Und warum sollte Cordillet den Fotoapparat des verrückten Ufologen mitgenommen haben?« Marius hob die Hände. »Das ergibt alles keinen Sinn.«

»Auch Bürgermeister Melleton hat einen Schäferhund«, fuhr Blanc unbeirrt fort. Ihn ärgerte Marius' Einwurf, vor allem weil er recht hatte. Er war nicht gut in Form, doch das wollte er nicht zugeben. »Und Melleton hat sich kurz vor Fouquarts Tod heftig mit diesem gestritten.«

»Du bringst aber nicht jemanden um, nur weil er ein Ufologen-Camp organisieren will«, wand Marius ein. »Und auch hier kannst du die verschwundene Kamera nicht erklären: Warum sollte Melleton sie mitgenommen haben? Es gibt einfach keinen Verdächtigen und kein richtiges Motiv.«

»Vielleicht doch«, warf Fabienne ein. Sie tippte auf ihr iPad. »Ich habe auf der Fahrt hierher ein bisschen nachgeforscht. Hätte ich schon früher tun sollen, aber wer nimmt schon einen Ufologen im Cordanzug so ernst, dass er ihn googelt? Jedenfalls ist es nicht schwer herauszufinden, dass Dr. Maurice Fouquart, als er noch ordentlicher Professor in Grenoble war, auch eine ebenso ordentliche Ehe geführt hat.«

Blanc ging plötzlich ein Licht auf. »Mit Doktor Marie-Claire Martin!«, rief er.

»Deshalb mochten sich die beiden nicht«, bestätigte Fabienne nickend. »Als Fouquart keine Fachaufsätze über Supernovae und kosmische Hintergrundstrahlung mehr publizierte, sondern seine ersten Artikel über Aliens und seltsame Lichter am Weihnachtshimmel schrieb, ging die Ehe in die Brüche. Keine Ahnung, ob die Beziehung gescheitert ist, weil Fouquart sich von der echten Wissenschaft abwandte. Oder ob er erst anfing, nach Aliens zu suchen, nachdem ihn seine Frau verlassen hatte. Zumindest fallen Fouquarts Aliensuche und die Scheidung in die gleiche Zeit. Das ist zwei Jahre her. Und nun laufen sich die beiden ausgerechnet in Vieux Vernègues zufällig wieder über den Weg. Marie-Claire Martin hat ein sehr persönliches Motiv, ihre Forschung ernst zu nehmen: Ihre Eltern sind bei einem Erdbeben gestorben. In Vieux Vernègues stellt sie deshalb Abend für Abend ihre wissenschaftlichen Geräte auf – und dabei kreuzt Fouquart auf, der exakt am selben Ort, statt seriöse Forschung zu betreiben, lieber mit einer Drohne nach Raumschiff Enterprise sucht. Das muss für Marie-Claire Martin doch wie eine Provokation wirken. Und dann wird sie sicher auch noch erfahren haben, dass ihr Exmann inzwischen eine Neue hat. Sandy Hulot ist fünfzehn Jahre jünger als Marie-Claire Martin. Eine jüngere Rivalin hat schon manche Frau zur Furie gemacht.«

Marius rollte theatralisch mit den Augen. »Kannst du dir diese kühle Wissenschaftlerin als Furie vorstellen, die ihrem Exmann mit den eigenen Zähnen die Kehle durchbeißt? Ich glaube nämlich nicht, dass Marie-Claire Martin nachts mit einem abgerichteten Hund durch den Wald läuft. Als sie über ihre Begegnung mit dem Patou von Locez gesprochen hat, konnte man hören, dass sie Angst vor Hunden hat.«

»Und auch hier haben wir das Problem der verschwundenen Kamera«, gab Blanc widerstrebend zu. »Marie-Claire Martin mag ja die Forschungen ihres Exmannes verachten und seine neue Freundin hassen – aber warum sollte sie die Olympus verschwinden lassen? Wir drehen uns im Kreis. Wir übersehen irgendetwas, *merde*! Diesen verdammten Fotoapparat hat irgendjemand mitgenommen, und dieser jemand hat dafür einen guten Grund gehabt.«

»Scheiß auf die Spurensicherung, mir ist kalt«, rief Fabienne. »Wir sollten nicht so lange warten, bis die Jungs in den weißen Schutzanzügen endlich durch den Schnee gestapft sind. Ich habe ein Paar Gummihandschuhe dabei. Was haltet ihr davon, wenn ich die SD-Karte aus Fouquarts Fernsteuerung hole und mit dem

Adapter am Tablet anschließe? Dann sehen wir uns schon mal die Filme der Drohne an. Das werden nur pixelige Aufnahmen sein, aber vielleicht ist da ja etwas drauf, was auch diese verschwundene Kamera fotografiert haben könnte und was uns einen Hinweis darauf gibt, warum sie mitgenommen wurde.«

Blanc zögerte kurz und nickte dann. Kälte und Müdigkeit waren gute Argumente gegen den Dienstweg. Je schneller sie diese Sache hinter sich brachten, desto besser. Zehn Minuten später flimmerte Fouquarts letzter Drohnenfilm über Fabiennes iPad. Die ersten Sekunden zeigten den Start. Die Drohne erhob sich aus den Ruinen, Fouquart stand mit der Fernsteuerung unter ihr. »Noch mal in Zeitlupe«, bat Blanc.

Sie sahen sich diese Sequenz Aufnahme für Aufnahme an: Brombeerbüsche. Schneebedeckte Mauern. Fouquart in Winterkluft. »Stopp!«, rief Blanc bei einem Bild, das vier Sekunden nach dem Abheben aufgenommen worden war.

Die Drohne musste da schon zwei, drei Dutzend Meter in die Luft gestiegen sein, sie stand aber noch senkrecht über der Burg. Blanc erkannte die V-förmigen Mauern und den gotischen Bogen, der auf dem Schnee einen schmalen Schatten warf. Und am unteren Bildrand sah er ein dunkles Muster im Schnee, eine Art dreizackiger schwarzer Stern auf weißem Grund. »Kannst du diesen Ausschnitt vergrößern?«, fragte er Fabienne.

Sie wischte mit den Fingern über den Screen, und wenige Augenblicke später hatten sie die Details groß im Blick, grobkörnig zwar, aber doch klar genug: eine Kamera auf einem dreibeinigen Stativ. »Geht das noch größer?«, bat Blanc.

Fabienne hantierte am iPad herum, bis die Kamera den ganzen Bildschirm füllte – oder die Ansammlung dunkler Punkte, die wahrscheinlich eine Kamera war, denn Einzelheiten konnte man nun gar nicht mehr unterscheiden. Blanc rief sich die Olympus in Erinnerung: kleines, schmales Gehäuse, Sucher auf der Rückseite, vorne ein wuchtiges, lichtstarkes Objektiv. Er

vermutete, dass die Ausbuchtung an der einen Seite des Foto-
apparats genau dieses Objektiv sein musste. Er tippte darauf.
»Fouquart hat zumindest zur Zeit des Starts die Kamera noch
auf sein Lager ausgerichtet. Das Objektiv zeigt nicht über die
Weide oder in den Himmel, sondern in seine Richtung. Beim
letzten Mal hat er das auch so gemacht. Er hat zuerst Testbilder
von sich und seinem Lager geschossen. So haben wir zufällig
die Wolfsaugen abgelichtet. Wie lange geht der Drohnenfilm
noch weiter?«

Fabienne ging in den Schnelldurchlauf. »Noch drei Minuten
und elf Sekunden. Dann wird alles dunkel.«

Marius pfiff anerkennend. »Ein Indiz, dass dann die Drohne
abstürzt, weil Fouquart angegriffen wird und die Kontrolle über
sein Fluggerät verliert. Nur hunderteinundneunzig Sekunden
nach dem Start.«

»Das ist der Grund, warum jemand die Kamera verschwinden ließ!«, rief Blanc. »Fouquart hatte wahrscheinlich noch gar
keine Zeit gehabt, seine Drohne auf Autopilot zu stellen, zum
Fotoapparat zu gehen und ihn neu auszurichten. Die Olympus
hat die ganzen drei Minuten lang nur ihn und sein Lager fotografiert. Also hat sie auch …«

»… Fotos gemacht von dem Tier, das Fouquart zerfleischt
hat«, vollendete Fabienne und schüttelte sich. »Wenn wir diesen
Apparat jemals finden, dann werden wir grauenhafte Bilder sehen, von einem Wolf, der auf diesen armen Typen losgeht.«

»Oder einem Hund«, ergänzte Blanc. »Und wenn es ein Hund
war, dann war vielleicht auch dessen Besitzer nicht weit. Und der
hat die Kamera anschließend verschwinden lassen.«

Zur Sicherheit sahen sie die drei Minuten und sieben Sekunden Film an, die nach dem Start noch auf der Speicherkarte
aufgezeichnet waren. Die Burg verschwand aus dem Sichtfeld.
Die Ruinen von Vieux Vernègues wurden kleiner, bis sie wirkten wie Mauern einer winterlichen Modellbahnlandschaft. Ein

schwächlicher weißer Lichtpunkt kroch einige Sekunden lang durch Vieux Vernègues – genau so ein Licht, wie es Fouquart in Aufregung versetzt hätte. Es war aber nur für wenige Augenblicke zu sehen, dann war entweder die Drohne weitergeschwenkt oder das Licht war erloschen. Vielleicht war das Ganze sogar bloß eine optische Illusion oder Spiegelung in der klaren Winternacht. Blanc erkannte die Baumkronen der Wälder. Die Route Départementale. Die dunklen Reihen der kahlen Weinstöcke über einer weißen Decke. Einmal kurz ein Schwenk auf die Eisenbahnbrücke. Wieder Wälder. Das moderne Vernègues, die Laternen waren Lichtperlen, aufgereiht am Band der Straßen, die Häuser dunkle Klötze im Schnee. Kein Auto bewegte sich auf den Straßen. Das aufgerissene Kirchenschiff. Die Drohne schien in einem großen Bogen zu Vieux Vernègues zurückzufliegen. Nach der Kirchenruine flimmerte das Bild, dann wurde alles schwarz.

»Zumindest wissen wir jetzt, wo die Kollegen morgen suchen müssen«, sagte Blanc und rieb sich die müden Augen. »Wir müssen nicht das ganze Tal absuchen. Eine Hundertschaft in diesen Ruinen, und wir werden die abgestürzte Drohne hoffentlich in der Nähe der Kirche finden. Auch wenn uns das wohl kaum mehr verrät als das, was wir jetzt schon wissen.«

»*Mon Capitaine*«, rief ein Brigadier, der ein Funkgerät in der Hand hielt, »die Gerichtsmedizinerin ist da. Sie ist unten an der Absperrung. Ein Mann ist bei ihr. Sie behauptet, dass er ihr Assistent ist, aber der Mann kann sich nicht ausweisen. Sollen wir ihn trotzdem passieren lassen?«

»Ich freue mich, Doktor Thezans Assistenten kennenzulernen«, erwiderte Blanc.

»Bin gespannt, mit welchem Typen sie diesmal aufkreuzt«, brummte Marius.

Ein paar Minuten später kam die Gerichtsmedizinerin mit energischen Schritten den steilen Weg zur Burgruine hoch. Trotz der vielen legalen und nicht ganz so legalen Zigaretten, die sie täglich qualmte, schien sie nicht außer Atem zu sein. Blanc hatte sie schon öfter mit Begleitern gesehen, die mindestens zehn Jahre jünger waren als sie. Auch diesmal folgte ihr ein junger Mann, der ihre Tasche mit der Ausrüstung trug. Er war, soweit Blanc sich erinnern konnte, der erste von Fontaine Thezans zahlreichen Freunden, der einen Vollbart hatte. Er trug alte Jeans mit hochgekrempelten Hosenbeinen, Timberlands, ein kariertes Flanellhemd, als hätte er sich extra für diese Welt aus Schnee und Trümmern und wilden Wölfen passend gekleidet.

Die Gerichtsmedizinerin küsste Blanc auf die Wangen und nickte seinen beiden Kollegen zu. »Sie lassen mich ein paar Minuten mit dem Toten allein, ja?« Der Bärtige reichte ihr schweigend die Tasche. Sie machte sich wie immer nicht die Mühe, ihren Begleiter den Gendarmen vorzustellen.

Fontaine Thezan streifte sich Gummihandschuhe über und beugte sich über Fouquart. Wenn das, was sie sah, sie schockierte, so ließ sie sich das nicht anmerken. Sie fischte eine kleine Taschenlampe aus ihrer Manteltasche und richtete sie auf die Wunde, leuchtete bis in den aufgerissenen Kehlkopf hinein. Dann zupfte sie mit einer Pinzette etwas vom blutverkrusteten Hals der Leiche fort und steckte es sorgfältig in einen verschließbaren kleinen Plastikbeutel. Als sie die Untersuchung des Toten schließlich beendet hatte, dämmerte es bereits. Der Himmel leuchtete weiß. Fouquart sah aus wie eine Gestalt aus einem billigen Wachsfigurenkabinett. Gut, dass Sandy Hulot sich das nicht mehr ansehen musste, dachte Blanc.

Die Gerichtsmedizinerin richtete sich auf, zog die Handschuhe aus und steckte sich eine Mentholzigarette zwischen die Lippen. Ihr Freund schnippte ein Feuerzeug an. Sie bedankte sich nicht, doch ließ sie ihre Hand einen Moment lang auf seiner ruhen, als sie sich vorbeugte, um die Zigarettenspitze gegen die Flamme zu halten. »Zweifellos ein Canidenbiss«, verkündete sie schließlich und atmete dabei gleichzeitig eine stark duftende Qualmwolke aus. »Andere äußere Verletzungen sind nicht zu erkennen. Wie es in seinem Körper aussieht, wird selbstverständlich erst durch die Obduktion geklärt. Aber ich glaube nicht, dass wir dabei noch entscheidende Erkenntnisse gewinnen. Dieser Mann ist genauso getötet worden wie die Lämmer, die ich mir neulich ansehen musste.«

»Könnte es ein Hund gewesen sein?«, fragte Blanc.

»Das wird der DNA-Test zeigen. Doch ich habe das hier in der Wunde gefunden.« Sie zeigte ihm den Plastikbeutel. Darin befand sich ein langes, ziemlich kräftiges Haar. Es war grau. »Canis lupus lupus vermutlich«, fuhr die Gerichtsmedizinerin fort, »also ein Wolf.«

»So viel zu deiner Theorie vom dressierten Killerhund«, sagte Marius und schlug Blanc aufmunternd auf die Schulter. »Der Mörder, den wir suchen, hat vier Beine. Nicht zwei.«

Blanc dachte an die verschwundene Kamera. Nichts passte hier zusammen, gar nichts. Doch er sagte kein Wort, denn was gab es jetzt noch zu sagen?

Gegen sieben Uhr morgens schaffte es endlich ein Leichenwagen bis nach Vieux Vernègues hinauf. Die Gerichtsmedizinerin wollte Fouquart möglichst schnell obduzieren, sie und ihr Begleiter folgten den Trägern, die den Toten auf einer Bahre bis hinunter zum Parkplatz schafften. Fontaine Thezan hielt jedoch noch einmal kurz inne und blickte Blanc an. »Ein Beamter sollte bei der Leichenschau dabei sein. Wollen Sie mit? Neben dem Seziertisch ist es weniger kalt als hier.«

»Ich übernehme das«, verkündete Fabienne spontan.

Blanc sah sie überrascht an. »Darum hast du dich noch nie gerissen.«

»Eben. Irgendwann muss ich das auch mal machen. Und ich wette, du willst hier noch nach einer gewissen Kamera suchen.«

Fontaine Thezan blickte Fabienne mit einem Hauch Anerkennung an. »Freiwillige sind immer willkommen. Sie sehen aus, als bräuchten Sie eigentlich einen starken Kaffee. Aber wenn das Ihre erste Obduktion ist, dann bleibt dieser Kaffee möglicherweise nicht lange dort, wo er hingehört.«

»Keine Sorge Doktor, ich kotze Ihnen nicht auf die Leiche.« Jetzt lächelte die Gerichtsmedizinerin. »Ich nehme Sie mit.«

»Mir hat sie noch nie angeboten, in ihrem Jeep mitzufahren«, flüsterte Marius verdrießlich und blickte den Frauen nach.

Nun war es an Blanc, seinem Kollegen aufmunternd auf die Schulter zu klopfen. »Du bist zu alt für Doktor Thezans Geschmack und zu sensibel für die Obduktionen. Sie wird sich erst für dich interessieren, wenn du tot bist.«

Nach und nach verließen auch die meisten Gendarmen den Tatort. Blanc und Marius hingegen nutzten das Tageslicht, um die Ruine und das Gebüsch noch einmal abzusuchen. Doch die Kamera blieb unauffindbar. Als sie schließlich den Parkplatz erreichten, waren dort fast alle Streifenwagen verschwunden. Blanc deutete auf einen silbernen Dacia Duster, der am Rand parkte und aus dessen heruntergelassener Seitenscheibe eine dünne Rauchfahne in die klare Luft stieg. »Wenigstens hat uns die Zeitung keinen schlechten Schreiberling geschickt.«

Gérard Paulmier stieg aus seinem Dacia. Ein Lodenmantel umflatterte seinen dünnen Leib wie ein schwarzes Segel. Er nahm seine Pfeife aus dem Mund. »Ihre Kollegen wollten mich nicht durch die Absperrung lassen. Aber als die Leichenträger herunterkamen, habe ich einen Blick auf die Bahre erhascht. Der Mann sah übel aus.«

»Commandant Nkoulou wird wahrscheinlich nachher eine Pressekonferenz dazu geben«, erwiderte Blanc. Ganz sicher würden viele Reporter kommen, so wie die Sache aussah.

»Nun mal nicht so förmlich, *mon Capitaine*. Das war ein Wolf, oder?«

»Ich kann dazu wirklich nichts sagen.«

»Müssen Sie auch nicht. Ich werde so oder so schreiben, dass es ein Wolf war. *Mon Dieu,* wann hat man so etwas zuletzt in einer französischen Zeitung gelesen? *Mann von Wolf zerrissen.* Das bringt es auf Seite eins.«

»Man kann das auch zurückhaltender formulieren.«

»Die Halswunde von dem Mann sah aber nicht zurückhaltend aus. Wer war das Opfer?«

Merde, dachte Blanc, es wird sich ja sowieso bald herumsprechen. »Doktor Maurice Fouquart. Er lebte zeitweilig in Vernègues, um …«

»Der verrückte Ufologe?! Eine Kollegin hat mal was über ihn gebracht und mir von diesem Typen erzählt.« Paulmier stopfte seine Pfeife neu. »Der Mann war nachts oft alleine draußen«, murmelte er dabei. »Haben Sie den Wolf schon erwischt?«

»Wir haben den Tatort gesichert und Spuren gesammelt.«

»Also läuft der Killerwolf immer noch frei durch unsere Wälder. Ein Raubtier, das Menschenfleisch gekostet hat. Wenn ein Wolf erst einmal damit anfängt, Menschen zu jagen, dann …«

»Das ist pure Spekulation«, unterbrach ihn Blanc. »Machen Sie Ihre Leser nicht hysterisch.«

»Ich mache meine Leser nicht hysterisch. Dieser Wolf macht sie hysterisch. So einen Fall hatte ich als Reporter noch nie.«

»So einen Fall hatte ich als Flic auch noch nie.« Blanc war so erschöpft, dass er sich beherrschen musste, um nicht ausgerechnet vor einem Journalisten müde hin- und herzuschwanken. »Die Sache ist«, er wog seine Worte sorgfältig ab, »sehr kompliziert«, schloss er etwas lahm, weil ihm mit nebligem Schädel partout nichts Besseres einfallen wollte. Beinahe hätte er sogar eine von Nkoulous Phrasen wie »Wir haben die Lage unter Kontrolle« angefügt, doch er besann sich rechtzeitig, dass Paulmier und überhaupt jedermann sehen konnte, dass sie die Lage keineswegs mehr unter Kontrolle hatten.

»Dieser Fouquart war doch mit der kleinen Försterin zusammen, habe ich gehört«, fuhr Paulmier gnadenlos freundlich fort. »Der hat man doch letzten Mittwoch zwei Wildschweinköpfe vors Haus gelegt. Seltsamer Zufall, nicht?«

»Bislang deutet nichts darauf hin, dass diese beiden Ereignisse irgendetwas miteinander zu tun haben«, erklärte Marius nicht hundertprozentig wahrheitsgemäß.

»Also schließen Sie aus, dass bei Fouquarts Tod ein Mensch seine Hand im Spiel hatte?«

Mon Dieu, Paulmier war Mitte sechzig und wirkte wie ein netter, leicht verwahrloster Großvater. Aber er war schnell im Kopf, wachsam und bestens informiert. »Wie kommen Sie darauf, dass Fouquarts Tod etwas mit einem Menschen zu tun haben könnte?«, antwortete Blanc mit einer Gegenfrage.

»Fouquart ist mit seinen nächtlichen Drohnenflügen einigen Leuten ganz schön auf die Nerven gegangen. Zum Beispiel einigen Jägern, die auch Wildschweine jagen.«

»Nichts als Gerüchte und Zufälle. Das wollen Sie doch nicht alles in die Zeitung setzen?«

»Keine Panik, *mon Capitaine.* Vorerst reicht mir die Story vom Killerwolf. Aber wenn Sie auf andere Spuren stoßen, bin ich ganz Ohr.« Paulmier blickte ihn liebenswürdig an. »Darf ich jetzt hoch zu den Ruinen und einige Fotos machen?«

»Monsieur Fouquart wurde in der Burg aufgefunden. Das Areal ist noch abgesperrt, und ein paar Beamte halten Wache. Aber ansonsten dürfen Sie sich in Vieux Vernègues umsehen, so lange Sie wollen.«

»Ich werde da nicht länger bleiben als notwendig, *mon Capitaine.* Ich will ja nicht auch als Wolfsfutter enden.«

Acht Uhr morgens. Ein pflichtbewusster Mann wie Melleton müsste jetzt am Schreibtisch sitzen, hoffte Blanc, sogar am Samstag. Er hielt es für das Beste, wenn Marius und er persönlich dem Bürgermeister die Neuigkeit überbrachten. Vielleicht hatten sie so noch eine Chance, eine extreme Reaktion zu verhindern. Melleton hatte schließlich schon mit Schärpe und Gewehr im Internet posiert. Er hatte sich damit quasi selbst ein öffentliches Ultimatum gestellt: Wenn der Wolf noch einmal zuschlug, dann würde er schießen. Erst recht, wenn kein Lamm das Opfer war, sondern einer seiner Mitbürger.

Sie trafen den Bürgermeister tatsächlich im Büro der nüchtern gestalteten neuen Mairie im modernen Vernègues. Samstagvormittag war Bürgersprechstunde, alle Beamten schienen bereits an ihren Plätzen zu sitzen. Effiziente Stadt. Blanc ließ sich von einer Mitarbeiterin direkt zu Melleton führen und berichtete ihm möglichst sachlich von dem, was geschehen war. Es gelang ihm sogar, das Wort »Wolf« zu vermeiden.

Trotzdem war am Ende seines Vortrags alle Farbe aus Melletons Gesicht gewichen. Der Bürgermeister starrte sekundenlang ins Leere. Dann wurde er urplötzlich aktiv. Statt etwas zu erwidern, griff er zum Telefon. »Augustine? Verbinden Sie mich mit Cordillet. Es ist mir egal, wie früh es ist! Er soll seinen Arsch bewegen! Nein, ich lege nicht auf, ich warte in der Leitung!«

Melleton umklammerte den Hörer so fest, dass seine Knöchel weiß hervortraten. Er hielt die Augen geschlossen. Blanc und Marius blickten einander ratlos an. Es war ganz und gar kein gutes Zeichen, dass der Bürgermeister ausgerechnet den Jagdverbandsvorsitzenden anrief, fand Blanc, aber er konnte das ja schlecht verbieten.

»Jean-Paul?«, bellte Melleton plötzlich in den Hörer. »Hörst du mich? Verdammt, dann mach dir einen Kaffee! Der Wolf hat wieder zugeschlagen. Er hat einen Menschen getötet, oben in den Ruinen. Du musst sofort kommen. Nein, nicht nachher, jetzt, *mon Dieu,* beeil dich wenigstens einmal in deinem Leben!« Er knallte den Hörer auf die Gabel und starrte die beiden Gendarmen an, als hätte er ganz vergessen, dass sie dort saßen.

»Damit ist Vernègues die erste Gemeinde Frankreichs, in der wieder ein Mensch von einem Wolf getötet wurde«, verkündete er und klang dabei so wütend, als wären die Flics persönlich daran schuld.

Blanc blieb für einen Moment der Atem weg. Der denkt immer noch an seine Statistik, fuhr es ihm durch den Kopf. Die böse Seite der Statistik – dieser Makel würde nun für immer an Vernègues kleben. »Es sieht nach einem Unglücksfall aus«, sagte er so ruhig wie möglich. »Das ist tragisch, aber tödliche Unfälle kommen in der Natur leider immer mal wieder vor: Wanderer stürzen in Schluchten, Schwimmer ertrinken, Skifahrer werden von Lawinen mitgerissen.« Die Version vom tödlichen Naturunfall war nicht ganz glaubhaft, er hatte Melleton die verschwundene Kamera verschwiegen, aber manchmal musste man die Wahrheit verbiegen, um Schlimmeres zu verhindern.

»Daran haben sich die Leute gewöhnt«, antwortete Melleton bissig. »Genauso wie sie sich an ein paar Tausend Tote jährlich auf unseren Straßen gewöhnt haben und an ein paar Zehntausend Raucher mit Lungenkrebs. Man gewöhnt sich an den Tod, wenn er viele Menschen trifft, weil dieser Tod gewöhnlich ist. Aber ein einziger Toter durch einen einzigen Wolf?! Niemand wird sich daran gewöhnen. Wir sind doch keine Beutetiere!«

Marius stieß Blanc unauffällig mit dem Fuß an und nickte in Richtung Bürotür. Jenseits davon vernahmen sie Stimmengewirr, Frauen und Männer, sie sprachen ziemlich laut, nur ein Wort war klar zu verstehen: »Wolf«. Blanc schloss die Augen. Er konnte sich denken, was da gerade vor sich ging. Die Mitarbeiterin namens Augustine, die Melleton mit Cordillet verbunden hatte, war mit in der Leitung geblieben. Vielleicht war sie immer so neugierig, vielleicht hatte sie auch schon einen bestimmten Verdacht gehabt, wenn kurz nach zwei Wolfsangriffen in Vernègues Gendarmen beim Bürgermeister aufkreuzten. Jedenfalls hatte Augustine das Telefongespräch mitgehört, und jetzt gerade erzählte sie es den Kollegen. Ein Wolf, ein toter Mensch, die Gerüchte waren in der Welt. Sie würden aus dem Rathaus fliegen und wie ein vom Mistral angefachter Brand durch die Stadt fegen und dann weiter und immer weiter. Um acht Uhr abends würde Vernègues in den nationalen Fernsehnachrichten sein, spätestens morgen früh auf allen News-Sites dieser Welt. »Ich habe gehört, dass Monsieur Fouquart und Sie eine Meinungsverschiedenheit hatten. Es ging um das von ihm geplante Ufologen-Camp in Vieux Vernègues.« Blanc verzichtete darauf, zu erklären, woher er diese Information hatte.

Melleton starrte ihn für eine Sekunde irritiert an, dann nickte er langsam. »Ich weiß zwar nicht, was das mit dem mörderischen Wolf zu tun hat, *mon Capitaine,* aber, ja, Fouquart war mir ein Stein im Schuh. Der hat mit seiner Drohne schon die Leute verrückt gemacht. Und wenn der mitten im Sommer unsere schöne Stadt in das esoterische Hauptquartier der Provence verwandelt hätte, wären die Bürger ausgeflippt. Ich meine, wer hat es schon gerne, wenn jemand in seinem Garten nach Außerirdischen sucht? Oder womöglich hätten die irgendwelche Kreise in unsere Weinstöcke geschlagen, so wie sie das in England auf den Feldern tun.«

»Auch Ufologen trinken Wein«, erwiderte Marius freundlich. »Das hätten die bestimmt nicht gemacht.«

Melleton schnaubte bloß. »Das bleibt jetzt unter uns, ja? Also, diese Sache ist schrecklich, aber wenn ich mir einen Mitbürger aussuchen müsste, der vom Wolf geholt wird, dann … Denken Sie nicht, ich sei herzlos. Aber wenn da oben einer von unseren angesehenen Mitbürgern gestorben wäre – sagen wir, die Kindergärtnerin oder einer der Rentner vom Seniorenzentrum –, was meinen Sie, was dann erst los wäre? Bei Fouquart werden sich viele heimlich denken: selber schuld. Und sie werden ihr Gewehr im Schrank lassen. Keine Hysterie, das ist es doch, was Sie wollen, nicht wahr, *mon Capitaine*? Aber wir müssen trotzdem eine Treibjagd organisieren. So schnell wie möglich. Und mit so vielen Jägern, wie wir zusammentrommeln können.«

Keine Hysterie, dachte Blanc bitter, und was geht da gerade draußen vor deinem verdammten Büro vor? Doch er wusste, dass weder Commandant Nkoulou noch der Präfekt und schon gar kein Minister jetzt noch gegen Melleton einschreiten würde. Die öffentliche Meinung wäre auf Seiten des Bürgermeisters. Er würde seine Treibjagd bekommen. Und er würde erst zufrieden sein, wenn sie einem Wolf das Fell abziehen und es über die Rathaustür nageln könnten. »Haben Sie in der letzten Nacht irgendetwas Auffälliges gesehen oder gehört?«

Melleton blickte ihn verwundert an. »Warum fragen Sie das ausgerechnet mich?«

»Weil wir hier sitzen und auf Monsieur Cordillet warten. Nutzen wir die Zeit. Meine Kollegen werden alle Bürger Ihrer Stadt fragen. Da können wir ja schon einmal bei Ihnen beginnen.«

»Also schön.« Der Bürgermeister lehnte sich zurück und starrte zur Decke. »Ich habe die Nachrichten und den Wetterbericht gesehen, allein; meine Frau ist ein paar Tage zu ihrer Mutter gefahren, der geht es nicht so besonders. Dann habe ich mich an den Küchentisch gesetzt und mein Gewehr gereinigt. Ich hatte irgendwie so ein komisches Gefühl. Aber wenn ich geahnt hätte, dass zur selben Zeit …« Er atmete durch. »*Eh bien,* ich gehe gewöhnlich früh ins Bett. Ich habe nicht auf den Wecker gesehen, aber ich denke, es war nicht später als zehn Uhr. Dann habe ich geschlafen. Das war's.«

»Hat Sie in der Nacht nicht zufällig Ihr Hund geweckt, weil er angeschlagen hat?«, fragte Marius und lächelte charmant. »Sie haben doch einen Schäferhund, oder?«

Melleton lachte. »Ach, wissen Sie, der bellt fast jede Nacht, Orson ist so verspielt.«

»Orson, wie der amerikanische Schauspieler?« Marius war ganz Sympathie, Hundefreund zu Hundefreund.

»Ja, wir wollten einen Namen mit ›O‹, und meine Frau liebt alte Filme.« Der Bürgermeister lächelte jetzt nostalgisch. Blanc hatte sich unauffällig im Stuhl aufgerichtet.

»Und so ein Schäferhund ist ja auch massig und groß, da passt die Erinnerung an Orson Welles irgendwie«, fuhr Marius fort.

»Na ja«, Melleton fuchtelte mit den Händen durch die Luft, »vielleicht passt das irgendwann mal. Momentan sieht unser Hund nicht aus wie Citizen Kane, sondern eher wie Bambi. Er ist erst drei Monate alt.«

Marius atmete hörbar aus, Blanc ließ sich wieder gegen die Lehne sinken. Ein drei Monate alter Welpe. Melletons Schäferhund konnte Fouquart nicht auf dem Gewissen haben. Und an den Wildschweinköpfen vor Sandy Hulots Haus hatte er vermutlich auch nicht genagt.

In diesem Moment wurde die Tür aufgerissen. Cordillets Augen waren rot umrändert, er roch so stark nach Schweiß, dass es das ganze Büro füllte, er steckte in einem Tarnanzug – und hatte ein Jagdgewehr in der Hand.

»Das können Sie gleich neben der Tür stehen lassen!«, befahl Blanc statt einer Begrüßung. Ein Mann in diesem Zustand sollte besser keinen Finger am Abzug haben, schon gar nicht, wenn er auf dem Stuhl neben ihm Platz nahm.

»Und kommen Sie nicht auf die Idee, nachher den Großwildjäger zu spielen«, ergänzte Marius, der nun gar nicht mehr freundlich klang. »Wir haben eine Hundertschaft Beamte draußen. Solange die durchs Gelände gehen, schießt dort niemand!«

Cordillet blickte verwirrt zu Melleton, und als der nickte, stellte er das Gewehr gehorsam neben der Tür ab. »Ich dachte, es wäre dringend«, erklärte er lahm.

Der Bürgermeister griff wieder zum Telefon. »Augustine, bringen Sie uns bitte Kaffee. Stark.«

»Und ein paar Croissants wären auch nicht schlecht«, warf Marius ein.

»Haben Sie das gehört? Gut.« Melleton legte auf und sah die Gendarmen an. »Ich weiß ja nicht, welche Erkenntnisse Sie sich von einer Drohne erhoffen, mit der dieser seltsame Fouquart Außerirdische gejagt hat, aber ich nehme an, dass Sie ihre Männer nicht ewig durchs Unterholz treiben werden, *mon Capitaine*.«

»So lange, wie es nötig sein wird«, erwiderte Blanc. Plötzlich war er ganz erleichtert darüber, dass sie die Drohne noch nicht gefunden hatten.

»Das gibt uns Zeit, die Treibjagd zu organisieren. Du bist doch bereit, Jean-Paul?«

Cordillet nickte. »Wir hatten gestern zufällig die Jahresversammlung der Jagdverbände des ganzen Départements«, erklärte er. »Da haben wir selbstverständlich über die Wölfe gesprochen. Wir haben schon Listen gemacht mit den Namen der Männer, die bereits Erfahrung mit Treibjagden haben und die großkalibrige Gewehre besitzen. Wir …«

In diesem Moment öffnete eine junge Frau die Tür und brachte ein Tablett mit Kaffeetassen und einer Tüte Croissants. Blanc wunderte sich, dass sie Sonnenbrille trug, doch er lächelte dankbar. Augustine mochte neugierig sein, aber sie war auch schnell. Und Kaffee und Croissants brachten einen entschieden besseren Duft in den Raum als Cordillet.

Der Vorsitzende des Jagdverbandes fuhr danach umständlich und selbstzufrieden damit fort, von der Veranstaltung zu berichten. Wenn man ihn so hörte, dann hatte er souverän einen Angriff des jungen Pélestor abgewehrt, der ihm den Vorsitz streitig machen und sofortige Neuwahlen hatte abhalten wollen. Blanc kümmerten die Vereinsquerelen herzlich wenig, doch er ließ den Mann reden, denn so konnte er unauffällig sein Handy aus der Tasche ziehen und die Aussage überprüfen: Er fand die Facebookseite des Jagdverbandes, dazu Pressemitteilungen und jede Menge Bilder: Die Versammlung hatte tatsächlich gestern um zwanzig Uhr begonnen, in Marseille, gut sechzig Kilometer von Vieux Vernègues entfernt. Nirgendwo stand, wann sie geendet hatte, aber früh dürfte das kaum gewesen sein. Und wie lange würde man dann brauchen, um von Marseille bis hierher zurückzukehren, bei diesem Schnee? Es lag wohl nicht allein am Pastis, dass Cordillet so müde war. Der Mann hatte wahrscheinlich einen guten Teil der letzten Nacht am Steuer verbracht, ängstlich bemüht, seinen Wagen nicht in den Graben zu fahren. Auf dem Bildschirm des Nokias leuchteten Fotos, die Cordillet auf dem Podium neben einem Sprecher der Versammlung zeigten. Auf einem anderen Bild erkannte er auch Pélestor am Rednerpult, er zeigte auf Cordillet. Blanc seufzte. Das war kein hundertprozentig wasserdichtes Alibi, aber doch schon ein ziemlich starkes Indiz dafür, dass Cordillet letzte Nacht nicht mehr bis in die Ruinen von Vieux Vernègues geschlichen war. Melleton und Cordillet hatten gute Gründe, Fouquarts Feinde zu sein. Melleton hatte kein Alibi – aber auch keinen Hund, der eine solche Bisswunde hätte verursachen können. Cordillet hatte mehr als einen Hund, der einen Menschen reißen konnte – aber er hatte ein ziemlich gutes Alibi. *Merde.*

Blanc und Marius rangen dem Bürgermeister schließlich das Zugeständnis ab, dass er nicht schon an diesem Tag zur Treibjagd blasen würde, auf mehr ließ Melleton sich allerdings nicht ein. Als sie das Büro verließen, trafen sie im Vorraum noch einmal auf Augustine und einen jungen, schmächtigen Mann, vielleicht ein Sachbearbeiter. Die Sekretärin hatte nun die Sonnenbrille abgenommen, sie war blass und wirkte, als hätte sie geweint. Die Augen des Mannes hingegen leuchteten. Blanc konnte seine Gedanken lesen, als würde er sie hinausschreien: Endlich passiert hier mal was! Blanc und Marius wechselten einen Blick. Manche Bürger von Vernègues konnten es nicht mehr erwarten, dass geschossen wurde, andere weinten vor Furcht.

»Was nun?«, fragte Marius, nachdem sie das Rathaus verlassen hatten.

»Die ersten Stunden sind immer die wichtigsten, auch um Zeugen zu befragen. Da stehen die meisten Menschen noch unter Schock und haben sich keine Geschichte für uns zurechtgelegt.«

»Wer fehlt uns denn noch?«

»Die Exfrau von Fouquart.«

Marius seufzte. »Hat sie nicht gesagt, sie ist hier irgendwo über Airbnb untergekommen? Dann kann es dauern, bis wir ihre Adresse herausgefunden haben.«

»Versuchen wir es oben in den Ruinen. Vielleicht hat sie letzte Nacht ihre Messgeräte aufgestellt. Aber sie wird sie kaum am frühen Morgen alle wieder eingesammelt haben, dazu waren die Absperrungen zu weiträumig. Gut möglich, dass sie es jetzt nachholt.«

Blanc fuhr die wenigen Hundert Meter wieder nach oben. Erleichtert registrierte er, dass der silberne Dacia vom Parkplatz verschwunden war. Dafür stand dort der elegante BMW. »Jetzt müssen wir Doktor Martin nur noch irgendwo zwischen diesen Mauern aufspüren.«

Sie fanden die Wissenschaftlerin gleich in der Burgruine. Sie verabschiedete sich gerade von einem jungen, durchgefrorenen Brigadier, der das kleine Areal bewachte, das noch immer abgesperrt war. Als sie ihnen entgegenkam, bemerkte Blanc, wie blass Marie-Claire Martin war. Sie trug eine Tasche mit Messgeräten und schwankte leicht, aber vermutlich war es nicht das Gewicht der Ausrüstung, das sie aus dem Gleichgewicht brachte.

»Ich habe Ihren Kollegen gefragt, was diese Nacht vorgefallen ist«, begrüßte sie Blanc und Marius. »Schrecklich.«

»Doktor Martin, hat der Beamte Ihnen verraten, wer das Opfer ist?«, fragte Blanc vorsichtig.

»Das wollte er mir nicht sagen. Aber ich kann es mir denken. Wer sonst läuft nachts hier herum? Es ist Maurice, oder?«

Marius und Blanc nahmen der Seismologin die schwere Tasche ab und machten sich innerlich bereit, sie an den Armen zu packen, damit sie nicht vor Schock in den Schnee sank.

»Es tut mir sehr leid«, sagte Marius. »Wir wissen, dass Sie und das Opfer …«

»Das dachte ich mir, dass Sie davon gehört haben«, unterbrach Marie-Claire Martin ihn und straffte sich. »Das gehört schließlich zu Ihrem Beruf, dass Sie die Menschen durchleuchten, nicht wahr? Vor allem die Toten. Aber streng genommen ist eine geschiedene Frau, die ihren Exmann verliert, keine Witwe, oder? Sie müssen mich nicht bemitleiden. Ich fühle mich nur etwas schwindelig. Es war eine kurze Nacht.«

Blanc fragte sich, ob sie wirklich so beherrscht war oder ob sie ihnen das bloß vorspielte. Er würde sein Geld auf Letzteres setzen. »Sind Sie Monsieur Fouquart gestern Abend noch begegnet, als Sie Ihre Instrumente aufgestellt haben?«

»Vielleicht.« Marie-Claire Martin sah in ihre fragenden Gesichter und atmete tief durch. »Sehen Sie: Ich vermeide Begegnungen mit Maurice, wenn ich sie vermeiden kann. Als ich gestern am späten Abend die Apparate platziert habe, habe ich am Hang über mir zwischen den Mauern ein Licht gesehen, vermutlich von einer Taschenlampe. Wahrscheinlich ist das mein Ex, dachte ich, wer sollte es sonst sein? Ich habe die Geräte dann in möglichst weiter Entfernung von diesem Licht aufgestellt.«

»Aber Sie haben Ihren Exmann nicht eindeutig erkannt?«, hakte Marius nach.

»Nein, niemanden, nicht einmal die Umrisse einer Gestalt. Nur das Licht, es war vielleicht fünfzig, sechzig Meter entfernt. Und irgendwann habe ich es auch gar nicht mehr gesehen.«

»Wann war das ungefähr, Doktor Martin?« Blanc hatte seinen Notizblock herausgezogen und notierte rasch mit.

Sie hob die Schultern. »Um Mitternacht herum oder etwas später? Wahrscheinlich später. Ich war jedenfalls schon ziemlich weit mit meiner Runde. Meistens bin ich gegen Mitternacht fertig. Letzte Nacht habe ich möglicherweise etwas länger gebraucht, weil Schnee lag und ich ein paar Umwege gegangen bin, um Maurice auszuweichen. Gegen halb zwei war ich jedenfalls zurück in meiner Wohnung.«

Blanc rechnete im Kopf rasch nach. Marie-Claire Martin musste nachts zu Fuß von den Ruinen bis zum Parkplatz hinuntersteigen und danach mit ihrem Wagen eine zwar kurze, aber kurvenreiche und gefährlich glatte Straße bis nach Vernègues fahren. Alles in allem eine halbe Stunde, mindestens. Also war sie bis höchstens ein Uhr nachts hier oben gewesen. Wann war der Ufologe gestorben? Die Olympus war noch zu Testaufnahmen auf Fouquarts Lager ausgerichtet gewesen, die Drohne kaum mehr als drei Minuten in der Luft – der Ufologe hatte also gerade erst mit seiner Routine begonnen. Wenn er ungefähr zur selben Zeit in der Burgruine sein Lager aufgeschlagen hatte wie bei seinem Ausflug mit Blanc, war er irgendwann zwischen halb elf und halb zwölf mit dem Aufbau seines Lagers fertig gewesen. Dann startete Fouquart die Drohne, steuerte sie drei Minuten und sieben Sekunden – und schließlich kam der Wolf …

Das heißt, als Marie-Claire Martin gegen ein Uhr nachts ein Licht gesehen hatte, war ihr Exmann wahrscheinlich schon tot gewesen.

Vorausgesetzt, sie erzählte ihnen die Wahrheit.

Die Seismologin war bislang der einzige Mensch, von dem sie wussten, dass er zur Tatzeit in der Nähe des Tatorts gewesen war. Es war nicht ganz klar, ob sie ein Motiv hatte, aber eine hässliche Scheidung mochte Liebe in tödlichen Hass verwandeln. »Haben Sie letzte Nacht noch jemanden bemerkt, der in Vieux Vernègues war?«, fragte er. »Einen Jäger? Einen späten Jogger oder Wanderer? Eine Influencerin auf Wolfssuche?«

Die Wissenschaftlerin schüttelte den Kopf. Man sah ihr nun

an, dass sie erschöpft war und die beiden Gendarmen am liebsten losgeworden wäre.

»Nur noch wenige Minuten«, versicherte Marius mitfühlend. »Und wenn Sie es wünschen, fahren wir Sie bis zu Ihrer Wohnung.«

»Ich bin eine ausgezeichnete Fahrerin, *mon Lieutenant*«, erwiderte Marie-Claire Martin. »Machen Sie einfach weiter.«

»Haben Sie, als Sie heute Morgen Ihre Messgeräte eingesammelt haben, Monsieur Fouquarts Drohne gefunden? Sie muss irgendwo hier abgestürzt sein. Außerdem«, Blanc wog die Worte sorgfältig ab, »könnte es sein, dass auch sein Fotoapparat noch irgendwo hier liegt. Wir konnten ihn jedenfalls in der Nacht nirgendwo finden.«

Wenn die Fragen nach Drohne und Kamera Doktor Martin verwunderten, dann verbarg sie das sehr gut. Sie schüttelte erneut den Kopf, einen Hauch gelangweilt, so kam es Blanc vor. Die Apparate ihres Exmannes schienen sie nicht sonderlich zu interessieren. »Wenn ich die Dinge bei einem meiner nächsten Rundgänge finde, dann melde ich mich bei Ihnen.«

»Sie wollen weitermachen?«, entfuhr es Marius. Er räusperte sich. »Doktor Martin, letzte Nacht hat aller Wahrscheinlichkeit nach ein Wolf einen Menschen angefallen. Und das Opfer war ihr früherer Ehemann ...«

»Der Bürgermeister wird ganz sicher den Zutritt zu Vieux Vernègues verbieten«, übernahm Blanc. »Zumindest so lange, bis diese ... Affäre geklärt ist. So lange dürfen Sie nachts hier nicht mehr herumlaufen, auch wenn Ihre Forschung noch so wichtig ist.«

Marie-Claire Martin sah die beiden lange an, dann seufzte sie. »Halten Sie mich nicht für herzlos, *Messieurs*. Ich habe Maurice geliebt, damals. Mir ist es egal, ob ein Mann aussieht wie Brad Pitt. Da«, sie tippte sich an die Stirn, »muss er außerordentlich sein, wenn er mir gefallen will. Und Maurice war brillant. Begeistert von seiner Forschung. Ich habe nie viel von seiner Fachdisziplin verstanden, aber er war einer der wenigen Männer, die ich für ihre Intelligenz bewundert habe. Und ausgerechnet Maurice«, sie schluckte, »ausgerechnet er wirft sein Talent nach glänzenden Jahren an der Universität einfach fort, wie man einen Müllsack in die Tonne schleudert! Der Wissenschaftler, den ich geliebt habe, verwandelte sich nach und nach in einen Besessenen, der Hirngespinsten nachjagte. Ich konnte dabei zusehen, aber ich war hilflos. Kein Argument hat ihn mehr erreicht, weder wissenschaftliche Thesen noch der Spott unserer Kollegen haben ihn noch interessiert. Ich war Mitte vierzig, als ich mir eingestehen musste, dass ich keine Eltern mehr hatte, keine Kinder, überhaupt keine näheren Verwandten – und dass der wichtigste Mensch in meinem Leben ein Mann war, der kleine grüne Aliens jagte. Mir blieb gar nichts anderes übrig, als mich scheiden zu lassen, wenn ich nicht wahnsinnig werden wollte.«

»Wussten Sie, dass Sie Ihrem Exmann in Vieux Vernègues wieder über den Weg laufen würden?«, fragte Blanc.

Sie lachte bitter auf. »Dann hätte ich mir ein anderes Studienfeld gesucht!«

Marius nickte mitfühlend. »Und Ihr Exmann war auch nicht mehr allein.«

Marie-Claire Martin schnaubte. »Eine Försterin! Die suchte doch nur jemanden, der sie und ihr Kind versorgt. Und Maurice ist so naiv, sich darauf einzulassen. Er hat sich vorzeitig pensionieren lassen, wussten Sie das? Und selbst eine reduzierte Professorenrente ist immer noch eine gute Rente. Sicher mehr als das, was Madame Hulot jeden Monat nach Hause bringt.«

»Madame Hulot hat Monsieur Fouquart letzte Nacht gefunden«, erklärte Blanc, seine Stimme war eine Spur zu scharf geworden. Er räusperte sich. »Es hat sie sehr mitgenommen.« Mehr als dich, ergänzte er im Geiste.

Marie-Claire Martin bedachte ihn mit einem finsteren Blick. »Bitte haben Sie Verständnis dafür, dass sich mein Mitleid für diese Dame in Grenzen hält. Und nun lassen Sie mich gehen. Ich muss mich ausruhen.«

Die erste Strecke der Rückfahrt nach Gadet legten sie schweigend zurück. Doch irgendwann sagte Blanc: »*D'accord,* ich bin auch geschieden, und meine Scheidung war auch keine schöne Angelegenheit. Aber wenn Geneviève von einem Wolf zerfleischt worden wäre, dann wäre ich auf keinen Fall so gefasst gewesen wie Marie-Claire Martin.«

»Ich wäre auch nicht so beherrscht, wenn meine Exfrau zerfleischt worden wäre«, erwiderte Marius. »Ich würde lauthals jubeln.«

»Das meinst du nicht ernst.«

»Hab ich ein Lächeln in der Visage? Bei Cordillet und Melleton denke ich: Die waren es nicht. Überhaupt habe ich bis gerade gedacht, dass ein Wolf Fouquart auf dem Gewissen hat, falls Tiere ein Gewissen haben. Aber jetzt bin ich mir nicht mehr so sicher. Doktor Martin war in der Todesnacht ganz in Fouquarts Nähe.«

»Lass uns mal rumspinnen«, schlug Blanc vor. »Mal angenommen, Marie-Claire Martin hat ihren Exmann wirklich gehasst. Weil er sie maßlos enttäuscht hat, als Mann und als Wissenschaftler.«

»Und weil er sich eine andere angelacht hat«, ergänzte Marius. »Eine Jüngere und, was für eine Demütigung für die strenge Wissenschaftlerin, eine Nichtakademikerin. Hast du bemerkt, wie sie Sandy Hulots Beruf ausgesprochen hat? Als wäre ›Försterin‹ ein Schimpfwort. Außerdem hat die junge Hulot ein Kind und damit Fouquart auch irgendwie, als inoffizieller Stiefvater. Während Doktor Martin vielleicht frustriert darüber ist, dass sie keine Familie hat. Wenn du mich fragst: Unsere Seismologin hät-

te genug Gründe, um Sandy Hulot zwei blutige Wildschweinköpfe vor die Tür zu legen und ihrem Exmann den Tod buchstäblich an den Hals zu wünschen.«

»Traust du ihr wirklich zu, dass sie mit Wildschweinköpfen
durch die Nacht schleicht?«, fragte Blanc skeptisch. »Und sie
läuft mit Messinstrumenten durch die Gegend, nicht mit einem
Wolf. Sie hat Angst vor Hunden.«

»Ich habe noch mal darüber nachgedacht. Eigentlich haben
wir bloß ihre Aussage, die uns glauben lässt, dass sie Angst vor
Hunden hat. Das ist kein Beweis. Immerhin wäre sie heute
Nacht wieder nach Vieux Vernègues hochgegangen, wenn wir
sie nicht davon abgehalten hätten. An den Ort, wo ihr Exmann
von einem Wolf getötet wurde. Ängstlich geht anders.«

»Trotzdem ...«, murmelte Blanc. »Ich kann mir nicht vorstellen, dass Doktor Martin zwei Wildschweine erlegt, köpft, die
blutigen Köpfe in ihren schicken BMW lädt und damit durch
ein Dorf fährt, in dem sie sich kaum auskennt, um diese Köpfe
präzise vor das Haus ihrer Rivalin zu legen, obwohl deren Name
nicht einmal am Klingelschild steht. Und erst recht kann ich mir
nicht vorstellen, wie es ihr gelungen sein soll, ihrem Exmann
eine derartige Verletzung zuzufügen. Wo soll sie einen abgerichteten Hund oder gar einen Wolf hernehmen? Sie wohnt nicht
einmal hier!«

Den Rest der Fahrt ergingen sie sich in Spekulationen, redeten über Melleton und Cordillet, über Sandy Hulot und Marie-
Claire Martin, sie wogen Thesen und Gegenthesen ab, Indizien,
Spuren, Vermutungen. Es half nichts: Sie drehten sich im Kreis,
es gab niemanden, der Motiv, Zeit, Gelegenheit und Mittel zu
einem derartigen Mord hatte.

»Vielleicht war es wirklich bloß ein verdammter Wolf«, sagte
Marius irgendwann resigniert. »Und Fouquart hat einfach be-
schissenes Pech gehabt.«

Blanc schaffte es mit letzter Kraft zurück nach Sainte-Françoise-la-Vallée. Er wusste, was er heute noch tun sollte, aber er wusste auch, dass er erst einmal ein paar Stunden schlafen musste. Er schleppte sich bis zum Sofa, und fünf Sekunden später sank er in eine tiefe, traumlose Dunkelheit. Erst am Nachmittag wachte er wieder auf. Nicht vollständig erholt, aber doch in einem deutlich besseren Zustand als zuvor. Eine heiße Dusche und zwei Espressi später fühlte er sich sogar außerordentlich gut in Form. Die meisten Kollegen waren wahrscheinlich draußen im Gelände und suchten eine Meute Wölfe – oder sie waren in der Gendarmerie-Station und beantworteten die drängenden Fragen einer Meute Journalisten. Blanc rief beim Diensthabenden an, erfuhr, dass es keine Neuigkeiten gab, und meldete sich daraufhin zum Wochenende ab. Als er vor die Tür trat, blinzelte er überrascht: Nicht allein die Sonne strahlte, der Himmel selbst schien wie eine große blaue Lampe zu leuchten. Der Schnee reflektierte dieses Licht. Die Welt war schattenlos geworden, noch die kleinsten Unregelmäßigkeiten, jede Verwerfung in einer Baumrinde, jeder Haarriss in einem Mauerstein, sprangen ihm überdeutlich in die Augen. Die kurvenreiche Straße nach Caillouteaux hinauf fuhr er für seine Verhältnisse langsam. Niemand kam ihm entgegen, die Welt war still. Er stellte den Espace auf dem Parkplatz neben der Mediathek ab. Deren Inneres war gelb erleuchtet, durch die breite Fensterfront sah er Kinder, die in roten Ohrensesseln lümmelten, Bücher und Comics in Händen, ein paar Jüngere malten. Auf dem Sandplatz vor der Mediathek hatte tatsächlich jemand den Schnee weggefegt. Vier Rentner spielten Boule. Sie nickten Blanc gleichgültig zu, ganz auf ihr Spiel konzentriert. Auf einem kleinen Platz, einige Dutzend Meter von der Mediathek entfernt, hatte ein modernes kleines Café geöffnet. Dort saßen einige jüngere Frauen und Männer, vielleicht die Eltern der lesenden Kinder, vielleicht auch nur ein paar Bewohner von Caillouteaux, die an diesem ruhigen, verschneiten Tag unter Leute kommen wollten. Manche lasen *La Provence*, und Blanc konnte sich denken, dass sie nicht den Sportteil studierten.

Das ist verrückt, sagte er sich. Caillouteaux war immer ein perfekt restauriertes, doch sterbenslangweiliges mittelalterliches Städtchen gewesen. Nie sah man hier jemanden in den Gassen, höchstens mal eine Katze. Doch ausgerechnet im Winter und ausgerechnet dann, wenn Wölfe durch die Provence schlichen, waren plötzlich alle Menschen draußen. Er schlug den Mantelkragen hoch, nickte freundlich nach links und rechts und bemühte sich, rasch in der schmalen Rue du Passe-Temps zu verschwinden, die außen um Caillouteaux herumlief. Doch selbst hier saßen zwei ältere Damen auf der einzigen Bank weit und breit und blickten über die Landschaft zu ihren Füßen. Caillouteaux lag auf einem mehr als einhundert Meter hohen Hügel, darunter streckten sich Felder, Weiden, Wäldchen, in der Ferne die Silberscheibe des Étang de Berre. Vielleicht, dachte Blanc, leuchtete das Gewässer wie ein gigantischer Spiegel, weil es auch schon unter einem Eisfilm lag. Der Étang de Berre war wie ein winziges von der Provence umschlossenes Meer, eine Bucht, die nur durch einen kilometerlangen, schmalen Schlauch mit dem Mittelmeer verbunden war. Das Wasser war weniger salzig als im Meer, vielleicht war es bei diesen Temperaturen zu Eis erstarrt. Die beiden Frauen jedenfalls genossen das Panorama und wirkten nicht so, als würden sie in den nächsten Minuten verschwinden wollen. Oder hielten sie tatsächlich nach Wölfen Ausschau, hofften sie, von ihrem sicheren Platz hinter den uralten Mauern des Städtchens irgendwo da unten zwischen den Bäumen Schatten zu sehen? Wollten sie sich gruseln und mit eigenen Augen den Schrecken sehen, der aus dem Mittelalter ins einundzwanzigste Jahrhundert eingefallen war? Was soll's, sagte sich Blanc, er war Capitaine der Gendarmerie, Aveline Vialaron-Allègre war Untersuchungsrichterin. Er musste sich vor niemandem verstecken, wenn er sie besuchte. Rein dienstlich, natürlich.

Er wusste ja nicht einmal, ob sie überhaupt aus Paris zurückgekehrt war. Er drückte auf den Klingelknopf neben der Hausnummer fünf.

Es dauerte bloß einen Moment, bis Aveline ihm öffnete. Ihr Blick huschte nur einen Sekundenbruchteil zur Bank hinüber. Sie schüttelte ihm förmlich die Hand. »Ich kann mir schon denken, was Sie zu mir führt, *mon Capitaine*. Ich habe es im Radio gehört. Bitte treten Sie ein.« Sie sprach so laut, dass es die älteren Damen hören konnten.

»Ich habe wichtige Neuigkeiten«, bestätigte Blanc in gleicher Lautstärke und folgte ihr ins Haus. Sobald sich die Tür hinter ihnen geschlossen hatte, wollte er sie in die Arme nehmen. Er hatte sie vor Weihnachten das letzte Mal gesehen. Doch Aveline entzog sich ihm. Sie führte ihn auch nicht nach oben in jenes Zimmer, in dem sie schon manche verbotene Stunde genossen hatten, sondern in ein kleines Büro im Erdgeschoss. Verdammte Zeugen draußen, dachte Blanc, *merde, merde, merde*! Oder vielleicht war ja auch ihr Mann irgendwo in diesem Gebäude, das von außen wie ein kleines, mittelalterliches Stadthäuschen wirkte, hinter dessen Mauern sich jedoch ein Anwesen mit verwirrend vielen Zimmern, Fluren und Innenhöfen verbarg.

Sie setzte sich ihm gegenüber an einen winzigen Louis-Seize-Sekretär und zündete sich eine Gauloises an. »Was führt Sie angesichts dieser Umstände«, sie deutete mit einer winzigen Kopfbewegung nach draußen, »unangekündigt zu mir?«

Blanc kannte Aveline inzwischen gut genug. Er wusste, dass diese Frau ihn leidenschaftlich lieben und fünf Minuten später kühl und gelassen mit ihm plaudern konnte. Nur dass Ersteres dieses Mal ausfallen würde. Und irgendwie wirkte ihre Gelassenheit aufgesetzt. Er fragte sich, ob Aveline vielleicht sogar nervös war und warum. Aber er wusste auch, dass es sinnlos war, seine Geliebte nach derartigen Gefühlen zu fragen. Er ballte die Hände zu Fäusten und entspannte sich wieder.

»Es gibt vielleicht einen Mord«, sagte er bloß.

»Die Worte ›vielleicht‹ und ›Mord‹ gehören nicht zusammen.«
Sie inhalierte den Rauch ihrer Zigarette. Tiefer als sonst, dachte
Blanc, als wollte Aveline sich mit der Gauloises zur Ruhe zwin-
gen.

»Ein Wolf hat einen Menschen getötet.«

»Das ist die Neuigkeit auf allen Sendern. Doch Tiere sind
grundsätzlich keine Mörder.« Aveline wirkte immer noch eine
Spur nervös, aber immerhin nicht mehr gelangweilt.

Blanc unterdrückte ein Lächeln. Er hatte geahnt, dass die
Wölfe Avelines Interesse finden würden. So sachlich wie möglich erzählte er von den letzten Tagen, von den beiden Wolfsangriffen auf das Schäferehepaar Locez in Vieux Vernègues
und beim Château Bas, von dem Ufologen und der Försterin,
von einem statistikgläubigen Bürgermeister und alkoholabhän-
gigen Jagdverbandsvorsitzenden, von einem militärisch anmutenden Wolfsjäger, einem Nostradamus-Experten und von einer
verbitterten Seismologin, die wirkte, als wollte sie das nächste
Erdbeben herbeizwingen. Zuletzt berichtete er von Fouquarts
Tod und der verschwundenen Kamera, die nicht zur Version
eines nächtlichen Wolfsangriffes passen wollte.

Avelines Gauloises war inzwischen zu Ende geraucht. Sie zündete sich eine neue an und lehnte sich in ihrem Stuhl zurück.
»Alle Welt wird diesen Wolf jagen«, sagte sie nachdenklich. »Bei
Radio Camargue haben sie die Hörer anrufen lassen. Sie glauben gar nicht, was die Leute erzählen, obwohl sie wissen, dass
sie gerade live auf Sendung sind. Wenn ich das mitgeschnitten
hätte, könnte ich ein Dutzend Ermittlungsverfahren eröffnen,
Morddrohungen, Verleumdungen, Beleidigungen gegen angeblich untätige Bürgermeister, Gendarmen, Jäger, suchen Sie es
sich aus. Jedenfalls wird Ihnen niemand in der Provence eine
Mordgeschichte glauben, jeder hier *will*, dass ein Wolf der Mörder ist, nicht irgendein Mensch. Ich bin mir nicht einmal sicher,

ob ich Ihnen diesmal glauben soll, *mon Capitaine*.« Sie blickte ihn lange aus ihren dunklen Augen an. »Das ist viel zu vage, um ein Ermittlungsverfahren zu eröffnen. Das Einzige, was wir sicher wissen, ist doch gerade, dass *kein* Mensch Monsieur Fouquart getötet hat. Es war ein Wolf.«

»Oder ein Hund.«

»Auf jeden Fall ein Tier«, fuhr sie unbeirrt fort. »Ein Tier, das Sie bislang nicht identifiziert haben. Solange das nicht geschehen ist, gibt es keine Verbindung von diesem Tier zu irgendeinem Menschen, also keinen Tatverdächtigen, keine heiße Spur, gar nichts. Das ist kein Verbrechen.«

»Die Kamera ist verschwunden, *Madame le Juge*.«

Sie bedachte ihn mit einem milde spöttischen Blick. »Wenn Sie wollen, dürfen Sie wegen Diebstahl ermitteln.«

Jetzt lehnte sich auch Blanc zurück. Aveline meinte ihren Vorschlag nicht einmal ernst. Er spürte, wie die Wut in ihm wuchs. Er würde nicht aufgeben. Mühsam brachte er ein freundliches Lächeln zustande. »Vielen Dank, *Madame le Juge*. Das hilft mir schon einmal weiter.«

Es kam wirklich selten vor, dass Blanc Aveline einmal überrascht sah. Sie starrte ihn zwei, drei Sekunden lang an, bis sich, fast so, als wäre es gegen ihren Willen, ein anerkennendes Lächeln auf ihre Züge legte. »Sie wollen also unbedingt ermitteln, *mon Capitaine*? Ein Gendarmerie-Offizier wie Sie, bei einem banalen Kameradiebstahl?«

Blanc nickte. »Bei diesem Wetter ist sowieso wenig zu tun. Lassen Sie mich nach dem Dieb fahnden. Und wer weiß, was ich finde, wenn ich erst einmal losgelegt habe.«

Aveline trommelte ungeduldig mit den Fingern auf die Schreibtischplatte, bemerkte, was sie tat, und legte die Hände flach vor sich. »Also schön. Wenn ich am Montag im Justizpalast bin, werde ich das Verfahren offiziell eröffnen. Diebstahl einer Kamera. Sie dürfen aber schon anfangen.« Sie blickte ihn an, wie es Blanc schien, mit einer winzigen Spur von Bedauern. »Kann ich sonst noch etwas für Sie tun, *mon Capitaine?*«

Küssen Sie mich und gehen Sie mit mir in unser Liebesnest, hätte er gern gesagt. Doch Aveline wollte ihn möglichst rasch wieder loswerden, das spürte Blanc. »Das ist alles, *Madame le Juge.*« Es gelang ihm, gelassen zu bleiben. »*Merci beaucoup,* dass Sie sich Zeit für mich genommen haben.« An der Tür verabschiedeten sie sich mit Handschlag. Die beiden älteren Damen saßen immer noch auf der Bank, aber es war nicht klar, ob die Frauen sie bemerkt hatten. Aveline wirkte einen Moment lang so, als wollte sie noch etwas sagen, doch dann schloss sie schweigend die schwere Eingangstür.

Blanc ging langsam durch die Gassen zurück. Die Tage waren so kurz, der Himmel war inzwischen matt geworden, das Sonnenlicht wirkte erschöpft, am Horizont glänzte der Étang de Berre nicht länger wie Edelmetall, sondern lag da wie eine Scheibe aus Blei. Auch Blanc fühlte sich schwer. Keine gestohlene Liebesstunde, nicht einmal ein persönliches Wort. Er fragte sich wieder, ob allein diese beiden potenziellen Zeuginnen Aveline nervös gemacht hatten, ausgerechnet sie, die sonst die Gefahr geradezu suchte! Oder ob womöglich der Staatssekretär Jean-Charles Vialaron-Allègre in diesem Gemäuer auf der Lauer gelegen hatte und Aveline genau wusste, dass ein falsches Wort, eine falsche Geste sie verraten hätte? Oder ob plötzlich noch etwas ganz anderes zwischen ihm und seiner Geliebten stand …

Er saß schon in seinem Espace, war aber so sehr in Gedanken versunken, dass er den Zündschlüssel noch nicht gedreht hatte, als ein schwarzer Citroën C5 auf den Parkplatz fuhr. Blanc hätte den Wagen kaum beachtet – wenn er nicht plötzlich den Fahrer wiedererkannt hätte. Ein Mann, der mit raubtierhaften Bewegungen aus der Limousine stieg und, ohne sich einmal umzusehen, den Weg zu einer ganz bestimmten Gasse einschlug.

Cedric, fuhr es Blanc durch den Kopf. Ein Foto dieses Mannes hatte er vor zwei Monaten zufällig in Avelines Unterlagen gesehen, als sie in Arles in einen Mordfall geraten waren, der sie beinahe ihre Leben gekostet hätte. Cedric. Mehr als diesen Vornamen hatte ihm Aveline nie verraten wollen, nur dass dieser Mann wichtig war und dass sie in Paris im Innenministerium mit ihrem Gatten über diesen Cedric sprechen wollte. Der Typ bewegte sich perfekt, dachte Blanc, rasch, selbstsicher, geschmeidig. Wie ein durchtrainierter Kämpfer. Und wenn er gefährlich war?

Blanc fummelte am Griff des alten Espace herum, bis er die Tür endlich aufgedrückt bekam. Er eilte hinter dem Mann her, tastete im Laufen vergebens nach der SIG Sauer. Er hatte seine Pistole in der alten Ölmühle gelassen. Die Rue du Passe-Temps begann neben der alten romanischen Kirche von Caillouteaux, sie bog von einem winzigen Platz ab, in dessen Mitte die Bronzestatue eines ortsansässigen Künstlers in der Abendsonne rot glänzte: der kopflose Torso einer üppigen, nackten Frau. Blanc ging hinter diesem Kunstwerk, soweit das überhaupt möglich war, in Deckung. Die beiden Damen auf der Bank hatten ihn weder gehört noch gesehen. Sie blickten Cedric hinterher, der bereits an ihnen vorbeigegangen war. Der Mann hielt vor der Nummer fünf und klingelte. Blanc kam aus seinem Versteck heraus, Avelines Haus war das dritte auf der linken Seite, es waren vielleicht fünfzig Meter bis dorthin. Er presste sich nahe an eine Mauer und rannte dann die Rue du Passe-Temps hinunter. Dreißig Meter. Zwanzig. Er erstarrte.

Aveline.

Sie öffnete die Tür und war nicht im Mindesten überrascht, zu sehen, wer vor ihr stand. Sie schüttelte Cedric die Hand und sagte etwas, das Blanc nicht verstehen konnte. Sie hatte eine Gauloises in der Linken und winkte ihn entspannt hinein. Als Aveline die Tür hinter ihm schloss, lächelte der Mann.

Ermittlungen in alle Richtungen

Montag, 13. Januar. Blanc war froh, das Wochenende hinter sich zu haben. Er hatte einen düsteren Sonntag damit verbracht, sich vorzustellen, wer dieser Cedric war und was er von Aveline gewollt haben könnte. Wie sie ihm die Hand geschüttelt hatte. Wie er gelächelt hatte, bevor die Tür hinter ihm ins Schloss fiel. Warum Aveline ihm nichts von diesem Mann erzählt hatte. Blanc hätte schreien mögen. Gleichzeitig sagte er sich, dass er ein Idiot war, dass die Affäre sowieso hoffnungslos war und er besser daran täte, diese verrückte Geschichte zu beenden, bevor sie ihn noch in irgendeinen Abgrund stürzen würde. Zehnmal hatte er zum Handy gegriffen, um sie anzurufen, jedes Mal hatte er es wieder weggelegt. Wie immer, wenn er nicht weiterwusste, hatte er sich schließlich seine Laufschuhe angezogen und war durch die verschneiten Hügel hinter der Ölmühle gejoggt. Jacques war neben ihm hergelaufen, Hasen waren vor ihnen davongestoben, ein Fuchs hatte ihren Weg gekreuzt, doch ansonsten waren Mann und Hund durch einen kristallinen Wald gelaufen, still und majestätisch und schön. Blanc war erst umgekehrt, als es dunkelte und er mit jedem Atemzug Luft einsog, die so kalt war, dass es ihm wie Nadeln in die Seiten der Lungen stach.

Nach acht Uhr abends hatte ihn ein Anruf von Brigadier Barressi aus seiner Grübelei gerissen. »Wir haben die Drohne gefunden. Zumindest das, was noch von ihr übrig ist.«

»Wo?«

»In einem zerstörten Kellergewölbe in Vieux Vernègues, nur etwa einhundert Meter Luftlinie von der Kirche entfernt. So wie sie aussieht, muss sie aus ziemlich großer Höhe abgestürzt sein. Sie ist beim Aufprall in zwei Teile zerbrochen, die Kollegen sagen, es war ein ziemliches Schlamassel.«

»Haben die Beamten die Speicherkarte gefunden?«

»Ja, aber sie ist an einer Stelle zersprungen, und sie hat mehr als vierundzwanzig Stunden im Schnee gelegen. Die Karte ist jetzt im Labor.«

Blanc kam eine Idee. »Brigadier, müssen Sie an Ihrem Schreibtisch kleben bleiben?«

Barressi zögerte. »Es sind noch zwei Kollegen da, *mon Capitaine*.« Man hörte ihm an, dass er sich eigentlich ganz wohl dabei fühlte, am Schreibtisch zu kleben.

Blanc ignorierte das. »Schnappen Sie sich einen Streifenwagen und fahren Sie nach Vernègues. Bitten Sie Madame Hulot um ihr Tablet. Seien Sie höflich und diskret, aber bleiben Sie standhaft. Wir brauchen die Aufnahmen, die Fouquarts Drohne vor einiger Zeit zufällig von einem schießfreudigen Jäger gemacht hat; Madame Hulot weiß, um was es geht. Und womöglich hat sie ja auch ein paar Fotos von Fouquarts Kamera gespeichert – vor allem vom Donnerstagabend, als der Ufologe mit mir unterwegs war. Er hat da einige interessante Bilder geknipst. Die Jungs im Labor sollen den Film und die Fotos zusammen mit dem Inhalt der SD-Karte analysieren. Danach kann Madame Hulot ihr Tablet zurückhaben.«

»Wird erledigt«, versprach Barressi unglücklich.

Blanc wachte am Montagmorgen mit Gedanken an Fouquart und seine verschwundene Kamera auf. Ob ihnen die Drohnenaufnahmen noch irgendetwas Neues verraten würden? Wahrscheinlich nicht. Allerdings hatte er jetzt keinen Grund mehr, noch länger eine Hundertschaft auf die Suche durch die Ruinen zu schicken. Heute würden sie Vieux Vernègues freigeben müssen – und morgen würden Melleton und Cordillet dort ihre Treibjagd abhalten, und nichts konnte sie daran hindern. Blanc wälzte sich mit einem Seufzen aus dem Bett und taumelte in die Küche. Wenn nichts mehr half, dann half immer noch ein Espresso.

In Gadet besorgte er sich Croissants und endlich eine Ausgabe von *La Provence*. Paulmiers »Killerwolf« hatte es in die Schlagzeile geschafft, garniert mit dem Foto eines zähnefletschenden Tieres und einer düster fotografierten Aufnahme der Burgruine von Vieux Vernègues. *Merde,* dachte Blanc, so sieht es aus, als lebten wir in Transsilvanien. Im Text darunter kam der Begriff des »Killerwolfs« noch dreimal vor. Fouquart wurde als »emeritierter Professor der Universität Grenoble« vorgestellt, kein Wort von seiner Ufo-Suche, seiner Drohne, der verschwundenen Kamera. Das las sich eher so, als wäre da ein seriöser Wissenschaftler mitten während eines Experiments von einem Monster angefallen worden. Sandy Hulot wurde nur als namenlose »Forstbeamtin« erwähnt, die das Opfer eher zufällig gefunden hatte, »aber jede Hilfe kam schon zu spät.« Zuletzt wurde Bürgermeister Melleton mit dem Versprechen zitiert: »Wir werden unsere schöne Stadt wieder sicher machen. Das einzige Blut, das jetzt noch fließen wird, wird das Blut des Wolfes sein!«

Auf der Gendarmerie-Station ging Blanc zunächst in Fabiennes Büro, schloss die Tür hinter sich und reichte ihr einen Zettel. Er hatte sich am Samstagabend auf dem Parkplatz die Nummer von Cedrics Auto notiert, bevor er nach Hause gefahren war. »Kannst du bitte den Halter dieses Fahrzeugs ermitteln?«, bat er. »Der Wagen ist ein schwarzer Citroën C5.«

Sie blickte ihn erstaunt an. »Das kannst du doch selbst mit ein paar Mausklicks erledigen.«

»Es sollte eine … inoffizielle Anfrage sein. Eine, die niemandem auffällt. Die keine Spuren hinterlässt und die niemand zurückverfolgen kann. Dafür reichen meine Computerkenntnisse nicht, ich brauche dich.«

Fabienne lehnte sich zurück. »Hat das etwas mit dem Wolf und den Wildschweinköpfen zu tun?«

»Nein«, sagte Blanc.

»Ist das legal?«

»Nein.«

»Steckst du in Schwierigkeiten?«

»Nein.«

»Ich habe eine Fehlgeburt hinter mir, meine Ehe rutscht in die Krise, und mein Vater verliert langsam den Verstand. Wie schön, dass ich mir wenigstens nicht auch noch um dich Sorgen machen muss.«

Blanc lächelte, ging um den Schreibtisch herum und schloss Fabienne in die Arme. »Ich möchte nur klären, ob ich der größte Idiot der Provence bin.«

»Das kann ich dir auch ohne Computer beantworten.« Sie seufzte. »Also schön. Ich sehe mich im System um; aber erst später, wenn weniger los ist als zu Dienstbeginn, *d'accord*?«

»Wir haben jetzt sowieso genug zu tun.« Blanc nahm sie am Arm und führte sie in das Büro, das er sich mit Marius teilte. Dort öffnete er den Beutel mit den Croissants. Fünf Minuten später schlürften sie Automatenkaffee und kauten das noch warme Gebäck. Blanc erklärte seinen beiden Kollegen währenddessen, dass ihnen Aveline Vialaron-Allègre gestattet hatte, nach Fouquarts verschwundener Kamera zu suchen. »Keine Mordermittlungen, aber besser als nichts«, schloss er.

»*Eh bien,* aber nicht viel besser als nichts«, meinte Marius, »mit so einer Bagatelle wie einem verschwundenen Fotoapparat kriegen wir niemals einen Durchsuchungsbefehl genehmigt, Nkoulou wird keinen einzigen Beamten für Befragungen oder Observationen abstellen, wir können keine DNA-Tests beantragen, und wir werden schon Schwierigkeiten haben, zu begründen, warum wir irgendjemanden auch nur als Zeugen vorladen sollten. Es gibt ja keine Zeugen.«

»Was sollen wir dann tun?«, wollte Fabienne wissen.

Bevor Blanc darauf antworten konnte, klopfte es an die Tür. Saad Ben Rouijal trat ein, hager, gelassen, fast sechzig Jahre alt und der mit Abstand erfahrenste Spurensicherer in Gadet. Er legte einen sehr großen und einen sehr kleinen Plastikbeutel auf Blancs Schreibtisch. »*Voilà*«, verkündete er, »das ist das, was von Monsieur Fouquarts Drohne übrig geblieben ist.« Seine Stimme war von zahllosen Chemikaliendämpfen gegerbt, die er im Laufe seiner langen Laborkarriere eingeatmet hatte.

Sie betrachteten die gebrochenen und verbogenen Reste des Fluggeräts. »Haben Sie bei diesen Trümmern irgendetwas Besonderes festgestellt?«, fragte Fabienne skeptisch.

Ben Rouijal nickte. »Wir haben die Fingerabdrücke von zwei Personen auf der Drohne sichergestellt. Von Fouquart selbstverständlich. Und von Ihnen, *mon Capitaine*.«

Blanc räusperte sich. »Ich war neulich auf einem von Fouquarts Streifzügen mit.«

»Ich wusste gar nicht, dass Sie sich auch für Ufos interessieren, *mon Capitaine*.«

»Es gibt langweiligere Hobbys.« Blanc griff nach dem kleinen Beutel. Die SD-Karte darin sah aus, als wäre sie unter einen Traktor geraten.

»Ein absolut hoffnungsloser Fall«, erklärte Ben Rouijal. »Ich habe letzte Nacht wirklich alles ausprobiert, aber der Speicher ist zu stark beschädigt, man kann nichts auslesen.« Er fischte einen USB-Stick aus seiner Hosentasche. »Also habe ich die Aufnahmen aus der Fernsteuerung so gut es ging rekonstruiert, mal hier ein wenig am Kontrast gedreht, mal dort die Helligkeit verbessert, solche Sachen. Aber es bleiben selbstverständlich arg pixelige Aufnahmen. Ich habe Ihnen auch den Film von Madame Hulots Tablet, den mir Brigadier Barressi besorgt hat, auf den USB-Stick kopiert. Die Qualität ist besser. Aber so richtig viel werden Sie darauf, fürchte ich, auch nicht erkennen. Es sind halt Luftaufnahmen bei Nacht über einem Wald, das ist keine Hollywoodproduktion.«

»Gibt es auch irgendwo Fotos, die Fouquarts Olympus-Kamera geschossen hat?«

»Ja, fast einhundert. Wir haben in seinem Haus ein Notebook sichergestellt, auf das er die Bilder kopiert hat. Ich habe sie ebenfalls auf den USB-Stick geschoben, war ein Kinderspiel, der Typ hat seinen Rechner nicht einmal mit einem Passwort gesichert. Musste er wohl auch nicht. Meistens sieht man auf den Fotos nämlich nur irgendwelche Lichtpunkte in der Nacht, weiß der Himmel, warum er die fotografiert hat. Aber auf einigen kann man Sie erkennen, *mon Capitaine*.«

»Und noch was anderes«, murmelte Blanc. Immerhin hatte er jetzt die Fotos mit den Wolfsaugen, die Fouquart so erschreckt hatten. »Vielen Dank, Monsieur Ben Rouijal«, sagte er. »Ich weiß Ihre Überstunden sehr zu schätzen.« Er deutete auf den großen Plastiksack mit den Drohnentrümmern. »Ich glaube, den brauchen wir nicht mehr.«

Ben Rouijal grinste. »Ich auch nicht, *mon Capitaine*. Und mein Labor ist wirklich schon voll.« Er nickte zum Abschied und war verschwunden.

Blanc stellte den Plastikbeutel neben die Tür, damit sie ungehindert auf den Bildschirm blicken konnten. Über den Monitor flimmerte zuerst der letzte Film der Drohne von der tödlichen Nacht – es war, wie Ben Rouijal angekündigt hatte: Die Aufnahme war etwas klarer geworden, aber irgendetwas Neues sahen sie darauf nicht. Kein Wolf, kein Hund, kein Mensch – wer auch immer sich an Fouquart herangeschlichen hatte, die Drohne hatte ihn nicht erfasst.

Der Film des schießwütigen Jägers, den sie sich danach vornahmen, war keine sechzig Sekunden lang. Ein Mann stellte eine Weinflasche ab, ging ein paar Schritte, hob das Gewehr, es gab ein Geräusch wie einen Knall, doch die Flasche blieb heil.

Blanc musste Sandy Hulot recht geben – nie sah man das Gesicht des Jägers oder irgendetwas anderes, anhand dessen man ihn hätte identifizieren können. Genau genommen sah man nicht einmal, ob der Mann tatsächlich geschossen hatte. Es gab diesen Laut, aber sonst war nichts geschehen. Ob irgendwelche Experten diese Bilder vermessen und ihre Daten dann mit Cordillet, Melleton oder wem auch immer vergleichen könnten? Vielleicht. Aber eine derart aufwändige Ermittlung würde Nkoulou keinesfalls erlauben. Marius hatte nicht falschgelegen, sie suchten ja offiziell bloß nach einem verschwundenen Fotoapparat. Dafür würde niemand einen solchen Film analysieren, wozu auch?

Zuletzt gingen sie die Fotos durch, die Fouquarts Olympus geschossen hatte. Fabienne pfiff durch die Zähne, als sie die Wolfsaugen erkannte. »Das stimmt also tatsächlich!«, rief sie und sah Blanc erchrocken an. »Du hast ganz schön Glück gehabt.«

Marius schüttelte fassungslos den Kopf. »Ich hätte nie gedacht, dass der Wolf euch *so* nahe gekommen ist. Vielleicht hat ihn in der Nacht irgendetwas angelockt. Und dann ist er in der nächsten noch näher gekommen und hat Fouquart schließlich angegriffen …« Er kratzte sich am Kopf. »Mach doch mal das Bild größer«, bat er. Das Foto von Blanc, der die Fernsteuerung hielt, füllte bald den ganzen Monitor. Danach besahen sie andere Bilder aus der Serie: Fouquart mit einem Thermosbecher Tee. Fouquart und Blanc gemeinsam an der Fernsteuerung. Blanc, der sich zum Schutz gegen die Kälte eine Decke über die Schultern legte. Fouquart, der auf die Kamera zuging. Das nächste Foto war geschossen worden, als der Ufologe die Kamera herumgeschwenkt hatte, es zeigte nicht länger das Lager: ein Lichtpunkt in der Dunkelheit, vielleicht, vermutete Blanc, irgendwo unterhalb des Plateaus neben der Burg. Er klickte wieder zurück auf die Bilder, die ihn und Fouquart zeigten. Nur auf einem einzigen waren die Wolfsaugen zu sehen. Auf den anderen: keine Spur des Tieres. Doch er war sich sicher, dass der Wolf die ganze Zeit da gewesen sein musste. Er änderte die Helligkeit der Fotos, zoomte Ausschnitte heran, spielte mit dem Kontrast, immer in der Hoffnung, irgendwo mal einen Schatten zu erkennen, der im Unterholz verborgen war. Vergebens.

»Vergiss es«, sagte Fabienne irgendwann. »Wie viel Zeit ist zwischen den Aufnahmen verstrichen?« Sie holte sich die technischen Daten der Digitalaufnahmen auf den Schirm. »Jeweils ungefähr dreißig Sekunden. Auf einem Bild ist der Wolf zufällig zu sehen, schon beim nächsten ist er verschwunden. Dreißig Sekunden. Er war wirklich nicht lange in eurer Nähe.«

»Zumindest nicht in dem Bereich, den die Kamera erfasst hat«, ergänzte Marius.

Blanc holte das Foto des Toten aus der Akte, das die Kollegen der Spurensicherung im Morgengrauen nach der Tatnacht gemacht hatten. Er hielt das Foto neben den Monitor und zoomte eine Aufnahme der Olympus größer, die Fouquart neben der Fernsteuerung zeigte. Vielleicht hatte der Mann in der zweiten Nacht irgendetwas getragen, das einen Wolf angelockt haben könnte? Eine Jacke mit Pelzkragen vielleicht oder etwas aus Leder, und der Geruch hatte das Raubtier angelockt und … Doch das waren alles Hirngespinste. So intensiv Blanc auch die beiden Aufnahmen verglich: Fouquart blieb ein ganz normaler Mann in ganz normaler altmodischer Kleidung, und auf einem Bild lebte er, und auf dem anderen war er tot. Er hatte sein Verhängnis nicht am Leib getragen.

»Aber er hat sich erschrocken, als er die Bilder das erste Mal gesehen hat«, murmelte Blanc, »da bin ich ganz sicher.«

»Wenn ich solche Augen direkt neben meiner Schulter entdecken würde, wäre ich auch erschrocken«, kommentierte Fabienne.

»Ich weiß nicht …« Blanc schüttelte den Kopf. »Er hat noch

ungewöhnlich lange auf den Kameramonitor gestarrt, selbst nachdem wir alle bereits die Wolfsaugen gesehen hatten. So als hätte er noch etwas anderes entdeckt.«

»Ich kann auf keinem der Fotos ein anderes Tier erkennen«, erklärte Marius, »und einen anderen Menschen erst recht nicht.«

Das Telefon riss sie aus ihren Grübeleien. Melleton. »Morgen früh um fünf Uhr beginnt die Treibjagd auf den Wolf, *mon Capitaine*«, erklärte der Bürgermeister ohne Umschweife.

»Und deshalb rufen Sie bei mir an?« Er stellte die Freisprechanlage laut, damit seine Kollegen mithören konnten.

»Ich will sicher sein, dass morgen keiner Ihrer Beamten durch das Gelände läuft.«

»Werden Sie persönlich bei der Jagd dabei sein?«

»Selbstverständlich!«

»Und Monsieur Cordillet?«

»Der organisiert die Jagd.«

»Nimmt auch Monsieur Pélestor teil?«

Ein winziges Zögern. »Er ist der staatlich bestellte Wolfsjäger. Seine Rolle ist extrem wichtig.«

»Dann, *Monsieur le Maire*, wird morgen doch ein Gendarm durch das Gelände laufen. Ich mache mit.«

Es blieb sehr lange still in der Leitung. »Nun, das kann ich wohl kaum verhindern«, brummte Melleton schließlich.

»Wo treffen wir uns?«

»Auf dem Parkplatz unterhalb von Vieux Vernègues. Um fünf Uhr beginnt die Einweisung der Treiber und Jäger. Ich erwarte mindestens fünfzig Mann.«

»Ich stelle mir zwei Wecker.«

»Da ist noch etwas, *mon Capitaine*: Ob Sie Flic sind oder nicht, ist morgen egal. Bei der Treibjagd sind Sie bloß einer von vielen. Der Boss bin ich.« Melleton knallte den Hörer auf die Gabel.

»Wow!«, entfuhr es Fabienne. »Bist du sicher, dass es eine

gute Idee ist, sich allein unter fünfzig schießwütige Typen zu wagen?«

»Kein Mensch schießt auf einen Gendarmen.«

»Und kein Wolf reißt einen Menschen«, sagte Marius.

Fünf Minuten später stand Blanc in Nkoulous Büro. Er berichtete ihm, dass er nach einer verschwundenen Kamera suche und am nächsten Morgen auf eine Treibjagd gehen wolle. Die Geschichte der verschwundenen Olympus schien seinen Chef nicht sonderlich zu interessieren, er nickte kühl. Doch als Blanc zur Treibjagd kam, hörte er aufmerksam zu. »Gute Idee, dass Sie mitmachen, *mon Capitaine*. Je eher dieser Wolf erledigt ist, desto schneller haben wir wieder Ruhe. Die Journalisten setzen uns ganz schön zu. Es wäre geradezu ideal«, er räusperte sich, nahm seine goldgefasste Brille ab und putzte sie umständlich, bevor er sie wieder aufsetzte, Blanc anblickte und endlich fortfuhr, »geradezu ideal, wenn Sie persönlich das Tier erlegen könnten. Es würde unserem Ansehen nicht schaden.«

Blanc glaubte einen Moment, sich verhört zu haben. Dann fiel ihm wieder ein, dass der Commandant einer der besten Schützen der gesamten Gendarmerie war. Vermutlich wäre Nkoulou selbst zu gerne dabei gewesen, wenn er denn einen passenden Vorwand gefunden hätte. Blanc hingegen hatte nicht vor, mit seiner Dienstwaffe im Wald herumzuschießen, doch das musste er seinem Chef nicht ins Gesicht sagen. »Ich sehe, was ich tun kann«, versprach er.

»Ach, *mon Capitaine*, da ist noch etwas«, sagte Nkoulou, als Blanc schon an der Tür war. »Ganz sicher werden bei dieser Treibjagd auch Reporter dabei sein. Kommen Sie morgen also in Uniform und richten Sie es so ein, dass Sie auf möglichst vielen Fotos zu sehen sind. *Bonne chance!*«

Später kam Fabienne zu Blanc und Marius ins Büro. Sie hielt in einer Hand ihr Tablet, in der anderen eine Ausgabe von *La Provence*.

»Was ist denn mit dir los?«, rief Marius. »Kein echter Hacker fasst eine Zeitung aus Papier an!«

»Du wirst es gleich kapieren«, erwiderte Fabienne. Ihr war offenbar nicht nach Scherzen zumute. Sie tippte auf ihr iPad. »Der Nostradamus-Experte hat wieder zugeschlagen.«

»Hat Gassonet irgendeinen Unsinn gepostet?«, fragte Blanc, dem nichts Gutes schwante.

»Gepostet?!« Fabienne schnaubte empört. »Der Typ hat ein Blog, das offenbar von Hunderttausenden gelesen wird, und das füllt er mit so viel Text, dass dir die Augen tränen. Wenn seine Bücher so geschrieben sind wie das, was er online produziert, dann muss es echte Schundliteratur sein. Hier!«

Sie scrollte bis zu einem Absatz, den Blanc und Marius lasen:

Nostradamus hat einst zwei Plagen prophezeit, die unsere Provence heimsuchen werden. Die erste Plage ist jetzt über uns gekommen: Wölfe! Es sind Tiere der Finsternis und des Chaos, und sie sind zurückgekehrt, weil wieder Finsternis und Chaos herrschen werden. Wölfe spüren, dass ihre Zeit gekommen ist. Sie reißen die Sünder und die Verblendeten. Und es ist wahrlich kein Zufall, dass ihr erstes Opfer ein falscher Prophet ist – es steht geschrieben in Centurie sechs, Quatrain einhundert:

Quos legent hosce versus, mature censunto
Profanum vulgus & inscium ne attrestato
Omnesque Astrologi, Blenni, Barbari procul sunto
Qui aliter facit, is rite, sacer esto.

Auf dass diejenigen, die diesen Vers lesen, darüber lange
nachdenken mögen:
Dass sich der profane und unwissende Gewöhnliche
nicht nähere
Dass sich alle Astrologen davonmachen, alle Barbaren
beiseite treten
Wer auf die andere Seite tritt, der sei verflucht gemäß
des Ritus.

Aber es wird noch mehr Verfluchte geben, viel mehr ...
Was, so fragt ihr, meine Freunde, macht mich da so sicher?
Es ist die zweite Plage, die der Meister vorhergesehen hat.
Spürt ihr es nicht? Die Wölfe sind doch nur die Vorboten von
Finsternis und Chaos. Finsternis und Chaos werden erst noch
über uns kommen. Und zwar wenn die Erde wieder bebt! Wie
einst, da unsere schöne Provence in Trümmer sank, wird wie-
der der Boden unter unseren Füßen grollen, und Menschen-
werk wird zu Staub werden. Also, Freunde, fürchtet euch nicht
nur vor den Wölfen! Fürchtet euch auch vor der Gewalt, die
unter euren Füßen lauert. Der Tag ist nah!

»Unfassbar«, murmelte Blanc. »Wenn man mit ihm redet, wirkt
Gassonet eigentlich ganz normal.«

»Meine Rede: Der Typ ist ein eiskalter Zyniker«, sagte Marius. »Der glaubt doch selbst nicht an diesen Unsinn. Aber mit
so einem Gerede kriegst du deine Fans.«

»Und du kriegst einen Reporter von der Zeitung«, sagte Fabienne und knallte die Ausgabe von *La Provence* empört auf
den Tisch, wobei sie Blanc anblickte. »Dein Freund Paulmier
hat Gassonet interviewt. Der Text hat es zum Glück nur in den
Innenteil geschafft, aber, verdammt, Gassonet darf da praktisch
unzensiert seine durchgeknallten Thesen auf einer ganzen Seite
ausbreiten! Und am Ende steht ein Hinweis auf sein neuestes

Buch. Der Typ gießt Öl ins Feuer, der macht die Menschen noch hysterischer, als sie schon sind, und das alles nur, um für sein Buch zu werben! Da draußen stirbt ein Mann mit zerfetzter Kehle, und dieser Gassonet macht daraus eine PR-Nummer!«

Blanc griff zum Telefonhörer und rief Paulmier an. »Sie hatten mir versprochen, nicht hysterisch zu berichten!«, rief er ohne weitere Vorrede.

»Sie meinen das Interview mit Gassonet?«, riet Paulmier und hörte sich dabei nicht übermäßig schuldbewusst an. »Wissen Sie, selbst ein alter Sack muss mit der Zeit gehen. Als Reporter guckst du dir an, was gerade in den Sozialen Medien los ist, und daraus machst du dann eine Geschichte. *Eh bien*, Gassonets verrückter Blog wird überall geteilt. Es ist, als freuten sich die Leute geradezu, dass ihnen Wölfe und Erdbeben drohten. Ist vielleicht ein Zeichen unserer Dekadenz. Oder den Menschen ist einfach bloß langweilig, es passiert ja gerade sonst nichts. Jedenfalls ist Gassonet der Star der Stunde, darum habe ich ihn interviewt.«

»Wölfe, Erdbeben, Nostradamus … Je verrückter die Menschen werden, desto größer ist die Gefahr, dass noch mehr passiert, und das wissen Sie genau!«

»Mein Maßstab ist die Auflage, *mon Capitaine*. Wissen Sie, dass wir mit der Schlagzeile vom Wolf Tausende Exemplare mehr verkaufen als sonst?! Jeder will das lesen. Aber Sie müssen sich überhaupt nicht beunruhigen. Denn als erfahrener Reporter mache ich jetzt mal eine Prophezeiung, die garantiert viel sicherer ist als alles, was Nostradamus je geweissagt hat: Wenn Sie morgen den Wolf töten, dann herrscht übermorgen wieder Ruhe in der Provence.«

»Die sind alle irre!«, rief Fabienne, nachdem Blanc aufgelegt hatte.

»Und was passiert wohl, wenn der Wolf morgen *nicht* getötet wird?«, murmelte er finster.

Marius legte ihnen begütigend seine Hände auf die Arme. »Was haltet ihr davon, wenn die drei letzten Normalos der Provence jetzt erst einmal mittagessen gehen?«

»*D'accord*«, antwortete Blanc. »Wie wäre es mit einem Tapetenwechsel? Marius, du hast mir mal gesagt, dass man in Caillouteaux gut essen gehen kann, wenn man die immer gleichen Gesichter in Gadet satt hat.«

»Im Le Beffroy, ja, da war ich auch schon länger nicht mehr. Die sollen aber neue Pächter haben.«

Blanc nahm seine Kollegen im Espace mit. Er hatte die Gesichter in Gadet keineswegs satt, doch er wollte in Caillouteaux nachsehen, ob dort ein ganz bestimmtes Auto stand. Der Parkplatz vor der Mediathek war an einem Montagmittag zur Hälfte leer, und nirgendwo entdeckte er einen schwarzen Citroën C5. Er hoffte, dass man ihm seine Erleichterung nicht ansah.

Das Restaurant versteckte sich in einer Gasse hinter dem mittelalterlichen Uhrenturm des Städtchens. Wahrscheinlich war das Le Beffroy vor Jahrhunderten mal ein Stall gewesen oder ein Weinkeller, jedenfalls hatten die Besitzer ein paar Tische und Stühle und einen gemauerten Pizzaofen in ein altes Gewölbe gezwängt. Drinnen war es zu warm, Hitzewolken quollen aus dem Pizzaofen, es duftete nach Gewürzen und glimmender Holzkohle, nach Wein und Pastis, fast alle Tische waren besetzt, und das niedrige Gewölbe verstärkte die Unterhaltungen der Gäste wie ein großer Lautsprecher, sodass es im Raum ähnlich lärmend zuging wie in einer gut besuchten Kneipe.

»Genial«, sagte Fabienne. Sie musste die Stimme heben, damit ihre Begleiter sie verstehen konnten. »Heiße Küche, laute Gäste, hier kannst du nichts falsch machen.«

Sie zwängten sich an das letzte freie Tischchen, das eigentlich nur für zwei Personen Platz bot. Der Patron, ein fröhlicher Mann mit einem Bauch, der verriet, dass er der beste Kunde seines Kochs war, brachte von irgendwoher einen dritten Stuhl und das Gedeck. Zwanzig Minuten später dampften drei gigantisch große Pizzen vor ihnen. Blanc schloss für einen Moment die Augen. Warum konnte das Leben nicht immer so sein?

Als sie eine Stunde später ganz satt und halb taub zurückschlenderten, ließ Blanc wie zufällig die anderen ein paar Schritte vorausgehen, dann sah er sich erneut auf dem Parkplatz um. Fabienne hielt inne, kehrte um und flüsterte: »Ich habe auch keinen schwarzen Citroën entdeckt.«

Zurück auf der Gendarmerie-Station setzten sie sich an die Computer und versuchten, mehr über Fouquart herauszufinden. Marius und Fabienne nahmen sich das Internet vor. Da der Tote in der Ufologen-Szene aktiv und das Netz das Biotop der Aliengläubigen war, stießen sie auf Tausende Einträge, die sich irgendwie auf Fouquart bezogen. Sie würden Stunden brauchen, um das zu durchforsten.

Blanc loggte sich währenddessen in die zentrale Datenbank der Gendarmerie ein und hatte es bedeutend leichter. Fouquart hatte keine Vorstrafen und war auch nicht als Verdächtiger oder Zeuge geführt worden. Er wäre der perfekte harmlose Bürger gewesen – wenn er nicht selbst einmal Anzeige erstattet hätte.

Gegen Doktor Marie-Claire Martin.

Seine Anzeige gegen die Seismologin war vor ungefähr zwei Jahren bei der Gendarmerie eingegangen, nur Wochen oder Monate nach ihrer Scheidung, vermutete Blanc. Fouquart bezeichnete Marie-Claire Martin in der Anzeige jedenfalls bereits als »meine ehemalige Gattin« und warf ihr »Verleumdung« und »üble Nachrede« vor. Viel mehr fand sich in den Daten nicht, das Verfahren war offenbar von den damit befassten Beamten schnell und folgenlos eingestellt worden. Jedenfalls fand Blanc nicht einmal eine Erwiderung von Marie-Claire Martin oder einem von ihr beauftragten Anwalt, sodass nicht klar war, ob sie überhaupt wusste, dass Fouquart sie angezeigt hatte.

Blanc studierte den Text der Anzeige, verfasst in sperriger Behördensprache. Offenbar hatte Fouquart eine Gendarmerie-Station besucht und einem Kollegen dort sein Anliegen mündlich geschildert, und der hatte das zu Protokoll gegeben. Doktor Martin hatte, glaubte man dem Ufologen, an den Schwarzen Brettern diverser Universitätsinstitute eine Art Steckbrief aufgehängt, in dem unter Fouquarts Foto und Namen seine Alien-Forschungen als »Spinnerei« und »grenzdebile Halluzinationen« geschmäht wurden. Auf Nachfrage des Gendarmen musste Fouquart allerdings zugeben, dass diese Steckbriefe anonym waren und niemand gesehen hatte, wer sie angebracht habe. Er ergänzte jedoch, dass er sicher sei, dass seine Exfrau dies getan habe, weil, und hier zitierte ihn der Beamte wörtlich: »meine geschiedene Gattin mir den Tod an den Hals wünscht.«

Tod an den Hals …, dachte Blanc. Das war ja nun wortwörtlich eingetreten. Und Marie-Claire Martin war in der fraglichen Nacht in den Ruinen von Vieux Vernègues gewesen. Er rief Fabienne und Marius zu sich und deutete auf den Bildschirm mit dem Text des Protokolls. »Seltsamer Zufall, nicht wahr?«, sagte er.

Marius überflog das und zuckte mit den Achseln. »Den Tod an den Hals wünschen, das sagt man eben so. Ich kann mich nicht mehr genau erinnern, aber ich vermute, dass ich während des Scheidungsprozesses meiner Frau ganz ähnliche Dinge an den Hals gewünscht habe.«

Fabienne seufzte. »Ich hoffe ja sehr, dass meine Krise mit Roxane bald ausgestanden ist. Aber selbst wenn unsere Ehe jemals den Bach runtergehen sollte, würde ich ihr so etwas nie wünschen. Trotzdem hat Marius recht: Diese Phrase allein sagt gar nichts aus. Außerdem haben wir nur Fouquarts zwei Jahre alte Aussage, dass Doktor Martin das angeblich mal gesagt hat.«

Blanc fasste sich unwillkürlich an den Hals, bemerkte, was er da tat, und trommelte nervös mit den Fingern auf der Tischplatte. »Trotzdem bleibt das mysteriös. Welches Mordopfer stirbt schon mit durchgebissener Kehle? Und ausgerechnet dem wahrscheinlich einzigen Opfer in ganz Frankreich mit einer derartigen Halswunde wurde zuvor genau so ein Tod gewünscht.«

»Vergiss es, Roger«, erwiderte Marius begütigend. »Das reicht nicht einmal aus, um Marie-Claire Martin vorzuladen. Was wird sie uns schon sagen? *Nein, ich habe meinem Exmann damals nicht den Tod an den Hals gewünscht.* Fertig, dann können wir sie gleich wieder nach Hause schicken, wir können ihr nämlich gar nichts nachweisen. Und, ehrlich gesagt, selbst wenn Doktor Martin so etwas gesagt haben sollte und das auch noch zugibt und selbst wenn sie sogar wirklich irgendwelche Schmähzettel an irgendwelche Pinnwände geheftet hat, selbst all das macht sie noch lange nicht zu einer Mörderin, die mit einer blutrünstigen Bestie nachts durch die Ruinen schleicht.«

Blanc lehnte sich zurück und atmete tief durch. Er fühlte sich besiegt. »*D'accord.* Habt ihr etwas gefunden?«

Fabienne zuckte mit den Achseln. »Vielleicht, vielleicht auch nicht. Fouquart war bei vielen Ufo-Vereinen aktiv, der Typ muss fast jeden Tag irgendwo mehrere Texte, Fotos oder Kommentare gepostet haben, der hat in der Szene einfach überall seine Duftmarke hinterlassen und scheint da so etwas wie ein Star gewesen zu sein. Aber nur ein einziges Mal habe ich einen Bezug zu jemandem gefunden, der uns interessieren könnte. Vor etwa einem halben Jahr hat Fouquart in seinem Blog, warum auch immer, Nostradamus im Allgemeinen und ein Buch von Gassonet im Besonderen verspottet. Fouquart hat seinen Lesern empfohlen, Gassonets Buch als Toilettenpapier zu benutzen, das gibt dir eine Idee vom Niveau seines Eintrags. Daraufhin hat es empörte Kommentare von Nostradamus-Fans gehagelt, manche waren schon ziemlich übel, ein Mini-Shitstorm. Allerdings war keine Morddrohung darunter. Und Gassonet selbst hat sich zumindest nicht unter seinem Klarnamen zu der Schmähung geäußert. Natürlich ist es möglich, dass er sich unter irgendeinem Pseudonym gewehrt hat, aber dazu habe ich kein Indiz gefunden. Also: Die beiden konnten sich offenbar schon länger nicht leiden. Und Fouquart hat die Verkäufe von Gassonets Buch mit seinem Verriss garantiert nicht angekurbelt. Aber mehr gibt es da nicht.«

»Ich besorge uns Kaffee«, verkündete Marius und verließ das Büro.

»Weil die Recherche so langweilig war, habe ich deinen kleinen Spezialauftrag dazwischengeschoben«, sagte Fabienne, sobald Marius draußen war. »Bist du ganz sicher, dass du nicht in der Scheiße steckst?«

»Wenn du mir verrätst, was du herausgefunden hast, kann ich dir die Frage vielleicht beantworten.«

Sie strich sich über die Haare. »Also schön. Der schwarze Citroën ist ein Firmenwagen. Zugelassen auf eine *Société de Transport et de Service*. Die Firma ist im Handelsregister von Levallois-Perret bei Paris eingetragen. Doch seltsamerweise ist der Mann, der da als Geschäftsführer verzeichnet ist, sonst nirgendwo im Internet zu finden. Und die Geschäftsadresse suchst du bei Google Maps vergebens. Scheint aber nie jemandem aufgefallen zu sein.«

»*Alors?*«, fragte Blanc, obwohl ihm langsam ein Verdacht kam.

»Die *Société de Transport et de Service* ist eine Tarnfirma. Ich habe mich durch ein paar Datenbanken der Gendarmerie und des Innen- und Verkehrsministeriums gewühlt und festgestellt, dass mindestens dreißig Autos auf sie zugelassen sind, alles Limousinen oder Kleintransporter. Ich habe keinen Beweis, aber es gibt da ein, zwei Hinweise …« Fabienne zögerte, hob die Hände zu einer Geste, die vielleicht *Was soll's?* symbolisieren sollte, und sprach weiter: »Also, meiner Ansicht nach ist die *Société de Transport et de Service* eine Tarnfirma der DGSI.«

Blanc schloss die Augen. Der Inlandsgeheimdienst.

»Die Schlapphüte lassen offenbar einen Teil ihres Fuhrparks über diese Firma laufen, dann fallen die Wagen niemandem auf«, erläuterte Fabienne. »Außer einem gewissen Capitaine, der in Caillouteaux über den Parkplatz läuft. Wo bist du da bloß reingeraten?«

»Ich bin in gar nichts reingeraten«, log Blanc wenig überzeugend. »Ich musste nur etwas … überprüfen. Jetzt sehe ich ein paar Dinge klarer.«

Tatsächlich sah er nichts klarer. Lange, nachdem Fabienne und Marius nach Hause gegangen waren, saß er immer noch im dunklen Büro und grübelte. Cedric. Den Nachnamen dazu würde er über das Nummernschild des Autos nie herausfinden, und vielleicht war das auch gleichgültig, denn möglicherweise war bereits der Vorname falsch und Teil einer Tarnidentität. Die DGSI. Ein Teil von Blancs Geist arbeitete unaufhörlich: Es ist normal, dass ein Agent des Geheimdienstes sich unauffällig mit einer Untersuchungsrichterin trifft. Es ist normal, dass Aveline über derartige Treffen nicht einmal mit ihm reden darf. Und doch … Blanc dachte an das Foto dieses Mannes in Avelines Unterlagen. Und er dachte an sein Lächeln in der Rue du Passe-Temps, bevor er das Haus betrat und Aveline die Tür hinter ihm schloss. Blanc konnte sich nur zu genau daran erinnern, wie oft er selbst schon so gelächelt hatte, genau an diesem Ort, genau in so einer Situation.

Als er endlich nach Hause fuhr, war Blanc klar, dass seine wahnwitzige Affäre mit der Untersuchungsrichterin eine Sache der Vergangenheit war. Ob Aveline neben ihm und diesem Cedric noch weitere Männer heimlich in ihrem Haus in Caillouteaux empfing? Oder in Paris? Manchmal hatte er sie tage-, ja wochenlang nicht erreichen können. Sollte er ihr eine Szene machen? Oder sollte er dieses Verhältnis geräuschlos beenden, einfach nicht mehr zu ihr gehen, kein vertrautes Wort mehr, so tun, als hätte es die Monate mit ihr nie gegeben? Als wäre es bedeutungslos, dass sie nicht bloß das Bett geteilt, sondern auch mehr als einmal ihre beiden Leben riskiert hatten? Blanc wusste nicht, was er tun würde. Er war traurig und fühlte sich gedemütigt, aber auf eine seltsam perverse Art spürte er auch Erleichterung. Vorbei. Keine Heimlichkeiten mehr. Keine Lügen.

Abends kam Paulette bei ihm vorbei. Sie setzten sich vor den Ofen, in dem ein Feuer knackte. Sie hatte eine Stofftasche dabei und holte einen mehr als handlangen, spitzen, dunklen Gegenstand heraus. Blanc betrachtete ihn und rief erstaunt: »Ein Büffelhorn! Soll ich daraus meinen Wein schlürfen, so wie die alten Germanen?«

Sie schüttelte lächelnd den Kopf. »Das Horn ist nicht für dich, sondern für Jacques. Es ist ein Kaugummi für Hunde.« Sie reichte es dem Tier. Jacques schnappte sich das Horn mit seinen gewaltigen Kiefern, zog einige Meter bis vor die Tür, ließ sich dort mit einem behaglichen Grunzen fallen und begann, an dem Horn zu nagen. »Der ist jetzt für die nächsten Stunden glücklich«, kommentierte Paulette.

»Du bestichst meinen Hund?«

»Ich belohne ihn. Weißt du, dass Jacques jetzt zu mir hinüberkommt, sobald du zum Dienst gefahren bist? Da legt er sich quer vor die Haustür. Das ist besser als ein dreifaches Sicherheitsschloss und eine Alarmanlage zusammen. Ich habe mich schon lange nicht mehr so behütet gefühlt.«

»Großartig!«, rief Blanc. Er war erleichtert, dass Paulette diesen Beschützer gefunden hatte. Doch irgendwo im Hinterkopf meldete sich eine leise, egoistische, enttäuschte Stimme: Schade, dass sie nun keinen Grund mehr hat, sich bei mir zu verstecken.

Paulette hatte sich inzwischen wieder über ihre Tasche gebeugt und zog ein Stofftuch heraus, mindestens zwei Meter lang und einen Meter breit. Es war hellgelb und mit Sonnenblumen, Lavendelsträuchern und Olivenzweigen bedruckt. Blanc hatte auf den Märkten schon Händler mit diesen leuchtenden Stoffen gesehen, ihm kamen sie wie bunte Banner vor, die verkündeten: Sommer! Lebenslust! Provence! »Was ist das?«, fragte er.

»So etwas nennt man ›Tischdecke‹, Roger. Damit deine Küche nicht mehr ganz so karg und nach Männerhaushalt aussieht.«

Blanc bedankte sich verlegen. Es war wie ein Zaubertrick, plötzlich war seine Küche heller und irgendwie größer. Sommer. Lebenslust. Provence. Er verbrachte den ganzen Tag mit komplizierten Ermittlungen, aber die einfachen Dinge, an die dachte er nie.

»So möchte ich das bei unserem nächsten Essen sehen!«, rief Paulette, die ihm in die Küche gefolgt war. Sie küsste ihn zum Abschied auf die Wangen. »Und jetzt kümmere ich mich um die Pferde.«

Blanc brachte sie zur Tür. Paulette war noch keine zwei Schritte draußen, als ein schreckliches Heulen durch die Nacht fuhr. Blanc hielt den Atem an. Einen Augenblick später stand Jacques neben ihnen, hob witternd die Schnauze und knurrte. Paulette legte ihm beruhigend die Hand auf den Kopf. »Das ist bloß Ange«, flüsterte sie.

Als das Heulen ein zweites Mal ertönte, erkannte auch Blanc die Stimme seiner Nachbarin. Sie musste irgendwo am anderen Ufer der Touloubre sein, vielleicht stand sie vor ihrem Haus. Dort aber waren alle Lichter erloschen.

»Serge hat heute Nachmittag im Wald herumgeballert«, fuhr Paulette mit gedämpfter Stimme fort. »Ich habe ihn überrascht, als ich mit Felix ausgeritten bin. Er wollte sein Zielfernrohr justieren, hat er behauptet. Für morgen.«

Klar, dachte Blanc, er hätte wissen müssen, dass einer wie Serge Douchy bei einer Wolfstreibjagd mitmachen würde.

»Ange will aber nicht, dass er den Wolf erschießt. Wahrscheinlich macht sie deshalb jetzt so ein Theater«, fuhr sie fort.

Ein dritter Schrei hallte von irgendwoher. Vielleicht von weiter fort, womöglich verschwand Ange gerade im Wald.

»Das muss man doch bis Salon hören können«, murmelte Blanc. »Den Begriff ›Ehekrach‹ kann man bei den beiden jedenfalls wörtlich nehmen.«

Paulette beugte sich näher zu ihm. Er atmete den Duft ihrer Haut ein, Heu und Leder und Lavendel, wunderbarer als jedes Parfum. »Es gibt Gerüchte, dass Serge und Ange ein … besonderes Ehepaar sind«, flüsterte sie. »Niemand hat je gewusst, wer Anges Vater war. Aber die Alten munkeln, dass es der Vater von Serge sein könnte.«

»Die beiden sind Halbgeschwister?«

»Ich habe schon weniger komplizierte Familien gesehen.«

Blanc brachte Paulette sicherheitshalber bis zu ihrem Haus. Jacques war mit ihnen getrottet und legte sich vor ihre Tür, als hätte er genau verstanden, wer in dieser Nacht mehr Schutz brauchte. Blanc wanderte allein zurück. Unter seinen Sohlen knirschte Schnee. Im Schein der einzigen Straßenlaterne zwischen Paulettes Haus und Blancs alter Ölmühle schimmerten die Kristalle wie Glassplitter, außerhalb des Lichtkegels schien der Schnee aus sich selbst heraus zu glimmen. Über ihm wölbten sich die kahlen Kronen der Platanen, kein Zweig bewegte sich, die Bäume wirkten wie versteinerte Wächter. Kein Eulenruf. Kein Rascheln irgendwo. Kein Heulen mehr. Blancs Atem stand als kleine Wolke vor seinem Gesicht, seine Atemzüge schienen unnatürlich laut durch die perfekte Stille zu hallen. Er hielt die Luft an und lauschte. Nichts.

Später stand er in der Küche und blickte auf die Tischdecke. Sommer. Lebenslust. Provence. Das war bloß ein Firnis, dachte er, nicht dicker als dieses Tischtuch. Darunter lauerten Aberglauben, Gewalt und Mord. Die Provence war uralt. Was machten da schon die paar Jahre modernen Denkens aus? Sie lagen auf tausend Jahren Mittelalter und tausend Jahren Heidentum und noch viel mehr Jahrtausenden einer noch viel archaischeren Zeit.

Das Summen des Handys schreckte ihn auf. Er ging sofort dran. Fabienne.

»Du bist aber schnell«, begrüßte sie ihn. »Kannst du auch nicht schlafen?«

»Auch nicht?«

»Schlaflosigkeit ist eine Nebenwirkung von Ehekrise. Das solltest du besser wissen als ich.«

»Wir können jeder am Ende der Leitung Tee machen, und dann reden wir die ganze Nacht«, schlug Blanc vor.

»So weit bin ich dann doch noch nicht. Ich habe nur noch ein bisschen recherchiert, weil ich nicht schlafen kann.«

Blanc richtete sich gespannt auf. »Was hast du herausgefunden?«

»Fouquart und Melleton haben sich über dieses geplante Ufologen-Treffen nicht bloß gestritten. Der Bürgermeister ist auch vor das Verwaltungsgericht von Aix-en-Provence gezogen, um die Veranstaltung zu verbieten. Seine Klage ist allerdings abgewiesen worden, und zwar letzten Freitagnachmittag. Fouquart hätte sein Sommercamp in Vieux Vernègues abhalten dürfen – aber zwölf Stunden nach dem Urteil ist er bereits tot. Noch so ein seltsamer Zufall.«

Die Treibjagd

Um fünf Uhr morgens glich der Parkplatz unterhalb von Vieux Vernèrgues einem Söldnerlager im ersten grauen Dämmerlicht. Wuchtige SUVs und Pickups standen auf dem zerfurchten Boden. Bewaffnete stapften durch den Schnee und schlugen gegen die Kälte die Hände zusammen. Manche tranken in tiefen Zügen aus Thermoskannen, und Blanc konnte bloß hoffen, dass sich darin nur Kaffee befand. Er war von Männern in Tarnanzügen umgeben, einige noch zu jung für einen Bart, andere bereits so alt, dass er sich fragte, ob sie überhaupt noch ihre schweren Gewehre anlegen konnten. Auch einige Frauen, die Karabiner um die Schultern geschlungen hatten, gehörten zur Gruppe, sie wirkten auf ihn nicht weniger gefährlich als die Männer. Insgesamt zählte Blanc deutlich mehr Jäger als die fünfzig, die Melleton ihm angekündigt hatte. Er erkannte den Bürgermeister, der ihn aus der Ferne mit einem Nicken begrüßte. Cordillet und Pélestor standen bei Melleton. Serge Douchy unterhielt sich mit Fred und Clotilde Locez sowie einigen weiteren wettergegerbten Männern und Frauen, die Blanc für Schäfer hielt. Nur drei Menschen waren unbewaffnet, zwei junge Männer und eine junge Frau, die neben einem Kleinbus standen und rauchten. Die beiden Männer hatten schwere Kameras um den Hals hängen, sie und ihre Begleiterin trugen Westen, auf denen in großen Buchstaben *Presse* stand. Wie Kriegsreporter, dachte Blanc. Bei einer Treibjagd waren leuchtend orangefarbene Warnwesten und Mützen vorgeschrieben, damit sich die Jäger nicht irrtümlich gegenseitig beschossen, doch außer Pélestor kümmerte sich offenbar niemand um dieses Gesetz. Blanc war in seiner blauen

Gendarmerie-Uniform erschienen. Er hatte sich nie recht wohl in ihr gefühlt – und an diesem frühen Morgen schien es allen anderen mit seiner Uniform auch so zu gehen. Jedenfalls kam es ihm so vor, als würden ihm alle Jäger so weit wie möglich aus dem Weg gehen. Wohin auch immer er schlenderte, teilte sich die Menschengruppe vor ihm wie ein Fischschwarm vor einem Hai. Endlich kam jemand aus dem Dämmerlicht auf ihn zu.

Marius.

Er steckte ebenfalls in einer Uniform, deren zerknittertem Zustand man ansehen konnte, dass sie sehr lange in irgendeinem Schrank gelegen hatte. Doch im Gegensatz zu Blanc war er nicht bloß mit seiner Dienstpistole bewaffnet, sondern trug auch ein altmodisch aussehendes Gewehr ohne Zielfernrohr.

»Mit dieser Flinte willst du auf Wölfe schießen?«, rief Blanc verblüfft, aber auch erleichtert, ihn zu sehen. »Was machst du überhaupt hier?«

Marius schlug ihm auf die Schulter. »Ich konnte dich doch nicht mit diesen Großwildjägern allein lassen! Außerdem«, er klopfte auf sein Gewehr, »ist das vielleicht die einzige Chance in meinem Leben, auf Wolfsjagd zu gehen. Und das auch noch während der Dienstzeit. Wir werden für diesen Spaß hier bezahlt, Roger, also guck nicht so betrübt!«

»Weiß Nkoulou, dass du hier bist?«

»Der Chef hat es mir ausdrücklich erlaubt. Er meinte, das verdoppelt die Chance, dass ein Reporter unseren Beitrag zur Treibjagd fotografiert.«

Blanc deutete mit der Kinnspitze Richtung Kleinbus. »Bislang interessieren sich die Journalisten mehr für ihre Zigaretten als für uns. Ahnt Nkoulou denn auch, dass du mit dem Gewehr hier bist?«

»Natürlich nicht. Du weißt, was der Commandant von meinen Schießkünsten hält.«

Da sind Nkoulou und ich ausnahmsweise mal einer Meinung,

dachte Blanc. Er hatte selbst schon mitbekommen, wie Marius bei dem einen oder anderen Einsatz zu rasch zur Waffe gegriffen hatte.

»*Merde*«, flüsterte Blanc plötzlich, weil er hinter Marius auf einmal eine Gestalt wahrnahm, auffällig genug, weil sie die einzige andere neben Pélestor war, die in einer Warnweste hier auftauchte.

Sandy Hulot.

»Komm mit«, sagte er halblaut zu Marius. Blanc hielt es für besser, wenn wenigstens zwei Gendarmen zwischen der Försterin und den Jägern standen.

»Was suchen Sie ausgerechnet hier?«, zischte er, als er Sandy Hulot erreicht hatte. »Sie wissen doch, was diese Typen denken!«

»Genau deshalb bin ich ja hier«, erwiderte die Försterin. Unter dem orangefarbenen Überhang trug sie ihre grüne Uniform. »Ich bin beim ONF. Das ist mein Revier. Niemand kann mir verbieten, hier zu sein.« Sie sah abgespannt und müde aus. Blanc fragte sich, wann sie zuletzt geschlafen hatte.

»Was genau haben Sie eigentlich vor?«, fragte Marius. »Sabotage? Wollen Sie sich bei den Jägern einreihen und Lärm machen, damit der Wolf abhaut, so etwas?«

Sie schüttelte den Kopf. »Ich war gerade schon bei Melleton. Ich habe den Bürgermeister offiziell darüber informiert, dass ich meine Runde durch den Wald mache. Ich verstoße gegen kein Gesetz. Und kein Gesetz verbietet mir, vor meiner Runde auf diesem Parkplatz aufzukreuzen. Ich bin hier, bevor die Jagd losgeht, damit mich alle Jäger sehen. Soll nachher niemand sagen, er habe nichts gewusst.«

Blanc ging ein Licht auf. »Sie machen sich zum lebenden Schutzschild! Sie wollen den Jägern Angst machen, zu schießen, weil jeder Schuss Sie treffen könnte. Aber die werden trotzdem herumballern. Das ist Wahnsinn!«

»Ich bin nicht so verrückt, wie Sie denken«, entgegnete Sandy Hulot selbstbewusst, »und die meisten Jäger sind es auch nicht. Denn wenn jemand auf mich schießen sollte und es danach zu einer gerichtlichen Untersuchung kommt, kann sich niemand wie sonst rausreden: Der Bürgermeister weiß, dass ich im Wald bin, jeder Jäger hat mich gesehen. Wer mich verletzt, der wird auf jeden Fall verurteilt. Das wird den Typen zu denken geben. Sie werden nicht mehr auf alles schießen, was sich bewegt.«

»Wenn Sie sich da mal nicht verschätzen«, brummte Marius. »Die Leute wollen den Wolf um jeden Preis töten. Sie werden zuerst schießen und dann erst nachdenken.«

»Falls sie den Wolf überhaupt finden«, erwiderte Sandy Hulot trotzig.

»Sie wollen die Wölfe noch vor Beginn der Treibjagd verscheuchen?«, fragte Blanc.

»Ich hoffe, dass meine Chancen größer sind, das Rudel vor den Jägern zu entdecken. Die sind zu viele, sie sind zu laut, zu langsam, die meisten kennen sich doch noch nicht einmal richtig im Wald aus. Ich werde die Wölfe vertreiben, bevor auch nur einer von denen sie sieht.« Sie drehte sich um. Erst jetzt bemerkte Blanc den Panda, der hinter einem riesigen Geländewagen beinahe ganz verborgen war. *Merde,* dachte er, die verschwindet da jetzt wirklich irgendwo im Dunkeln. Die wird tatsächlich mitten während einer Treibjagd durch den Wald schleichen, und kein Gesetz und kein Argument würde sie davon abhalten. Seine Gedanken flogen. »Yussuf soll doch nicht bei einem Jagdunfall seine Mutter verlieren!«, rief er ihr in seiner Not hinterher. »Denken Sie an Ihren kleinen Sohn!«

Sie drehte sich noch einmal zu ihm um und blickte ihn ernst an. »Genau das tue ich: Ich denke an meinen Sohn. Was soll ich ihm antworten, wenn er mal älter geworden ist und mich fragt, was ich getan habe, um diese großartige Natur zu schützen? Soll ich ihm sagen, dass ich danebengestanden und nichts getan habe?« Damit war sie verschwunden.

Marius atmete tief durch. »Ich kenne Yussufs Vater nicht, aber ich ahne langsam, warum er diese Frau verlassen hat.«

»Das nennt man wohl ›willensstark‹«, erwiderte Blanc resigniert.

»Das nennt man ›Märtyrerkomplex‹. *Putain*, diese Frau bettelt geradezu darum, sich eine Gewehrkugel einzufangen.«

Melleton kam auf sie zu. »Warum tun Sie nichts?«, zischte er. »Können Sie Madame Hulot keine Handschellen anlegen, bis die Jagd vorbei ist?«

Blanc bedachte ihn mit einem kalten Blick. »Sie waren es selbst, *Monsieur le Maire,* der gesagt hat, dass an diesem Morgen auch ein Gendarm nur ein einfacher Jäger ist. Ich bin nicht hier, um irgendjemanden zu verhaften.«

Melleton schnaubte missmutig. »Das fängt ja gut an. Macht euch bereit!«, rief er dann über den Parkplatz.

Der Bürgermeister stellte sich in die Mitte des Platzes. Nacheinander ging jeder Teilnehmer zu ihm und präsentierte im Schein einer Taschenlampe seinen *permis de chasser.* Cordillet hatte sich neben dem Bürgermeister aufgebaut und notierte umständlich auf einem Zettel Namen und Nummer des jeweiligen Jagdscheins. Eine gute Viertelstunde verging mit dieser Formalität. Wo mochte Sandy Hulot inzwischen sein, fragte sich Blanc. Schon im Wald? Er lauschte in die Dunkelheit, doch selbstverständlich hörte er nichts.

»D'accord«, rief Melleton schließlich. »Wir haben«, er studierte die Liste, die Cordillet ihm gereicht hatte, »fünfundzwanzig Jäger und dreiundvierzig Treiber. Die Jäger fahren jetzt auf ihre Positionen. Monsieur Cordillet hat gestern fünfundzwanzig Verstecke markiert, in einer langen Reihe zwischen dem Château Bas und der TGV-Brücke. Wir sperren damit das ganze Tal. Monsieur Cordillet wird jedem Jäger seinen Posten zuweisen.

Das sollten wir in einer halben Stunde erledigt haben. Bis dahin dämmert es. Die Treiber werden dann in Zwei-Mann-Gruppen von Vieux Vernègues aus den Hügel hinuntergehen. Wir scheuchen die Wölfe auf und treiben sie auf die versteckten Jäger zu.« Melleton holte ein großes, mit Druckluft betriebenes Nebelhorn aus einer Sporttasche. »Wenn ich damit das Signal gebe, ist die Jagd abgeblasen. Das hört man durch das ganze Tal. Sie versammeln sich dann alle wieder auf dem Parkplatz und melden sich bei mir ab. Verstanden? *Bien.* Gute Jagd!«

Cordillet startete seinen alten Nissan. Ihm folgte eine lärmende Prozession schwerer Autos, die sich die Kurven hinunterquälten. Locez und Serge Douchy gehörten zur Gruppe der Jäger, selbstverständlich Pélestor. Sein VW Amarok bildete die Nachhut. Eine Zeit lang sah Blanc Scheinwerferlichter in der Nacht, dann hörte er bloß noch das Motorengrollen, schließlich waren die Autos wie ein Spuk verschwunden.

Treiber, dachte er, *merde.* Er würde lärmend und gewissermaßen blind durch den Wald auf diese versteckten Gewehrschützen zugehen. Wenn auch nur einer dieser fünfundzwanzig Typen nervös oder vorschnell war … Ihm wurde bewusst, dass Sandy Hulot nicht die einzige war, die sich an diesem Morgen in Lebensgefahr begab.

Marius guckte ebenfalls sorgenvoll nach unten. Die drei Journalisten flüsterten aufgeregt. Doch alle anderen Treiber hatten so etwas offenbar schon häufiger gemacht, sie rauchten, plauderten, hin und wieder blitzte eine stählerne Thermoskanne unter einem Taschenlampenstrahl auf. Blanc atmete tief ein. Irgendwoher kam definitiv der Geruch nach Pastis.

Auch Melleton war bei den Treibern geblieben. Er kam wieder auf Blanc zu, diesmal mit dem Hauch eines sardonischen Lächelns im Gesicht. »Die Treiber werden sich in einer langen Reihe aufstellen und von hier ausschwärmen. Zur Sicherheit gehen immer zwei gemeinsam durch den Wald«, erklärte er.

»*Mon Capitaine*, Sie bilden ein Team mit Clotilde Locez.« Danach rief er weitere Namen auf und verteilte die Paare entlang des Hügels von Vieux Vernègues. Blanc stellte sich wie befohlen vor dem zerstörten Haus auf, an dessen Wand noch das alte Warnschild hing: *DANGER – Accès aux ruines interdit.* Es war sicher kein Zufall, dass Blanc und Clotilde Locez sich an einem und Marius mit einem sehr jungen Jäger am anderen Ende dieser Reihe der Treiber befanden und die Journalisten, als einziges Dreier-Team, in der Mitte, direkt neben dem Bürgermeister. Die Flics abseits, die gute Presse für Melleton im Zentrum, dachte Blanc. Aber wenn der Bürgermeister glaubte, dass er sich an der Seite der ruppigen Schäferin unwohl fühlte, dann hatte er sich getäuscht.

Blanc schüttelte Clotilde Locez zur Begrüßung die Hand. »Erfreut, Sie zu sehen, Madame.« Das war nicht gelogen: Die Schäferin kam ihm wie ein Trapper im Wilden Westen vor, zäh und mit allen Gefahren der Wildnis vertraut. Vermutlich war der Platz an ihrer Seite der sicherste während der Jagd.

»Es ist wirklich sehr schade, dass Sie kein Gewehr dabeihaben, *mon Capitaine*.«

»Ich bin doch bloß Treiber, Madame. Lärm machen kann ich auch ohne Waffe.«

Clotilde Locez blickte sich um, als fürchtete sie, jemand könne sie belauschen, obwohl die nächste Zweiergruppe zehn Meter weiter wartete. Trotzdem beugte sie sich näher zu Blanc. Ihr Atem roch nach Knoblauch und Kaffee. »Die ziehen das hier auf wie eine Treibjagd auf Wildschweine«, flüsterte sie. »Die Jäger an einem Ende, die Treiber am anderen. Ist ja auch kein Wunder, hier kennen sie es ja nicht anders. Aber Fred und ich haben schon mal eine Treibjagd auf Wölfe mitgemacht, oben in den Alpen.« Sie lächelte. Die freut sich wirklich auf die Jagd, fuhr es Blanc durch den Kopf. »Wölfe sind klüger als Wildschweine«, fuhr sie leise fort. »Die erkennen die Falle und merken, dass sie auf Jäger zugetrieben werden. Und wissen Sie, was dann geschieht?«

»Keine Ahnung, Madame«, erwiderte Blanc, der allerdings nichts Gutes ahnte.

»Die Wölfe machen kehrt!« In einer triumphierenden Geste tippte sie ihm mit dem ausgestreckten Zeigefinger auf die Brust. »Die rennen dann auf *Sie* zu, *mon Capitaine*! Weil die Wölfe nämlich wissen, dass ein Treiber, der durchs Unterholz stolpert, viel ungefährlicher ist als ein Jäger mit schussbereitem Gewehr im Versteck. Bevor Sie es überhaupt richtig begriffen haben, wird der Wolf direkt vor Ihnen stehen! Doch bei mir wird er eine böse Überraschung erleben.« Sie strich beinahe zärtlich über ihr Gewehr.

Blanc wünschte, es wäre ein schöner, sonniger, warmer Nachmittag und die Jagd wäre längst vorbei.

Im Osten wurde der Himmel gerade hell, als Melleton endlich das Zeichen zum Aufbruch gab. Die Welt war grau: grau die Mauern der Ruinen, grau die Sträucher, grau der Himmel, sogar der Schnee unter ihren Sohlen hatte jetzt die Farbe von Asche. Blanc war dankbar für die Bewegung, denn ihm war inzwischen kalt geworden. Er ging neben Clotilde Locez her. Die Schäferin hatte ihm erklärt, dass man als Treiber keineswegs mit Trillerpfeifen oder Stöcken Lärm veranstalten musste; es reichte schon, wenn viele Menschen durchs Unterholz stapften, sie waren dabei unweigerlich so laut, dass sie alle Tiere aufscheuchten. Sie verließen den Weg und folgten der ihnen zugewiesenen Route querfeldein den Hang hinunter. Blanc und Clotilde Locez überkletterten einen hölzernen Weidezaun und schlitterten über eine unebene, vom vereisten Schnee rutschige Wiese. Blanc erinnerte das an die glücklichen Tage seiner Kindheit, als er ohne Rücksicht auf Wege und Barrieren durch die Natur getobt war. Kurze Zeit später gelangten sie zu einer Reihe Weinstöcke. Die Sonne war inzwischen ein wenig höher gekrochen, die Farben kehrten für ein paar Augenblicke in die Welt zurück, bis die Strahlen den feuchten Boden so erwärmten, dass Nebel aufdampfte. Schleier schwebten zwischen den kahlen Rebstöcken, die ihnen beinahe bis zur Hüfte reichten, schier endlos lange, braune Barrieren im Schnee. Da sie in den engen Zwischenräumen zwischen zwei Weinstockreihen nur hintereinander hätten gehen können, überstieg Blanc eine Pflanze und patrouillierte die Reihe rechts neben der Schäferin ab. So folgten sie den Rebstöcken talwärts, geduckt, die Hände an den Waffen, wie zwei Soldaten im feindlichen Land. Die nächsten beiden Treiber waren nur Schemen im Nebel, obwohl sie sich nur wenige Meter entfernt bewegten. Sie hörten Stimmen, irgendwo knackte ein Ast, einmal klingelte ein Handy – tatsächlich ein Höllenlärm in dieser stillen Morgenwelt, dachte Blanc. Aber ob die Tiere sie nicht nur hörten, sondern in diesem Nebel auch sahen? Und ob sie sich deshalb in die gewünschte Richtung treiben ließen? Oder würden sie in blinder Panik hin- und herrennen? Zwischen den Weinstöcken würde er einen Wolf erst sehen, wenn er mit dem Fuß auf seinen Schwanz trat, dachte er. Er griff nach seiner SIG Sauer. Clotilde nickte ihm zu und hob ihren Karabiner. »Sehen Sie, *mon Capitaine,* das fühlt sich besser an, wenn man so ein Ding in der Hand hält.«

Unvermittelt standen sie vor einer schwarzen Mauer. Der Waldrand.

Im Laub der Eichen glänzte Eis. Zwischen den Baumkronen schwebte Nebel. Blanc kämpfte sich nun durch Brombeeren und irgendwelche Schlingpflanzen, deren Triebe meterlang auf dem Boden lagen, mit Dornen gespickt, sodass sie sich um seine Knöchel wanden und nicht mehr abschütteln ließen. Ihm war längst nicht mehr kalt, er spürte, wie ihm der Schweiß das Rückgrat hinunterlief. Blanc hörte nichts außer seinen eigenen schweren Atemzügen und den Geräuschen, die er selbst verursachte, weil er so unbeholfen durchs Unterholz stolperte. Und doch … Er fühlte sich beobachtet. Da war etwas. Er starrte zwischen die Baumstämme, versuchte, mit dem Blick Ginsterbüsche und vertrocknete Rosmarinsträucher zu durchdringen. Augen. Schnauze. Fell. Ohren. Buschiger Schwanz. Und Zähne …

Merde, dachte Blanc bloß noch und riss instinktiv die Pistole aus dem Halfter.

»Jetzt machen Sie sich mal nicht ins Hemd, *mon Capitaine.* Das ist nur ein Fuchs.« Clotilde Locez klatschte in die Hände. Der Fuchs sprang erschrocken aus seiner Deckung unter einem Strauch hervor, stand einen Moment lang vor ihnen, musterte sie, seine Rute erhoben und buschig. Blanc hatte sich Füchse immer viel kleiner und rot vorgestellt, doch dieses Tier hier war massig, sein Fell eher dunkelbraun, an manchen Stellen sogar schwarz. Dann war der Fuchs mit einem lautlosen Satz verschwunden. Blanc atmete tief durch und steckte die Waffe weg.

»Gut, dass ich so etwas nicht jeden Tag machen muss«, sagte er.

Die Schäferin lachte. »Wer weiß? Je mehr Wölfe es gibt, desto häufiger werden Sie das in Zukunft erleben.«

Einige Meter voraus erblickte Blanc einen schwarzen Klumpen unter dem Schatten eines gewaltigen alten Micocouliers. Als er näher kam, erkannte er, dass es ein Borie war. Es war eine Behausung, die ihn entfernt an ein Iglu aus aufgeschichteten Steinen erinnerte: ein kleines, fensterloses, kaum mannshohes Haus mit einer Art Kuppel. Mauer und Dach bestanden aus Steinen, die man ohne Mörtel oder andere Hilfsmittel geschickt aufeinandergelegt hatte. Der einzige Zugang war eine nur etwas mehr als einen Meter durchmessende Öffnung an der dem Mistral abgewandten Südseite. Bories – manche perfekt erhalten, andere zu Steinhaufen zerfallen – fand man überall in den Wäldern der Provence. Die ältesten waren vielleicht schon im Neolithikum als Ställe und Vorratskammern errichtet worden, manche wurden noch heute von Schäfern genutzt.

»Kommen Sie!«, sagte Clotilde Locez und deutete auf den niedrigen Eingang.

»Meinen Sie, dass sich ein Wolf hier versteckt?« Blanc hatte die Hand schon wieder am Pistolengriff.

»Unsinn. Im Borie herrscht gute Strahlung. Sie werden es spüren.«

»Gute Strahlung?«

»Die Mauern sind gerundet, das Dach ist eine Kuppel. Es gibt keine Ecken. Diese Steine fangen die Strahlung ein und verstärken sie. Wir tanken Energie nach.«

Blanc seufzte und folgte der Schäferin gebückt ins dämmerige Innere. Die Luft war feuchter hier und zugleich doch irgendwie wärmer. Über die Innenseiten der Steine zog sich ein schwarzer Film aus Flechten oder Pilzen, es roch muffig.

»Spüren Sie die Strahlung?« Clotilde Locez hatte die Arme ausgestreckt und hielt die Augen geschlossen.

Blanc verzichtete auf eine Antwort und musterte stattdessen den Boden aus gestampfter Erde. Jemand hatte in der Mitte einen kleinen Steinkreis gelegt, in dem noch die längst erkalteten Reste eines Lagerfeuers lagen. Im Sand erkannte er Fußspuren und sogar relativ schmale, grobstollige Reifenabdrücke. An einer Stelle der Mauer lag eine leere, verdreckte Bierflasche. Gute Strahlung, dachte er, *mon Dieu*. Hier hatten Mountainbikefahrer oder Jogger oder Jäger oder vielleicht die Jugendlichen der umliegenden Dörfer am Lagerfeuer ihr Bier getrunken. Denen waren esoterische Strahlungen garantiert genauso gleichgültig gewesen wie das möglicherweise biblische Alter dieses Bories. »Lassen Sie uns weitergehen«, drängte er, »damit wir nicht den Kontakt zu den anderen Treibern verlieren.«

»Die sind eh langsamer als wir.« Doch Clotilde Locez ließ die Arme sinken, öffnete die Augen und blickte ihn zufrieden an. »Tut gut, nicht wahr?« Sie gingen hinaus.

Sie hatten sich von dem Borie noch keine zehn Meter weit

entfernt, als irgendwo ein Schuss fiel. Blanc zog die Pistole. Die Schäferin hielt mitten in der Bewegung inne und hob ihr Gewehr. Nichts. Sie konnten nicht genau sagen, von wo der Knall hergeweht war. Es folgte kein weiterer Schuss, sie hörten keine Rufe, kein Geräusch, schon gar kein Wolfsgeheul. Blanc nahm sein Handy aus der Uniformtasche. Niemand hatte irgendetwas gemeldet. Er tippte eine SMS an Marius: »*Hast du den Schuss gehört? Weißt du, was passiert ist?*« Der Posten seines Kollegen am anderen Ende der Treiberreihe musste inzwischen Hunderte Meter von ihm entfernt sein.

Das Nokia vibrierte nach wenigen Sekunden mit der Antwort: »*Hier ist alles bestens. Wir marschieren weiter.*«

Clotilde Locez spuckte auf den Boden. »Da war wohl jemand nervös«, brummte sie.

Sie setzten ihren Weg fort. Immer öfter kamen sie an Bories vorbei, viele waren jedoch zerfallen und von Unkraut überwuchert. War das hier in der Steinzeit vielleicht eine Art Dorf gewesen?, fragte sich Blanc. Und waren diese Steinhäuser irgendwann einem Erdbeben zum Opfer gefallen? Gute Strahlung? Er hatte eher das Gefühl, dass von diesen Relikten einer uralten Zeit etwas Bedrohliches ausging.

Ein leiser Pfiff ließ ihn erschrocken herumfahren. Beim Marsch durch den Wald hatte sich Clotilde Locez irgendwie ein paar Meter von ihm entfernt. Sie stand rechts von ihm vor den Trümmern eines Bories. Sie pfiff erneut und winkte ihn zu sich. Als Blanc bei ihr war, erkannte er auf dem Boden neben dem Steinhaufen einige abgenagte Knochen und Fellreste. Der Schnee drumherum war schmutzig, vielleicht waren diese dunklen Flecken einmal blutrot gewesen.

»Das war mal ein Lamm«, erklärte Clotilde Locez.

»Sind Sie sicher?«

»Bin ich Schäferin?« Sie spuckte wieder auf den Boden. »Das hat ein Wolf bis hierher gezerrt, um es ungestört zu fressen. Wir sind auf der richtigen Spur«, flüsterte sie, hob das Gewehr und lauschte. Nichts. Sie atmete tief durch. »Dann weiter. Aber vorsichtig jetzt!«

Doch bevor Blanc auch nur einen Schritt gehen konnte, peitschte erneut ein Schuss durch den Wald. Schwierig zu schätzen, woher er kam. Hunderte Meter entfernt, vermutete Blanc, und irgendwo voraus, wo die versteckten Jäger lauerten. Sie setzten schließlich ihren Weg fort, waren aber noch nicht sehr weit gekommen, als ein langgezogener, tiefer Ton durch den Wald dröhnte. Das Nebelhorn.

Clotilde Locez richtete sich enttäuscht und wütend auf. »Warum bläst Melleton die Jagd jetzt schon ab?!«

Blanc spürte ein Zittern und fummelte hektisch das vibrierende Handy heraus. Eine SMS von Melleton: »*Gehen Sie nicht mit den anderen zum Parkplatz zurück, sondern zum Château Bas. Beeilen Sie sich! Es gab einen Unfall.*«

Blanc eilte durch den Wald. Clotilde Locez hatte er beim Borie zurückgelassen. Inzwischen war es nach neun Uhr morgens. Das Sonnenlicht, das durch das Blätter- und Astdach von Eichen und Micocouliers drang, flirrte golden und blendete ihn. Er atmete schwer, als er endlich den Waldrand erreicht hatte und sich umsah. Er war weiter westlich aus dem Wald gekommen, als er gedacht hatte. Vor ihm breitete sich ein weites Feld mit Weinstöcken über den sanft abfallenden Hang bis zu einer Straße. Er erkannte die Route Départementale 22 wieder, die sich durch das Tal schlängelte, bis sie zwischen zwei Pfeilern der gewaltigen TGV-Brücke ein paar Hundert Meter zu seiner Linken verschwand. Blanc hetzte eine Reihe zwischen den Weinstöcken hinab, überquerte die Straße und bog keuchend in die Zufahrt zum Schloss ein. Flüchtig bemerkte er frische Reifenspuren im Schnee. Auf dem Besucherparkplatz stand der dunkle VW Amarok von Pélestor. Dahinter lag Château Bas still im Morgenlicht. Das schwere Eichentor des Weinguts war verrammelt, hinter keinem Fenster leuchtete Licht. Eine Reifenspur endete am schwarzen Pick-up. Eine weitere führte auf dem Weg um das Anwesen herum. Blanc folgte ihr entlang der Außenmauer. Die Luft war so kalt, dass seine Lungen schmerzten. Seine Augen tränten. Der letzte Baum. Die Wiese. Die Tempelruine. Mitten in dem aufgerissenen Heiligtum lag eine Gestalt auf dem Boden, die Arme von sich gestreckt wie ein Gekreuzigter, die offenen, blicklosen Augen gen Himmel gerichtet. Blanc hastete näher heran. In der Brust klaffte eine annähernd kreisrunde Wunde mit rotschwarzen Rändern, eine Unmenge Blut hatte sich über die leuchtend orangefarbene Weste ergossen. Sandy Hulot, dachte Blanc eine schreckliche Sekunde lang … Doch er hatte sich getäuscht.

Pélestor.

Der junge Jäger lag mitten im Tempel wie eine antike Opfergabe. Sein Gewehr war neben ihm in den Schnee gefallen. Jetzt erst erblickte Blanc links neben dem Tempel den grünen Nissan Patrol. Cordillet und zwei weitere Jäger standen neben dem Geländewagen und sahen aus, als trauten sie sich nicht näher an den Reglosen heran. Fußspuren im Schnee verrieten allerdings, dass sie sehr wohl schon vom Auto bis zum Tempel und zurück gelaufen waren.

»Was ist passiert?!«, rief Blanc mit erstickter Stimme und kniete sich neben Pélestor. Kein Puls. Mit zitternden Händen hob Blanc den Kopf an, wollte sich zur Mund-zu-Mund-Beatmung hinunterbeugen.

»Zwecklos«, hörte er Cordillets Stimme hinter sich. Der Vorsitzende des Jagdverbandes hatte sich ihm nun doch zögernd genähert. Die beiden anderen Jäger waren am Nissan zurückgeblieben. Cordillet deutete mit zitternder Hand auf die Wunde. »Sehen Sie es sich doch an: Der Schuss ging genau ins Herz.«

Blanc ließ Pélestors Kopf zurücksinken und atmete durch.

Tot. Ich fasse es nicht, dachte er. Mühsam richtete er sich auf. Ihm schwindelte, er hätte kotzen können vor Erschöpfung und wegen des grässlichen Geruchs nach Blut. Der zweite Tote innerhalb von ein paar Tagen. Er dachte an die Nacht auf dem Mühlenturm, an die Kälte und die Wölfe. Nichts schien dem jungen Jäger etwas anhaben zu können … »Was ist passiert?«, wiederholte er fassungslos.

»Die Tempelruine war Pélestors Posten«, antwortete Cordillet. Er war trotz der von seiner Trinkerei geröteten Haut blass geworden. »Er hat selbst darauf bestanden, dass ich ihm dieses Versteck zuteile – weil hier die Wölfe die Herde von Clotilde Locez angegriffen haben. Er hat gesagt, dass die Tiere zurückkehren werden. *Eh bien*«, Cordillet zögerte und strich sich durch die Haare. Man sah ihm an, dass er jetzt nur zu gerne einen Schluck zur Beruhigung seiner Nerven genommen hätte. »Mein Versteck ist drei Posten weiter, vielleicht hundertfünfzig, zweihundert Meter Richtung Eisenbahnbrücke. Ich habe einen Schuss gehört und bin hergekommen. Da habe ich Pélestor gefunden.«

»Ein Schuss bei einer Treibjagd ist doch nicht so ungewöhnlich, dass man dafür gleich seinen Posten verlässt«, sagte Blanc verwundert. »Und schon gar nicht mit dem Auto.«

Cordillet betrachtete seine Stiefelspitzen. »Ich habe auch … einen Schrei gehört. Irgendwie. Ich meine, ich war mir nicht ganz sicher. Aber doch irgendwie einen Schrei.«

»Können Sie das näher beschreiben?«

Er zuckte mit den Achseln. »Einen Schrei halt. Zuerst dachte ich, ich hätte mich verhört. Oder dass es vielleicht ein Tier war. Oder dass da nur jemand etwas gerufen hat, das ich nicht verstehen konnte. Aber irgendwie kam mir die Sache seltsam vor. Und ich bin doch für die Posten der Jäger verantwortlich. Also bin ich unruhig geworden und habe es schließlich nicht mehr ausgehalten und bin losgezogen, um nachzusehen. Aber«, er zögerte, »da waren sicher schon zwei, drei Minuten vergangen, bis ich mich endlich dazu durchringen konnte. *Eh bien,* ich bin in meinen Wagen gestiegen und habe die nächsten Posten abgefahren.« Er deutete zum Nissan hinüber. »Dabei habe ich zuerst Pascal und dann Jean-Claude eingesammelt. Die hatten den Schuss auch gehört, aber waren sich mit dem Schrei nicht so sicher. Sie sind trotzdem mitgekommen. Der nächste Posten in der Reihe war dann der von Pélestor. Wir sind also ein Stück die Straße hinuntergefahren, nur dreißig Meter oder so, und zum Château Bas eingebogen. Und da lag Pélestor im Tempel. Ich habe den Bürgermeister alarmiert, und den Rest der Geschichte kennen Sie.«

Blanc dachte fieberhaft nach. »Haben Sie auf dem Weg zum Château Bas irgendetwas gesehen? Ein Auto auf der einsamen Landstraße? Eine Gestalt? Haben Sie irgendein Geräusch gehört?«

Cordillet schüttelte den Kopf. »Da war nichts.«

Blanc nickte grimmig. Und falls es Spuren an der Leiche gegeben haben sollte, dann hatte er die womöglich gerade mit seinem Erste-Hilfe-Versuch zerstört. »Ich rufe Verstärkung«, sagte er. »So lange warten wir bei Ihrem Auto.« Blanc rief zunächst die Zentrale an und gab Alarm. Melleton hatte zwar die Jagd abgeblasen, aber offenbar hatte er sich noch nicht bei der Gendarmerie gemeldet, denn die Beamten in Gadet hörten durch Blanc zum ersten Mal von dem Todesfall. Danach nahm er sich die beiden anderen Jäger einzeln vor. Sie bestätigten im Wesentlichen Cordillets Aussage. Der Mann namens Pascal glaubte, nach dem Schuss »noch eine Art Gurgeln« gehört zu haben. Jean-Claude, dessen Posten dem von Pélestor am nächsten gelegen hatte, behauptete hingegen, dass er nach dem Schuss nichts weiter vernommen hätte. Allerdings war sein Atem schwer vom Pastis, und Blanc vermutete, dass dieser Waidmann nicht gerade mit höchster Aufmerksamkeit in seinem Versteck gelauert hatte. Aus den Augenwinkeln sah er, dass Melleton den Weg hochgerannt kam. Blanc bedankte sich bei den beiden Jägern und trug ihnen auf, später bei den Gendarmen ihre Namen und Adressen zu hinterlassen, falls man sie noch einmal befragen musste. Dann wandte er sich dem Bürgermeister zu.

»Sie sind ja schnell hier gewesen!«, keuchte Melleton. »Danke, dass Sie sich beeilt haben. Was ist denn eigentlich geschehen?«

»Sehen Sie selbst.« Blanc ging in Richtung des Tempels und drehte sich dabei zu Melleton um. »Warum haben Sie eigentlich mich informiert, aber nicht bei der Gendarmerie Alarm geschlagen?«

»Ich habe Ihnen und Lieutenant Tonon die Nachricht geschickt. Ich wollte, dass wir uns diese Sache erst einmal selbst ansehen, bevor wir das … nun ja, an die große Glocke hängen.«

Große Glocke, du mich auch, dachte Blanc. Hatte Melleton wirklich geglaubt, Marius und er würden einen tödlichen Jagdunfall geräuschlos zu den Akten legen? Blanc und Cordillet begleiteten den Bürgermeister bis auf etwa drei Meter an die Leiche heran, wo sie schließlich stehenblieben.

»War das ein Unfall mit seiner eigenen Waffe?«, wollte Melleton wissen, nachdem er das Opfer lange schweigend gemustert hatte.

Blanc glaubte, dass so etwas wie Hoffnung in der Frage mitschwang – die Hoffnung, dass es tatsächlich so gewesen sein möge, dass kein anderer Jäger geschossen haben könnte. Ansonsten schien der Bürgermeister ziemlich ungerührt.

»Ich glaube kaum, dass sich ein gut ausgebildeter professioneller Jäger mit dem eigenen Gewehr irrtümlich mitten ins Herz schießt«, erwiderte Blanc und hörte selbst, wie scharf seine Stimme dabei klang.

»Hat es alles schon gegeben«, sagte Cordillet. Entweder hatte er sich inzwischen an den Anblick der Leiche gewöhnt, oder die Ankunft Melletons hatte ihm Selbstvertrauen zurückgegeben, jedenfalls schien auch der Vorsitzende des Jagdverbandes nun plötzlich ziemlich gleichmütig zu sein. Pélestor war Cordillets Rivale im Verband gewesen, erinnerte sich Blanc. Er würde Cordillet noch intensiver befragen müssen. Später. Zunächst wagte er sich entgegen seiner ersten Überlegung doch näher an das Opfer heran, zog seine Winterhandschuhe über und hob vorsichtig das Gewehr des Toten aus dem Schnee. Der Abzug war gesichert, das Magazin voller Patronen. Selbstverständlich würde er es noch ins Labor geben müssen, doch es wirkte auf ihn nicht so, als wäre in den letzten Stunden ein Schuss aus dieser Waffe abgefeuert worden.

»Händigen Sie mir bitte auch Ihre Gewehre aus, *Messieurs*«, sagte er zu Melleton und den drei Jägern, während sie zurück zum Auto liefen.

Cordillet starrte unglücklich abwechselnd zu Blanc und zum Bürgermeister. Der brauchte ein, zwei Sekunden, bis er Blancs Aufforderung verstanden hatte. »Das ist doch absurd!«, rief er. »Sie glauben doch nicht ernsthaft, dass …«

»Reine Routine«, unterbrach ihn Blanc kalt. »Meine Kollegen werden selbstverständlich *alle* Gewehre dieser Jagdgesellschaft sicherstellen. Da kann ich ja schon einmal hier anfangen. Legen Sie die Waffen auf die Motorhaube des Autos.«

Zögernd gehorchten sie ihm. Blanc fand diesen beinahe körperlich spürbaren Widerwillen nicht besonders verdächtig, er glaubte eher, dass für diese Männer ihre Gewehre den wertvollsten Besitz darstellten, den sie nur äußerst ungern aus den Händen gaben. Vielleicht fühlten sich die Typen jetzt sogar nackt, dachte er grimmig, geschah diesen Cowboys mal ganz recht. Flüchtig inspizierte er die Waffen: gesicherte Abzüge, volle Magazine, weder Pulvergestank noch sichtbare Schmauchspuren am Lauf. Jede Wette, dass keine dieser Waffen an diesem Morgen abgefeuert worden war. Mit welchem Gewehr auch immer Pélestor getötet worden war, es konnte keines von denen sein, die jetzt auf der Motorhaube des Geländewagens lagen. Schade eigentlich, fuhr es Blanc durch den Kopf. Cordillet hätte einen guten Grund gehabt, Pélestor bei einem inszenierten »Jagdunfall« zu erledigen – schließlich hatte der junge Jäger gedroht, ihn von dem einträglichen Posten des Vorsitzenden zu verdrängen. Und Pélestor hatte sich in der Lokalpolitik auch gegen Melleton gestellt, was vielleicht trivial wirkte, aber bei einem Bürgermeister, der seit vier Jahrzehnten im Amt war, womöglich irrationale Ängste auslösen konnte. Zwei Männer, zwei Motive – aber ihre Waffen waren sauber. Also wahrscheinlich doch ein Unfall, und irgendwo in den Wäldern liefen mehr als sechzig Leute herum, die es getan haben könnten, und wer weiß, welche Spuren die jetzt gerade beseitigten. Er seufzte und dachte an Pélestor. Verheiratet. Der Traum vom eigenen Haus und wahrscheinlich von Kindern, in naher Zukunft. Nur, dass er jetzt niemals mehr eine Zukunft haben würde. *Merde,* jemand musste es der Lebensgefährtin sagen und den Eltern. »Sie werden nachher die Familie informieren«, sagte Blanc zu Melleton.

»Warum ich?«, erwiderte der Bürgermeister. »Ist das nicht die Aufgabe der Gendarmerie?«

»Es war Ihre Treibjagd, *Monsieur le Maire.* Sie sind verantwortlich.«

Melleton wurde blass und sah einen Moment lang so aus, als setzte er zu einer heftigen Antwort an, doch schließlich atmete er tief durch und nickte. Danach entfernte er sich ein paar Schritte von den anderen und zog sein Handy hervor. Der wird es der Familie ja wohl persönlich sagen und nicht am Telefon!, dachte Blanc empört und lauschte. Er verstand nur wenige Worte, aber doch genug, um zu verstehen, dass Melleton nicht mit Pélestors Freundin oder seinen Eltern sprach. Der Bürgermeister informierte seinen Anwalt.

Sie verbrachten danach wenige, doch quälend lang erscheinende Minuten schweigend im Schatten der Tempelruine. Blanc wünschte, dass die Kollegen endlich eintreffen würden. Immerhin kam Marius irgendwann den Weg hoch. Er lief nicht, es war eher eine Art forcierter Spaziergang, trotzdem war sein Gesicht schweißnass und dunkelrot. »*Putain*«, fluchte er, »ich glaube, ich sollte mal wieder Sport treiben.«

Blanc führte seinen Kollegen ein Stück weit von der Ruine fort, damit die anderen sie nicht hörten, und gab ihm dann alle nötigen Informationen. Als er die eingezogenen Gewehre erwähnte, deutete er auf Marius' Waffe. »Deinen Schießprügel musst du auch abgeben. Reine Formalie, aber wenn Melleton mitbekommt, dass ich alle Waffen einsammle, nur die meines Kollegen nicht, dann will er seine Büchse garantiert auch zurückhaben. Er hat schon mit seinem Anwalt telefoniert; ich wette, Melleton weiß jetzt genau, was er tun sollte und was nicht.«

Marius seufzte und quälte sich ein schiefes Lächeln ins Gesicht.

»Erinnerst du dich an den ersten Schuss heute Morgen? Du hast mir danach eine SMS geschickt und …«

»Nein!«, zischte Blanc. »Das warst *du*?! Du hast geschossen? *Merde!*«

»Kannst du laut sagen, musst du aber nicht. Ich lege mein Gewehr einfach dazu. Im Labor werden sie feststellen, dass die fehlende Kugel aus meiner alten Knarre nicht diejenige ist, die diesem Unglücklichen in der Brust steckt. Dann können wir die Sache wieder vergessen.«

Mon Dieu, dachte Blanc. Klar, der erste Schuss war mehr als eine halbe Stunde vor dem zweiten gefallen. Alle Treiber waren da noch mitten im Wald gewesen, niemals hätte Marius auch nur in Pélestors Nähe kommen können. Und doch … »Warum hast du überhaupt geschossen?«, flüsterte er.

»Ich dachte, vor mir stand ein Wolf. Keine zwanzig Meter

entfernt. Ich habe gar nicht nachgedacht, einfach Gewehr angelegt und bumm! Der Wolf hat nicht mal gewackelt. War nämlich kein Wolf, sondern nur ein großer Stein unter einem Baum.«

Blanc schloss für einen Moment frustriert die Augen. Stein statt Wolf … Er blickte Marius wieder an und wollte ihn schon fragen, ob er diesen Morgen womöglich doch wieder etwas anderes getrunken hatte als Tee. Doch sein Kollege wirkte so zerknirscht, dass er darauf verzichtete. »Nkoulou wird nicht glücklich sein, wenn er das in unserem Bericht liest.«

»Muss er ja nicht.«

»Du willst, dass wir die Sache unterschlagen? Gab es denn keine Zeugen? Was ist mit dem jungen Kerl, der dir als Treiber zugeteilt wurde?«

»Der ist schon nach hundert Metern mit dem Fuß umgeknickt und humpelnd zum Parkplatz zurückgekehrt. Ich habe allein weitergemacht. *Putain,* wären wir zu zweit gewesen, dann hätte ich doch niemals geschossen! Ich war allein in diesem beschissenen Wald und habe hinter jedem Busch einen Wolf gesehen. Da sind mir die Nerven durchgegangen.«

Blanc dachte an seine Begegnung mit dem Fuchs und an Clotilde Locez' spöttische Worte. Ohne die Schäferin hätte er vielleicht auch geschossen. »Ich wette, jeder in dieser verdammten Jagdgesellschaft hat den ersten Schuss gehört. Und bei den Verhören werden sie das auch bestätigen. Im Labor werden die Kriminaltechniker feststellen, dass aus deinem Gewehr vor kurzem ein Schuss abgefeuert wurde. Man muss nicht Sherlock Holmes heißen, um das zu kombinieren. Wir können den Vorfall nicht unterschlagen. Aber«, er klopfte Marius aufmunternd auf die Schulter, »wenn es tatsächlich keinen Zeugen dafür gibt, dass du nur auf einen Stein gefeuert hast, dann behauptest du einfach, du hast einen Wolf gesehen, ihn aber leider verfehlt. Nkoulou wird nicht wütend sein, sondern stolz, dass es einer seiner Männer mit der Bestie aufgenommen hat.«

Nach einer weiteren Viertelstunde trafen endlich zwei Dutzend Gendarmen am Château Bas ein und sperrten den Tatort sowie sicherheitshalber auch die Zufahrt zum Schloss gegen Neugierige ab. Zwei Übertragungswagen des Fernsehens waren gekommen, Kameraleute filmten von jenseits der Absperrung alles, was sich bewegte. Ein junger Assistenzarzt von Fontaine Thezan und ein paar Kriminaltechniker wurden von den Posten durchgelassen und untersuchten Spuren. Schließlich bargen sie vorsichtig die Leiche. Auch das wurde gefilmt. Ein zweiter Trupp Beamter war zum Parkplatz von Vieux Vernègues gefahren, um die dort versammelte Jagdgesellschaft zu befragen und alle Gewehre sicherzustellen. Gendarmen wie Journalisten arbeiteten professionell und ruhig, niemand war aufgeregt – tödliche Jagdunfälle waren Routine.

Womöglich war es das ja wirklich, dachte Blanc, als die Kollegen und die Presseleute endlich am frühen Nachmittag abgezogen waren und er sich auf den Heimweg machen konnte. Ein Unfall, nichts als ein beschissener Unfall. Bislang hatten die Gendarmen noch keine Waffe gefunden, aus der ein Schuss abgefeuert worden war. Er war müde und hungrig, ihm war kalt. Er brauchte einen Espresso. Oder zwei. Blanc hatte keine Lust, den langen Weg bis zum Parkplatz, auf dem er seinen Espace abgestellt hatte, wieder querfeldein hochzugehen. Er wollte sich aber auch nicht von einem Beamten im Streifenwagen mitnehmen lassen, weil er spürte, dass ihm ein Fußweg guttun würde. Frische Luft. Einfach gehen. Kopf frei machen. Also schritt er zügig am Rand der Route Départementale aus, nur selten fuhr ein Auto an ihm vorbei. Die Luft war immer noch klar und kalt, doch ihm kam es so vor, als schmeckte sie nicht mehr nach Frost. Tauwetter, die dünne Schneedecke unter seinen Sohlen schien sich bei jedem Schritt mehr zu verflüssigen. In den Zweigen hing schon kein Eis mehr. Zwei Dohlen flatterten über den Wipfeln und kreischten ihn wütend an.

Blanc spürte, wie der Druck auf seine Schläfen nachließ. Wie er sich entspannte, seinen Gedanken freien Lauf ließ. Vielleicht war das ein Unfall. Schreckliche Routine. So wie er einen Fuchs und Marius einen Stein für einen Wolf gehalten hatten, so hatte vielleicht jemand anderes Pélestor mit einem Tier verwechselt. Nur hatte dieser jemand nicht so viel Glück gehabt wie Blanc und Marius und war jetzt ein Mörder wider Willen. Mörder, fuhr es ihm dann durch den Kopf, Mörder ... Und wenn es doch Mord war?

Er hielt am Straßenrand inne und holte sein Handy heraus. Hektisch suchte er unter den Kontakten nach einer ganz bestimmten Nummer. Nur *zwei* Menschen hatten am frühen Morgen eine leuchtend orangefarbene Warnweste getragen: Pélestor – und Sandy Hulot.

Was, wenn dieser tödliche Schuss kein Unfall gewesen war, sondern ein missglücktes Attentat? Wenn ein Gewehrschütze aus größerer Entfernung die Warnweste von Pélestor für die der Försterin gehalten hatte? Wenn jemand eigentlich Sandy Hulot hatte töten wollen?

Sie hob nach dem fünften Klingeln ab. Ihre Stimme klang belegt. »*Mon Capitaine,* ich habe endlich einmal geschlafen. Warum holen Sie mich aus dem Bett?«

Blanc war erleichtert, ihre Stimme zu hören, zugleich jedoch auch verwirrt. »Wo waren Sie denn heute Morgen? Haben Sie gar nichts mitbekommen?«

»Was mitbekommen?«

Blanc beschloss, diese Frage zunächst zu ignorieren. »Ich dachte, Sie wollten durch den Wald gehen, um die Wölfe zu schützen.«

»Das brauchte ich gar nicht.« Trotz der Erschöpfung schwang jetzt so etwas wie Stolz in ihrer Stimme mit. »Ich war nur eine Stunde im Unterholz und habe ziemlich schnell die Spur des Rudels im Schnee entdeckt. Es war fast noch dunkel, es war ein glücklicher Zufall. Die Wölfe müssen letzte Nacht vom Wald unterhalb von Vieux Vernègues in den Vallon de l'Éoure gelaufen sein. Das ist das Tal jenseits der Eisenbahnbrücke. In dem Tal, in dem Melletons Jagdgesellschaft sich herumgetrieben hat, gab es an diesem Morgen also überhaupt keinen Wolf. Die Tiere waren bereits in Sicherheit im Nachbartal. Also bin ich nach Hause gegangen. Ich war so müde, ich habe Ihnen nicht mehr Bescheid gesagt. Ich habe bloß gedacht: Geschieht denen ganz recht, lass sie umsonst den ganzen Tag durch den Wald laufen. Es tut mir leid.«

»Haben Sie während der einen Stunde im Wald jemanden gesehen?«

»Nein.«

»Haben Sie einen Schuss gehört?«

»Nein. Was sollen diese Fragen? Warum sollte jemand schießen, im Tal gab es doch gar keinen Wolf.«

Blanc erzählte ihr knapp, was vorgefallen war; er verschwieg ihr auch nicht seinen Verdacht, dass womöglich sie das Mordopfer hätte sein sollen.

»Unsinn«, sagte sie bestimmt, »ich bin Försterin. Eine Amtsperson in Uniform – selbst der verrückteste unter den Jägern heute Morgen würde mich nicht kaltblütig ermorden. Ich kannte Pélestor und mochte ihn«, fuhr Sandy Hulot dann zögernd fort. »Auch wenn wir gewissermaßen auf verschiedenen Seiten der Front standen. Aber er kannte sich im Wald aus. Er mochte Tiere, auf seine Art. Und der ist einigen Leuten in Vernègues mindestens ebenso sehr auf die Nerven gegangen wie ich. Ich wäre mir da nicht sicher, dass das eine Verwechslung war, *mon Capitaine*. Meiner Meinung nach war das ein Unfall, oder jemand hat es ganz bewusst auf den armen Gérard abgesehen.«

»Passen Sie in Zukunft trotzdem noch mehr auf sich auf, Madame«, sagte Blanc. »Und gehen Sie vorläufig nur noch mit Begleitung in den Wald.«

Sie lachte bitter auf. »Wer würde denn jetzt noch mit mir gehen?«

Blanc hatte sich ein paar Stunden in seiner Ölmühle verkrochen und versuchte zu schlafen. Doch die Bilder des Tages ließen ihm keine Ruhe. Er dachte an den toten Pélestor und an Sandy Hulot. Dann fragte er sich, ob das Ende des Jägers vielleicht sogar irgendetwas mit Fouquarts Schicksal zu tun haben könnte. Zwei gewaltsame Tode in etwas mehr als drei Tagen und nur wenige Hundert Meter Luftlinie voneinander entfernt. Aber was hatte Pélestor mit dem exzentrischen Ufologen zu schaffen gehabt, die beiden kannten sich doch kaum? Und sie waren auf so unterschiedliche Arten zu Tode gekommen, dass man nicht von der »Handschrift« desselben Täters sprechen konnte. Blancs Gedanken mäanderten weiter, er war so erschöpft, dass er sich nicht richtig konzentrieren konnte. Die drei Reporter. Was würden die daraus machen? »Tod bei der Wolfsjagd«? Irgendwie würden die Leser auch diesen Unglücksfall mit den Wölfen verbinden. Andererseits würde es keine weitere Treibjagd geben, solange Pélestors Ende nicht restlos aufgeklärt war, was Tage dauern konnte. Doch Jäger wie Cordillet oder Locez würden nicht so viel Geduld aufbringen, die würden auf eigene Faust in den Wald schleichen …

Irgendwann riss ihn sein Handy aus dem Sumpf von unruhigem Schlaf und wirren Überlegungen. Fontaine Thezan. »Wollen Sie sich Monsieur Pélestor ansehen, *mon Capitaine*?«

Blanc quälte sich hoch. Draußen war es längst dunkel geworden, die Temperatur war wieder unter den Gefrierpunkt gesunken. Doch da die Sonne an diesem Tag lange genug geschienen hatte, war die dünne Schneedecke weggetaut. Nur an wenigen Stellen auf der Route Départementale war Tauwasser zu tückischen kleinen Eisplatten gefroren. Er fuhr durch Gadet, die Fenster der meisten Häuser waren bereits dunkel, die drei Bars geschlossen, auf den Bürgersteigen war niemand mehr zu sehen. Erst in Salon sah er andere Autos auf den Straßen, wenn auch nicht viele. Gab es einen deprimierenderen Ort als ein Krankenhaus in einer Winternacht? Das Foyer war so hell, dass seine Augen schmerzten; außer einem Pförtner war kein Mensch zu sehen. Die Haut des jungen Mannes schimmerte unter dem Neonlicht ungesund grünlich, er blickte kaum von seinem Sudoku-Heft auf und grüßte Blanc mit müder Geste, denn er hatte ihn schon öfter hier gesehen. Blanc schritt schier endlose, leere Gänge bis zur Abteilung für Rechtsmedizin hinunter, schon diese Flure schienen ihm so kalt zu sein wie der Saal, in dem Fontaine Thezan die Leichen aufbewahrte.

Als er endlich den Raum betrat, blieb er einen Moment überrascht stehen. Am Seziertisch stand neben der Medizinerin auch noch Fabienne.

»Ich konnte nicht schlafen und war noch auf der Station, als Doktor Thezan angerufen hat«, erklärte sie.

»Mir hätte die Anwesenheit ihrer Kollegin gereicht«, ergänzte die Ärztin. »Doch Sous-Lieutenant Souillard meinte, dass auch Sie sich den Toten ansehen wollten. Also habe ich Sie angerufen. Bitte entschuldigen Sie die späte Stunde.«

»Das macht nichts. Fabienne hat recht. Zeigen Sie uns, was Sie gefunden haben.«

Pélestor lag nackt auf der stählernen Liege. Eine große, Y-förmige und frisch vernähte Wunde auf seinem Körper verriet, dass Fontaine Thezan den Leib bereits geöffnet, Organe entnommen und ihn wieder zugenäht hatte. Vermutlich hatte sie auch seinen Schädel aufgesägt und die Kopfhaut anschließend über die Verletzung zurückgelegt, aber da wollte Blanc nicht so genau hinsehen.

»Monsieur Pélestor war zum Zeitpunkt seines Todes in perfekter Form«, begann Fontaine Thezan. Sie überflog ein paar Notizen, die sie auf einem Klemmboard aufgeschrieben hatte.

»Keine pathologischen Veränderungen im Körper, keine Spuren von Drogen oder Medikamenten im Blut, Alkoholpegel null Promille. Todesursache: Herzversagen und massiver Blutverlust infolge von Herzdurchschuss.«

Sie griff nach einer kleinen Nierenschale und hielt ihnen eine spitze, messingfarbene Patrone unter die Augen. Das Geschoss war gereinigt worden und wirkte wie neu. »Die Patrone hat das Opfer leicht von links in die linke Brust getroffen«, fuhr sie fort. »Sie hat zunächst zwei Rippen zertrümmert, dann den linken Lungenflügel durchschlagen, der dabei sofort kollabiert ist, anschließend das Herz nahezu vollständig zerstört. Zuletzt ist das Geschoss ins Rückgrat gedrungen und dort stecken geblieben. Wäre die Flugbahn nur wenige Millimeter anders verlaufen, wäre die Patrone am Rücken wieder ausgetreten und vermutlich noch Dutzende Meter weitergeflogen, vielleicht so weit, dass Ihre Beamten sie nie gefunden hätten, *mon Capitaine*.«

»Wenn die Wucht der Patrone so groß war, dann kann der Schütze nicht allzu weit von Pélestor entfernt gewesen sein«, warf Fabienne ein. »Und der Schuss kam von vorne. Vielleicht hat Pélestor den Schützen also gesehen.«

»Da wäre ich nicht so sicher. Mein Assistenzarzt ist Sportschütze. Ich habe ihn die Nachforschungen zur Tatwaffe machen lassen.« Sie fischte einen Zettel von einem Tisch neben der Liege und reichte ihn Blanc und Fabienne. Sie lasen: »Kaliber 8,6 x 70 – .338 Lapua Magnum – Geschossgewicht 13,4 Gramm. Bei der .338 Lapua Magnum handelt es sich um ein Geschoss aus norwegischer Produktion. Es wird seit den späten Achtzigerjahren vor allem für die Scharfschützengewehre diverser westlicher Armeen verwendet. In Afghanistan wurden feindliche Soldaten aus mehr als zwei Kilometer Distanz mit dieser Patrone ausgeschaltet. Neben dem militärischen Einsatzbereich wird die .338 Lapua Magnum auch in geringem Umfang von Sportschützen genutzt. Außerdem verwenden Großwildjäger und Wilderer in Afrika dieses Kaliber bei der (zumeist illegalen) Jagd auf zum Beispiel Elefanten oder Büffel.«

Scharfschütze, Großwildjäger, dachte Blanc, tödlich auf mehr als zwei Kilometer Entfernung, *merde*. Wenn man mit diesen 13,4 Gramm Metall einen Menschen auf eine solche Distanz töten konnte, dann hätte praktisch jeder Teilnehmer der Treibjagd auf Pélestor feuern können.

Fabienne schien seine Gedanken erraten zu haben. Sie holte eine Liste aus ihrer Jackentasche und studierte sie. »Das ist der Laborbericht über alle sichergestellten Gewehre«, sagte sie. Nach wenigen Augenblicken schüttelte sie den Kopf. »Keine Waffe verschießt Kaliber 8,6 x 70. Es ist überhaupt aus keinem Gewehr in den letzten Stunden ein Schuss abgefeuert worden, außer aus einem.« Sie räusperte sich kurz und verzichtete darauf, im Beisein der Gerichtsmedizinerin den Namen des Waffenhalters zu nennen. »Aber dieses Gewehr ist definitiv zu kleinkalibrig für die betreffende Patrone.«

»Wenn es keiner aus der Jagdgruppe war – wer war es dann?«, fragte Blanc.

»Wir sind genauso klug wie vorher.«

Er schüttelte den Kopf. »Wir sind einen Schritt weiter: Wenn einer der Jäger gefeuert hätte, würde die Untersuchungsrichterin Pélestors Tod erst einmal als Jagdunfall einstufen, so etwas kommt ja leider häufiger vor. Bei einem unbekannten Schützen ist der Anfangsverdacht hingegen erst einmal Mord. Wir können ganz anders ermitteln.«

»Und gegen wen?«

»Keine Ahnung«, gestand Blanc. Dann wandte er sich wieder Fontaine Thezan zu. »Haben Sie beim Opfer noch irgendetwas gefunden, was uns weiterhelfen könnte?«

»Sehen Sie sich ruhig alles an.« Sie führte sie zu einem Tisch am Rand des Saales, auf dem sich mehrere, verschieden große Edelstahlschalen befanden. »Seine Kleidung könnten wir noch im Labor analysieren lassen, aber wozu? Das würde Tage dauern, und ich glaube nicht, dass wir irgendeine neue Erkenntnis gewinnen.« Die Gerichtsmedizinerin deutete auf eine andere Schale, in der ein großes Jagdmesser lag. »Wir haben routinemäßig die Klinge untersucht: Obwohl der Stahl sauber ist, fanden wir viele ältere, für das bloße Auge unsichtbare Blutspuren – allerdings so viele, dass wir wohl kaum deren Herkunft feststellen können. Aber auch das ist nicht verwunderlich, wahrscheinlich hat Pélestor mit seinem Messer schon etliche Tiere ausgenommen.«

»Konnten Sie auch relativ frische Blutspuren sicherstellen?«, fragte Blanc und dachte dabei an die abgeschnittenen Wildschweinköpfe vor Sandy Hulots Haus.

»Wie gesagt: Es sind zu viele, um sie genauer zu analysieren.« Fontaine Thezan deutete auf die kleinste Edelstahlschale. »Pélestors Habseligkeiten. Das Handy und die Brieftasche hatte er nicht einmal dabei, die lagen im Handschuhfach seines Autos. Das Handy war ausgeschaltet.«

Blanc betrachtete die anderen Objekte. Das Nachtsichtgerät. Die Wärmebildkamera. Ein schmaler, goldener Verlobungsring. Ein Schlüsselanhänger in Form eines Wildschweins mit einem Auto- und einem Haustürschlüssel. Eine ungeöffnete Packung Papiertaschentücher. Das Fitbit-Armband.

»Darf ich?«, fragte Fabienne und wartete die Antwort der Gerichtsmedizinerin gar nicht erst ab. Sie nahm die Fitbit heraus und lächelte. »Dieses kleine Wunderwerk sendet alle Daten seines Trägers an einen Server, von der Herzfrequenz bis zur aktuellen Position. Man muss Pélestors Daten nur hacken.«

Blanc nahm das Gerät in die Hand und zuckte mit den Achseln. Schwarzes Aluminiumgehäuse und schwarzes Kunststoffband, das Ganze erinnerte ihn an die Digitaluhren, wie sie in den Siebzigerjahren Mode waren. »Na und? Die Positionsdaten verraten dir, dass er bei seinem Tod im antiken Tempel war.

Und die Herzfrequenz verrät dir, dass er gesund war, als er getötet wurde. Das ist nichts Neues.«

»Wir können mit den Angaben der Herzfrequenz zum Beispiel den Todeszeitraum auf die Sekunde genau feststellen«, erwiderte sie triumphierend. »Und sollte Pélestor seinen Posten verlassen oder sonst einen ungewöhnlichen Weg zurückgelegt haben, dann hat das die Fitbit registriert. Wir können jeden Zentimeter seines letzten Morgens rekonstruieren. Wer weiß, was uns das bringt!«

»Wer weiß, ja«, seufzte Blanc wenig überzeugt und reichte ihr die Fitbit. »Also schön: Nimm dieses Armband mit und spiel damit rum.«

Wilderer

Mittwoch, 15. Januar – Blancs Geburtstag. Er hatte es niemandem verraten, er war kein großer Freund von Geburtstagsfeiern. Von Eric war eine SMS gekommen: »*Bon anniversaire – mach es gut! E.*« Sein Sohn hatte die Nachricht offenbar so programmiert, dass sie genau um Mitternacht bei ihm eingegangen war. Eric hatte noch nie viele Worte gemacht, aber diese dürre Glückwunschzeile hatte Blanc trotz allem noch etwas mehr deprimiert.

Er ging in die Küche und brühte sich einen Espresso auf. Schöne Tischdecke. Aber kein Croissant mehr in irgendeinem Schrank. Er würde sich sein Frühstück unterwegs in der Boulangerie besorgen. Seine Laune hellte sich erst auf, als ihn Astrid anrief, während er noch am Küchentisch saß und seinen Kaffee schlürfte. Da seine Tochter noch vor kurzem bei ihm gewesen war, war es nicht mehr so wie früher, als sie sich nach dreißig Sekunden nichts mehr zu erzählen gehabt hatten. Sie plauderten und lachten, erinnerten sich an ihre Tage in der Provence, Astrid neckte ihn mit seinem Alter, entschuldigte sich dafür, dass sie noch keine Zeit gehabt hatte, ihm ein Geschenk zu besorgen, fragte nach seinen Wünschen, war überhaupt aufgekratzt und fröhlich. Vielleicht ein wenig *zu* aufgekratzt und fröhlich, fand Blanc.

»Ich habe dich gestern kurz in den Nachrichten gesehen«, rückte sie schließlich heraus.

»Als Wolfsjäger?«

»Ich habe dich zuerst gar nicht erkannt; ich habe dich so selten in Uniform gesehen, und du standest zwischen diesen ganzen Kerlen in Tarnanzügen. Außerdem war der Kameramann wohl ziemlich weit weg. Was für eine schreckliche Geschichte. Und jetzt ist auch noch dieser arme Jäger tot.« Sie zögerte. »Du passt doch auf dich auf, ja? Ich meine, ich finde Wölfe eigentlich irgendwie romantisch. Aber wenn es wirklich sein muss, dann wehrst du dich, oder? Lieber ein toter Wolf als ein toter Vater!« Sie versuchte das leichthin zu sagen und lachte gezwungen.

Blanc war gerührt von ihrer Sorge. Und er wollte seiner Tochter nicht irgendeinen Unsinn erzählen. »Wer hätte gedacht, dass man sich im einundzwanzigsten Jahrhundert wieder so fühlen kann wie Rotkäppchen?«, gestand er. »Aber der Wolf ist hier nicht das gefährlichste Tier. Der Jäger wurde erschossen, nicht totgebissen. Ich werde diesen Fall aufklären – ohne dabei einen Wolf abzuknallen.«

»Du bist der Größte. Mögest du hundert Jahre alt werden!«

Blanc rief beim Diensthabenden an und meldete, dass er erst später auf der Gendarmerie-Station erscheinen würde: Er wollte sich noch einmal am Tatort umsehen. Im Dämmerlicht fuhr er über die Landstraßen. Ein Morgen unter der Woche, es waren viele Pendler unterwegs, und da kein Schnee mehr auf dem Asphalt lag, fuhren alle wieder wie baldige Organspender. Auf der Route Départementale 22 überholte Blanc mit seinem klapprigen Espace mühsam einen Mountainbikefahrer, der ebenfalls selbstmörderisch schnell unterwegs war. Erst im Rückspiegel erkannte er den wallenden Bart: Gassonet. Ein Fan des Mittelalters auf einem hochgerüsteten E-Bike, dessen einer LED-Scheinwerfer heller leuchtete als die beiden Lampen des zwanzig Jahre alten Minivans zusammen. Wahrscheinlich, dachte Blanc mit einem Anflug von Neid, war dessen E-Bike auch mit einem ultramodernen Handy verbunden, und dieser Typ war benzinlos und vernetzt auf Achse wie ein Hipster aus Paris; aber sein Geld für diese Hightech verdiente er damit, Millionen von Lesern in pseudobiblischer Sprache wirre Renaissanceprophezeiungen auszudeuten. Blanc fragte sich, wohin Gassonet zu dieser frühen Stunde fahren wollte. Und ob er auch schon den Mord an Pélestor in irgendeinem Blog für seine esoterische PR-Kampagne nutzte.

Als Blanc das Château Bas erreichte, stand die Morgensonne am wolkenlosen Himmel. Zum ersten Mal in diesem Jahr fühlte sich die Provence nach Frühling an: Der Schnee war über Nacht weggetaut, die Wasserlachen, die er zurückgelassen hatte, verdampften rasch. Zehn Grad, schätzte Blanc, mindestens. Wer weiß, wie hoch das Quecksilber bis zum Mittag steigen würde. Er parkte seinen Espace auf dem Parkplatz und wanderte um das Schloss herum. Blanc wusste, dass gestern einige Kollegen den Verwalter und den Gärtner des Château Bas' befragen wollten, doch sie hatten nur einen Zettel am Tor gefunden: Das Weingut machte Winterpause, bis zum 20. Januar war niemand im Schloss. Zur Sicherheit ging er selbst zum Tor und klingelte. Das Gemäuer blieb totenstill. So viel zu möglichen Zeugen im Château Bas, dachte Blanc. In den Ästen über ihm lärmten Spatzen, ihm kam es so vor, als lachten sie ihn aus.

In der Ruine war es ebenfalls ruhig. Die Sonnenstrahlen wurden vom satten Rasen reflektiert, es war, als schimmerte die Luft selbst grün. Am Waldrand leuchteten gelbe Punkte im Unterholz – die ersten Ginsterblüten, kleine Kelche, um die tatsächlich schon einige vorwitzige Insekten schwirrten. Das verwitterte Mauerwerk des alten Heiligtums war grau und rau, aus der Entfernung hätte man es für alten Beton halten können; erst im Näherkommen unterschied Blanc gelbe Sandsteinstreifen, schwarzes Moos, die dunklen Rillen von Fugen, die vor zwei Jahrtausenden vermörtelt worden waren. Das Kapitell der einen noch aufrecht stehenden Säule wirkte von unten wie ein knotiger Weinstock, der auf die Spitze der kannelierten Steintrommeln gepflanzt worden war. Blanc fragte sich, was Pélestor an seinem letzten Morgen gedacht hatte: Ob er ein Ohr für diese majestätische Stille gehabt hatte, ein Auge für diese verwitterte Schönheit? Oder ob er in jedem Stein bloß eine Deckung gesehen hatte, einen Ansitz, um auf den Wolf zu lauern? Sie hatten schon gestern die mittelalterliche Kapelle untersucht, um festzustellen, ob der Jäger vielleicht einige Stunden dort verbracht hatte, schließlich hatte er bei seinem ersten Besuch zusammen mit Blanc das Gotteshaus als ideales Versteck gelobt. Doch die Tür war verschlossen gewesen, es gab kein Indiz dafür, dass Pélestor je dort eingedrungen war. Auch bei seinem neuerlichen Rundgang entdeckte Blanc keine Spur, die er und seine Kollegen nicht schon gestern gefunden gehabt hätten.

Nichts, dachte er, das war einfach bloß ein Haufen Steine im Wald, hier hatte sich ein Jäger versteckt, und dann war irgendwo ein Schuss gefallen, verdammt. Er blickte sich um. Von wo aus mochte der Unbekannte geschossen haben? Scharfschützengewehr, tödlich aus mehr als zwei Kilometern Distanz. Doch der Tempel war von einer Wiese umgeben, die sich nach allen Richtungen höchstens zweihundert, dreihundert Meter erstreckte. Dahinter erhob sich an einer Seite das Schloss, an die anderen drei grenzte dichter Wald. Beim Château Bas waren die Gendarmen über die Mauer geklettert und hatten im Park kein Indiz für einen Schützen gefunden, der sich dort womöglich versteckt hätte. Das Schloss selbst war abgesperrt, es gab keine Spur, dass dort jemand eingebrochen haben könnte. Also hatte der Schütze im Wald gestanden, und zwar nahe an der Wiese, sonst hätte er unmöglich auf Pélestor anlegen können, weil zu viele Bäume und Büsche im Weg gewesen wären. Doch am Waldrand hatte die Spurensicherung weder eine Patronenhülse noch irgendwelche Fußabdrücke gefunden.

Blanc atmete durch. »Du hast deinen Mörder gesehen«, flüsterte er und blickte dabei auf die Stelle im Tempel, auf der Pélestor gelegen hatte. Er dachte daran, was die Gerichtsmedizinerin festgestellt hatte: Die Kugel hätte den Körper durchschlagen, wäre sie nicht im Rückgrat steckengeblieben. Vielleicht war der Schuss doch aus relativ naher Distanz abgefeuert worden. Der Täter musste auf der Wiese gestanden haben. Und Pélestor hatte nicht mehr hinter einer Tempelmauer im Versteck gelegen, sondern war aufgestanden, sonst wäre er niemals mitten in die Brust getroffen worden. Also hatte Pélestor seinen Mörder nicht bloß herankommen gesehen, sondern ihn auch erkannt und sich nichts Böses gedacht, denn er hatte sich erhoben, vielleicht um den Ankömmling zu begrüßen. Und dann hatte der Unbekannte geschossen, bevor ein Profi wie Pélestor reagieren konnte.

»Du kanntest deinen Mörder und hast nicht erwartet, dass er auf dich schießen würde«, flüsterte Blanc wieder.

Pélestor war in Vernègues groß geworden, er kannte hier jeden – zumindest jeden Teilnehmer der Treibjagd gestern. Zudem hatte niemand einen Unbekannten gesehen, selbst Sandy Hulot nicht, die zumindest auch eine Zeit lang durch die Wälder gestreift war. Also war der Täter, schloss Blanc, vielleicht doch jemand aus der Treibjagd. Ein Mitjäger oder ein Treiber, jemand, der seinen Posten unerkannt verlassen und sich zum Château Bas aufgemacht hatte. Jemand, der wusste, dass Pélestor genau hier sein Versteck bezogen hatte. Und jemand, der nach dem tödlichen Schuss unauffällig wieder seine alte Position in der Jagdgesellschaft hatte einnehmen können, bevor die Gendarmerie vor Ort gewesen war.

Doch sie hatten alle Gewehre sichergestellt, und die Tatwaffe war nicht dabei. Es war zum Verrücktwerden.

Im Wald knackte ein Ast. Es raschelte im trockenen Laub.

Blanc erstarrte. Das kann doch nicht wahr sein. Er stand in der Ruine, wagte nicht zu atmen, musterte den Saum des Waldes. Da war jemand. Vorsichtig zog er seine Pistole.

»Sie sind ja ein ängstlicher Typ.« Ange Douchy trat hinter einem Eichenstamm hervor. Die Fetzen einer Brombeerranke hatten sich in ihren wirren grauen Haaren verfangen, sie trug

Jeans, Wollpullover, und ihre nackten Füße steckten in ausgetretenen Sandalen. Um ihre Schulter war eine lederne Umhängetasche geschlungen.

Blanc atmete tief durch und steckte die SIG Sauer weg. Er blickte in die unglaublich blauen Augen seiner Nachbarin. Er hatte keine Ahnung, wie lange sie ihn schon beobachtet hatte. Er wusste, dass Ange nachts durch die Wälder streifte, doch er hätte nicht gedacht, dass sie es bis hierher schaffen würde – das Château Bas war mindestens zwanzig Kilometer von Sainte-Françoise-la-Vallée entfernt. Sie musste seit Stunden auf den Beinen sein, vielleicht seit einem Tag oder länger. Meist hatte sie bei ihren Streifzügen eine Ziege dabei, die sie an einem Strick mit sich führte, doch diesmal sah er kein Tier.

»Suchen Sie Ihren Ziegenbock?«, fragte er und versuchte, dabei möglichst entspannt zu klingen.

Ange spuckte verächtlich auf den Boden. »Den habe ich zu Hause festgebunden. Den hätte doch sonst einer von Ihnen totgeschossen.«

Blanc brauchte einen Augenblick, bis er das verstanden hatte. »Sie waren gestern schon hier?!«, rief er schließlich. »Während der Treibjagd?«

»Alles Idioten«, brummte sie. »Keiner hat mich bemerkt.«

Blanc deutete auf den Tempel. »Waren Sie auch hier? Haben Sie etwas gesehen? Haben Sie einen Schuss gehört?«

»Der war nicht zu überhören. Genauso wie der Schuss, den Ihr Kollege abgefeuert hat. *Merde,* ihr dicker Freund hätte mich beinahe erwischt.«

Mon Dieu, dachte Blanc und hielt sich an der Tempelmauer fest, weil seine Beine weich wurden. Wenn Marius getroffen hätte und …

»Aber hier war ich nicht«, unterbrach Ange seinen Gedankengang. »Ich meine, nahe an diesem Schloss. Da spukt es nämlich.«

»Es spukt?«

»Nicht hier im Tempel. Drüben im Schloss.« Sie deutete mit der Kinnspitze in Richtung des Château Bas'.

»Das ist ein Weingut, Madame.«

Sie spuckte wieder auf den Boden. »Bah. Da gehen seltsame Dinge vor. Lichter hinter den Fenstern, nachts. Und nachts«, sie blickte sich um, als ob jemand sie ausgerechnet hier belauschen könnte, senkte die Stimme und flüsterte vertraulich: »Nachts heulen da Wölfe.«

»Im Schlosspark?« Blanc wollte es nicht glauben.

»Unsinn! Wie wollen Sie eigentlich ein Flic sein, wenn Sie gar nicht zuhören, was ich sage?«

Ruhig bleiben, sagte sich Blanc. »Sie glauben also, dass Wölfe im Schloss heulen?«

»Im Keller, ja. Wahrscheinlich im alten Verlies. Die haben doch sicher ein Verlies im Schloss, einen Kerker, so etwas. Da sind Wölfe. Ihr Geheul klingt so dumpf.«

»Dumpf?«

»Wenn ich unhöflich wäre, würde ich ja jetzt sagen: ›So dumpf wie Sie, *mon Capitaine*‹. Aber zum Glück bin ich nicht unhöflich.«

»Zum Glück, ja«, murmelte Blanc. Er wusste, dass seine Nachbarin unberechenbar und reizbar war. Ein falsches Wort, und sie würde es fertigbringen, einfach wieder im Wald zu verschwinden. Und er war sicher, dass er sie nicht wiederfinden würde.

»Die Wölfe haben dumpf geheult«, fuhr Ange fort und klang dabei genervt, als wäre Blanc besonders begriffsstutzig. »So dumpf, dass niemand sie hören kann. Nur ich kann sie hören.«

»Sie haben ein ausgezeichnetes Gehör, Madame. Allerdings ist das Château Bas bis zum 20. Januar geschlossen. Ich habe das überprüft, da wohnt gerade niemand.«

»Unsinn. Wölfe wohnen da. Und ich sehe da Lichter.«

Blanc warf zur Sicherheit einen Blick auf das Schloss. Hinter keinem Fenster brannte Licht, nichts bewegte sich im Park. Er wollte das Gespräch behutsam zurück auf den gestrigen Morgen bringen und tat so, als müsste er sich vergewissern. »Deshalb waren Sie während der Treibjagd nicht hier? Weil Sie die Wölfe im Schloss nicht mochten?«

»Deswegen auch, ja.« Ange zögerte. »Na ja, und außerdem habe ich den jungen Pélestor im Tempel gesehen. Gerade noch rechtzeitig. Dem wollte ich nicht zu nahe kommen. Der wäre nämlich der Einzige gewesen, der mich bemerkt hätte. Der konnte beinahe so gut sehen und hören wie ich.«

Sieh an, dachte Blanc. Zuerst erzählte sie ihm ein Märchen von Wölfen im Schlossverlies, aber dann rückte sie damit heraus. Blanc war sicher, dass Ange ganz genau wusste, wie gut die Technik war, die Pélestor nutzte, dass sie wusste, wie eine Wärmebildkamera und ein Nachtsichtgerät funktionierten. Und dass sie deshalb bei ihrem frühmorgendlichen Waldlauf ganz genau abgeschätzt hatte, welchem Jäger sie bis auf welche Distanz unbemerkt nahekommen konnte. »Haben Sie ein Gewehr dabei, Madame?«

»Nein. Ich mag es nicht, wenn man auf Tiere schießt. Nicht mal auf Wölfe. Ich habe Serge am Abend vor der Jagd was ins Essen getan. Er musste die ganze Nacht kotzen. Aber der Kerl ist am nächsten Morgen trotzdem losgezogen. Also bin ich ihm nach.«

»Haben Sie gestern Morgen abgesehen von den Jägern und Treibern vielleicht noch jemanden bemerkt, der durch den Wald geschlichen ist?«

Sie blickte ihn spöttisch an. »Sie wollen wissen, ob ich den Typen gesehen habe, der Pélestor niedergeschossen hat, *mon Capitaine*? Warum fragen Sie mich das nicht direkt?«

»Und – haben Sie?«

»Nein. Ich bin Château Bas und diesem Tempel nicht nahe

gekommen, das habe ich Ihnen doch schon gesagt. Warum fragen Sie mich also?«

Blanc spürte, dass er an den Rand seiner Nervenkraft kam. »Woher wissen Sie überhaupt, dass Pélestor tot ist? Wenn Sie seit gestern durch den Wald laufen und ...«

»Ich habe Sie doch gesehen, *mon Capitaine,* kurz nach dem Schuss. Und den Bürgermeister und diesen versoffenen Cordillet und alle. Und dann die ganzen Gendarmen, die überall herumgetrampelt sind. Das habe ich mir näher angeschaut. Und da habe ich gesehen, wie Pélestor dort lag«, sie deutete auf die Ruine, »und weil ich vorher den Schuss gehört habe, war es nicht schwer, eins und eins zusammenzurechnen. Aber Sie haben den Schützen nicht gefunden, sonst wären Sie jetzt nicht schon wieder hier.« Sie blickte ihn triumphierend an.

Eine halbe Hundertschaft Gendarmen und Spurensicherer hat gestern diesen Wald durchsucht, und niemand hat Ange Douchy bemerkt, verdammt, dachte Blanc. »Haben Sie irgendeinen Verdacht, wer es getan haben könnte?«

Sie zuckte mit den Achseln. »Der junge Pélestor war nicht so wie die anderen Jäger«, erwiderte sie bloß.

»Sie meinen, er hatte Feinde?«

»Wer hat keine Feinde, *mon Capitaine*?«

Blanc gab auf. »Gehen Sie nach Hause, Madame«, riet er. »Ruhen Sie sich aus. Wenn Ihnen noch etwas einfällt, irgendetwas, das Sie beobachtet haben, selbst das kleinste, Ihnen unwichtig erscheinende Detail, dann rufen Sie mich an. Alles könnte wichtig sein.«

»Sind Sie jetzt fertig mit Ihrer Predigt?«

Blanc schloss für einen Moment die Augen. Ruhig bleiben, ermahnte er sich, ganz ruhig.

»Gut«, fuhr Ange Douchy fort. »Sparen Sie sich Ihren Atem, Sie werden ihn brauchen. Wenn Sie mir folgen, dann zeige ich Ihnen einen Wolf.«

»Einen Wolf?!«

»Wenn Sie so rumbrüllen, würden Sie ihn glatt verscheuchen. Geht aber nicht. Der Wolf ist nämlich tot.«

Blanc blickte Ange lange an und fragte sich, ob sie sich über ihn lustig machte. Nein, dachte er schließlich, die meint das ernst. »Führen Sie mich hin«, sagte er resigniert.

Ange hatte recht gehabt, dass er seine Atemluft sparen musste, es ging quer durchs Unterholz. Der Hügel stieg hinter dem Château Bas relativ steil an. Sie machte kleine, mühelos wirkende Schritte und bewegte sich lautlos. Schon nach wenigen Minuten hatte sie fünfzig, sechzig Meter Vorsprung. Diese Frau läuft mit nackten Füßen in Sandalen – wie macht sie das, dachte Blanc, als er wieder einmal anhalten musste, um sich irgendeine Dornenranke von Schuhen und Jeans zu reißen. Ihm war warm, er atmete schwer.

Mitten im Wald hielt Ange plötzlich an und wartete, bis Blanc sie eingeholt hatte. Sie stand in einer Lücke zwischen alten Eichen, nicht groß genug, um eine Lichtung zu sein, aber doch so weit, dass Sonnenstrahlen bis zum Boden gelangten. Im Näherkommen sah Blanc noch nichts Besonderes – doch er roch etwas. Blut. Verwesung. Als er endlich bei ihr war, erkannte er im hohen Gras den Kadaver eines Wolfes. Blauschwarze Fliegen umschwirrten den Leib, ihr Summen war das einzige Geräusch.

»Ein Weibchen«, sagte Ange, »zwei Jahre alt, höchstens zweieinhalb.« Zum ersten Mal, seit er sie kannte, klang ihre Stimme weich.

Blanc zog ein Taschentuch hervor, hielt es sich vor Mund und Nase und beugte sich näher zum toten Tier hinab. Die Wölfin war viel größer, als er gedacht hatte, größer sogar als sein monströser Hund Jacques. Ihr Fell war hellgrau und weiß meliert, mit dünnen, schwarzen Linien an den Flanken; an den Beinen, am Bauch, auf dem Kopf und der langgestreckten Schnauze leuchteten braungelbe Streifen. Ihre Augen waren geschlossen. Das Maul stand offen und zeigte zwei Reihen weißer Reißzähne. Blut war aus dem Maul gesickert – und noch viel mehr Blut hatte das Fell rund um die Schusswunde an ihrer linken Flanke verklebt.

»Kein Blattschuss«, kommentierte Ange verächtlich. »Die Wölfin hat sicher noch etliche Minuten gelebt. Sie ist irgendwo an anderer Stelle im Wald getroffen worden und hat sich bis hierhergeschleppt, wo ihr Mörder sie nicht mehr gefunden hat.«

Blancs Gedanken überschlugen sich. Die Treibjagd. Zwei Schüsse. Der eine von Marius, der offenbar auf Ange gefeuert hatte. Und der zweite vom Unbekannten, der Pélestor zum Verhängnis geworden war. Kein dritter Schuss. »Das war niemand von uns«, flüsterte er.

»Das ist auch nicht gestern bei der Treibjagd passiert«, erklärte Ange. »Der Wolf liegt seit mindestens zwei Tagen hier.«

»Irgendein Jäger hat ihn auf eigene Faust geschossen.«

»Ein Wilderer«, schnaubte Ange. »In den Alpen haben Wilderer letzten Winter einen jungen Wolf geschossen, im Vallée de l'Ubaye. Und ganz in der Nähe haben Wanderer eine Wölfin gefunden, die mit einem illegalen Pflanzenschutzmittel vergiftet wurde. Und die Leute haben Angst vor Wölfen! Sie sollten besser Angst vor Menschen haben.«

»Ich frage mich, wer das getan hat«, murmelte Blanc.

»Sie brauchen Spuren, eh?« Ange starrte ihn einen Moment lang an und seufzte. »Also schön. Sie sind ja ein eher schüchterner Mann.« Sie kramte in ihrer Ledertasche und hatte plötzlich ein furchteinflößendes Jagdmesser in der Hand. Blanc sog überrascht die Luft ein.

»Sie können wegsehen, wenn Ihnen das zu viel wird«, knurrte Ange. Dann kniete sie sich neben den Kadaver und rammte ohne Zögern die beinahe unterarmlange Klinge in den Leib der Wölfin. Blanc hielt sich das Taschentuch vor das Gesicht, während Ange das tote Tier mit gezielten Schnitten ausweidete. Bald lagen Gedärme auf der Wiese. Die Fliegen summten wie verrückt. Blanc wünschte, er müsste nicht mehr atmen.

»Na also.« Ange richtete sich auf. Ihre Hände trieften vor Blut und stanken nach Verwesung. Doch in der offenen Fläche ihrer Rechten funkelte ein messingfarbenes Geschoss.

Genau so eine Patrone hatte Doktor Fontaine Thezan aus dem Körper des unglücklichen Pélestor geholt.

Blanc verabschiedete sich von Ange Douchy. Es wäre zwecklos gewesen, ihr noch einmal zu raten, nach Hause zu gehen, diese Frau ging ihre eigenen Wege. Blanc wickelte die Kugel in ein Papiertaschentuch ein und legte sie auf den Beifahrersitz des Espace. Er bildete sich ein, dass es im Wageninnern nach Blut und Verwesung stank und dass der Geruch von diesem Geschoss ausströmte wie ein giftiges Gas. In Gadet holte er Marius ab. Fabienne saß vor ihrem Computermonitor und starrte auf lange Zahlenreihen. »Die verschlüsselten Daten von Pélestors Fitbit«, erklärte sie. »Noch habe ich sie nicht hacken können. Aber ich bin nah dran. Wartet nicht auf mich.«

Sie machten sich also ohne ihre Kollegin auf den Weg zu Doktor Fontaine Thezan. Unterwegs erzählte Blanc Marius, was vorgefallen war und was er darüber dachte.

Marius hustete verlegen. »Dann habe ich also doch was im Wald gesehen«, murmelte er.

»Ange Douchy.« Blanc nickte. »Nicht auszudenken, was passiert wäre, wenn du sie getroffen hättest. Nkoulou hätte dir persönlich den Kopf abgerissen.«

»Der Commandant wäre nicht meine größte Sorge gewesen. Ich bin froh, dass Ange mir nicht den Kopf abgerissen hat.«

»Ich würde zu gerne wissen, was sie auf ihren Streifzügen schon alles gesehen hat. Aber ein Verhör mit ihr ist wie ein Marathonlauf auf Treibsand.«

»Immerhin hat sie dir geholfen.« Marius wickelte die Patrone vorsichtig aus und besah sie eindringlich. Er pfiff durch die Zähne. »Wir suchen einen Cowboy mit viel Geld. Ein Scharfschützengewehr kostet dich einige Tausend Euro, mal abgesehen davon, dass du es gar nicht legal erwerben kannst. Und jede einzelne Patrone ist wahrscheinlich teurer als eine Packung Zigaretten. Damit wird die Wilderei auf einen Wolf zum kostspieligen und einsamen Hobby – du kannst dir ja nicht den präparierten Kopf eines geschützten Tieres ins Wohnzimmer hängen, und du kannst auch nicht mit deinem Blattschuss im Café prahlen, wenn du nicht verhaftet werden willst. Du tötest nur zum persönlichen Vergnügen. Das muss man sich erst einmal leisten können.«

»Mal angenommen, die Kugeln stammen wirklich aus demselben Gewehr, dann ist Pélestors Mörder zugleich auch ein Wilderer«, sagte Blanc. »Angenommen, Pélestor kannte seinen Mörder und dachte sich nichts Böses, als er ihn erblickte. Dann bedeutet das, dass Pélestor den Schützen *nicht* für einen Wilderer gehalten hat. Pélestor ist in Vernègues groß geworden, und er ist ein Profi. Hätte es im Dorf Gerüchte gegeben, dass jemand wildert, dann hätte er das mitbekommen. Wie ist das möglich?«

»Der Mörder ist gar kein Wilderer, oder er ist es noch nicht sehr lange«, vermutete Marius. »Womöglich war der Wolf seine erste illegale Beute. Wir suchen jemanden, der noch nie gewildert hat – nur beim Wolf, da kennt er keine Gnade.«

Als sie zehn Minuten später im Krankenhaus standen, hörte sich Fontaine Thezan ihren Bericht schweigend an und untersuchte die Kugel. Sie fischte eine Zigarette aus einer Packung und nahm einen tiefen Zug, bevor sie endlich erklärte: »Die, sagen wir: robuste Operationstechnik Ihrer Nachbarin und Ihre eher unkonventionelle Transportverpackung, *mon Capitaine*, haben viele Spuren auf der Kugel kontaminiert.« Sie seufzte. »Analysen von DNA-Anhaftungen und solche Sachen kann ich mir wohl sparen. Unter dem Mikroskop wird man hoffentlich noch anhand von winzigen Riefen feststellen können, ob die Geschosse aus derselben Waffe abgefeuert worden sind, aber mehr Details bekommen Sie kaum von mir. Geben Sie mir ein paar Stunden. Und, *mon Capitaine*?«

»Ja, Doktor Thezan?«

»Wenn Ihre Nachbarin das nächste Mal mit einem Messer an einem Kadaver herumfuchtelt, dann gehen Sie bitte beherzt dazwischen und lassen Sie diesen Job einen Profi erledigen. Mich.«

»Ich hätte nie gedacht, dass man diese eiskalte Pathologin jemals eifersüchtig machen könnte«, flüsterte Marius, während sie durch die Gänge des Krankenhauses zum Ausgang strebten, »aber du hast das geschafft: Du hast eine andere Frau an einem Toten herumschneiden lassen! Doktor Thezan sah aus, als wollte sie dir dafür die Augen auskratzen. Du solltest bei deinem nächsten Besuch im Leichenschauhaus einen Blumenstrauß zur Versöhnung mitbringen.«

»Bei Eifersucht bin ich inzwischen Experte«, brummte Blanc und verzichtete auf weitere Erläuterungen. Doch zwei Schritte darauf blieb er mitten auf dem Flur stehen und sah Marius erstaunt an. »Eifersucht …«, murmelte er. Dann sprach er schneller: »Was ist, wenn *das* die Verbindung zwischen beiden Todesfällen ist? Was verbindet Fouquart und Pélestor?«

Marius zuckte mit den Schultern. »Sie lagen tot in der Natur.«

»Doktor Marie-Claire Martin!« Blanc hob die Hände, bevor sein Kollege etwas erwidern konnte. »Die Erdbebenforscherin ist eifersüchtig und wütend auf ihren geschiedenen Mann – also bringt sie ihn um. Sie ist eifersüchtig und wütend auf die neue Geliebte ihres Ex – also will sie Sandy Hulot ebenfalls umbringen, nur dass sie sich im Dämmerlicht irrt: Wegen der auffälligen Warnweste verwechselt sie Pélestor mit Sandy Hulot und erschießt den Falschen. *Voilà!*«

»Sie tötet ein Opfer mit einem Wolfsbiss und das andere mit

einem Scharfschützengewehr? Einem Gewehr, mit dem sie zuvor auch noch als Wilderin einen Wolf erlegt hat? Eine seriöse, fünfzigjährige Erdbebenforscherin? Ich bitte dich!«

»Sie macht uns weis, dass sie jede Nacht seismologische Instrumente in ihren Kisten mit sich herumträgt. Aber wer weiß, was da wirklich drin ist?«

»Ich glaube kaum, dass sie ein Gewehr spazieren trägt. Und ganz sicher steckt kein Wolf da drin. Die Frau mag ein Motiv haben, aber ihr fehlt die Technik zum Mord.«

»Ich wüsste trotzdem gern, wo Doktor Martin während der Treibjagd war.«

»Fragen wir sie doch einfach.«

Während der Fahrt nach Vernègues rief Marius bei der dortigen Mairie an und fragte, ob irgendjemand wusste, welche Wohnung die Wissenschaftlerin gemietet hatte. In einer kleinen Stadt wie Vernègues wusste das anscheinend jeder: Innerhalb von dreißig Sekunden hatte Marius die Adresse und auch die Telefonnummer der Vermieterin. Doch die sagte ihnen, dass Doktor Martin nicht da sei: »Vermutlich sammelt sie oben zwischen den Ruinen ihre Sachen ein.«

Blancs Handy klingelte. Er fummelte es umständlich mit der Rechten aus seiner Jackentasche, während er mit der Linken steuerte. Marius rutschte unruhig auf seinem Sitz hin und her und flüsterte: »Willst du nicht rechts ranfahren?«

Blanc ignorierte das und warf einen Blick auf das Display: Fontaine Thezan. »Was kann ich für Sie tun, Doktor?«

»Ich tue etwas für Sie, *mon Capitaine*. Mein Assistent hat die Kugel zwischen zwei anderen Untersuchungen unter das Mikroskop gelegt. Die Geschosse, die Pélestor und den Wolf getötet haben, sind aus demselben Gewehr abgefeuert worden, da gibt es keinen Zweifel mehr. Sie bekommen meinen Bericht noch heute auf den Schreibtisch.«

»*Merci beaucoup,* dass Sie so schnell gearbeitet haben.«
»Ich bin ein Profi.« Damit legte sie auf.

»Das muss ein sehr großer Blumenstrauß werden«, meinte
Marius, »bin gespannt, wo du den mitten im Winter auftreiben
willst. Und jetzt sieh gefälligst wieder auf den Tacho. Wir fahren
dreistellig.«

Sie trafen Doktor Martin schließlich mit ihren Instrumenten
hantierend im Schatten neben einer Ruine an dem Weg, der
durch den Ort führte. Von dem einstmals stolzen Haus war
kaum mehr als eine Mauer in Form eines »L« stehen geblieben.
Die untere Linie war mehrere Meter lang, doch nicht einmal
brusthoch. Der nach oben weisende Teil war schmal und ragte
mindestens vier Meter auf. Die obersten Steinreihen wirkten,
als wären sie ein Stück weit nach außen gedrückt worden und
könnten hinabstürzen, falls man so unvorsichtig war, die Mauer auch nur anzufassen. Sie war einst aus gelben und braunen
Steinen kunstvoll zusammengesetzt worden, Fensteröffnungen
oder ein Türsturz waren jedoch nicht mehr zu erkennen. Wieder
wirkte diese Ruine auf Blanc, als wäre sie seit Jahrtausenden der
Verwitterung ausgesetzt und nicht erst seit 1909. Er fragte sich,
nach welchen Kriterien die Seismologin ihre Messgeräte plat-
zierte: Wenn tatsächlich die Erde bebte, würde dieser Mauer-
rest dann nicht zusammenstürzen und dabei ausgerechnet das
sensible Instrument unter Steinen begraben? Oder war das Gerät extrem robust und sollte Einstürze aufzeichnen? Oder trieb
diese ernsthafte Wissenschaftlerin vielleicht eine unbewusste
Sehnsucht, ihren Eltern zu folgen, sodass sie sich in einem Erd-
bebenort ausgerechnet an den gefährlichsten Stellen aufhielt?
Marius und er begrüßten Doktor Martin und erklärten ihr,
was gestern vorgefallen war. Falls die Seismologin schon von
Pélestors Tod gehört hatte, ließ sie sich das nicht anmerken. Sie
wirkte aber auch nicht überrascht oder gar erschüttert. Es war,

als würde sie eine Nachricht hören, kalten Herzens analysieren und dann gleichmütig mit dem weitermachen wollen, wobei man sie gerade unterbrochen hatte: ein Messgerät abzubauen.

»Wo waren Sie, während die Treibjagd stattfand?«, fragte Marius.

»Ich bin morgens die Straße nach Vieux Vernègues hinaufgefahren, um meine Instrumente einzusammeln«, erklärte Doktor Martin.

»Seit dem Tod von Monsieur Fouquart ist der Zugang zu Vieux Vernègues gesperrt«, erwiderte Blanc streng.

»Niemand hat mich gesehen«, antwortete Doktor Martin gleichmütig. »Aber am nächsten Morgen habe ich von weitem die vielen Autos gesehen. Da fiel mir wieder ein, dass Bürgermeister Melleton überall in der Stadt Aushänge aufgehängt hatte, in denen die Treibjagd angekündigt wurde. Da ich mich für diese Dinge nicht sonderlich interessiere, hatte ich mir das Datum nicht gemerkt. Als ich nun erkennen musste, dass da überall Jäger herumlaufen würden, hielt ich es für das Beste, meine Messgeräte da zu lassen, wo sie waren. Ich wollte sie später holen. Aber später waren Ihre Kollegen von der Gendarmerie überall und hatten die Gegend abgesperrt.« Sie zuckte mit den Achseln. »Ich habe mich flüchtig gefragt, ob da schon wieder ein Wolf zugeschlagen hatte, aber ich wollte nicht weiter stören. Also baue ich die Instrumente erst jetzt ab. Es ist zum Glück keines verlorengegangen.«

»Haben Sie, als sie gestern Morgen nach Vieux Vernègues hochgefahren sind, zufällig Monsieur Pélestor gesehen?«

»Der Name sagt mir nichts. Ich kenne kaum jemanden aus der Stadt, *mon Capitaine.*«

»Monsieur Pélestor trug eine orangefarbene Warnweste.«

Doktor Martin hob bloß mit einer halb bedauernden, halb gelangweilten Geste die Hand.

»Die kannst du endgültig von der Liste deiner Verdächtigen streichen«, brummte Marius, nachdem sie sich von der Wissenschaftlerin verabschiedet hatten und durch die Ruinen zurückgingen. »Selbst als du die Warnweste direkt angesprochen hast, hat sie nicht mal mit der Wimper gezuckt. Die Dame hat sich nicht die Bohne für Pélestors Schicksal interessiert. Und ich wette, sie weiß nicht einmal, dass Sandy Hulot gestern mit einer orangefarbenen Warnweste durch den Wald gelaufen ist. Der ist das total egal.«

Blanc atmete tief durch. »Vermutlich hast du recht. Wir kommen einfach nicht weiter. Wir …« Er hielt überrascht inne. Irgendwo blökte ein Schaf.

»Das kommt von der Weide oben!«, rief Marius erstaunt.

Sie machten kehrt und stiegen eilig den Hügel hinauf, bis sie die Wiese jenseits der Burgmauern sahen, auf der wohl mindestens hundert Schafe grasten. Das Zelt und das alte Mountainbike standen neben dem toten Olivenbaum, der riesige Patou hob witternd den Schädel, Clotilde und Fred Locez knieten neben dem Zelt auf dem Boden und hielten ein Schaf fest. Blancs Gedanken überschlugen sich: Was machen die wieder hier, die wollten doch nie wieder hier hinaufgehen? Was machen die mit dem Lamm? Versorgen die eine Wunde? Ein neuer Angriff? Doch gleichzeitig war es eine beinahe perfekte Schäferidylle: Die Tiere grasten friedlich weiter, selbst Emir trottete zu einer anderen Ecke der Weide, nachdem er ihren Geruch offenbar als harmlos erkannt hatte. Es war, als hätte hier niemals ein Wolf gejagt.

Als sie näher kamen, ließen Fred und Clotilde das Tier frei. Das Lamm, fast ausgewachsen, kam wackelig auf die Beine, blökte noch einmal protestierend und sprang schließlich mit einem Satz zurück auf die Weide. Auf beiden Flanken glänzten rote Buchstaben und Zahlen auf der Wolle. Die Schäfer erhoben sich ebenfalls, Fred drückte den Plastikdeckel auf eine rote Sprühfarbdose.

Sie begrüßten die Schäfer. »Haben Sie ein neues Tier markiert, Fred?«, fragte Blanc.

Locez nickte. »Das Lamm habe ich einem anderen Schäfer abgekauft. Es ersetzt mir eines meiner gerissenen Tiere. Für mehr reicht mein Geld nicht, ich muss warten, bis die Entschädigung von der Präfektur kommt. Das kann dauern.«

»Und sie markieren Ihr neues Lamm ausgerechnet auf dieser Weide? Was macht Sie auf einmal so sicher, dass die Wölfe nicht hierher zurückkehren?«

»Glauben Sie, dass die Treibjagd das Rudel endgültig aus der Region vertrieben hat?«, ergänzte Marius. »Wir haben keinen Wolf erlegt.«

»Dafür haben Sie jemand anderes getroffen.« Clotilde spuckte auf den Boden. »Das einzige Ergebnis dieser verdammten Treibjagd war, dass unser bester Wolfsjäger jetzt tot ist.«

Blanc brauchte einen Moment, bis er erkannte, dass die Schäferin über Pélestors Tod wirklich traurig war. »Leider sind wir mit den Ermittlungen noch nicht viel weitergekommen«, gestand er.

»Gérard war ein guter Junge«, sagte Fred. »Der wollte hier ein Haus bauen, Familie gründen. Der hätte uns die Wölfe vom Hals gehalten.«

»Auch wenn er nicht glauben wollte, dass die Wölfe aus Rumänien eingeschmuggelt wurden. Aber auch das hätte er irgendwann kapiert.« Clotilde blickte ihn trotzig an. »*Eh bien*, jetzt hat sich jemand anderes um die Angelegenheit gekümmert, zum Glück. Die tote Wölfin macht dem Rudel Angst, nicht unsere missratene Treibjagd gestern. Die Biester werden den Wald meiden, zumindest bis zum nächsten Winter. Deshalb haben wir unsere Herde wieder hier hinaufgetrieben, *mon Capitaine*.«

»Woher wissen Sie, dass im Wald ein Wolf gewildert wurde?«, fragte Blanc misstrauisch. Diese Neuigkeit hatte es nicht bis in

La Provence geschafft und noch nicht mal ins Netz. Die Gendarmerie hatte nichts darüber bekanntgegeben.

»Ange hat es mir gesteckt.«

»Sie kennen Ange Douchy?«

Fred lachte. »Wer kennt die nicht?«

»Ange und ich waren in der Grundschule in derselben Klasse«, ergänzte Clotilde. »Zumindest eine Zeit lang, bis Ange, na ja ...«

Blanc versuchte, sich Ange und Clotilde als kleine Mädchen vorzustellen, hinter einem Schulpult sitzend und vor sich einen wahrscheinlich ziemlich verzweifelten Lehrer. »Ange Douchy hatte mir versprochen, die Geschichte niemandem zu verraten.«

»Na, mir schon«, lachte Clotilde. »Sie war heute Morgen bei uns und hat mir alles erzählt. Ist es wahr, dass Sie kein Blut sehen können, *mon Capitaine*?«

»So wahr wie die Geschichte, dass die Wölfe aus Rumänien kommen«, erwiderte Blanc missmutig. Also würde die Neuigkeit vom Wilderer auch ihre Runde machen, nicht so schnell wie manch anderes Gerücht, aber irgendwann würde sie es bis ins Internet schaffen, und dann würde das nächste virtuelle Gewitter auf sie niedergehen. Blanc sah schon Tausende empörte Wolfsschützer nach Vernègues einfallen, Demonstranten und Gegendemonstranten, Pro-Wolf und Anti-Wolf und mittendrin ein paar Typen in Gendarmerie-Uniformen, die einfach bloß ihre Ruhe haben wollten, *merde*.

Sie verabschiedeten sich von den Schäfern und machten sich auf den Rückweg, als Marius plötzlich innehielt, als wäre er vor eine Glaswand geknallt. »Ich bin so ein Idiot«, murmelte er.

»Was ist los?«, fragte Blanc beunruhigt und sah sich um. Da war nichts.

»Genau genommen sind wir beide Idioten«, flüsterte Marius.

»*Mon Dieu*, was ist passiert?!«

Marius drehte sich einfach um und lief zurück, so schnell

seine Pfunde das zuließen. Keuchend baute er sich vor Fred Locez auf und streckte die Hand aus. »Die Sprühdose«, jappste er. »Geben Sie mir sofort Ihre Sprühdose!«

Blanc, der seinem Kollegen hinterhergeeilt war, hielt die Luft an. Sprühdose. Rote Farbe. Graffiti. Wildschweinköpfe …

Fred Locez blickte abwechselnd auf Marius und auf die Dose in seiner Rechten, als fragte er sich, wie die in seine Hand gekommen sein mochte. Man sah ihm an, dass er ganz genau wusste, warum Marius die Farbe einziehen wollte.

Blanc griff unauffällig nach seiner Waffe und blickte sich wachsam um. Freds Karabiner lehnte am Stamm des alten Olivenbaums. Er wusste nicht, ob Clotilde oder der Patou gefährlicher werden könnten, er behielt vorsichtshalber beide im Auge.

Fred reichte die Dose schließlich zögernd hinüber. »Was wollen Sie damit?«, fragte er, doch er sah schon aus, als fügte er sich ins Unvermeidliche.

»Wir werden die Farbe im Labor analysieren lassen«, erklärte Marius freundlich, so etwas wie Bedauern schwang sogar in seiner Stimme mit. »Wir werden sie mit der Farbe vergleichen, mit der vor einer Woche einige recht seltsame Sätze an das Haus von Madame Hulot gesprüht wurden. In einer Nacht, in der Sie, Madame Locez, eine Herde neben dem Château Bas gehütet haben. Aber Sie, Monsieur Locez, waren, das haben Sie selbst gesagt, in dieser Nacht in Vernègues. Ich wäre Ihnen auch dankbar, wenn Sie uns dabei helfen, ganz ohne Gewalt eine Speichelprobe von Emir zu nehmen. Die könnten wir dann mit Proben vergleichen vom Hals zweier abgetrennter Wildschweinköpfe, die bei Madame Hulot …«

»Schon gut«, unterbrach ihn Fred. »Den Aufwand können Sie sich sparen. Ich komme mit auf die Station.«

Clotilde starrte ihn mit großen Augen an. »Das warst du?!« Bewunderung schwang in ihrer Stimme mit.

Blanc trat unauffällig näher zum Zelt und griff sich den Karabiner. Er atmete erleichtert auf. Einen Moment lang dachte er daran, beide Schäfer mit auf die Gendarmerie-Station zu nehmen. Aber was würde dann aus der Herde werden? »Sie dürfen bleiben, Madame«, sagte er. »Doch treiben Sie bitte die Schafe dorthin, wo Sie Handyempfang haben, damit wir Sie jederzeit erreichen können.«

Später saßen Blanc und Marius mit Fred Locez in dem Verhörraum von Gadet. Man sah dem alten Schäfer an, dass ihn dieser geschlossene Raum mit dem winzigen, vergitterten Fenster krank machte. Er atmete schwer, als fehlte der Luft hier drinnen der Sauerstoff.

»Legen Sie ein umfassendes Geständnis ab, dann haben wir diese Sache hier schnell hinter uns«, sagte Blanc und schob Fred ein Glas Wasser über den Tisch.

Der nickte, nahm einen tiefen Schluck und sagte bestimmt: »Meine Frau hat damit nichts zu tun.«

»Überzeugen Sie uns davon«, erwiderte Marius höflich.

»Clotilde und ich machen uns manchmal einen Spaß daraus, uns auf Provenzalisch zu unterhalten«, begann Fred. »Das kann ja eigentlich niemand mehr, wer braucht das heute noch? Clotilde hat es aber noch mit ihrer Mutter gesprochen. Später hat sie es mir beigebracht, damit sie wenigstens einen Menschen hat, mit dem sie sich auf Provenzalisch unterhalten kann. So haben wir auch provenzalische Texte gelesen. Frédéric Mistral selbstverständlich. Und, *eh bien,* hin und wieder auch ein Quatrain von Nostradamus. Der hat ja alle Sprachen durcheinandergewirbelt, eigentlich versteht den niemand.« Fred lachte kurz auf, trotz allem.

»Zumindest eine Prophezeiung haben Sie aber so gut verstanden, dass Sie den Text geschickt genug verändern konnten«, warf Blanc ein.

»Ich dachte, das wäre ein guter Trick«, gestand der alte Schäfer. Er bedachte die beiden Gendarmen mit einem traurigen Blick. »Ohne diese verdammte Sprühfarbe wären Sie mir nie auf die Schliche gekommen, nicht wahr?«

»Bei den geköpften Ebern haben wir nicht in erster Linie an Sie gedacht«, bestätigte Marius. Er erhob sich schnaufend. »Ich besorge uns Kaffee. Wollen Sie auch einen, Fred?«

»Ich trinke nur Clotildes Kaffee.«

»Es liegt ganz bei Ihnen, wann Sie das nächste Mal wieder eine Tasse von ihrer Frau schlürfen dürfen.«

Blanc wartete, bis Marius mit zwei Plastikbechern zurückkehrte, in denen die braune Flüssigkeit dampfte. Fred betrachtete den Inhalt, als hoffte er, er würde die beiden Gendarmen vergiften.

»Jetzt erzählen Sie uns, was in der Nacht passiert ist«, forderte Blanc ihn auf.

Fred hob die Hände. »Eigentlich hatte ich gar keinen Plan. Clotilde war mit einigen Tieren unten beim Château Bas, Emir und ich waren auf der Weide unterhalb des Friedhofs.«

»Da, wo manchmal auch Pferde grasen?«, fragte Marius.

»Die Kaltblüter von Georges, ja. Die Wiese ist deshalb mit einem starken Holzzaun gesichert. Es war eine ruhige Nacht, ich hatte Zeit zum Nachdenken und, *eh bien* …« Locez seufzte. »Haben Sie das noch nie gehabt, dass Ihre Gedanken in dunklen, kalten Nächten auch irgendwie dunkel und kalt werden? Ich dachte mir: Wie geht das jetzt weiter? Kannst du deine Schafe nur noch auf Pferdekoppeln oder auf die Wiese hinterm Schloss treiben? Nie mehr auf die Hügel gehen? Nie mehr durch die Wälder? Was man so denkt, wenn die Nacht kalt und dunkel ist. Die Wölfe müssen verschwinden, das weiß hier jeder. Und eigentlich sind alle dafür, der Bürgermeister, Pélestor sowieso, Cordillet, auch wenn der nicht viel taugt, alle. Nur die Försterin nicht! Diese Sandy Hulot macht uns die Hölle heiß, wenn wir auch nur ein böses Wort über den Wolf verlieren. Als ob mir diese vorlaute Dame meine Schafe bezahlt! Als ob die mit mir nachts die Herde bewacht! Und«, er zögerte, »da habe ich mir irgendwann gedacht: Der zeige ich es jetzt mal! Der muss mal jemand einen richtigen Schrecken einjagen. Damit die auch einmal eine Ahnung von der Angst bekommt, die ein Schäfer hat, der nachts bei seiner Herde steht, während irgendwo da draußen ein Wolf heult.«

»Und zufällig lagen bei Ihnen gerade zwei Wildschweinköpfe herum«, sagte Marius.

»Das war wirklich ein Zufall!«, beharrte Fred. »Die Eber hatte ich kurz vorher geschossen. Die Wildschweine sind auch so eine Plage, aber da beklagt sich niemand, wenn man sich wehrt. Na ja, jedenfalls gab es da diese beiden Tiere. Clotilde und ich hatten deren Fleisch schon eingefroren. Aber die Kadaver lagen noch hinter dem Schuppen. Ich hatte noch keine Zeit gehabt, sie zu vergraben. Und der Patou hat gern daran genagt. Ich habe die Köpfe abgetrennt, das hat immer noch ganz schön geblutet. Danach brauchte ich sie bloß in einen alten Müllsack zu packen und bin von der Weide zu Sandy Hulots Haus gegangen.«

»Zu Fuß?«, fragte Blanc.

»Gewissermaßen. Ich habe den Sack über die Fahrradstange gelegt und mein Mountainbike geschoben. Die Sprühfarbe hatte ich in der Hosentasche. Es war wirklich leicht. Niemand war mehr auf der Straße, es war bestimmt schon zwei oder drei Uhr nachts. Die Schafe haben nicht mal geblökt, als ich wegging, Emir ist ja bei ihnen geblieben. Ich bin also zum Haus und habe Sandy Hulot meine besonderen Grüße auf die Gartenpforte gelegt.«

»Madame Hulots Sohn hätte das sehen können«, sagte Marius streng.

»An den Kleinen habe ich gar nicht gedacht«, erwiderte Fred

und blickte schuldbewusst auf seine Hände. »Ich war so wütend in dieser Nacht, und ich dachte, ich muss jetzt irgendetwas tun.«

»Und da haben Sie eine junge Frau fertiggemacht«, sagte Blanc. »Haben Sie denn nie daran gedacht, welchen Schock Madame Hulot davontragen würde?«

»*Merde!*« Zum ersten Mal wurde Locez laut. Er straffte sich. »Entschuldigen Sie, bitte. Aber«, er wrang hilflos seine Hände, »wer hat denn je an *meinen* Schock gedacht! Diese Försterin jedenfalls nicht. Für die bin ich Abschaum. Die hat nie eine Sekunde daran gedacht, welche Ängste Clotilde und ich ausstehen müssen, wenn nachts die Wölfe kommen.«

»Also haben Sie einen schrecklichen Schock mit einem schrecklichen Schock gerächt. Das erklärt die abgeschnittenen Köpfe. Aber warum dieses Graffito?«

»*Eh bien,* nachdem ich die Köpfe abgelegt hatte, war es im Haus immer noch ruhig. Niemand war auf der Straße. Also dachte ich, ich tue noch mehr, und habe diesen Spruch an die Wand gesprüht. Den habe ich mir spontan ausgedacht, das ging ganz einfach.«

»Warum Nostradamus?«, fragte Blanc.

»Warum nicht?« Der alte Schäfer zuckte mit den Achseln. »Nostradamus passt doch, oder? Und außerdem … gehört das Schloss ja Guy Gassonet.«

Blanc lehnte sich überrascht zurück, Marius stieß einen Pfiff aus. »Diesem bärtigen Philosophen gehört das Château Bas?«

»Guy macht mit allem Geld. Der war schon immer clever.«

Blanc fiel wieder ein, was ihm Bürgermeister Melleton eher nebenbei gesagt hatte: Gassonet, der Autor mit der Millionenauflage. Gassonet, der beste Steuerzahler der Gemeinde. Viele Bücher, ein großes Weingut … Er erinnerte sich auch, wie er, es war nur ein paar Stunden her, Gassonet auf dessen Mountainbike überholt und sich gefragt hatte, wo der wohl hinwollte. Es war auf der Straße zum Château Bas gewesen. Obwohl dort angeblich während der Winterpause niemand wohnte. Blanc betrachtete Fred Locez mit neuen Augen: alter Schäfer, Sorge um die Herde, Angst vor Wölfen, Gespräche in einer längst vergessenen Sprache, ja klar. Aber, dachte er mit widerwilliger Bewunderung, irgendwoher weiß dieser alte Mann auch ganz genau, dass Gassonet, der mit seinen Nostradamus-Schrebereien viel Geld macht, im Internet die Hysterie und Angst vor Wölfen anheizt. Dass Gassonet hofft, von allem zu profitieren, was finster und blutig ist. »Sie haben das Graffito gesprüht, um den Verdacht auf Monsieur Gassonet zu lenken«, stellte er fest.

Fred räusperte sich. »Der hat es verdient«, erklärte er trotzig.

»Warum?«

»Weil er uns jeden Grashalm in Rechnung stellt!«, platzte es aus Locez heraus. »Für jeden Tag, den wir unsere Herde auf der Wiese hinter dem Château Bas weiden lassen, müssen wir Gassonet bezahlen! Die Bauern hier schreiben keine verrückten Bücher und leben nicht auf einem Weingut, doch die lassen uns umsonst auf ihre Weiden. Und wenn wir nach Vieux Vernègues oder anderswo auf das kommunale Land gehen, müssen wir auch nichts zahlen. Nur: Solange die Wölfe herumstreifen, trauen wir uns dort nicht mehr hin. Dann sind wir gezwungen, Wiesen wie die hinterm Château Bas zu nutzen. Doch für das ganze Geld, das wir Gassonet zahlen, bietet er uns nicht einmal Schutz. Im Gegenteil: Gassonet liebt Wölfe! Für den kann es in der Provence gar nicht genug Wölfe geben. Je größer die Angst der Menschen wird, desto mehr Leute kaufen seine Bücher. Ist das nicht pervers? Also habe ich mir gedacht: Dann sieh doch mal zu, wie du aus dieser Geschichte mit Wölfen und Nostradamus wieder herauskommst. Geschieht dir ganz recht!«

»Das war ein bisschen zu offensichtlich«, meinte Marius, obwohl er durchaus verständnisvoll nickte. »Das war ja beinahe so, als hätten Sie Gassonets Unterschrift gefälscht. Wer ist so naiv zu glauben, dass Gassonet Wildschweine köpft und sich anschließend mit einem Pseudo-Nostradamus quasi selbst bezichtigt?«

»Dann bin ich eben naiv«, beharrte Locez.

Bist du nicht, dachte Blanc, schwieg aber. Er wusste, dass der Schäfer mit seinen Tieren viel Geld verloren hatte, trotz der Entschädigung des Staates. Seit seinen Nächten mit Pélestor und Fouquart wusste er auch, wie sich die Angst anfühlte, nachts, wenn irgendwo die Wölfe herumschlichen. Und seit vielen Jahren in der Gendarmerie wusste er, wie es ist, wenn man von zornigen, jungen Leuten wie Sandy Hulot oder reichen, überlegenen Intellektuellen wie Guy Gassonet beschimpft und verachtet wird. Vor ihm saß ein ratloser, gedemütigter Mann am Ende seiner Kraft. »Ganz ehrlich, Fred, haben Sie die Wölfin geschossen?«

Locez blickte ihn einen Moment verwirrt an, bis er begriff, worauf Blanc anspielte, dann schüttelte er müde den Kopf. »Ich habe keine Ahnung, wer das getan haben könnte.«

»Das Tier ist mit einem sehr teuren Gewehr erlegt worden. Aber nicht mit einem sehr präzisen Schuss.«

Locez zuckte mit den Achseln. »Wenn es eine gute Waffe und ein guter Schuss gewesen wäre, würde ich sagen: Das kann nur Pélestor gewesen sein. Wenn es eine schlechte Waffe und ein schlechter Schuss war: Das bringt fast jeder andere Jäger hier fertig. Aber so? Das passt nicht.«

Blanc überlegte, ob er Locez verraten sollte, dass Pélestor und die Wölfin mit derselben Waffe getötet worden waren. Doch er wollte diese Tatsache lieber geheimhalten. »Könnten Sie sich vorstellen, dass jemand einen Grund hatte, auf Monsieur Pélestor zu schießen?«

Der Schäfer blickte ihn erstaunt an. »War das denn kein Unfall?«

Blanc ignorierte die Frage. »Sind Sie Monsieur Fouquart oft begegnet, wenn der nachts seine Erkundungstouren machte?«

»Ein oder zwei Mal, ganz am Anfang, als der Verrückte hier seine Runden drehte. Emir konnte seine Drohne hören, wenn sie niedrig flog, aber er konnte sie nicht sehen. Das hat den Hund wahnsinnig gemacht. Also habe ich Fouquart gebeten, einen Bogen um unsere Herde zu machen. Was er auch getan hat. Wenn Sie mich fragen: Deshalb hat ihn ein Wolf gerissen! Der Wolf hat die Drohne auch gehört, aber nichts gesehen, und da ist er aggressiv geworden.«

Blanc und Marius blickten sich an. Locez' Erklärung zu Fouquarts tragischem Ende war momentan so gut wie jede andere. Blanc gab seinem Kollegen ein Zeichen. Sie ließen den Schäfer in dem Raum zurück und gingen auf den Flur.

»Was meinst du?«, fragte Marius.

»Ich denke, Locez sagt die Wahrheit.«

»Das vermute ich auch. Sollen wir ihn hierbehalten?«

Blanc strich sich nachdenklich über die Haare. Das Verbrechen war hinterhältig, das Opfer traumatisiert, auch wenn Sandy Hulot bislang eine bemerkenswerte Kraft an den Tag gelegt hatte. Dafür hätte Locez eine Nacht hinter Gittern verdient, mindestens. Andererseits war Locez ein bedrängter Mann, der glaubte, verzweifelt um seine Existenz kämpfen zu müssen. Und bei einem Schäfer, der sich um ein paar Hundert Tiere kümmern musste, bestand wohl kaum Fluchtgefahr. »Fred muss nicht in Untersuchungshaft«, beschloss er. »Wir lassen ihn unter den üblichen Auflagen frei. Irgendwann kommt es zum Prozess. Soll ein Richter entscheiden, ob der Alte hinter Gitter muss oder nicht.«

Die Meute

Am nächsten Morgen stand auf Blancs Schreibtisch eine Flasche Champagner, an der ein Post-it klebte: *Bon anniversaire! Ich habe zufällig durch Facebook erfahren, dass gestern Dein Ehrentag war. Du hättest ja mal ein Wort sagen können. Komm in mein Büro und lass Dir die Augen auskratzen. Außerdem habe ich eine Überraschung für Dich, die NICHTS mit Deinem Geburtstag zu tun hat. BEEIL DICH! F.*

»Ab einem gewissen Alter sind Geburtstagsfeiern nur noch peinlich«, entschuldigte sich Blanc, als er in Fabiennes Büro trat.

»Du kommst erst nächstes Jahr in das gewisse Alter.« Fabienne stand auf und umarmte ihn. »Ich weiß: kein Alkohol im Dienst, aber vielleicht finden wir mal eine Gelegenheit, diese Flasche zu köpfen. Wir müssen uns nur beeilen, denn ...« Sie wurde rot.

»Roxane und du – ihr wollt es doch wieder probieren!«, riet Blanc und schloss sie erneut in die Arme. »Diesmal wird es klappen mit der Schwangerschaft!«

»Sagt der Experte.« Fabienne lächelte unsicher. »Roxane und ich hatten gestern ein sehr langes Gespräch. Wir müssen miteinander reden, alles muss auf den Tisch und so. Die Versöhnung danach war herrlich.« Sie räusperte sich. »Du hast den Champagner doch hoffentlich nicht unbeaufsichtigt im Büro stehen lassen? Marius muss jeden Moment aufkreuzen, und wenn der mit einer Flasche allein ist ...«

»Der Schampus steht an einem Ort, an dem Marius garantiert nie nachsehen wird: im Aktenschrank. Ich bin gespannt auf deine zweite Überraschung.«

»Ich habe euren Bericht gelesen, wie ihr den Fall mit den abgeschnittenen Wildschweinköpfen gelöst habt. Ich hätte diesen Locez ja nicht laufen lassen, aber trotzdem: auch dazu herzlichen Glückwunsch. Ich habe auch einen Fall gelöst, ganz allein, wie ein großes Mädchen. Gestern bin ich nicht weitergekommen, es war wie verhext. Dann gab es abends das große Kino mit Roxane und Happy End – und heute Morgen ist irgendwie der Knoten geplatzt. Ich bin seit sechs Uhr hier, plötzlich hat sich jedes Problem gelöst.« Sie holte tief Luft und strahlte. »Ich habe Pélestors Fitbit-Daten gehackt! Ich weiß jetzt, wer ihn umgebracht hat – und ich kann es sogar beweisen!«

Blanc starrte sie an. Ihn schwindelte. »Du hast einen Mörder mit Hilfe dieses komischen Fitness-Armbandes überführt?«, rief er schließlich ungläubig.

»Nimm Platz und staune.« Sie setzte sich vor ihren Computer, wies auf den Stuhl neben sich und drehte den Monitor so, dass er auch darauf blicken konnte. »Die Fitbit misst deinen Pulsschlag. Außerdem steckt ein kleiner GPS-Sensor drin, der pausenlos registriert, wo sich ihr Träger befindet, wohin er geht und wie schnell er dabei ist. Das Armband zeichnet damit auf, wie viele Kilometer du am Tag zurücklegst und wie schnell du joggst. Das kannst du dann mit den Daten der Vortage vergleichen, Durchschnittswerte errechnen, Steigerungen feststellen, solche Sachen.«

»So ähnlich hat mir Pélestor das auch erklärt«, erinnerte sich Blanc.

»Diese Daten werden verschlüsselt an dein Handy geschickt, auf dem eine App sie dir anzeigt – und wenn man Pélestors Handy und Fitbit gehackt hat«, sie deutete lässig auf ein Telefon und das Armband auf ihrem Schreibtisch, die beide in einem Plastikbeutel der Spurensicherung steckten, »dann weiß man auf die Minute genau, wo sich der Besitzer herumgetrieben und wie schnell er sich bewegt hat.«

Sie klickte auf eine Datei, und eine lange Liste erschien auf dem Monitor. »*Voilà*: Uhrzeit, Position, Bewegungsdaten und Herzfrequenz von Gérard Pélestor am Tag seines Todes. Um 4.51 Uhr ist er in Vieux Vernègues, wo sich ja nach und nach die Jäger versammeln. Um 5.47 Uhr bricht er wieder auf.«

»Nach der Einweisung durch Melleton«, vermutete Blanc. »Die Jäger fuhren auf ihre Positionen.«

»Genau. Was du nämlich hier sehen kannst.« Fabienne deutete auf eine Spalte. »Pélestor bewegt sich mit einer Durchschnittsgeschwindigkeit von etwa vierzig Stundenkilometern voran – er fährt mit seinem Auto. Dann bewegt er sich eine kurze Strecke mit nicht einmal fünf Stundenkilometern weiter – er geht zu Fuß vom Parkplatz am Schloss bis zur Tempelruine hinterm Château Bas. Ab 5.58 Uhr verharrt er an seinem Platz.« Sie wies auf eine weitere Spalte. »Die Fitbit gibt seinen durchschnittlichen Ruhepuls der vorangegangenen drei Monate mit achtundvierzig Schlägen an, ein ziemlich gut trainierter Typ. Die achtundvierzig hat er auch jetzt, Pélestor wartet also entspannt in seinem Versteck.«

»Ein Profi«, murmelte Blanc.

»Bis zu einem bestimmten Augenblick.« Fabienne vergrößerte einen Eintrag. »7.03 Uhr. Pélestors Pulsschlag steigt unvermittelt auf mehr als sechzig an. Er bewegt sich aber nicht vom Fleck. Irgendetwas hat ihn alarmiert.«

»*Merde*«, flüsterte Blanc und zog hektisch sein Handy aus der Tasche. Er überprüfte seine SMS. »Das war, als Marius geschossen hat«, fuhr er fort. »Ich wusste noch nicht, dass er es war, aber nachdem ich den Gewehrlärm gehört hatte, habe ich ihm einen Text geschickt, um ihn zu fragen, ob alles in Ordnung ist.« Er fand die SMS. »Ich habe die Nachricht um 7.04 Uhr gesendet.«

»Dieser Schuss also muss Pélestor alarmiert haben«, sagte Fabienne. »Aber was kann er tun? Er hat sein Handy im Auto liegenlassen. Er wartet einige Minuten in seinem Versteck, vielleicht hofft er, dass ihn irgendwer irgendwie darüber informiert, was geschehen ist. Aber es kommt niemand. Sein Puls beruhigt sich kaum, dann steigt er sogar noch etwas weiter.«

Blanc starrte auf eine Zahl. »Pélestor verlässt das Château Bas«, rief er erstaunt.

»Genau. Um 7.24 Uhr hält er es offenbar nicht mehr aus. Herzfrequenz sechzig bis siebzig, Geschwindigkeit beinahe zehn Stundenkilometer. Unser Freund läuft los. Ich habe die GPS-Daten mit Google Maps abgeglichen: Pélestor entfernt sich von Tempel und Schloss und biegt auf die Landstraße ein. Wir haben uns noch am Tattag die Positionen aller Jäger geben lassen. Demnach läuft Pélestor an den beiden nächsten Posten einfach vorbei.«

Blanc dachte an Jean-Claude, den direkt neben Pélestor versteckten Jäger, der nach Pastis gerochen hatte. »Es war noch ziemlich dunkel«, meinte er, »ich habe selbst erlebt, wie schnell und lautlos Pélestor laufen konnte. Ich wette, die Jäger neben ihm haben ihn nicht einmal bemerkt.«

»Einer hat ihn schließlich schon bemerkt.« Fabienne war jetzt sehr ernst geworden und deutete auf den Monitor. »7.29 Uhr. Jetzt stoppt Pélestor. 7.31 Uhr. Seine Herzfrequenz fällt abrupt auf null.«

»Der Mann ist gar nicht beim Château Bas erschossen worden!« Blanc besah sich die GPS-Daten. »Wo hat es Pélestor erwischt?«

»Am Waldrand, da, wo sich Cordillet versteckt hatte«, antwortete Fabienne triumphierend.

Blanc lehnte sich zurück und sah lange aus dem Fenster. Die Morgensonne tauchte die Mairie gegenüber der Gendarmerie-Station in schmeichelhaftes Licht, das alte Gebäude glänzte golden und sah frisch renoviert aus, die Risse und Flecken im gelben Putz waren durch irgendeinen optischen Trick wie weggewischt. An der Fahnenstange bewegte sich die Trikolore gemächlich im leichten Wind. Auf der Spitze der Stange hockte seltsamerweise eine grimmig dreinblickende Möwe, und Blanc fragte sich flüchtig, wie die vom Mittelmeer bis hierher gelangt war. Ein weißer Renault ZOE rollte so lautlos über die Straße, dass der Vogel das Elektroauto erst bemerkte, als es genau unter seinen Füßen dahinglitt und er wütend kreischend aufflatterte. Auf den Bürgersteigen war kein Flaneur zu sehen, die Sonne spiegelte sich in den Scheiben der Häuser und machte die Fenster blind. Für einen ungewohnten Moment lang war es, als würde ausgerechnet im lauten, chaotischen Gadet kein Mensch mehr wohnen. Dann flutete das Leben auf einmal zurück: eine Mutter mit Kinderwagen und einem kleinen Sohn an der Hand, die beiden Rentner, die jeden Morgen ihre Runde drehten, der Lastwagen eines Zimmermanns, dessen Diesel röhrte und auf dessen Ladefläche irgendetwas nicht verzurrt war, sodass bei jeder Bodenwelle ein metallisches Scheppern zwischen den Häusern hallte.

Blanc zwang sich, zurück auf den Monitor zu blicken: 7.31 Uhr, Herzfrequenz null – es war gruselig, aber das war keineswegs der letzte Eintrag der Fitbit. Erstaunlicherweise bewegte sich Pélestor nach seinem Ableben weiter. Zuerst nur ein paar Meter, Geschwindigkeit kaum einen Stundenkilometer. Dann plötzlich war er fast zwanzig Stundenkilometer schnell. Erst um 7.37 Uhr kam er zur Ruhe, diesmal endgültig. Blanc überprüfte die GPS-Daten und verglich sie mit den Einträgen weiter oben in der Liste: Pélestor war wieder beim Château Bas.

Fabienne ließ ihm Zeit, die Daten zu studieren. Als sie merkte, dass er fertig war, rief sie Google Maps auf. »Pélestor ist dort getötet worden«, sie deutete auf das Ende eines kurzen Feldwegs, nur wenige Meter von der Route Départementale entfernt. Dann zog sie zwischen anderen Papieren auf ihrem Schreibtisch das Verhörprotokoll mit der Aufstellung der Jäger heraus. »Cordillet hatte sich hinter einem Baum neben dem Weg postiert. Wenn du mich fragst, dann war es so: Pélestor hört den ersten Schuss und wird nervös, weil er nicht weiß, was vorgeht. Also läuft er irgendwann zu Cordillet, weil der die Jagdgruppe leitet. Die anderen beiden Jäger auf ihren Posten ignoriert er, er joggt auf der Landstraße an ihnen vorbei. Pélestor taucht überraschend bei Cordillet auf. Vielleicht bekommt Cordillet da Panik oder Jagdfieber oder beides, jedenfalls verwechselt er Pélestor mit einem Wolf und knallt ihn einfach ab. Oder aber: Cordillet weiß ganz genau, dass Pélestor vor ihm steht und nutzt diese Gelegenheit zum eiskalten Mord – keine Zeugen weit und breit, niemand weiß, dass Pélestor bei Cordillet ist. So oder so: Nach dem fatalen Schuss steht Cordillet vor einem Mann, den er soeben getötet hat. Er beschließt, Spuren zu verwischen. Also schleppt er die Leiche die wenigen Meter bis zu seinem Geländewagen. Das ist die langsame Bewegung, die von der Fitbit aufgezeichnet worden ist. Dann schleicht er mit niedriger Drehzahl durch das Dämmerlicht, du siehst selbst, wie langsam er ist. Vermutlich fährt er ohne Licht, damit die anderen Jäger nichts bemerken. Beim Château Bas legt er sein Opfer in die Tempelruine und nimmt denselben Weg zurück. Anschließend fährt er ein zweites Mal dieselbe Strecke, doch diesmal mimt er den Besorgten und sammelt die Jäger in den nächstgelegenen Verstecken ein. So hat er zwei Zeugen, als er wieder beim Château Bas ankommt – und in ihrer Aufregung zertrampeln die drei Männer zudem alle Spuren im Schnee, die auf die Tat hingewiesen hätten.«

»Das ist der schiere Wahnsinn«, murmelte Blanc. Ein paar Daten auf einem Computermonitor waren wie das Drehbuch zum Film eines Mordes. Alles schien aufzugehen – bis auf eine Sache. »Jetzt fehlt uns bloß noch die Tatwaffe.«

»Daran habe ich auch schon gedacht«, sagte Fabienne. »Das würde zu einem Typen wie Cordillet passen, dass er für eine

Wolfsjagd ein Scharfschützengewehr benutzt, und scheiß drauf, dass das illegal ist. Damit tötet er Pélestor. Doch ein Jäger wie Cordillet hat garantiert mehrere Gewehre dabei, und er hat ja ein paar Minuten Zeit, um sich vorzubereiten. Also lässt er die Tatwaffe verschwinden, nachdem er sein Opfer in die Tempelruine geschafft hat. Vielleicht versteckt er die Tatwaffe im Wald oder sogar in seinem Auto, das hat nämlich niemand durchsucht. Bei der ersten Vernehmung mit dir präsentiert er einfach ein anderes Gewehr.«

Blanc blickte zur Decke. »Wenn Cordillet klug wäre«, sagte er wie zu sich selbst, »dann hätte er die Tatwaffe danach endgültig verschwinden lassen. Er ist ja nicht lange verhört worden, wir haben uns vor allem um den vermeintlichen Tatort gekümmert und die ganze Jagdgesellschaft überprüft. Cordillet hätte seither mehr als genug Zeit gehabt, das Gewehr unbeobachtet in irgendeinen Fluss oder eine Schlucht zu werfen oder irgendwo zu vergraben.«

»Aber Cordillet ist nicht klug«, antwortete Fabienne. »Der Typ mag Waffen, aber er hat kein Geld. Der würde nicht ein viele Tausend Euro teures Spezialgewehr auf Nimmerwiedersehen irgendwo in der Natur verbuddeln. Von der Fitbit ahnt er nichts. Der denkt, dass es reicht, die Waffe eine Zeit lang zu verstecken, es verdächtigt ihn ja niemand. Fragt sich bloß: Wo könnte er das Gewehr versteckt haben?«

Sie blickten sich an und sagten gleichzeitig: »In seinem abgewrackten Haus.«

Ein paar Minuten mussten sie noch warten, bis Marius im Büro auftauchte. Sie erzählten ihm von Fabiennes Ermittlungen – und verschwiegen Blancs Geburtstag und die Champagnerflasche. Dann machten sie sich zu Nkoulou auf. Ihr Commandant ließ sich nach drei Sätzen überzeugen – es gab so wenig zu tun, er war dankbar, dass irgendjemand mit einem Fall bei ihm aufgekreuzt war. »Nehmen Sie sich so viele Beamte, wie Sie brauchen!«

Schließlich musste Blanc nur noch eine Formalität erledigen, die er gern vermieden hätte: Er musste Aveline anrufen. Sie war die Untersuchungsrichterin, nur sie konnte den Durchsuchungsbeschluss absegnen. Während Marius und Fabienne die zwanzig Gendarmen, die sie zusammengetrommelt hatten, in einem Konferenzraum auf den Einsatz vorbereiteten, zog sich Blanc in sein Büro zurück. Er erreichte Aveline im Justizpalast von Aix-en-Provence.

Aveline war kühl und höflich. Sie hörte sich Blancs Bericht an und stimmte der Durchsuchung zu. Es war ein durch und durch professionelles Gespräch, und es war in weniger als fünf Minuten vorüber. Blanc hoffte, in ihren Worten irgendeine intime Andeutung herauszuhören, zumindest einen Satz, der ihre Nähe verriet. Nichts. Das kann doch nicht alles sein, dachte er, während er zunehmend verzweifelt versuchte, das Gespräch unter irgendwelchen Vorwänden noch zu verlängern. Er wäre sich indiskret und lächerlich vorgekommen, wenn er sie unvermittelt nach dem Mann gefragt hätte, der neulich an ihrer Tür geklingelt hatte. Oder sollte er ihre Beziehung beenden? Jetzt, sofort, aus, vorbei? Am Telefon, bei einem Dienstgespräch von Büro zu Büro? Ginge es noch erbärmlicher?

Verwirrt und niedergeschlagen legte er irgendwann auf. Aveline hatte bis zuletzt gelassen und distanziert mit ihm gesprochen, man konnte denken, sie hätte nie in seinen Armen gelegen.

Es klopfte an der Tür. Blanc fuhr herum. Fabienne steckte den Kopf hinein. »Wir können los.« Dann bemerkte sie seinen Gesichtsausdruck. »Alles klar bei dir?«

»Ich habe mir nur das Okay für die Durchsuchung geholt.«

»Bei deiner Untersuchungsrichterin?« Fabienne begann zu verstehen. »Wir verteilen uns draußen schon mal auf die Streifenwagen. Du kannst ja gleich nachkommen, falls du hier noch etwas … zu erledigen hast.«

Blanc straffte seinen Körper und rang sich ein Lächeln ab. »Ihr müsst nicht auf mich warten. Hier gibt es nichts mehr zu erledigen.«

Es war schließlich schon beinahe zehn Uhr morgens, als die Wagen der Gendarmerie im Hof von Cordillets Haus parkten. Die Meute im Zwinger bellte diesmal sofort wie wahnsinnig. Die Tiere hatten die Lefzen hochgezogen, Speichelfäden hingen aus den aufgerissenen Mäulern. Immer wieder warf sich ein Hund mit Anlauf gegen das Gitter, das unter dem Anprall zitterte. Blanc blickte misstrauisch auf das Gehege. Die Tiere sprangen fast zwei Meter hoch, sie würden einem Menschen direkt an die Kehle gehen können. Das Gitter war mit altem Eisendraht am Mauerwerk des verfallenen Hauses befestigt, etliche Drähte waren verrostet, einer hatte sich bereits unter dem Anprall der Hunde um mehrere Zentimeter verlängert, sodass das Gitter dort vor- und zurückwippte. Blanc winkte einen jungen Gendarmen mit einer Maschinenpistole heran. »Wenn die Hunde ausbrechen, dann schießen Sie!«

Trotz der späten Morgenstunde und des Höllenlärms der Meute dauerte es fast eine Minute, bevor Cordillet auf ihr Klopfen hin die Haustür öffnete. Er trug einen ausgebleichten grünen Jogginganzug und roch nach ungewaschenem älteren Mann. Er brauchte ein paar Augenblicke, bis er zu begreifen schien, wer vor ihm stand. Als er Blanc und die Uniformierten schließlich erkannt hatte, wurde er dunkelrot, es war nicht klar, ob aus Angst oder vor Zorn. Er holte tief Luft.

Blanc ließ ihn jedoch gar nicht erst zu Wort kommen, sondern präsentierte ihm den Durchsuchungsbefehl. In knappen Worten erklärte er Cordillet, dass gegen ihn »im Mordfall Pélestor« ermittelt werde.

»Mord?!«, ereiferte sich Cordillet. »Sie haben den Toten selbst gesehen. Das war ein Unfall! Und ich war nicht mal in seiner Nähe! Sie haben mein Gewehr beschlagnahmt. Was wollen Sie eigentlich?«

»Beweise sicherstellen«, erwiderte Blanc.

»Sie mich auch!«, brüllte Cordillet und drehte sich wütend um. »Ich rufe den Bürgermeister an!«, rief er, während er den Flur hinunterging. Der Gang war eng und dunkel, an den Wänden klebte eine Tapete mit einem Blumenmuster, das vor vierzig Jahren modern gewesen war. Am Ende stand eine wackelige Kommode, auf der noch ein altmodisches Tastentelefon thronte. »Pierre-Henri?!«, bellte er kurz darauf in den Hörer. Blanc war sicher, dass Cordillet so laut war, damit alle Gendarmen, die nun ins Haus strömten, verstanden, dass gleich der Bürgermeister mit einem Strafgericht über sie hereinbrechen würde. Doch nur ein paar Augenblicke später war Cordillets Gesichtsfarbe um viele Nuancen blasser und seine Stimme um etliche Dezibel leiser geworden. Langsam, beinahe behutsam legte er den Hörer schließlich wieder auf die Gabel.

Sieh an, dachte Blanc. Für Melleton war diese Hausdurchsuchung offenbar kein skandalöser Übergriff, den er durch seinen persönlichen Eingriff stoppen musste; vielleicht traute er seinem alten Weggefährten einen Mord sogar zu. Melleton, der erfahrene Politiker, sprang vom sinkenden Schiff und ließ Cordillet allein an Bord zurück.

»Wir verteilen uns auf die Zimmer und über das Grundstück«, erklärte Blanc Cordillet. »Sie bleiben in meiner Nähe.«

Der Jäger nickte wie betäubt. Blanc ging mit ihm in die Küche. In der Spüle stapelte sich schmutziges Geschirr, auf den Kochflächen des Herds waren Essensreste schwarz eingebrannt. Cordillet suchte sich das am wenigsten schmutzige Glas aus der Spüle und öffnete den Kühlschrank. In der Tür stand eine Reihe von alten Mineralwasserflaschen aus Plastik, in die Rosé abgefüllt worden war. Cordillet nahm sich eine Flasche, machte das Glas randvoll, stürzte es hinunter und wiederholte das Spektakel gleich noch einmal.

»Die Durchsuchung kann Stunden dauern«, warnte ihn Blanc. »Sie sollten die ganze Zeit über«, er zögerte kurz, »ansprechbar bleiben«, vollendete er.

»Machen Sie sich um mich mal keine Sorgen«, brummte Cordillet. »Ich bleibe einfach hier in der Küche sitzen und warte, bis Sie abgezogen sind. Und dann rede ich mit meinen Freunden und mache Ihnen die Hölle heiß. Ich habe mächtige Freunde.«

Blanc verzichtete auf eine Antwort. Er beorderte einen Beamten als Aufpasser zu Cordillet und holte Fabienne. Wenn sie schon in der Küche waren, dann konnten sie die auch auf der Stelle durchsuchen.

Nach einer Viertelstunde flüsterte sie ihm zu: »Wenn das so weitergeht, muss ich gleich kotzen. Dieser Typ hat seine Lebensmittel zuletzt im zwanzigsten Jahrhundert eingekauft!«

»Du kannst sein Schlafzimmer durchsuchen, wenn du willst.«

»Das würde ich nicht mal im Schutzanzug betreten.«

Das Haus, das von außen wuchtig und groß wirkte, bot innen überraschend wenig Platz: Küche, Flur, Schlafzimmer, dazu ein Wohnzimmer, in dem ein bitterer Gestank von angebranntem, nassem Holz aus dem alten Kamin wehte, ein kleines Bad, ein Zimmer, das vielleicht ein Gästezimmer hätte sein können, wenn ein Mann wie Cordillet denn je Gäste hätte, was Blanc bezweifelte. Die anderen Räume und ein hallenartiger Dachboden waren Rumpelkammern.

»Wir brauchen Tage, um diese Scheiße zu durchsuchen«, sagte Marius, der irgendwann zu Blanc und Fabienne gestoßen war. Sie gingen auf den Hof hinaus, um frische Luft zu schnappen, und sahen Kriminaltechnikern zu, die Cordillets alten Nissan auf die Pritsche eines Abschleppwagens zogen. Wenn sie im Innenraum des Geländewagens DNA-Spuren von Pélestor sicher-

stellen würden, was hätte das schon zu bedeuten? Das Mordopfer und Cordillet waren gewissermaßen Kollegen, Pélestor
hätte irgendwann einmal in diesem Auto sitzen können. Nur
wenn sie eine Blutspur sicherstellen könnten, dann sähe die Sache anders aus. Aber sie würden im Labor Tage für die Analysen
benötigen. Tage … Blanc betrachtete das verwahrloste Anwesen. Es war inzwischen nach dreizehn Uhr, und er war längst
nicht mehr so optimistisch wie am Morgen. Hier könnten sie
ewig nach einem versteckten Gewehr suchen. Und je länger er
darüber nachdachte, desto unsicherer wurde er über die Beweis-
kraft der Fitbit-Daten. Ein paar Zahlen in einer Tabelle, die Fabienne aus einer gehackten App gezogen hatte – konnte man
damit allein einen Mann lebenslänglich hinter Gitter bringen?
Sie brauchten dieses Gewehr, *merde*!

Er holte sein Nokia aus der Tasche, um Verstärkung anzu-
fordern. Je mehr Leute diese verdammte Ruine durchsuchten,
desto besser. Doch bevor er die Nummer der Station wählen
konnte, bog ein dunkler Citroën C5 auf den Hof. Aveline saß
auf dem Beifahrersitz. Und hinter dem Steuer hockte ein Mann,
den Blanc schon einmal gesehen hatte.

»Warum kreuzt die Untersuchungsrichterin mit einem Typen
vom Geheimdienst hier auf?«, flüsterte Fabienne ihm beunruhigt
ins Ohr.

Weil er ihr neuer Liebhaber ist, dachte Blanc bitter. Laut sagte er: »Was haltet ihr beiden davon, wenn ihr die Suchteams
auf dem Dachboden verstärkt?«

Marius und Fabienne, die es aus unterschiedlichen Gründen
vorzogen, einen großen Bogen um Madame Aveline Vialaron-
Allègre zu machen, ließen sich nicht zweimal bitten. Als die Untersuchungsrichterin ausgestiegen war, wartete Blanc bereits allein im Hof.

Aveline kam auf ihn zu und schüttelte ihm förmlich die Hand.
Ihr Begleiter, der Cedric hieß oder vielleicht auch nicht, stand

neben dem Wagen und zündete sich eine Zigarette an. Er wirkte extrem lässig, doch Blanc bemerkte, wie er mit raschen Blicken seine Umgebung taxierte. Außerdem war sein ansonsten perfekt sitzendes dunkelblaues Jackett an einer Stelle unter der linken Achsel ein bisschen ausgebeult – es war nicht schwer zu erraten, dass sich darunter ein Schulterhalfter verbarg.

Er hielt Avelines Hand einen Moment länger als nötig in seiner, dann räusperte er sich und erstattete ihr Bericht. Inzwischen liefen überall Beamte auf dem Anwesen herum. Jemand hatte sogar einen Suchhund mitgebracht, was die lärmende Meute im Zwinger zu einem neuen infernalischen Wutanfall provozierte. Das Bellen machte es schwierig, das eigene Wort zu verstehen. Außerdem sandten die Hunde eine geradezu körperlich spürbare Welle von Aggressivität aus. Man musste sich beherrschen, um nicht zornig zurückzubrüllen.

»Ich glaube, dass Sie den richtigen Mann im Visier haben, *mon Capitaine*«, erwiderte Aveline, nachdem sie ihn angehört hatte. Sie hatte sich eine Gauloises angesteckt und atmete deren Rauch aus. »Ich bin mir aber nicht so sicher, ob Sie am richtigen Ort suchen. Dieses Gewehr könnte sonst irgendwo versteckt sein. Wer kennt sich im Wald besser aus als ein Jäger?«

»Was machen wir, wenn wir die Waffe nicht finden?«

»Sie können Cordillet für eine Nacht in Untersuchungshaft nehmen. Vielleicht bricht er nach ein paar Stunden Verhör zusammen und gesteht. Aber wenn er alles leugnet, dann werden wir ihn laufen lassen müssen, fürchte ich. Die meisten Richter Frankreichs haben eine Fitbit noch nie mit eigenen Augen gesehen. Damit allein werden wir sie nicht überzeugen. Machen Sie hier weiter, notfalls die ganze Nacht.« Sie wollte sich schon wieder abwenden.

»Aveline!« Blanc hatte sie noch nie mit ihrem Vornamen angesprochen. Er senkte seine Stimme rasch wieder. »Entschuldige … Aber wie soll das mit uns weitergehen?«

»*Mon Capitaine,* das ist wohl kaum der richtige Ort und die richtige Zeit, um ...«

»Es wird niemals den richtigen Ort und die richtige Zeit geben!«

Sie bedachte ihn mit einem langen, kühlen Blick. »Lassen Sie uns bis zum Tor gehen.«

Am rostschlierigen Tor zu Cordillets Anwesen standen nur zwei Beamte auf Posten, niemand lief dort hektisch herum. Das Gebell drang etwas schwächer bis hierher. Cedric hatte sich vom Auto gelöst und war bis in die Mitte des Hofes geschlendert, sodass er sie weiterhin im Auge behalten konnte.

Aveline sprach mit leiser Stimme und ungewohnt drängend. »Wir sind beide erwachsene Menschen. Ich habe Ihnen von Anfang an gesagt, dass ich nur bis zu einer gewissen Grenze gehen kann, aber nicht weiter. Wir haben wundervolle Stunden miteinander verbracht, aber wir werden nicht unsere Leben miteinander verbringen. Es wird keine heimlichen Rendezvous mehr geben.«

»Warum? Wir ...«

»Es gibt kein ›wir‹ mehr, *mon Capitaine.* Nur ein Sie und ein ich.« Sie warf dem Mann auf dem Hof einen raschen Blick zu. »Mein Gatte ahnt etwas.«

Blanc schüttelte den Kopf. »Ihr Gatte ahnt gar nichts«, zischte er wütend. »Nicht von einem Liebhaber. Oder von zwei.«

Avelines Züge verrieten eine Sekunde lang Schmerz. Sie wich zurück, als hätte er sie bedroht. Der Mann im Hof wurde aufmerksam. »Sie werden hier keine Szene veranstalten«, flüsterte sie, und Blanc konnte nicht heraushören, ob das ein Befehl oder ein Flehen gewesen war. »Unsere Affäre ist beendet«, fuhr sie beschwörend fort, »bevor das alles mit uns ... bevor das alles außer Kontrolle gerät. Kommen Sie nicht mehr zu meinem Haus. Wir treffen uns nur noch dienstlich, im Justizpalast oder an Orten wie diesem. Es tut mir leid.«

Sie drehte sich um und ging mit energischen Schritten zum Citroën zurück. Sie nickte Cedric zu, und für eine Sekunde wirkten sie wie zwei Verschwörer, die einen Geheimauftrag erledigt hatten. Du hast gelogen, dachte Blanc fassungslos. Es tut dir nicht einmal leid.

Ein paar Sekunden darauf war die schwarze Limousine verschwunden wie ein Spuk.

»Wenn ich auf Männer stehen würde, dann würde ich den Typen nicht von meiner Bettkante stoßen.«

Blanc hatte so lange am Tor gestanden und wie betäubt ins Nichts gestarrt, dass er gar nicht bemerkt hatte, wie Fabienne wieder neben ihn getreten war. »Ja«, gab er widerstrebend zu, »der sieht aus wie ein schwedisches Fotomodel.«

»Monsieur Ikea ist James Bond. Hast du rausgekriegt, was der Geheimdienst hier zu suchen hat?«

»Nein.« Das war nicht wirklich gelogen. Vielleicht war Monsieur Ikea Avelines neuer Liebhaber. Oder vielleicht hatte ihr Mann, Staatssekretär Jean-Charles Vialaron-Allègre, einen Agenten abgestellt, der die eheliche Treue seiner Gattin überwachte? So oder so: Er fühlte sich besiegt. Die Trennung von seiner Geliebten. Das heruntergekommene Haus. Eine tobende Hundemeute. Nach Blut stinkende Schafkadaver. Wölfe. Abgeschnittene Wildschweinköpfe. Eine Kugel in einer Brust. Eine aufgerissene Kehle. Was mache ich hier?, dachte er. Vielleicht hatte der wahnsinnige Prophet Nostradamus auf irgendeine seltsam verdrehte Weise doch recht: Wölfe standen für das Ende der Welt – zumindest der Welt, in der Capitaine Roger Blanc bislang gelebt hatte.

Fabienne berührte ihn behutsam am Ellenbogen. »Willst du dich kurz in einen Wagen setzen? Eine kleine Pause einlegen? Du warst ein paar Nächte lang auf den Beinen. Und jetzt das alles.« Sie machte eine vage Geste, die das ganze Anwesen umfasste. Dann versuchte sie sich an einem schelmischen Lächeln, das ihr beinahe überzeugend gelang. »Außerdem hat man ab einem gewissen Alter das Recht, mal kürzerzutreten.«

Blanc starrte sie einen Augenblick lang empört an, dann musste er aber auch, ganz gegen seinen Willen, lächeln. »Ich bin so fit wie ein schwedisches Fotomodel!«

»So siehst du auch aus.«

Sie gingen in den Hof zurück. Gebell umbrandete sie, Blanc bildete sich ein, er könnte den Lärm der Meute auf seiner Haut spüren. Wurden Hunde eigentlich nie heiser? Hunde … *Merde, merde, merde!*

»Brigadier!«, rief er dem nächststehenden Uniformierten zu. »Ich brauche sofort vier weitere Männer mit Maschinenpistolen! Und schaffen Sie Monsieur Cordillet herbei!«

»Was hast du vor?«, fragte Fabienne.

»Wir durchsuchen einen Raum, gegen den Cordillets Küche ein Hygieneinstitut ist.«

»*Mon Dieu*«, flüsterte Fabienne, als sie begriff, was Blanc vorhatte.

Marius führte Cordillet aus dem Haus. Halb war es ein Polizeigriff, um einen Widerspenstigen mit sich zu zerren, halb schon eine freundliche Hand, die einen Schwankenden im Gleichgewicht hielt. Cordillets Augen waren inzwischen rot umrändert. »Was soll das?«, fragte er mit schleppender Stimme.

»Bringen Sie Ihre Hunde aus dem Zwinger«, befahl Blanc.

»Das ist doch Unsinn! Wie …«

»Wenn Sie nicht sofort gehorchen, knallen meine Leute Ihre blöden Tölen ab.« Er deutete auf die Gendarmen mit den Maschinenpistolen. Der Lärm ging allen Beamten inzwischen so sehr auf die Nerven, dass man ihnen ansah, dass sie nur zu gerne den Abzug durchziehen würden.

Cordillet schluckte und straffte sich. Marius ließ ihn los. Der Jäger holte aus einem Metallschrank, der an einer Wand der Ruine stand, einen Haufen Ketten und einige Stricke. Sobald er dem Zwinger auf zwei Schritte nahe gekommen war, erstarb das Bellen. Als er auf einen Schritt heran war, legten die Hunde die Ohren an. Als er sich am Schloss der Zwingertür zu schaffen machte, wich die Meute in den hinteren Teil zurück, wo eine Art große, schmutzige Hundehütte stand. Cordillet ging zu den Tieren. Widerstandslos ließ sich jeder Hund ein Würgehalsband aus schweren Kettengliedern umlegen. Anschließend knotete der Jäger jedem Hund einen Strick ans Halsband. Schließlich führte er die Meute nach und nach hinaus und band die Tiere an einem Stahlträger fest, der aus einer halb hochgemauerten Wand ragte. Die Hunde wirkten einen Augenblick verwirrt und, wie Blanc fand, dann erleichtert. Vermutlich hatten sie Schlimmeres erwartet. Sie legten sich auf den staubigen Betonboden und musterten aufmerksam das, was nun geschehen würde.

»Dann wollen wir mal«, sagte Blanc.

»Als ich mich bei der Gendarmerie beworben habe, hat mir niemand erzählt, dass ich wie eine Zoowärterin arbeiten muss«, murmelte Fabienne. Sie und Marius folgten ihm in den Zwinger. Die Männer mit den Maschinenpistolen behielten die Hunde im Auge, niemand traute den Stricken von Cordillet. Der Jäger selbst schien rückwärts schleichend verschwinden zu wollen, doch einer der Gendarmen bemerkte ihn und hob seine Maschinenpistole. Cordillet erstarrte.

Blanc band sich ein Tuch vor den Mund. Die Bauruine war windgeschützt, Sonnenlicht stand in gelben Schleiern zwischen den Mauern, es war wohl zwanzig Grad warm. Ein scharfer Gestank nach Urin und fauligem Fleisch schlug ihm entgegen, als er den Zwinger vorsichtig betrat. Er zog seine Pistole, weil er nicht das Risiko eingehen wollte, womöglich von einem Hund überrascht zu werden, der sich in der Hütte am Ende des Geheges versteckt und den der versoffene Jäger vergessen hatte. Auf dem Boden lagen Exkremente und ein paar schimmelig-schwarze Halme, vermutlich die letzten Überbleibsel von Stroh, das Cordillet vor hundert Jahren einmal ausgestreut hatte. Er gelangte bis zur Hütte: ein Verschlag aus zusammengenagelten Pressspanplatten mit einem schief herausgesägten Viereck vorne als einziger Öffnung. Langsam ging Blanc in die Knie. In der Rechten hielt er weiterhin die SIG Sauer, seine Linke umfasste nun seine Maglite. Er leuchtete mit der Taschenlampe hinein. Kein versteckter Hund. Schmutz. Kot. Ein zu undefinierbarer Form zerkautes Stück Speck oder Fleisch, um das Fliegen schwirrten. Und an der Rückwand ein fast zwei Meter langer, einen Meter breiter, doch nur wenige Zentimeter hoher, schwarzer Plastikkoffer, der sauberer war als alles andere in diesem Zwinger, als alles andere in diesem ganzen, verdammten Haus. Blanc steckte Waffe und Taschenlampe weg, zog Handschuhe über, ging schließlich tief gebeugt in den Verschlag, packte den Koffer – und dann beeilte er sich, an die frische Luft zu kommen. Im Hof schlug er den Deckel auf und starrte auf ein modernes Gewehr mit übergroßem Zielfernrohr.

»Holen Sie den Mann her«, befahl Marius einem der Gendarmen.

»Monsieur Cordillet, Sie sind verhaftet«, sagte Blanc, als der Jäger neben ihnen stand. Cordillets Mundwinkel zuckten. Einen Moment lang fürchtete Blanc, er könnte gleich anfangen zu weinen. Doch Cordillet behielt sich Griff. »Sie können mir gar nichts nachweisen«, behauptete er trotzig.

»Ist das Ihre Waffe?«, fragte Fabienne.

»Sehen Sie, Sie können mir gar nichts nachweisen.«

Marius lächelte wie ein gutmütiger Onkel. »Unsere Kollegen bei der Spurensicherung sind wirklich gut«, begann er jovial. »Sie glauben gar nicht, aus welchen winzigen Spuren die DNA rekonstruieren können. Und festzustellen, ob eine bestimmte Kugel aus einem bestimmten Gewehr abgefeuert wurde, das ist für die so leicht, das machen die Praktikanten.«

»Wenn die Kriminaltechniker an der Waffe das feststellen,

was wir vermuten, dann werden Sie vor Gericht gestellt, Monsieur Cordillet«, ergänzte Blanc. »Es ist Ihr Gewehr. Die tödliche Kugel, die Monsieur Pélestor traf, wurde daraus abgefeuert. Und auch die Kugel, die einer Wölfin zum Verhängnis wurde. Mindestens erwarten Sie Anklagen wegen Totschlags und Wilderei. Vielleicht sogar Mord.«

»Ich will meinen Anwalt sprechen«, murmelte Cordillet.

»Selbstverständlich«, erklärte Blanc.

Ein paar Sekunden lang sagte niemand etwas. Alle starrten auf das Gewehr. Es war, als wartete jeder darauf, dass ein anderer nun etwas tat. Schließlich atmete Cordillet tief durch und flüsterte: »Es war ein Unfall.«

»Reden Sie lauter!« Fabienne hatte rasch ihr iPhone gezückt und nahm auf.

»Ich habe mich«, Cordillet räusperte sich und sprach verständlicher weiter, »ich habe mich auf den Wolf gefreut. Ich meine, auf die Jagd. Ich war so aufgeregt. Ein Wolf, das ist für einen Jäger das Höchste. Na, vielleicht ist ein Bär noch besser.« Er lachte auf, bemerkte die Blicke der Gendarmen und räusperte sich wieder. »Jedenfalls wartete ich an dem Morgen in meinem Versteck und habe gehofft, dass der Wolf mir vor die Flinte laufen würde. Alle meine Sinne waren klar. Ich hatte nichts getrunken!«

Blanc bemerkte, dass Cordillet auch jetzt plötzlich nicht mehr angetrunken wirkte. Vielleicht war der Kerl auf eine gewisse Weise erleichtert, alles zu gestehen, sodass sein Geist wieder aufklarte.

»Und dann taucht auf einmal ein großer Schatten vor mir auf. Es war die Dämmerung, ich habe kaum etwas erkannt, nur eine Bewegung. Ich habe einen wahnsinnigen Schreck bekommen, weil ich dachte, das ist ein Wolf! Und ich dachte, das Biest fällt mich gleich an, so nah war es. Da habe ich dann nicht mehr nachgedacht. Einfach die Waffe gehoben und abgedrückt. Erst danach habe ich erkannt, dass …« Er atmete tief durch. »Da war es schon zu spät. Mitten ins Herz. Das habe ich sofort gesehen.«

»Warum haben Sie nicht trotzdem Hilfe gerufen?«, fragte Blanc. »Sondern stattdessen die Leiche zurückgefahren und das alles inszeniert?«

»Was hätte das denn noch genützt, wenn ich den Krankenwagen geholt hätte?« Cordillet musterte ihn nun trotzig. »Ich wollte keine Scherereien. Und Pélestor hätte man eh nicht mehr helfen können. Der Typ war selber schuld! Warum schleicht der auch mitten in einer Treibjagd durch das Gelände? Der war doch ein Profi, der hätte es besser wissen müssen!«

Bei diesen Worten überkam Blanc eine Art Erleuchtung: Pélestor *war* ein Profi gewesen – und er hatte auch um die Gefahr *gewusst*! Deshalb hatte er sich auch gar nicht angeschlichen, wie Cordillet behauptete – *sondern war ganz offen auf Cordillet zugegangen*. Ein Profi wie Pélestor wusste, wie gefährlich es sein könnte, wenn er sich einem versteckten Schützen überraschend näherte. Also hatte er garantiert seine Ankunft mit Rufen angekündigt, oder womöglich hatte er sich gar mit seiner Taschenlampe selbst angeleuchtet, damit ihn Cordillet auf keinen Fall mit einem Wolf verwechseln konnte. Doch unwissentlich hatte er sich damit selbst zum perfekten Ziel gemacht – er hatte seine Ankunft verraten und sich erleuchtet wie eine Zielscheibe. Und Cordillet hatte diese einmalige Gelegenheit genutzt, um einen Rivalen eiskalt auszuschalten …

Die Gedanken schienen sich in seinem Gesicht zu spiegeln, denn Cordillet starrte ihn plötzlich so an, als hätte Blanc laut gesprochen. Der Jäger war blass geworden und hob abwehrend die Hände. »Es war kein Mord, es war ein Unfall«, flüsterte er beschwörend. »Ein verdammter, tragischer Unfall.«

»Sprechen Sie lauter«, forderte Fabienne.

Und wahrscheinlich kommst du damit auch noch davon,

dachte Blanc grimmig. Er dachte daran, was Marius ihm über die Jäger erzählt hatte: gut organisiert. Immer zuerst Spuren verwischen. Bewährungsstrafen selbst dann, wenn du am helllichten Tag einen Spaziergänger niederschießt. Ob man diesem versoffenen Typen den Mord an Pélestor je vor Gericht würde nachweisen können? Oder würde Cordillet – vielleicht nach einem Monat Untersuchungshaft oder nach zwei oder drei Monaten, auf jeden Fall nach lächerlich kurzer Zeit –, würde er dann mit einer Bewährungsstrafe auf diesen Hof zurückkehren? Zu dieser Meute? Und wieder durch die Wälder streifen, bloß mit einem anderen Gewehr? Würde Cordillet wieder schießen?

»Wir bringen Sie jetzt auf die Station«, sagte Blanc. Eines war sicher: Er würde diesen Kerl so lange hinter Gitter bringen, wie es ihm nur möglich war.

Das schwarze Gewitter

Freitag, 17. Januar, der Tag der Sintflut. Morgens war die Sonne sicherlich schon irgendwo aufgegangen, doch nicht über der Provence. Der Himmel lag schwarz und schwer über der Erde. Über den Hügeln hinter dem Haus glühten Blitze gelb und weiß, es war nicht eine Sekunde dunkel. Donner rollte aus der Ferne heran, lauter, leiser, wie Wellen, die gegen Felsen schlugen. Die Luft war elektrisch. Dann kam aus dem Nichts eine Böe, die durch die Platanen rauschte und die Fensterläden gegen die Steinmauern schlug. Ein zweiter, dritter, vierter Windstoß fuhr durch die Wipfel, irgendwo draußen krachte es, dann stürzte ein Platanenast auf den Kies, so dick wie ein Bein und mindestens vier Meter lang. Kein Regentropfen.

Blanc, der nicht einmal gewusst hatte, dass es in der Provence auch im Winter gewittern konnte, starrte nach draußen. Zur Sicherheit hatte er Jacques hereingeholt. Das Licht der Küchenlampe flackerte. Er hob das Telefon ab: tot. Er blickte auf das Nokia: auch kein Handyempfang mehr. Auf einmal schlug Wasser gegen das Fenster, als hätte jemand von draußen einen nassen Lappen gegen das Glas geschleudert. Einen Augenblick später trommelten Tropfen gegen Fenster, Wände, Dach, die alte Ölmühle dröhnte wie das Innere einer Waschmaschine. Kein altes Haus im Midi hatte eine Regenrinne, die Nässe kam als Wasserfall von den Dachschindeln herab und klatschte auf den Boden, wo sich blitzschnell Rinnsale bildeten, dann Bäche, schließlich sah es draußen aus wie im Sumpf. Die Straßenlaternen an der Route Départementale erloschen. Irgendwo schlug mit den Böen etwas gegen eine Außenwand, vielleicht ein herabgerissener Ast, vielleicht eine Schaufel aus dem Schuppen, Blanc hütete sich, hinauszugehen und nachzusehen. Die Blitze waren jetzt genau über ihm, so grell, dass sie ihn blendeten, wenn er nach oben sah. Doch sie tobten sich hoch am Himmel aus, kein Blitz schien je auf dem Boden einzuschlagen. Alle drei oder vier Sekunden erschütterte ein Donnerschlag die Luft, dass die Scheiben zitterten. Der Hund sah besorgt zu seinem Herrn. Blanc redete beruhigend auf ihn ein, doch er war sich nicht sicher, ob ihn das Tier bei diesem Lärm überhaupt hörte.

Er hatte die letzte Nacht kaum geschlafen, weil er pausenlos an Aveline denken musste. Er sagte sich immer wieder, dass es das Beste gewesen war, diese Affäre zu beenden, und vielleicht war es sogar gut gewesen, es auf diese Weise zu tun, kurz und schmerzlos und so distanziert, wie sie seit jeher miteinander umgegangen waren. Aber auch wenn er sich dieses Ende schönredete, er konnte trotzdem kein Auge zutun.

Um sich abzulenken, hatte er sich gezwungen, über den Fall nachzudenken. Über die Fälle. Es musste irgendwann zwischen drei und vier Uhr morgens gewesen sein, in der Ferne grollte schon der erste Donner, als er sich noch einmal die Verhaftung und das Verhör Cordillets vor Augen führte. Der Jäger war stur bei seiner Version geblieben: ein Unfall, und eigentlich war Pélestor selbst schuld gewesen. Zwischendurch hatte Gérard Paulmier auf der Gendarmerie-Station angerufen. Der alte Journalist wollte ein paar Einzelheiten hören, aber nicht zu viele.

»Wollen Sie den Mord morgen nicht auf Seite eins bringen?«, hatte Blanc erstaunt gefragt.

»Als Journalist weiß ich, dass es tausend gute Gründe gibt, eine Geschichte zu schreiben. Und eine Million gute Gründe, sie nicht zu schreiben. Jäger sind auch Abonnenten.«

»Cordillet ist ein Mörder und ein Wilderer.«

»Die erschossene Wölfin, ich habe davon gehört. Das macht ihn für die meisten Leser zum Helden. Sie haben recht, *mon*

Capitaine, vielleicht ist das doch was für die Seite eins: ›Wolfsjäger in tragischen Unfall verwickelt‹.«

Blanc hatte aufgelegt und aus dem Fenster gesehen. Er hatte Fred Locez die abgeschnittenen Wildschweinköpfe am Haus der Försterin nachgewiesen und Cordillet für den tödlichen Schuss auf Pélestor verhaftet. Aber bei dem schrecklichen Ende von Fouquart war er nicht weitergekommen. Vielleicht war es wirklich bloß ein verdammter Wolf gewesen, scheiß auf die verschwundene Olympus.

Blanc hatte sich Fouquarts Fotos von ihrer nächtlichen Tour auf sein Handy überspielen lassen. Weil er nicht mehr einschlafen konnte, starrte er lange auf das alte Nokia. Die Wolfsaugen. Blanc selbst, der die Fernsteuerung in Händen hielt. Der Lichtpunkt in der Nacht, den der Ufologe für ein Raumschiff hielt. Fouquart mit der Thermoskanne Tee. Auf dem kleinen Display waren die Fotos kaum zu erkennen, auch wenn er sie hundertmal durchlaufen ließ. Und schließlich war der Morgen gekommen und das Gewitter, und er war so klug und so müde gewesen wie zuvor.

Irgendwann wurde es draußen ruhiger. Bald konnte Blanc einzelne Tropfen unterscheiden, die von den Dachschindeln stürzten und in die Pfützen schlugen, die dort glänzten, wo einmal seine Zufahrt gewesen war. Glänzten … Zwischen den schwarzen Wolken war irgendwie ein Sonnenstrahl hindurchgekommen, in dessen Licht die herabgewehten Äste, die überall im Schlamm lagen, wie abstrakte Skulpturen wirkten. Blanc wagte sich hinaus. Jacques drängte sich zwischen seinen Beinen vorbei durch die Tür und stürzte sich begeistert in die Fluten. Nach drei Sekunden starrte sein Fell vor Schlamm, als hätte ihn jemand mit nassem Ton eingeschmiert.

»Du hast Hausverbot«, brummte Blanc, »selbst schuld.«

Jacques scheuchte die Dohlen auf, die als schwarze Wolke aus den Platanen aufstoben und wütend krächzten. Sie schienen noch unruhiger zu flattern als sonst. Die Luft war immer noch elektrisch, obwohl Blitz und Donner verweht waren. Die Touloubre, durch die er gestern noch ohne große Schwierigkeiten bis zum anderen Ufer hätte waten können, hatte sich in eine Art trüben, braunen Strom verwandelt – einen Fluss mit starker Strömung allerdings, in dem abgerissene Äste, Bambushalme, Fußbälle und Plastikreste gegen die Wurzelstöcke größerer Bäume am Ufer getrieben wurden und sich dort zu schwimmenden Deichen aufstauten. Eine tote Bisamratte trieb im Müll, ihr Leib so groß wie der eines Dackels, die Zähne orangefarben. Das gegenüberliegende Ufer lag fünf Meter niedriger als das von Blancs alter Ölmühle, so niedrig, dass es offiziell seit jeher verboten war, dort zu bauen. Serge Douchy hatte sich nie darum geschert und seine schäbige Bude ohne Baugenehmigung errichtet, und kein Beamter und kein Bürgermeister hatten es je geschafft, sie wieder abreißen zu lassen. Nun wurde sein Haus umspült wie ein Felsen in der Brandung, das ganze jenseitige Ufer hatte sich auf hundert Meter Breite in ein tückisches Gewässer verwandelt. Die schmutzigen Fluten gurgelten knapp unter den Fensterbänken. Die Eingangstür war von der Gewalt des Flusses eingedrückt worden, das Wasser stand im Haus genauso hoch wie draußen. Blanc konnte seine Nachbarn nicht sehen, aber er konnte sie hören: Serge musste irgendwo im Gebäude sein, unfassbarerweise sang er. Seine raue Stimme übertönte das Rauschen der Fluten, ein Song von Johnny Hallyday; es klang, als stände Serge unter der Dusche. Seine Ziegen hatten sich auf eine Anhöhe gerettet und blickten von dieser winzigen Weide unglücklich auf das Wasser ringsum. Blanc bildete sich ein, dass sie zitterten. Er ging zu seinem Espace und öffnete die Fahrertür. Ein paar Liter Wasser hatten sich irgendwie in der Regenrinne gestaut, und als er die Tür öffnete, ergossen sie sich auf den Fahrersitz. Also machte er kehrt und durchsuchte seinen von den Böen durcheinandergewirbelten Schuppen, bis er eine einigermaßen trockene Rolle schwarzer Müllsäcke fand. Einen davon stülpte er über den Fahrersitz. Der alte Minivan, der sonst nur äußerst ungern ansprang, startete beim ersten Versuch, so als ob der kapriziöse Motor die hundert Prozent Luftfeuchtigkeit zum Laufen brauchte. Als er gerade Gas geben wollte, wehte vom anderen Ufer ein wolfsähnliches Geheul hinüber. Blanc schauderte. Ange Douchy. Wo mochte sie sein? Irgendwo in den regensatten Wäldern? Oder in dem halb überfluteten Haus?

Blanc stieg aus, ließ aber sicherheitshalber den Motor laufen. Er formte seine Hände zu einem Trichter und rief: »Ange? Geht es Ihnen gut? Wo stecken Sie?«

Serges dröhnender Bass antwortete ihm. »Machen Sie sich um die mal keine Sorgen! Der Einzige, der in Gefahr ist, sind Sie, wenn Sie mit Ihrer Klapperkiste jetzt über die Straßen fahren wollen!«

»Wo ist Ihre Frau, Serge?«

»Im Obergeschoss, *merde,* sehen Sie meine Alte denn nicht?!«

Serges Haus hatte kein Obergeschoss, und Blanc wollte schon scharf antworten, als er auf dem Dach aus Eternitplatten eine Gestalt am Schornstein wahrnahm. Einen Moment dachte Blanc absurderweise an einen Sack halb aufgeweichter Kleider, dann erkannte er Ange, die irgendwie und irgendwann auf das Dach geklettert sein musste. Sie hockte neben dem Schornstein und hatte sich und ihre Ziege mit einem Strick an dessen Ziegeln festgebunden. Jetzt saß sie da und heulte. Sie schien nicht bemerkt zu haben, dass Blanc nur ein paar Meter von ihr entfernt stand und nach ihr rief.

»Ihre Frau wird da oben erfrieren!«, rief Blanc dem immer noch irgendwo im Haus verborgenen Nachbarn zu. »Es ist kalt, sie ist nass und …«

»Ange läuft bei minus zehn Grad barfuß durch den Schnee. Die beruhigt sich schon wieder. Kümmern Sie sich um Ihre Angelegenheiten!«

Blanc gab auf. Ihre Angelegenheiten ... Vorsichtig fuhr er los und fragte sich, was er denn jetzt eigentlich noch ermitteln sollte. Dann bremste er abrupt und legte den Rückwärtsgang ein. Als er am Haus angekommen war, öffnete er die Heckklappe. »Komm mit!«, befahl er Jacques. Der Hund trottete gemächlich zum Auto und sprang hinein, als würde er das jeden Tag machen. Er stank nach feuchtem Fell, und an seinen Pfoten klebte Schlamm, aber, *merde,* der Espace sah momentan sowieso so aus wie ein Hochmoor in der Regenzeit. »Wir fahren nach Vieux Vernègues«, erklärte Blanc; vielleicht war Jacques ja sogar so klug, dass er selbst das verstand.

In Vieux Vernègues schien nicht ein Stein aus einer Mauer gefallen zu sein. Möglicherweise, dachte Blanc, waren diese Ruinen doch sehr viel stabiler, als sie aussahen. Die Mauern glänzten vom Regen, Wassertropfen hingen in den Ästen der jungen Eichen und rieselten wie kleine Schauer nieder, wenn er mit seiner Schulter zufällig dagegen kam. In den Kellern stand das Wasser hüfthoch, die Wege waren verschlammt. Keine Wolfsspur im Dreck, überhaupt keine Spur von irgendwem.

Blanc wusste selbst nicht, was er eigentlich in Vieux Vernègues suchte. Ein Indiz? Oder Trost? Er schlich zwischen den zerstörten Gebäuden herum und kam sich dabei wie ein Geist vor. Er spürte, dass er irgendetwas übersehen, dass er irgendetwas noch nicht erledigt hatte. Aber was bloß, verdammt?

Jacques schnüffelte zwischen den Trümmern herum. Der Hund schien sich um Jahre verjüngt zu haben. Er war aufmerksam, vielleicht sogar nervös. Das ist nur so, weil er noch nie zuvor hier war, sagte sich Blanc. Sie gelangten schließlich wieder auf den Parkplatz. Einer Eingebung folgend nahm er den Weg, den er als Treiber zusammen mit Clotilde Locez gegangen war. Er konnte seine Spur selbstverständlich nicht mehr finden, doch so ungefähr hielt er die Route ein, die er mit der Schäferin eingeschlagen hatte. Der Regen hatte den Boden zwischen den Weinstöcken zu tiefen Furchen ausgespült. Der Wald. Überall hingen Tropfen in den Zweigen, die Blätter wirkten, als seien sie mit Lack überzogen. Nebel quoll aus dem Boden. Es wurde wärmer. Über ihm riss die Wolkendecke auf, Sonnenlicht flutete durch die Lücken, Strahlenfächer, als wollte Gott selbst verkünden, dass er soeben ein Wunder getan hatte. Aber die Luft hatte sich nicht verändert – im Gegenteil. Blanc atmete schwer, die Atmosphäre schien immer noch elektrisch geladen zu sein. Er blieb stehen und lauschte. Kein Rauschen vom Wind. Kein Vogelzwitschern. Kein Insektensummen. Misstrauisch sah er in den Himmel. Sollte denn das Gewitter doch wiederkehren? Aber die Lücken zwischen den Wolken rissen immer weiter auf, es wurde von Minute zu Minute heller und wärmer. Nur diese seltsame Elektrizität blieb in der Luft, fast glaubte er, er könnte sie schmecken. Auch Jacques war ruhig geworden. Der Hund blieb jetzt nahe bei ihm und witterte aufmerksam. Verdammt, es sah sogar so aus, als hätte das mächtige Tier den Schwanz eingezogen.

Vorsichtig schlich er durch den Wald. Nach dem Gewitter wirkte er wie frisch gewaschen. So friedlich und harmlos. Es war unmöglich zu glauben, dass hier je ein Wolfsrudel herumgestrichen war. Er nahm eine dunkle, wuchtige Form wahr. Der Borie, das uralte Bauwerk aus geschichteten Steinen, in dem Clotilde Locez sich mit »guter Strahlung« gestärkt hatte. Gute Strahlung, *eh merde*, dachte Blanc und beugte sich tief hinunter, um durch den niedrigen Eingang zu gehen. Halbdunkel. Die Bierflasche lag noch an exakt derselben Stelle auf dem Boden wie bei seinem ersten Besuch – auf einem Boden, der noch genauso trocken war wie Tage zuvor. Kein einziger Tropfen war durch die Steinplatten des kuppelförmigen Dachs gedrungen, und irgendwie war der offene Eingang so angelegt worden, dass kein Rinnsal von draußen hatte hineinlaufen können. Jacques schnupperte ein wenig herum, doch dann verzog er sich wieder nach draußen. Es roch muffig und ein wenig nach bitterem Rauch von der längst erloschenen Lagerfeuerstelle. Blanc sah sich um. Er hätte ja gerne irgendetwas gespürt, aber hier war nichts. Noch ein letzter, flüchtiger Blick, er drehte sich schon wieder zur Öffnung, durch die Licht bis ins Innere fiel. Licht, das den Boden erleuchtete. Spuren im Sand. Fußabdrücke. Die grobstolligen Reifen eines Mountainbikes …

»Ich bin so ein Idiot!«, rief Blanc Jacques zu, der sich vor den Borie gelegt hatte und ihn anblickte. Der Hund schien einer Meinung mit ihm zu sein. Als Blanc aus dem Steinhaus sprang und zu laufen begann, erhob sich das riesige Tier blitzschnell und folgte ihm mühelos. Sie rannten durch den Wald wie ein archaischer Jäger und sein Hund auf der Suche nach Beute.

Blanc eilte hangabwärts. Er wusste genau, wo er hinwollte. Im Laufen versuchte er, sein Handy hervorzuzerren, um Verstärkung herbeizurufen. Als er es gerade aus der Tasche geholt hatte, hielt er überrascht inne. Da war jemand auf einer kleinen Lichtung. Hastig ließ er das Nokia wieder verschwinden und zog stattdessen seine SIG Sauer. Er trat näher – und entspannte sich ein wenig. Sandy Hulot.

Die Försterin hatte ihn nicht bemerkt. Sie kniete neben einer seltsamen Form am Boden, die sie mit ihrem Handy fotografierte und die Blanc zuerst für einen verrotteten Pflanzenrest gehalten hatte. Doch dann erkannte er, dass es die skelettierten Überreste eines Lamms waren – und er hatte sie schon einmal gesehen. Es war der Kadaver, der Clotilde Locez während der Treibjagd aufgefallen war. Ein Ast knackte unter seinem Fuß, als er näher kam.

Sandy Hulot blickte hoch, erkannte ihn und richtete sich auf. »Was machen Sie so früh im Wald, *mon Capitaine*? Nach diesem Gewitter? Und mit diesem Hund?« Sie hatte keine Angst, sondern streichelte Jacques über den gewaltigen Kopf, was sich dieser gerne gefallen ließ.

354

Blanc ignorierte ihre Fragen. »Und Sie, Madame Hulot? Was machen Sie hier?«

»Ich drehe meine Runde, um Schäden im Wald zu begutachten. Dabei bin ich auf dieses tote Tier gestoßen.« Sie deutete auf den Kadaver.

»Ist es das Lamm, das Locez seit dem ersten Wolfsangriff oben in Vieux Vernègues vermisst?«, riet Blanc.

»Vermutlich. Ich mache ein paar Bilder und werde eine Probe von der Halswunde nehmen. Ein bisschen Gewebe ist ja noch da, das reicht hoffentlich für eine DNA-Analyse.«

»Den Rest haben die Wölfe gefressen?«

»Nur die Innereien. Was dann noch bleibt, das holen sich andere Tiere aus dem Wald. Ich habe Glück gehabt: noch ein paar Tage länger, und von diesem Lamm wäre nichts mehr übrig geblieben. Wenn ich die Fotos und die Proben zur Präfektur bringe, kann Locez nachweisen, dass auch dieses Tier gerissen wurde. Er bekommt dann ein paar Euro Entschädigung mehr.«

Blanc blickte sie fassungslos an. »Es war Fred Locez, der Ihr Haus verunstaltet hat!«

Sie zuckte mit den Achseln. »Ich habe jetzt kapiert, dass er sich von mir bedroht fühlt. Und irgendwie muss ich auch in Zukunft mit den Schäfern aus der Gegend klarkommen. Vielleicht hilft es, wenn ich ihnen zeige, dass ich eigentlich auf ihrer Seite stehe. Ich habe auch meine Anzeige zurückgezogen.«

Blanc betrachtete die junge Frau verwundert und ratlos. Alleinerziehende Mutter. Blut vor dem Haus. Ein neuer Partner, dem ein Wolf die Kehle zerbissen hat. Und trotzdem gibt sie nicht auf. »Sie werden sich damit hoffentlich neue Freunde machen, Madame Hulot«, erwiderte er. Dann blickte er sie ernst an. »Und ich werde den Mörder Ihres Lebensgefährten überführen.«

»Maurice ist von einem Wolf getötet worden, daran gibt es leider keine Zweifel. Ich habe eine Zeit lang gebraucht, bis ich bereit war, mir das einzugestehen.«

»Dieser Wolf hat aber nur getötet, weil ihn jemand losgeschickt hat, um zu töten, Madame.«

Sandy Hulot sah ihn erstaunt an. Blanc zog sein Handy hervor und erklärte der Försterin rasch, dass er die Fotos von Fouquarts Olympus darauf kopiert hatte.

»Sie erinnern sich an den Morgen im Le Repaire?«, fuhr Blanc behutsam fort. »Monsieur Fouquart hat sich die Fotos auf dem kleinen Monitor der Olympus angesehen. Urplötzlich war er schockiert. Er hat dann die Kamera mit dem Bild herumgereicht, und wir haben alle das Foto mit den blitzenden Wolfsaugen gesehen. Hier.« Sie betrachteten gemeinsam das Foto, das Blanc an der Fernsteuerung zeigte, das Zelt in der Kirchenruine, den schneebepuderten Strauch und darin das leuchtende Augenpaar. »Selbstverständlich haben wir alle gedacht, dass diese Aufnahme Fouquart verstört hat. Aber«, Blanc senkte seine Stimme, »Fouquart hat die Bilder mit den Pfeiltasten durchlaufen lassen, *bevor* er uns seinen Apparat gereicht hat!«

Sandy Hulot sagte zwei, drei Sekunden lang gar nichts, kein Muskel regte sich in ihrem Gesicht, sie atmete nicht mehr. Dann dämmerte es ihr. »Maurice hat das entscheidende Bild weggedrückt, bevor er uns den Apparat gezeigt hat. Er war gar nicht von diesem Foto mit den Wolfsaugen schockiert«, flüsterte sie.

»Von diesem Bild nicht, genau.« Blanc nickte und bearbeitete sein Nokia. »Sondern von *diesem*.«

Es war das letzte Foto der Serie, das die Olympus in jener Nacht geschossen hatte: Dunkelheit. Schemenhaft zu erkennen der Weg hoch nach Vieux Vernègues. Und darüber ein kleiner Lichtpunkt.

Sandy Hulot lächelte ein wenig spöttisch, trotz allem. »Hat Sie jetzt etwa auch das Ufo-Fieber befallen, *mon Capitaine*? Das ist genau die Art Bilder, die Maurice in Ekstase versetzen konnte, nicht in Angst. Irgendwelche Lichter in der Nacht. Nur er allein hat darin ein Raumschiff erkannt.«

Blanc schüttelte entschieden den Kopf. »Er hat kein Raumschiff darin erkannt. Sondern ein Mountainbike. Ein ganz besonderes Mountainbike – eines mit Elektromotor. Schnell. Lautlos. Mit einem starken, aber kleinen Scheinwerfer. Ein Mountainbike, das jemand in der Nacht, als der Wolf bei uns war, nach Vieux Vernègues gesteuert hat.«

Die Försterin blieb sehr lange still. Dann atmete sie tief durch. »Das ist … das ist gespenstisch.«

»Sehen Sie«, erwiderte Blanc verständnisvoll, »Fouquart hatte einige Nächte davor bereits dieses Licht aufgenommen – mit seiner Drohne. Er hat meinem Kollegen Marius Tonon und mir selbst den Film gezeigt. Ein Licht, lautlos, zu schnell für einen Fußgänger, zu leise für ein Motorrad. Diese Filmaufnahme hat Monsieur Fouquart damals vielleicht zu einer Alien-Theorie inspiriert. Und Marius und ich hielten ihn, bitte verzeihen Sie, dass ich das so direkt sage, für einen Spinner. Doch als Fouquart an jenem Morgen im Restaurant auf seiner Olympus erneut dieses Licht sah, das gleiche Licht an ungefähr derselben Stelle auf dem Weg, der nach Vieux Vernègues hinaufführt, da hat er, warum auch immer, nicht mehr an ein Raumschiff gedacht. Er hat begriffen, dass da jemand mit einem höchst irdischen Gefährt unterwegs war. Auf dem anderen Foto hatte er zuvor bereits die Wolfsaugen gesehen. Da hat Monsieur Fouquart eins und eins zusammengezählt: Der Fahrradfahrer und der Wolf gehören irgendwie zusammen.«

»Aber was hat Gassonet mit all dem zu tun?«, stieß Sandy Hulot hervor. »Er ist doch der geheimnisvolle Fahrradfahrer, nicht wahr?«

»Das werde ich ihn fragen. Deshalb bin ich hier.« Blanc deutete mit einer vagen Geste in den Wald. »Ich war gerade in einem Borie und habe auf dem Boden zufällig die Spur eines Mountainbikes gesehen. Plötzlich hatte ich eine Erleuchtung. Das Fahrrad ist das entscheidende Indiz! Ich habe Gassonet selbst einige Male auf seinem E-Bike gesehen. Damit kommt er überall hin und ist dabei auch schneller als jemand, der mit dem Auto fährt und es irgendwo abstellen muss, um danach zu Fuß durch Wälder oder Ruinen zu gehen. Gassonet kann nach Vieux Vernègues fahren oder in den Wald oder auf eine Weide, ohne dass ihn jemand bemerkt. Und ebenso rasch verschwindet er wieder. Nur nachts hinterlässt er eine Spur – mit seinem Licht. Ohne Lampe könnte er nicht durch die Gegend rasen.«

»Maurice hat ihn mit seiner Drohne also mindestens einmal gefilmt«, sagte Sandy Hulot. »Und wer weiß, vielleicht sogar noch häufiger. Ich habe diese Phänomene immer nur für Illusionen gehalten, optische Täuschungen, was weiß ich, jedenfalls habe ich das nie ernst genommen.«

»Genau wie ich, genau wie jeder hier, der Fouquart kannte.«

»Das«, die Försterin atmete tief durch, »das ist schwer zu glauben.«

»Vermutlich hat Fouquart deshalb niemandem etwas gesagt, nicht einmal Ihnen. Wer hätte ihm ausgerechnet diese Geschichte geglaubt? Er hat ja schon genau gewusst, dass ihm auch sonst keiner von uns glaubte. Ich war ein Idiot, alles hat vor mir gelegen: Doktor Martin, die Seismologin, hat ausgesagt, dass sie in der Nacht, in der Fouquart von einem Wolf getötet wurde, ein Licht bei Vieux Vernègues gesehen hat. Wo immer der Wolf ist, ist auch dieses Licht: in der Nacht, in der Wölfe Schafe aus Locez' Herde reißen, filmt die Drohne ein Licht. In der Nacht, in der die Olympus zufällig Wolfsaugen im Gebüsch aufnimmt, zeichnet sie auch das Licht auf. Und in der Nacht, in der Monsieur Fouquart einem Wolfsangriff zum Opfer fällt, bemerkt Doktor Martin wiederum dieses Licht. Ich hätte viel früher darauf kommen sollen!«

»Aber welche Rolle spielt denn Gassonet nun?«

»Er ist der Mann mit den Wölfen, er hat es mir selbst gesagt, wie sehr er diese Tiere verehrt.« Blanc deutete auf den Schafskadaver. »Fred Locez hat ebenfalls behauptet, dass Gassonet Wölfe mag. Seine Frau Clotilde, die sich in der Natur verdammt gut auskennt, verdächtigt eingeschmuggelte Wölfe der Angriffe – nur dass sie dafür Naturschützer verantwortlich macht und nicht einen Mann, der praktisch ihr Nachbar ist. Denn in Wahrheit hat vermutlich Gassonet die Wölfe selbst ins Land gebracht. Er nutzt sie, um Angst zu schüren, weil das gut ist für den Verkauf seiner Bücher und weil es seinen Ruf als eine Art Prophet festigt. Und offenbar nutzt er die Tiere auch, um lästige Rivalen zu beseitigen – wie Monsieur Fouquart, der sich über ihn lustig gemacht hatte. Und der mit seiner Drohne den Wald und die Ruinen so oft gefilmt hat, dass Gassonet fürchten musste, irgendwann aufzufliegen.«

Sandy Hulot dachte lange nach. »Wenn man einen jungen Wolf vor seinem zwölften Lebenstag der Mutter wegnimmt, dann gewöhnt er sich an Menschen und wächst bei ihnen auf«, erklärte sie schließlich. »Ich frage mich, wie Gassonet an so junge Wölfe gekommen sein könnte.«

»Er wird es uns hoffentlich verraten.«

Sie starrte ihn an. »Und wo soll er die Wölfe halten? Er braucht Platz.«

»Den hat er, mehr als genug. Gassonet ist der Besitzer vom Château Bas.«

»Dieser Typ? Das ist ein bekanntes Weingut.«

»In dem sich aber Verwalter um Wein und Kunden kümmern. Gassonet hält sich im Hintergrund. Und angeblich ist das Anwesen den Winter über geschlossen.« Blanc lächelte jetzt. »Mein Kollege Marius Tonon hat mir von Gerüchten erzählt, auf dem Schloss lebe ein Schriftsteller. Und Bürgermeister Melleton hat nebenbei erwähnt, dass Gassonet der beste Steuerzahler seiner Gemeinde ist. Das Château Bas gehört zur Gemeinde Vernègues. Gassonet ist Schriftsteller, *voilà*! Auch darauf hätte ich früher kommen können. Und meine Nachbarin Ange Douchy, die vielleicht doch nicht so verrückt ist, wie sie wirkt, hat mir erzählt, dass sie nachts Wölfe im Schloss heulen hört. Und sie schwört, dass das Schloss doch bewohnt ist. Auch sie habe ich nicht ernst genommen – wer glaubt schon so eine Geschichte? Ich hätte auch das besser wissen müssen. Ich bin gespannt, was ich in Château Bas entdecken werde.«

»Ich komme mit.«

Blanc schüttelte den Kopf. »Das geht nicht. Dies ist ein Einsatz der Gendarmerie.«

Sandy Hulot verschränkte die Arme vor der Brust. »Ich habe so viel mitgemacht – Sie können mich jetzt nicht wegschicken, *mon Capitaine*. Das ist *mein* Wald! Und sollte wirklich ein Wolfsrudel im Schloss leben«, sie erlaubte sich ein leichtes Lächeln, »dann werden Sie froh sein, wenn Sie eine Expertin dabeihaben.«

Blanc zögerte einen Moment unschlüssig. »Also schön«, sagte er schließlich. »Kommen Sie mit.«

Sie liefen los. Jacques spürte offenbar, dass etwas anders geworden war. Er trabte wachsam neben ihnen her. Die Luft schien noch schwerer geworden zu sein. Es war, als drückte sie auf Blancs Schultern. Das sind die Müdigkeit und die Anspannung, sagte er sich. Er fühlte sich, als würde sich eine Faust um sein Herz legen und ganz langsam zudrücken. Der Wald war unfassbar still. Sie gelangten zu seinem Ende an der Route Départementale. Blendendes Sonnenlicht. Kein Auto. Die Einfahrt zum Château Bas. Der Kiesweg unter den Bäumen. Blanc beschleunigte seine Schritte. Sie rannten über den Weg, Sandy Hulot hielt mit. Doch auf einmal taumelte Blanc. Verdammt, dachte er, ich bin doch noch nicht so erschöpft, dass mir jetzt die Beine versagen. Dann bemerkte er, dass auch Sandy Hulot schwankte und ihn entsetzt anstarrte. Und dann endlich verstand er.

Die Erde bebte.

Die Ruhe nach dem Sturm

Kein Grollen kam aus dem Boden, kein Riss tat sich auf, man konnte nicht einmal richtig sehen, wie die Erde zitterte. Doch Blanc fühlte sich vollkommen hilflos, wie hin- und hergeworfen, der Druck um sein Herz war jetzt sehr stark. Er sah sich um, ob er sich irgendwo festhalten konnte, aber da war nichts. Sandy Hulot hatte sich auf die Knie fallen lassen und stemmte ihre Hände flach auf den Boden, als wollte sie die Erde festhalten. Er wollte etwas sagen, doch er konnte nicht.

Und dann war das Beben schon wieder vorbei. Er konnte wieder atmen. Die Luft war plötzlich leicht und klar. Keine Elektrizität mehr. Er spürte einen Windhauch auf seinen Wangen. Irgendwo krächzte eine Dohle. Dann fielen andere Vögel ein. Blanc blickte sich hektisch um: In der Außenmauer des Schlosses zeigte sich nicht die winzigste Spalte. Kein Baum war umgestürzt. Der Asphalt der Landstraße war unbeschädigt, und die TGV-Brücke, die ein paar Hundert Meter weiter das Tal überspannte, lag hell und solide im Sonnenlicht wie immer. Er bückte sich zur Försterin und half ihr auf die Beine. »Für Doktor Martins Geräte war das wahrscheinlich nicht mehr als ein leichtes Zucken«, keuchte er. »Aber mir reicht das.«

Sie schluckte. »Das habe ich hier noch nie erlebt. Wir …«

Da heulte ein Wolf los, ganz in der Nähe. Und dann noch einer. Und noch einer.

Jacques bellte. Blanc zog seine Pistole.

»Ganz ruhig!«, rief Sandy Hulot. »Die Wölfe haben Angst.«

»Da haben wir ja was gemeinsam«, brummte Blanc. Er senkte die Waffe, behielt sie jedoch in der Hand.

Sie rannten die letzten Meter den Weg hinunter. Die vordere Wand des Schlosses war weiß gestrichen. Nur vier winzige Fenster waren dort eingelassen, hoch über dem Boden. Das rot gestrichene Holztor war verschlossen. Hinter diesem trutzigen Vorbau ragte ein runder Turm mit spitzer Haube auf, dahinter erblickte er die ockergelb verputzten Wände des eigentlichen Wohntrakts. Sonnenlicht spiegelte sich in dessen hohen Fenstern. Blanc und Sandy Hulot hielten keuchend auf einem Hof vor dem Schloss inne. Hier wuchsen winterkahle Bäume, deren Astwerk so dicht wucherte, dass sie massive Schatten warfen. Eine Rampe führte zu einer modernen Tür. Dahinter konnte Blanc einen Laden erkennen, Weinflaschen, Fässer, Bücher, Postkarten. Er rüttelte an der Tür. Verschlossen. Keine Klingel. »Ist hier jemand?«, rief er. »Aufmachen, Gendarmerie!« Keine Antwort. Nur die Wölfe heulten weiter. Blanc blickte sich rasch um. Die moderne Tür sah einbruchsicher aus. Das alte Eichentor im Vorbau wirkte, als könnte es dem Ansturm eines Ritterheeres standhalten. »Hier kommen wir nicht rein«, keuchte er. »Wir müssen um das Schloss herum und durch den Park.«

Sie eilten um das Château Bas, bis sie den Tempel erreichten. Von dort aus versperrte ein schmiedeeisernes Tor den Weg zum Park. Blanc packte dessen Gitterstäbe und zog sich hoch. Als er oben angekommen war, schwang er sich über den Rand und sprang zweieinhalb Meter tief auf den Kiesboden des Parks. Er richtete sich stöhnend auf, machte einen Schritt – und dann sah er die Wölfe.

Drei Tiere strichen nervös durch den Park und waren ungefähr fünfzig, sechzig Meter von ihm entfernt. Sie liefen um den trockengefallenen Brunnen, verschwanden hinter einer Hecke, tauchten nach wenigen Sekunden an anderer Stelle wieder auf. Sie waren unglaublich schnell und leise. Blanc war nicht klar, ob sie ihn bemerkt hatten oder nicht. Jacques fing draußen vor dem Tor an, wie wahnsinnig zu knurren.

»Bewegen Sie sich nicht!«, flüsterte Sandy Hulot. Sie stand dicht hinter ihm, auf der anderen Seite des Tores.

»Gute Idee«, erwiderte Blanc leise. Schweiß lief ihm die Schläfen hinab. Er packte den Griff seiner Pistole fester.

»Schießen Sie nicht!«, bat die Försterin. »Die Wölfe haben uns bemerkt, aber sie wissen nicht, wie sie auf uns reagieren sollen.«

»Ich will kein Frühstück werden«, zischte Blanc.

»Ganz ruhig jetzt.«

Blanc brauchte eine Sekunde, bis er begriff, dass Sandy Hulot nicht mit ihm gesprochen hatte, sondern mit Jacques. Sie sagte ein paar Worte zu dem Hund und führte ihn ein Stück weit vom Tor fort. Das Tier war nervös, bellte aber nicht länger und blieb dort stehen, wo die Försterin es hingeführt hatte. Es kam nur noch ein ganz leises Grollen aus Jacques' Kehle. Sandy Hulot kletterte danach ebenfalls am Tor hoch, langsamer als Blanc. Behutsam hangelte sie sich an der Parkseite wieder hinunter, kam ohne hektische Bewegung neben ihm zu stehen. »Ich kümmere mich um die Wölfe«, sagte sie leise. »Dann können Sie nach Gassonet suchen.«

»Ich weiß nicht, ob das eine gute Idee ist.«

»Haben Sie eine bessere?« Sandy Hulot bewegte sich nun langsam in den Park hinein. Die Wölfe hoben witternd die Schnauzen. Wie groß sie sind, dachte Blanc und schauderte. Er roch die Tiere jetzt auch, atmete den strengen Gestank nach Fell und Wild ein. Der größte Wolf trabte vom Brunnen los bis auf drei, vier Meter an das Tor heran und musterte die Eindringlinge aus klugen, hellbraunen Augen. Er hatte seine Ohren angelegt, sein Maul stand offen, die Lefzen waren weit nach hinten gezogen. Seine Reißzähne waren gelb und spitz und halb so lang wie Blancs Daumen. Er gab keinen Laut mehr von sich.

Sandy Hulot ging langsam auf ihn zu. Sie sprach leise mit ihm, so leise, dass Blanc kein Wort verstand, aber wahrscheinlich war das auch gleichgültig. Ihr Tonfall war beruhigend, freundlich, sie hörte nicht auf zu flüstern. *Mon Dieu,* dachte Blanc, hoffentlich funktioniert das! Sie stand jetzt zwischen ihm und dem ersten Wolf und damit in seinem Schussfeld. Er konnte nicht mehr auf das Tier anlegen, wenn er sie nicht gefährden wollte. Sandy Hulot bog in einen Seitenweg des Parks ein, ohne dabei ihren Blick vom Wolf abzuwenden oder ihre leise Litanei zu unterbrechen. Das große Tier – ein Rüde, erkannte Blanc nun – zögerte kurz, dann folgte es ihr vorsichtig. Die beiden anderen Wölfe, die bislang in der Nähe des Springbrunnens mitten im Park gewartet hatten, setzten sich ebenfalls in Bewegung. Es war, als kreisten sie die Försterin ein: Ein Wolf folgte ihr von hinten, zwei kamen ihr von vorn entgegen. Blanc hob die Pistole. Er bemerkte, wie seine Hand leicht zitterte. Doch die Wölfe umringten die junge Frau nur, kamen ihr nicht näher als zwei oder drei Meter. Und als sie weiterging, folgten sie ihr. Sandy Hulot blickte kurz zurück und nickte unmerklich in Blancs Richtung.

Er ließ die Waffe langsam sinken und atmete durch. Sandy Hulot führte die Wölfe an den Rand des Parks. Der Weg zum Schloss war frei. Er unterdrückte den Wunsch, so schnell wie möglich loszulaufen, und zwang sich mit aller Macht, langsam und gleichmäßig zu gehen. Nicht rennen, nicht schleichen, nichts, was die Tiere erschrecken könnte, einfach nur geradeaus gehen, das schafft doch jeder, *merde!* Er kam bis zum Brunnen. Das Schloss lag jetzt noch vielleicht dreißig Meter vor ihm. Die Fenster waren verschlossen – doch der Flügel einer Glastür stand offen. Zwanzig Meter. Zehn Meter. Er war drinnen.

Doch im Schloss fühlte er sich nicht sicherer als unter den Wölfen im Park.

Er fand sich in einem Salon wieder, der eine Art Abstellkammer der Epochen war: Ein mit mintgrünem Samt bezogenes Louis-Seize-Sofa stand vor der mit vergoldetem Stuck versehenen Wand. Ein Empire-Sekretär und ein Schreibtisch aus den

Sechzigerjahren waren zu einem L-förmigen Arbeitsplatz zusammengeschoben, auf beiden Schreibflächen lagen Papiere und aufgeschlagene Bücher. Davor stand ein lederner Arbeitsstuhl aus der Serie, die Blanc selbst sich beinahe mal bei Ikea gekauft hätte. An der Wand hingen drei leicht vergilbte Stiche, die alle denselben bärtigen Mann mit Kappe zeigten, der den Betrachter streng anblickte. Es war nicht schwer zu erraten, welcher alte Denker hier gewürdigt worden war.

Blanc schlich vorsichtig durch den Raum. Es gab kein eindeutiges Indiz, doch er spürte irgendwie, dass an diesem unaufgeräumten Arbeitsplatz noch kurz zuvor jemand gesessen hatte. Er zog sein Handy aus der Tasche. Die Wölfe würden ihn hier drinnen nicht mehr hören und nicht nervös werden – hoffte er. Er rief Marius an.

»Nimm dir so viele Leute, wie du kriegen kannst, und komm zum Château Bas!«

»Warum flüsterst du?«

Blanc skizzierte ihm knapp und hastig, was ihn hierhergeführt hatte. »Und besorg dir einen Tiertransporter«, schloss er.

»Einen *was*?«

»Irgendein Auto mit einem Zwinger im Kofferraum. Frag beim Tierschutzbund in Salon, die müssen so etwas haben. Frag nach dem größten Wagen. Er muss Platz für drei Wölfe haben.«

»Für drei *was*?!«

»Brüll nicht, sonst hören dich die Biester durch das Telefon. Die Wölfe sind quasi direkt nebenan im Park.«

»*Merde*, Roger, was hast du getrunken?«

Blanc sagte ihm, dass er Sandy Hulot im Wald getroffen hatte und die Försterin jetzt die Wölfe von Gassonet in Schach hielt. Mehr oder weniger. »Keine Sirenen, verstanden«, schloss er. »Ich glaube, das macht die Tiere nervös.«

»Es sind nicht nur diese bescheuerten Wölfe nervös«, stöhnte Marius. »Ich bin auf dem Weg!«

Blanc steckte das Telefon weg, trat in einen Flur und sah sich ratlos um. Gassonets E-Bike war an eine Wand gelehnt, die Ladelampe blinkte grün. Es wurde an einer Steckdose aufgeladen, die Teil einer ziemlich lässig verlegten Installation war, die irgendwann einmal in das alte Gemäuer hineingebaut worden war. Auf gut Glück öffnete er vorsichtig einige Türen und betrachtete Zimmer, die in derselben erratischen Mischung möbliert waren wie der Salon. Entweder hatte Gassonet im Laufe seines Lebens eine sehr seltsame Ansammlung alter Möbel geerbt, oder er hatte einen exzentrischen Geschmack und ihm gefiel es, Relikte aus verschiedenen Jahrhunderten nebeneinanderzustellen. An den Wänden hingen Bilder, die Nostradamus zeigten, daneben Titelseiten alter Handschriften und Stiche von Salon-de-Provence. Keine Fotos, kein Fernseher, kein Computer, kein Telefon. Und der Hausherr selbst war nirgendwo zu sehen. Blanc kam schließlich zu einer steinernen Wendeltreppe, deren Stufen mit alten roten Fliesen ausgelegt waren. Sie führten, vermutete er, in den runden Turm hinauf, den er schon von weitem gesehen hatte.

Langsam ging er nach oben, die Waffe im Anschlag. Nach schier endlosen Windungen trat er auf eine Art Plattform, an deren gegenüberliegender Seite eine Eichentür in die Wand eingelassen war. Die Tür stand weit offen – als wartete dahinter jemand auf ihn. Blanc schlich darauf zu. Einen Schritt. Zwei Schritte. Eine lose Fliese knirschte unter seinen Sohlen.

»Kommen Sie doch endlich herein, *mon Capitaine*. Ich fresse Sie nicht.« Gassonets Bass dröhnte so laut durch das Treppenhaus, dass Blanc zusammenzuckte. Er trat ein.

»Stecken Sie bitte Ihre Pistole weg, bevor noch ein Unglück passiert. Ich weiß, wann ich verloren habe.« Gassonet stand vor einem hölzernen Schreibpult, auf dem einst vielleicht Mönche Handschriften kopiert hatten. Die Stube nahm die ganze Fläche unter dem zeltförmigen Dach des Turms ein und war anders als die anderen Räume in einem einheitlichen Stil eingerichtet – dem des Mittelalters. Schreibpult, zwei Truhen, zwei mit Leder bespannte Stühle, ein massiger Holzschrank, links von der Tür ein hohes, quadratisches Bett mit Baldachin aus schwerem Stoff, der mit goldenen Greifen bestickt war – alles wirkte auf Blanc wie das Herrenzimmer einer mittelalterlichen Burg. Die hohen, schmalen Fenster in den runden Wänden gaben einen herrlichen Blick auf das Tal, die Weinstöcke und die Wälder frei, im Hintergrund leuchteten die Ruinen von Vieux Vernègues im Vormittagslicht. Wenn die Eisenbahnbrücke nicht wäre, man hätte sich in ein anderes Jahrhundert versetzt fühlen können. Die einzigen Sachen im Raum, die nicht ins Mittelalter passten, waren ein MacBook auf dem Schreibpult und die funktionale Outdoor-Kleidung, die Gassonet am Leib trug.

»Sie haben mich erwartet?«, fragte Blanc. Er senkte die SIG Sauer, behielt sie aber in der Hand.

»Eigentlich nicht. Ich wähnte mich in Sicherheit.« Gassonet deutete auf eines der Fenster. »Ich habe gearbeitet. Aber als ich Sie und die Försterin auf einmal aus dem Wald kommen und aufs Schloss zulaufen sah, da wusste ich, dass Sie zu mir wollten. Wie sind Sie mir auf die Spur gekommen? Haben Sie Madame Hulot dabei, damit sie Ihnen die Wölfe vom Hals hält? Cleverer Zug.«

»Sie haben die Wölfe freigelassen?«

»Tagsüber sperre ich sie normalerweise in den Gewölben unter dem Weinkeller ein. Da hört sie niemand.«

»Wenn Sie sich da mal nicht täuschen.«

»Sie haben die Tiere tatsächlich heulen gehört? Erstaunlich.« Gassonet seufzte. »Das Beben hat mich erschreckt, aber nicht lange. Ich hatte das ja erwartet. Ich habe meine Wölfe danach in den Park geschickt – die drei, die mir noch geblieben sind. Die junge Wölfin hat der versoffene Cordillet ja erschossen. Wenn Sie mich nicht erwischt hätten, *mon Capitaine*, dann hätte ich es diesem Wilderer schon irgendwann heimgezahlt.« Er atmete tief durch. »Jedenfalls haben die Wölfe ihren letzten Auftrag erfüllt, obwohl das Beben vorhin sie ganz schön nervös gemacht hat: Sie haben Sie lange genug aufgehalten, bis ich meinen Nachlass geordnet hatte.«

»Nachlass?!«, rief Blanc alarmiert. Seine Gedanken rasten: Wird der gleich Selbstmord begehen, ist das eine Falle, wo bin ich da hineingeraten?

»Seien Sie unbesorgt«, sagte Gassonet, der ganz genau zu wissen schien, was in Blanc vorging. »Ich mache es wie mein Meister Nostradamus, der mit klarem Kopf und kaltem Herzen in sein Grab ging. Sie werden mich verhaften, man wird mich verurteilen, ich werde nie wieder herauskommen. Ist das Gefängnis nicht wie eine Gruft, in der man lebendig begraben wird? Da ist es besser, man schreibt sein Testament, solange man noch kann.« Er deutete auf einen Bogen Papier, der mitten auf dem Schreibpult lag, beschwert von einem altmodischen Tintenglas. »Ich habe keine Familie. Keine Freunde. Aber viele Anhänger. Mögen sie mein Werk weiterführen. Ich werde ihnen das Schloss und meine Bibliothek vermachen. Habe ich es nicht gesagt?!«, rief er dann unvermittelt. »Zuerst die Wölfe, jetzt das Erdbeben! Nostradamus hat es prophezeit, ich habe ihn enträtselt. Es ist mir gelungen, was keinem seiner Exegeten je zuvor gelungen ist: die Weissagungen des Meisters zu deuten, bevor das Ereignis eingetreten ist!«

Blanc betrachtete den Mann. Gassonet schien es regelrecht zu genießen, mit seiner Genialität zu prahlen. Er brauchte das Publikum – und wenn es bloß ein Gendarm war, der ihn verhaftete. »Na ja, Sie haben durchaus ein wenig nachgeholfen«, entgegnete er und deutete auf das Fenster, das zum Park hin lag. »Sie selbst haben uns die Wölfe auf den Hals gehetzt.«

Gassonet hob die Hände zu einer Geste, die halb Entschuldigung, halb Abwehr anzudeuten schien. »Ich habe nur den Lauf der Welt rechtzeitig erkannt und mich darauf vorbereitet. Ich ahnte früh, dass die Wölfe bei Nostradamus eine herausragende Rolle spielten. Und ich lebe ja hier, ich bekomme mit, wie die Wölfe wieder einwandern, wie sie sich ausbreiten, Jahr um Jahr einige Dutzend Tiere mehr, Jahr um Jahr einige Hundert Kilometer weiter im Land. Ich habe mich nur …«, er zögerte, »… präpariert. Mit dem Geld aus dem Verkauf meines letzten Buches bin ich nach Rumänien gereist und habe dort Wölfe gekauft. Am teuersten war übrigens der heimliche Rücktransport.«

Blanc starrte ihn an. »Sie haben Wölfe geschmuggelt, um sie bei passender Gelegenheit freizulassen?«

»Und die Gelegenheit war jetzt!« Plötzlich grinste er verschwörerisch. »Außerdem bediene ich mich durchaus modernster Wissenschaft, wenn sie mir nützt. Als Doktor Martin plötzlich zwischen den Ruinen von Vieux Vernègues auftauchte, war ich geradezu elektrisiert. Warum stellt eine Seismologin auf einmal ausgerechnet hier Messgeräte auf? Weil sie ein Erdbeben erwartet, warum sonst? Sehen Sie: die Wölfe, die aus den Alpen zu uns kommen, die Forscherin, die ein Erdbeben erwartet. Die Zeichen, auf die Nostradamus einst hinwies, waren da. Ich habe meine Mitarbeiter im Schloss Ordnung machen lassen und sie schließlich in den Winterurlaub entlassen, damit ich hier ungestört bin. Und dann habe ich die Entwicklung … bloß etwas akzentuiert.«

»Akzentuiert?! Sie haben einen Menschen getötet!«

»Nicht sofort. Ich habe meine Wölfe nach Vieux Vernègues geführt, um die Herde von Fred und Clotilde zu überfallen. *Das* sollte das Zeichen sein.«

»Dabei ist es nicht geblieben!« Blanc atmete tief durch. Er kochte jetzt vor Wut. »Fouquart hat Sie verhöhnt, er war ein Rivale, dafür haben Sie ihm ebenfalls Ihre Wölfe auf den Hals gehetzt. Ich habe die Fotos von Fouquarts Kamera gesehen, von den Wolfsaugen – und von dem Licht Ihres Mountainbikes.«

»Genau. Und deshalb musste Fouquart sterben«, erwiderte Gassonet ungehalten. »Nicht wegen seiner absurden Ufo-Theorien. Als wenn so ein Fantast jemals mein Rivale hätte werden können! Aber auch Idioten können gefährlich werden, leider. Fouquart konnte mit seiner verdammten Drohne jede Nacht etliche Quadratkilometer abfliegen und filmen. Dieses Ding war wie ein Fluch, ein Rabe des Teufels! Ich wusste nie genau, was Fouquart alles aufgenommen hatte, aber ich war mir irgendwann sicher, dass er durch reinen Zufall hin und wieder meine Wölfe und mich im Fokus haben musste. Es war einfach unvermeidlich. Ich zog nachts mit der Meute durch die Wälder, um sie … nun ja, um sie zu trainieren.«

»Damit sie Herden überfielen?« Blanc traute seinen Ohren nicht.

»Opfer müssen sein, *mon Capitaine*. War der Angriff auf die Herde oben in Vieux Vernègues nicht genial? Ein Hinterhalt, perfekt. Und dann liefert mir die gute Clotilde ein paar Nächte später auch noch ihre Schafe gewissermaßen frei Haus. Ich musste die Meute nur in den Wald führen. Es war geradezu beleidigend einfach. Und vor der Treibjagd habe ich sie wieder ins Verlies gesperrt – während Pélestor, der ach so erfahrene Jäger, nur ein paar Dutzend Meter weiter auf der Lauer gelegen und nichts geahnt hat. Friede seiner Seele. Ich dachte jedenfalls zunächst, dass es bei ein paar Schafen bleiben könnte. Locez hätte das verschmerzt, glauben Sie mir. Der Mann wird doch sogar vom Staat entschädigt, was verliert der schon? Die Wolfsangriffe hätten die Menschen aufgeweckt. Sie hätten erkannt, dass Nostradamus recht hatte. Sie hätten sich moralisch auf das Strafgericht vorbereiten können, das uns unweigerlich droht. Ich habe den Menschen gewissermaßen einen großen Gefallen getan, finden Sie nicht auch?« Als Blanc nicht antwortete, räusperte er sich. »*Eh bien.* Fouquart wurde aber gefährlich. Und nach dem Angriff auf Locez' Herde sind Sie gekommen und haben angefangen, hier herumzuschnüffeln. Sie haben mit Fouquart geredet. Sie waren der einzige, der diesen Spinner ernst genommen hat. Da fürchtete ich, dass Sie sich vielleicht irgendwann die Aufnahmen der Drohne ansehen und daraus die richtigen Schlussfolgerungen ziehen würden. Also wollte ich Fouquart eines Nachts erschrecken, indem ich einen jungen Wolf durch sein Lager hetzte. Damit er Ruhe gibt, verstehen Sie, mehr nicht! Er sollte Angst bekommen und verschwinden. Doch wen sehe ich im letzten Augenblick? Sie! Sie waren mit Fouquart unterwegs. Ich habe den Wolf dann rasch zurückgeholt und mich aus dem Staub gemacht. Da wusste ich, dass sich die Schlinge langsam zuzieht, wenn ich nichts unternehme. Also habe ich die nächste Nacht abgewartet, in der Fouquart wieder allein losgezogen ist – und diesmal hatte ich den Leitwolf dabei …«

»Sie haben das Tier auf den ahnungslosen Mann gehetzt und zugesehen«, flüsterte Blanc grimmig.

»Ich hatte keine Wahl.«

»Sie glauben gar nicht, wie viele Mörder mir das schon gesagt haben. Sie lügen. Alle. Wo ist Fouquarts Kamera?«

Gassonet seufzte und machte eine Geste, die vielleicht andeuten sollte, wie müde er war oder wie gleichgültig ihm nun alles erschien. »Ich wollte auch die Drohne haben«, erklärte er, »doch die war irgendwo abgestürzt. Ich habe sie in der Nacht nicht gefunden, und dann waren ja Ihre Leute da und haben die Gegend durchsucht.« Er öffnete eine der beiden Truhen und kramte darin herum, bis er die Olympus in der Hand hielt. »Es war hingegen überhaupt nicht schwer, den Fotoapparat mitzunehmen. War auch gut so.« Seine kräftigen Finger tippten auf der Kamera herum, bis ein Foto auf dem Monitor leuchtete. »Hier, sehen Sie selbst.«

Blanc berührte den Apparat nicht, er blickte nur auf das Bild, und eine Welle der Übelkeit stieg in ihm auf. Es zeigte Fouquart und direkt vor ihm einen riesig erscheinenden Wolf – vermutlich derselbe, dem Blanc gerade gegenübergestanden hatte. Nur hatte das Tier in jener Nacht die Zähne gebleckt und sein Nackenfell stand hoch; man sah Fouquarts Augen an, dass er ganz genau wusste, was in der nächsten Sekunde geschehen würde. Und hinter Fouquarts Schulter war ein hühnenhafter, bärtiger Mann zu erkennen …

Gassonet war stolz auf dieses Foto, erkannte Blanc schockiert, der war so stolz, dass er es nicht einmal gelöscht hatte, sondern ihm unter die Nase hielt. Stolz auf die Tat. Stolz auf seinen Wolf. Wahrscheinlich dachte dieser Typ sogar, dass auch Nostradamus stolz auf ihn wäre.

Blanc richtete die Pistole wieder auf den Mann ihm gegenüber und holte mit der Linken Handschellen aus seiner Jackentasche. »Strecken sie langsam Ihre Arme aus«, befahl er.

Gassonet leistete keinen Widerstand.

Fünf endlose Minuten musste Blanc noch mit seinem Gefangenen warten. Er wagte sich nicht aus dem Turmzimmer hinunter, denn wenn Gassonet in die Nähe des Parks käme, so fürchtete er, könnte er womöglich den Wölfen irgendeinen Befehl zurufen und sie würden doch noch über Sandy Hulot herfallen. Er wusste nicht, wie es der Försterin erging, er wagte nicht einmal, sie auf dem Handy anzurufen, aus Sorge, dass selbst ein Klingeln die Meute nervös machen würde. Sie musste mit den Tieren in irgendeine entlegene Ecke des Parks gegangen sein, vom Turmfenster aus konnte er sie nicht sehen.

Er war erleichtert, als er endlich einen Mégane der Gendarmerie erblickte, der über die Zufahrt raste, ohne Licht und ohne Sirene. In der Staubfahne, die er hinter sich herzog, war ein weißer, verbeulter Kastenwagen kaum zu erkennen. Auf seinen Seiten prangte die Aufschrift »SPA«, das Kürzel des Tierschutzbundes.

Blanc rief Marius an und dirigierte die Kolonne bis zum Tempel. »Ich bin oben im Turm. Bist du allein? Ich dachte, ihr kommt hier mit fünfzig Mann an.«

»Vielleicht hast du es nicht mitbekommen, aber es hat ein Erdbeben gegeben. Keine Schäden, soweit wir das bislang feststellen konnten, aber überall Panik. Die Kollegen sind zu allen möglichen Einsätzen ausgerückt, um die Bürger zu beruhigen. Ich habe Fabienne dabei, sonst konnte Nkoulou mir keine weitere Verstärkung geben. Und ich habe zwei Freiwillige der SPA aufgetrieben. Die haben bislang nur streunende Katzen eingefangen. Bin gespannt, wie die gleich ihren Job erledigen wollen.«

»Irgendwie müsst ihr das Tor zum Park aufbrechen«, riet Blanc, »damit der Wagen bis an die Meute heranfahren kann. Aber ihr müsst leise sein. Wenn ihr es mit einem Stemmeisen nicht aufbekommt, dann bindet ein Abschleppseil an den Wagen und zieht damit einen Torflügel auf. Nehmt auf keinen Fall eine Flex. Sagt mir Bescheid, wenn die Wölfe eingefangen sind, dann komme ich mit Gassonet herunter.«

»Nkoulou hat uns eine Maschinenpistole mitgegeben, als er erfahren hat, dass die Wölfe frei im Park herumlaufen.«

»Nur mit der Ruhe!« Blanc dachte an Sandy Hulot. Er überlegte fieberhaft. »Wenn ihr das Tor aufhabt, gehst du mit den beiden Männern der SPA und ihrem Wagen rein. Fabienne soll den Streifenwagen am Tor parken und im Auto warten – mit der Maschinenpistole. Falls die Wölfe durch das Tor entkommen wollen, soll sie schießen.«

»Verdammt, Roger«, vernahm er Fabiennes Stimme aus dem Handy, »ich habe mitgehört. Ich bin doch keine Großwildjägerin. Das wird ein Massaker!«

»Du musst schießen, wenn es darauf ankommt!«, sagte Blanc. »Die Wölfe haben schon einmal einen Menschen angefallen. Sie dürfen auf keinen Fall entkommen.«

»Was machen wir mit deinem Hund, der vor dem Tor sitzt?«

Blanc schloss kurz die Augen. Jacques hatte er ganz vergessen. Wenn er durch das offene Tor in den Park lief und die Meute aufscheuchte … »Fabienne«, sagte er, »öffne die Heckklappe vom Mégane und lass den Hund ins Auto springen.«

»Bist du irre? Dieses Monster?«

»Jacques ist ein Freund von mir. Er wird dir nichts tun, sondern dich beschützen.«

Er hörte, wie sie seufzte. »Hoffentlich merkt dieser Köter nicht, dass ich auf Katzen stehe.«

Blanc blickte aus dem Fenster, behielt aber auch Gassonet im Auge, der dem Gespräch mit einem leicht amüsierten Lächeln gelauscht hatte, fast so, als würde ihn das alles nichts angehen. »Wenn Sie einen Tipp haben, wie wir die Wölfe ohne Blutvergießen einfangen können, dann rücken Sie damit heraus!«, fuhr ihn Blanc wütend an.

»Ich habe keine Ahnung, wie sie die Meute in den Wagen locken wollen. Seit ich die Jungtiere aus Rumänien geschmuggelt habe, sind sie nie wieder in ein Auto gestiegen.«

Blanc sah, wie Fabienne die Heckklappe des Streifenwagens öffnete und Jacques tatsächlich mit einem Satz im Innern verschwand. Seine Kollegin ging um das Auto herum und setzte sich auf den Fahrersitz. Sie hatte die Maschinenpistole um die Schulter gehängt. Marius war ausgestiegen und redete mit den Männern im weißen Wagen. Dann ging er mit einem Stemmeisen zum Tor und hantierte dort herum. Tatsächlich hatte er das Schloss in wenigen Sekunden aufgebrochen und zog einen Flügel auf. Er stieg zu den Freiwilligen der SPA, der Wagen rollte langsam auf den Kiesweg des Parks. Fabienne drückte das Tor wieder zu, soweit es ging, und postierte den Mégane an der Außenseite. Sie ließ die Scheibe herunter und hielt die Mündung der Maschinenpistole hinaus auf eine Stelle, die Blanc vom Turm aus nicht einsehen konnte. Sekunden später war auch der Wagen der SPA nicht mehr zu sehen. Blanc wartete. Kein Lärm kam von unten hoch. Er war sich bewusst, dass Gassonet ihn musterte. Er hätte diesem Typen die Fresse einschlagen können. Er blickte auf sein Handy, blickte aus dem Fenster, versuchte zu erkennen, ob Fabienne ihm aus dem Auto heraus irgendwelche Zeichen gab, doch er sah bloß die Maschinenpistole, deren Lauf sich nicht bewegte. Deren Lauf sich doch bewegte ... Blanc erstarrte. Dann sah er, wie die Waffe im Auto verschwand. Fabienne öffnete die Tür und winkte zu ihm hinauf. Zehn Sekunden später hatte er sie am Handy.

»Ihr könnt runterkommen. Ich weiß nicht, wie Sandy Hulot das geschafft hat, aber die Wölfe sind so brav in den Wagen gestiegen wie drei Dackel, die in die Hundehütte trotten.«

Sie trafen sich neben dem Brunnen im Park. Blanc schüttelte zwei sehr erleichtert aussehenden jungen Männern der SPA die Hand. Jacques begrüßte ihn mit einem sanften Grollen. Sandy Hulot stand neben ihnen. »Ich werde mitfahren«, sagte sie. »Wir können die Wölfe ja schlecht ins normale Tierheim stecken. Wir müssen ein Wildgehege finden. Ich habe da ein paar Kontakte.« Sie strich sich müde die Haare aus der Stirn.

Blanc betrachtete die junge Försterin. Er hätte ihr gern etwas Aufmunterndes gesagt, doch ihm wollten die rechten Worte nicht einfallen. »Sie haben Schlimmes erlebt. Aber Sie haben noch viel Schlimmeres verhindert«, murmelte er schließlich.

Fabienne verdrehte die Augen. »Was mein Kollege damit sagen will: Sie sind die beste Frau in diesem Teil der Galaxie.«

»Und Sie haben ihm und drei Wölfen und vielleicht noch einer ganzen Menge Leuten mehr den Hals gerettet«, ergänzte Marius.

»Das sage ich doch«, meinte Blanc verlegen.

Sandy Hulot lächelte und verabschiedete sich von allen dreien mit einer Umarmung. »Wenn Sie mal Zeit haben, dann führe ich Sie gern durch den Wald und zeige Ihnen, wie es dort wirklich ist«, sagte sie, winkte und stieg zu den Männern im Führerhaus des weißen Wagens.

Blanc streckte seine Knochen. Er war erschöpft, aber erleichtert. Er deutete mit der Kinnspitze zu Gassonet. »Nehmt diesen Kerl mit auf die Station.«

»Und du?«, fragte Fabienne. »Willst du etwa noch hierbleiben?«

»Ich muss wohl. Die Spurensicherung wird sich das ganze Schloss vornehmen müssen, so ist das nun mal bei Mord. Und irgendjemand muss hier Wache halten, bis die Kollegen endlich Zeit haben. Außerdem habe ich ja Gesellschaft.« Er tätschelte den Kopf seines Hundes.

Marius schlug ihm auf die Schulter. »Wir kümmern uns um diesen falschen Propheten.« Er packte Gassonet mit harter Hand und drückte ihn auf die Rückbank des Streifenwagens. »Bis nachher!«, rief er, dann brausten er und Fabienne davon, und zum ersten Mal seit Blanc ihn kannte, fuhr Marius wirklich schnell.

Blanc wollte nicht im Schloss warten und auch nicht im Park – er schlenderte zur Tempelruine und setzte sich auf einen der alten Steine, der schon warm war von der Mittagssonne. Die Luft schmeckte nach Frühling. Ein vorwitziger Spatz hüpfte über den Boden. Ein Tempel für die Göttin der Jagd. So friedlich. So schön. Er dachte an Pélestor, der hier gelegen hatte. An Clotildes Schafe, die hier den Wolf und die Todesangst gespürt hatten. An Gassonet, der all das Blutvergießen und die Panik im Turmzimmer geplant hatte wie ein finsterer Geist. Irgendwann schreckte ihn ein Geräusch aus seinen Grübeleien. Blöken. Ein Schaf trottete über den Zuweg, dann noch eines und noch eines.

»Jacques!«, rief Blanc erschrocken. Zu spät.

Der Hund war aufgesprungen und stürzte der Herde entgegen, und aus dem Nichts tauchte plötzlich Emir auf und stellte sich vor die Schafe. Die beiden riesigen Hunde eilten aufeinander zu – und begrüßten sich freudig wie zwei alte Kumpel, die sich seit Jahren nicht mehr gesehen hatten. Verwundert fragte sich Blanc, welches Leben Jacques wohl geführt hatte, bevor er eines Wintertages bei ihm in der Ölmühle aufgekreuzt war. Er winkte Fred und Clotilde Locez zu, die am Ende der Herde gingen.

»Ist das Ihr Hund?«, begrüßte ihn die Schäferin und nickte anerkennend. »Ich hätte ja nicht gedacht, dass Sie mit solch einem Tier fertigwerden.«

»Jacques ist stubenrein.«

»Wir haben gehört, was heute vorgefallen ist«, sagte Fred und deutete auf das Schloss. »Der Bürgermeister hat es uns erzählt. Keine Ahnung, woher Melleton das wusste. Dieser verrückte Gassonet! Hoffentlich kommt der nie wieder raus.«

»Ich habe es ja immer gesagt: Die Wölfe hat jemand hierher geschmuggelt!«, triumphierte Clotilde.

Ihr Mann räusperte sich. »Es sieht wohl so aus, als müssten wir uns nicht länger vor den Wölfen fürchten.«

»Bedanken Sie sich bei Madame Hulot«, erwiderte Blanc. »Sie hat etwas anderes verdient als abgeschnittene Wildschweinköpfe vor dem Haus.«

»Dafür werde ich mich mein Leben lang schämen.« Fred und Clotilde wechselten Blicke. »Wir werden uns entschuldigen«, versprach der Schäfer. »Zumindest, wenn ich mich traue, noch einmal zu ihrem Haus zu gehen und ihr unter die Augen zu treten.«

»Wenn man den Mut aufbringt, sich nachts einem Wolf in den Weg zu stellen, dann hat man auch den Mut, sich tagsüber bei einer jungen Frau zu entschuldigen.« Blanc plauderte noch eine Zeit lang mit dem alten Schäferpaar. Die Hunde dösten in der Sonne. Die Schafe weideten auf der Wiese; wenn man genau hinhörte, konnte man sogar hören, wie sie die Grashalme rupften.

Irgendwann bogen endlich zwei weiße, unmarkierte Lieferwagen auf die Zufahrt zum Schloss ein. Die Spurensicherung.

Die Leiterin der Kriminaltechnik schüttelte ihm die Hand. »Wir übernehmen hier jetzt, *mon Capitaine.* Sie können nach Hause gehen.«

Nach Hause gehen … Blanc nahm Jacques, verabschiedete sich von Fred und Clotilde Locez und machte sich auf den langen Anstieg Richtung Vieux Vernègues, wo sein Auto parkte. Bis er in seiner alten Ölmühle war, würde der Abend dämmern, es würde kalt werden, denn wenn sich auch die Tage schon anfühlten wie April, so gehörten die Nächte noch dem Januar. Er würde sich in seine Küche hocken und irgendetwas zusammenkochen, und dann würde ein langes Wochenende vor ihm liegen. Dann dachte er daran, dass Paulette ihm eine Tischdecke geschenkt hatte, Blumen und Farben für das Haus. Plötzlich lächelte Blanc und marschierte schneller. Im Gehen holte er sein Handy aus der Tasche. Hoffentlich hatte er im Wald Empfang. Er würde Paulette fragen, ob sie Lust hatte, die Tischdecke mit einem Abendessen bei ihm einzuweihen.

Personnages

ROGER BLANC
Capitaine der Gendarmerie, dessen Karriere und dessen Leben in
der Provence unsanft aus der Kurve getragen werden

MARIUS TONON
Ewiger Lieutenant, erfahrener Kollege und der beste Freund, den
Blanc in der Provence gefunden hat

FABIENNE SOUILLARD
Computerspezialistin, die der Himmel oder die Bürokratie in den
Midi geschickt hat

NICOLAS NKOULOU
Commandant der Gendarmerie, der seinen Blick von Gadet aus
fest auf eine viel größere Stadt gerichtet hält

BARRESSI
In Geist und Körper nicht der schnellste Brigadier von Gadet

SYLVAIN
Bartloser Brigadier in Gadet und routinierter Telefonseelsorger

JEAN-CHARLES VIALARON-ALLÈGRE
Staatssekretär in Paris mit mehr Verbindungen in die Provence,
als Roger Blanc guttut

AVELINE VIALARON-ALLÈGRE
Untersuchungsrichterin, die das Risiko liebt; Gattin des Staats-
sekretärs

FONTAINE THEZAN
Rechtsmedizinerin in Salon-de-Provence, raucht eine sehr spezielle
Marke

PAULETTE AYBALEN
Nachbarin von Blanc, die ihr Dorf, ihre Töchter, ihre Pferde und den freien Himmel liebt und vielleicht noch jemand anderes

GÉRARD PAULMIER
Ein ehemaliger Journalist, der immer noch gern schreibt

SERGE DOUCHY
Bauer und Blancs Nachbar, freundlicher zu seinen Ziegen als zu den Menschen

ANGE DOUCHY
Die Frau von Serge. Eine gar nicht so alte Hexe und möglicherweise doch klarer im Kopf, als Blanc es für möglich gehalten hätte

FRÉDÉRIC »FRED« LOCEZ
Ein alter Schäfer, der seine Herde mit allen Mitteln schützen will

CLOTILDE LOCEZ
Freds Frau, *une femme-homme,* mit der man beruhigt durch den Wald laufen kann

GÉRARD PÉLESTOR
Wären alle Jäger so professionell wie er, dann wären die Wölfe Frankreichs in großer Gefahr

PIERRE-HENRI MELLETON
Der Bürgermeister von Vernègues will seine Stadt nicht auf der falschen Seite der Statistik wiederfinden

JEAN-PAUL CORDILLET
Ein Tischler, der von der Jagd lebt, gewissermaßen

SANDY HULOT
Die junge Försterin liebt die falschen Tiere und die falschen Männer, doch nichts und niemand hält sie auf

DR. MARIE-CLAIRE MARTIN
Eine Seismologin, die nicht nur mit Erdbeben persönliche Rechnungen begleichen will

DR. MAURICE FOUQUART
Der am schlechtesten gekleidete Astrophysiker der Universität
Grenoble erkundet mit Hightech fantastische Welten

GUY GASSONET
Niemand weiß Nostradamus so zu deuten wie er

CEDRIC
Sieht aus wie Monsieur Ikea, heißt aber garantiert nicht so

Nachbemerkung

Vernègues ist tatsächlich eine wundervolle kleine Stadt, Château Bas ein wundervolles Weingut in deren Nähe. Doch Bürgermeister und Weingutsbesitzer im Krimi sind fiktiv. Die echten Persönlichkeiten ebendort haben selbstverständlich nichts mit Wölfen und Morden zu tun und sind keineswegs in irgendeiner Form die Vorbilder der Romangestalten.

Von Cay Rademacher sind bei DuMont außerdem erschienen:
Der Trümmermörder
Der Schieber
Der Fälscher
Mörderischer Mistral
Tödliche Camargue
Brennender Midi
Gefährliche Côte Bleue
Dunkles Arles
Verhängnisvolles Calès
Ein letzter Sommer in Méjean

FSC
www.fsc.org
MIX
Papier aus ver-
antwortungsvollen
Quellen
FSC® C083411

Vierte Auflage 2020
© 2020 DuMont Buchverlag, Köln
Alle Rechte vorbehalten
Umschlaggestaltung: Lübbeke Naumann Thoben, Köln
Karte: Kartografie Angelika Solibieda, Cartomedia-Karlsruhe
Satz: Angelika Kudella, Köln
Gesetzt aus der Sabon
Druck und Verarbeitung: CPI books GmbH, Leck
Gedruckt auf säurefreiem und chlorfrei gebleichtem Papier
Printed in Germany
ISBN 978-3-8321-8121-5

www.dumont-buchverlag.de